梨园秘闻录

上

郭言 ◆ 著

上海社会科学院出版社

目录

唱篇

第一回　初踏久安闻倌人命案，再押警厅审小女徐离　/2

第二回　心怀鬼胎巧言解误会，胸有成竹借机探报馆　/13

第三回　忆往事醉迷公务正堂，谈戏党暗搜长三公馆　/24

第四回　好人戴业穷济苦姐儿，校书淑宜喜迎小戏班　/35

第五回　老妪买玉大设连环套，梅姨喝酒心系求救信　/46

第六回　林宝玉报登虚假广告，柳仙儿密会真心情郎　/56

第七回　金妈妈失踪报案险情，傅经理叹息告知原委　/68

第八回　北方客惊寻富商戒指，南面倌偷当公馆财物　/79

第九回　入报库重翻往日旧案，进警厅渐明今时新冤　/90

第十回　揭骗局勇擒害人真凶，露真相终得妻子旧照　/101

第十一回　三更半夜火车现黑影，灯红酒绿远江添魂魄　/111

第十二回　话癫狂尼采欲言又止，赏缪斯黎第卓有欧风　/122

第十三回　慎行班主警言梦中人，女魔术家隔空取旧物　/132

第十四回　相密谈隐藏思情几深，自投江化作幽魂一缕　/143

第十五回　女子谋生学艺拜名师，孝子为父做寿定堂会　/155

第十六回　纷扰各起惹哀哀怨怨，疑踪忽现引兜兜转转　/167

第十七回　罗雅堂不雅背侃弃妇，慈善会不善拳打裁缝　/177

第十八回　回光返照奇冤窦姨娘，妙手仁心重来大药房　/189

第十九回　痴人大闹宴会主人唡，美人脂粉计施无人疑　/201

第二十回　从前碌碌姨娘诉秘密，两情茫茫繁市成战场　/212

第二十一回　闹哄哄香消新婚夜时，静悄悄祸藏大宅院中　/222

第二十二回　一见钟情学堂遇呆子，半封残信阶前烧故纸　/234

第二十三回　周小姐欲掩封田往事，病兄长悄叹闺阁孤女　/240

第二十四回　二见倾心酒楼拜先生，众口铄金人言误痴媳　/252

第二十五回　三见定情陋巷撞俪人，婢女落水善主质罪人　/260

第二十六回　喜事既成却心怀悲情，赤胆忠心反替己思量　/271

第二十七回　懵福祸相依全凭天定，念因果相生皆有情由　/280

第二十八回　噩梦袭来亲人两相疑，婚事一场芳迹难再觅　/291

本篇

楔子　　山雨欲来风满楼　/304

第一回　吉庆有余新春贴花红，凶兆有迹旧院闹人命　/308

第二回　斥声不断幽巷藏双影，欲遮又掩戏楼唱单簧　/316

第三回　丽影三重为己各奔忙，满面春风幸自皆收款　/328

第四回　一江秋水倒映别样红，几张薄纸照对万千金　/340

第五回　通灵宝鉴花会聚金钗，蓬莱仙境美人问木牌　/351

第六回　缴假钞总巡直闯赌窟，招祸引小女悄进金屋　/362

第七回　密托掌柜电联杨家宅，杨太太不满冷言冷语　/373

第八回　暗寻木匣重回小阁楼，陈妈妈焦等话里有话　/383

第九回　李总巡追凶探阿房宫，孔师兄解谜访喜门巷　/393

第十回　天香无事不登三宝殿，临秋识音有意收高徒　/403

第十一回　告冤枉不冤颠倒黑白，拿赎票不赎反复无常　/414

第十二回　施障眼法眼底偷汇票，设瞒天计翻墙救人质　/424

第十三回　剿伪钞厂漏网鱼一条，搜内外室得花牌两块　/436

唱篇

第一回
初踏久安闻倌人命案，再押警厅审小女徐离

初秋正凉，目及四周，是一派荒凉的景象。山林间杂草丛生，蜿蜒着一条窄窄的小径。"嗒嗒"的马蹄声响在山间，泥沙在慌乱的马蹄下扬起。遥遥望去，马车和瘦驴正极力跑着。瘦驴驮着几个极大的衣箱子，箱子上插着"呈祥戏班"的旗帜。瘦驴摇摇晃晃，极力追着前面的马车。

赶车的是一名黑衫男子，脸上蓄着短须，抬手扬鞭时，隐隐露出手腕上的疤痕。他正匆匆往久安镇赶去。进了久安镇之后，黑衫男子便下了车。这时，车厢里又下来了一名男子，他穿着白色长衫，剑眉星目，目光极有神，比黑衫男子多了一分文气。他名为徐吴，正是"呈祥戏班"的班主。

他们随着马车步行，直到在一间茶馆前才停下。徐吴上前撩开帘子，一名窈窕女子探出头来，对徐吴笑了笑，便拎着裙角下了车。她是戏班的角儿，正是花一样的年纪，班里的人却都唤她一声"梅姨"。

随后，梅姨身旁冒出来一个女孩儿，约莫十五六岁的样子，

名唤徐离。她很活泼好动，撩起裙子便想往下跳，徐吴在一旁拦住了她，她笑了笑，便顺势扶着他的手臂下车。下车后，她新奇地瞧了瞧眼前的招牌，上边写着"大茶馆"几个大字，往下还有几行小字。她凑近仔细看了看，原来是价牌，写明了早茶每壶铜圆若干枚，午茶每壶若干枚，而小账是分文不取的。她笑着同梅姨说道："这家茶馆虽大，收钱倒很合理。"

说完，徐离便听见有人喊着："说新闻来话新闻，多金嫖客命丧小公馆，无情婊子远走到他乡。两枚铜圆买一张。"原来是卖报纸的人正缠着她阿爹。"先生，买一张吧。"那人眼巴巴瞧着徐吴，想要他买一张。

而此时，徐吴心里正揣着事，只是摇了摇头，抬脚便往里走。那人见他不买，便把心思打到了梅姨身上，拉住她说道："今日有大新闻啊。轰动久安的堂倌与嫖客案子，可是有大进展了。您瞧，是头版，这事全见了报了，连照片都贴出来了。"梅姨想，这些小道消息，哪份报纸上没有呢，全是胡诌的，也不理会，只是跟上徐吴。

而一旁的徐离倒很感兴趣，直凑上去。那人眼见着要搭话，梅姨上前拉住她，一晃眼却瞥见了报上的一张照片，连忙倾身将那人手里的报纸抽了过来，极快速地折了起来，掩进袖子里，又匆忙付了钱，哄着徐离进去了。那人见梅姨的举止奇怪，拿起报纸瞟了一眼，又往前看了看，神色一惊，转身便跑远了。

徐离一踏进茶馆里，全忘了之前的事，只觉得这里真是大极了。两层楼高的阁楼，中间搭了一个舞台。这时正是太阳要落下的时候，金灿灿的光辉透过一扇扇半开的窗户照了进来。而在回廊间徘徊的婀娜女子，捧着茶壶，身上飘散着香气，巧笑倩兮间,把来喝茶的人勾得都魂不附体了。此时的梅姨心里装满了事,眉头一直蹙着,从到镇上的那一刻起,她的心便一直"突突"地跳着,隐隐有些担忧。徐离见她这样,便知道是为了阿爹的事。

两个月前,她阿爹收到一封没有署名的信,信中只说了邀请戏班到久安镇唱年戏这一事,便没有其他的了。因为这信写得不清不楚,阿爹没有回信。过了不久,阿爹又收到了同样的信,依然没有署名,却在信中约定,今日在久安镇大茶馆相见,商谈唱年戏事宜,还邮了些钞票当定金。

思绪回来,徐离见阿爹的神情有些严肃,还不时望向四周,有些警惕的样子,她本想说话,却忽然间被一股香气所吸引。她抬头循着味道望去,隐隐只看见一抹身影。那是一个女子,穿着青绿色的旗袍,身段很标致,一条长长的丝帕别在她的身侧,远远看去摇摇晃晃。徐离直看得出神,不觉掏出了自己的手帕,揩了揩唇边冒出的汗。

正巧,那女子也抽出了身侧的丝帕,徐离微微一笑。那人又慢慢侧过身来,也抬手揩了揩唇边的汗,低头一笑。徐离心下一颤,那人的动作神态怎么与自己是一样的?她站起来想去寻她,转眼间,那人已然不见了。

楼下一阵喧动,梅姨探出身子往下瞧,见是几个穿着警服的巡警进了茶馆,便又坐了回去。忽然,梅姨扫见一个熟悉的身影,是方才卖报纸的人,这下她心底暗叫了一声,真是坏事了。正不知如何是好,那人已经带着巡警到了他们跟前。

其中一名巡警看了看手里的通缉照片,又瞧了徐离一眼,有些轻蔑地说道:"林宝玉?"说完就要押人。梅姨往前一挡,疾声说道："我们才刚踏进镇里，与久安的那桩命案没有关系。"

那人推开梅姨，喝道："我们只认人，这照片里分明就是她。"徐离见他们气势汹汹的样子，心里害怕，紧张地望向徐吴，转头又看向对方手里的照片，却是一愣。照片上那人，眼角边有一颗痣。她抬手也摸了摸自己眼角边的痣。这照片上的，是自己？

徐吴见徐离一副已经被吓住了的样子，安慰道："不要担心，我会跟你到巡警厅的。"又转头向巡警解释道："这是我家姑娘，我是'呈祥戏班'的徐吴。我们戏班是受了邀请来唱戏的，才刚踏进久安镇的地界。"

对方问道："谁邀请了你们？"徐吴一时答不上来，又想起对方邮寄过来的照片，心里有些为难，回道："那人没有署名，只叫我们在这儿等他。"对方又问："那他人呢？来了没有？"徐吴摇头。对方追问道："约了什么时辰？"

对方见徐吴犹犹豫豫，说话又很吞吐，便冷着脸说先带回去审理。这桩命案现下是极受关注的，要是不早解决了，那些小报不知道又有什么荒唐的谣言传出来。

徐吴见对方态度强硬，于是跟身旁的短须男子孔章商量道："这事，看来还是要到巡警厅走一趟的。你赶着马车跟在我们后面，到了巡警厅，先不管我们，去把这件案子的细节打探清楚，依旧在门口等我们。"又问梅姨："我和阿离的户牌都带了吗？"见梅姨点头，才放心与对方交涉。

孔章见徐吴这样安排，便知道他是有办法的，却还是对眼下的情形很不理解。又见梅姨神情懊悔，再思及她一路来很担忧的样子，便探问道："你是不是已经知道了些什么？一路来，

梨园秘闻录（上） 5

我见你和徐吴都心事很重的样子。"

梅姨抽出藏在袖口里的报纸，指着那张照片说道："那一封没有署名的信里，除了钞票，还有这张照片，只是被徐吴藏起来了，他不想徐离担心。"孔章惊道："那怎么连我也不告诉？"梅姨瞪了他一眼："师兄，你藏得住事吗？要是让阿离看出你心里有事，可不得把你的话套出来了？她可机灵着呢。"

事实确实如此，孔章并不辩白，只是又问道："这桩案子你先前知道吗？"梅姨摇摇头，回道："不晓得。徐吴也是不晓得的，要是他晓得了，哪里舍得阿离遭罪？"

孔章仔细研究着报纸上的内容，除了那张照片，还刊登了死者的照片。死者肥头大耳、双眼无神，戴着瓜皮帽，帽准是一颗翡翠，十分富贵的样子。他虽然年纪并不很大，但已经有些垂老之态。

对于当时案发现场的情况，报纸上也是写得很详细了："死者仰面朝天，套在身上的丝绸衫子被解开，袜子虽还穿在脚上，鞋子却是失踪了。颈上有勒痕，旁边有一根白色的细线，身上的钱票和值钱的首饰都被搜刮走了。"

经过巡警厅确认，死的正是久安镇的富商张世宗，他三年前才来到久安镇做生意。开始只是在闹市开了一家卖成衣的小商铺，后来，他因为经营得当，便将旁边的几间商铺都盘下来了。虽然生意渐渐做大了，但是他好赌成性，只一晚，便将生意都押给了别人。张世宗在死前与长三公馆小倌人林宝玉走得最近，当他的死讯被传开时，林宝玉却是如何也找不着，巡警厅早已在各处下了悬赏通缉令。

梅姨一边上车一边疾声说道："我们先查查张世宗去，看看那张照片里的女子到底是怎么回事，为什么长得和徐离这样像？"孔章想起一事来，轻声问道："你是不是觉得她长得和阿离的娘也很像？"梅姨点点头："他收到那张照片后，常常拿出来看，一副心不在焉的样子，我真是担心。"

孔章见梅姨着急的样子，叹道："他的妻子已经许久没有消息了，不知道为什么他还不放弃？"

徐离被押到巡警厅的时候，太阳已经完全落下了。下了车后，映在她眼前的是三四丈宽的大道，两旁是枝条低垂着的柳树，再往前便是一座极简陋的建筑，横梁上挂着写有"久安镇巡警厅"字样的牌子。

下车后，迎面走来两个汉子，其中一个男子穿着灰旧的短衫长裤，留着络腮胡子，神情凶狠。而另一个男子则穿着绸缎长衫，生得尖嘴猴腮，身形矮瘦。那名矮瘦男子一副笑嘻嘻的样子，斜着眼珠子打量周围，猛然瞧见徐离，眼睛却一下子定住了。他抬脚想向她走去，却被跟在身后的两名巡警挡住了。他只好抬手碰了碰身边的凶狠男子，示意他往徐离那边瞧。

徐离也瞧见了那人的动作，虽知道他们是被羁了的，却仍不由得皱了皱眉，更加小心翼翼地揪住她阿爹的衣袖。进了巡警厅，扑面而来的是一股呛人的烟味，几张木桌子在大堂排列开来，就着两道昏昏的灯光，十几名巡警便在这里办公了。

那几个巡警带着徐离在靠里边的一张桌子坐下，便走了。不一会儿，来了一个高瘦的巡警，他介绍自己姓李。徐吴见人来了，上前说明自己到久安镇的原因以及时间，又拿出户牌给那李巡警："这是我们的户牌，今天之前我们并没有进久安镇的记录。"

李巡警拿过户牌看了一眼,问道:"你也是唱戏的?"说着上下打量徐吴,接着道:"刚才门口那两人,也说自己是唱戏的。他们以为我们眼瞎呢,瞧他俩的长相,就说是给戏班打杂的也不冤枉。你倒是长得斯斯文文的,可我们一向对你这样的人查得最严。"

他说着便转过身,从书柜中抽出一本册子,书封上赫然写着"张世宗"三个字。又继续说起那两人:"他们偏偏要去骗长三公馆的柳仙儿,从来只有她吃人钱财的,哪里有人骗得过她?今天能抓着他们,还是她报的警。"他将册子放桌面上,转身又自顾叨着:"她正红着呢,捧她的就是张世宗这样的商人,他们逛久了公馆,打起那些倌人的主意了,便办起了什么选美比赛。他们知道这些人最会哄人,只要她们哄哄自己的枕边人,谁不得几百几千地买票投票?甚至还有小倌人登报纸让人投票的,个个都成了当红的交际花了。旁人看得热热闹闹的,我就看他们几时闹出事来。如今不就闹出张世宗的命案了吗?"

这时,他翻出一张白纸和一盒朱砂,推到徐离跟前,说道:"将十指指纹压出来。"为了方便验明身份,每张户牌上皆列印了户主的十指指纹。徐离这时有些慌张地看着阿爹,见徐吴点了头才敢在纸上画押。

那人将指纹交给一旁的同事,便重新拿出通缉照片,指着对面的徐离向徐吴问道:"如果她不是林宝玉,你们与林宝玉是什么关系?"徐吴呆呆地看了那张照片一会儿,方回道:"没有关系,我们和她并不认识。"

他又问道:"长西镇离这儿有千里远,你们怎么偏偏这时候出现在这儿?"徐吴将那封没有署名的信笺和一叠钞票放在桌上。李巡警仔细读着信里的内容，半信半疑地瞧了瞧徐吴。这时，他的同事悄声说道："户牌没有错。"沉吟了一会儿，李巡警方说道："你们并非没有了嫌疑，要是把你们关起来也不对。这样吧，你们可以先回去，但不能离开久安镇。"

听到这样的话，徐离松了口气，终于可以笑出声了，说道："您真是公道，事情没有解决前，我们不离开。"看着她现在活泼的样子，李巡警不由得也笑道："回去吧，只是怎么偏偏长了林宝玉那样一张脸。"

现在徐离已经没有了嫌疑，又见对方似乎还算友好的样子，她的胆子也大了起来，对林宝玉这人也多了几分好奇，问道："那林宝玉是谁？"那人正翻着张世宗的册子，见她问起林宝玉，嗤笑了声，道："她与柳仙儿一样，是长三公馆的小倌人，也曾经参加过选美比赛，只是落选了。这几个月来，张世宗极捧她的场，每次到长三公馆，准点她的堂子坐。有人说，张世宗死前是与她一起的。但是张世宗死后，她也失踪了，现在她的嫌疑是最大的。"

徐离听后便发起了呆，一时感伤起来，心想，和自己长得这样像的林宝玉，怎么就沦为小公馆的倌人呢？也不知她有什么遭遇，又为什么会和这桩命案扯上关系？一旁的徐吴心想孔章应该打听到些消息了，急着走，便扶着徐离起来，说道："天已经晚了，孔章和梅姨还在外头等着呢，我们走吧。"

外边起风了，梅姨抱着双手在马车旁站着，见他们可算出来了，这才有了笑意，问道："事情处理得怎么样？他们不会把徐离关起来吧？"徐离拉着梅姨的手笑道："可算是洗脱嫌疑了，这桩事本就和我们无关，哪里会把我关进去？"

梨园秘闻录（上） 9

梅姨这时候才放下提着的心，笑着搂了搂徐离的肩膀，却若有所思地望了徐昊几眼。夜幕落下，徐昊心里却是不平静的，他总感觉有一双眼睛正在暗处观察他们。现下，他们一入久安镇，便被人算计了，如今就是要走，也已经被巡警厅盯上了。要是不做些防备，说不定什么时候又会有人跳出来咬他们一口。

其实，在来的路上，他的心里一直装着个疑惑：那封信到底是谁写给他的？那人应该是与他见过，也与徐离见过的，也许还清楚他的往事。那么是熟人吗？那人似乎知道凭着那张照片便能将他引到这儿，既然如此，又为什么还要给他寄一叠钞票呢？

眼看这儿人声嘈杂，这时徐昊想起方才遇到的两名男子都是一副流氓样子，顿时有些担心地望向四周。他赶忙撩开帘子，对她们说道："你们赶紧上车吧，这里有些乱，虽是在巡警厅门口，也不定会发生些什么。"现下他瞧不见孔章的身影，有些焦虑起来，只想着孔章快点回来，好回去商量应对的办法。但是眼前还有两个姑娘在马车上呢，也不好撇下她们去找他。要是他们一起去找，又怕他回来找不到他们。正着急间，孔章从拐角处回来了，徐昊心里稍微松了口气，问道："有什么消息了？"孔章回道："这桩事闹得很大，有许多讨论的人。我东拼西凑地打听来，才算有点眉目了。"徐昊看着他道："怎么讲？"

原来方才来的路上，孔章便留意到与巡警厅隔着一条街的地儿有一间小驿站。他嘱咐梅姨在门口等徐昊，自己去了那间驿站。驿站里天南海北的人都有，迎面便是一位操着南方某地官话的汉子，他正侃侃谈论着张世宗和林宝玉，讲的都是两人的一些艳事。

孔章见他讲得像是亲眼所见一样，便搭讪着在旁边坐下了，又向伙计要了两碗酒，一碗给那汉子。汉子性格豪爽，接过酒后，道了声谢，便一口将它喝了，又继续与旁边的人一来一往地插科打诨。

那人炫耀自己在长三公馆有个相好的，说自己的那个倌人很善解人意，最会说体贴话。旁的人哪里想听他的风流事，直对着他笑骂，那人才又道："不巧，我和他凑到一桌去了，我们这样的人呢，凑在一起只有猜拳喝酒。他不是很会猜拳，总是输，自然是喝了许多酒。我见两人很是情投意合，林宝玉心疼了，偷偷把酒倒给了她身边的妈妈，被我们发现了，取笑了一阵。要我说，我是不相信林宝玉谋财害命的，我看两人的感情是再好不过了，张世宗还有赎她到家里当太太的意思呢。我可是看着他送过钻石戒指、珍珠项链，还有什么铜的银的家当，哪里少了她钱了？但是他现在死了，那钱庄的钱，怎么也落不到她头上去。"

孔章简单说了些听来的情况。徐吴听完，不由得又望了那黑洞洞的巡警厅一眼，立即将马掉转个方向，说道："我们赶紧找个地方先住下来，她们也该累了。"说着便上了马车。马儿才刚"嗒嗒"地踏出两步远，忽然，巡警厅里冲出了好几个人，拿着电筒远远照着他们，喝道："那个戏班的人，不许走，赶紧停下。"

徐吴心里一惊，躲在暗处的老虎终是跳出来咬人了。带头拦住他们的便是那李巡警，许是大半时间都待在室内审理案子的缘故，他眼下有些偏青，但是两眼却炯炯有神。他似乎是有了大的发现，瞪大了眼盯着徐吴和孔章看。

梨园秘闻录（上） 11

孔章不知道是怎么回事,便问道:"这是怎么了?我们不是解除嫌疑了吗?"那人哼了一声,说道:"现在嫌疑最大的便是你身边那位了。"

第二回
心怀鬼胎巧言解误会，胸有成竹借机探报馆

　　巡警大厅里烟雾缭绕。徐吴等人虽然又被押了回去，却没多少人关注他们，其他巡警不是埋头写材料，便是在扎堆胡侃。只有李巡警面色沉重，让徐吴坐下。他从抽屉中拿出一张钞票，说道："这是你方才信封里的钞票，是张世宗死前丢失的。"

　　孔章的脾气很急，在一旁听得不服气，不由得大声说道："这些钞票哪张不是一样的？怎么就成了张世宗的钞票了？再说这钞票原本也不是我们的。"李巡警以为孔章要辩解，心下便有些不耐烦的意思了。

　　这桩案子发生之后原本就没有人敢接，在这里混的，哪个人心里没有盘算？张世宗身旁的人非富即贵，能往长三公馆跑的都是些什么人？要是牵扯到一些在久安镇有权势的，查也不是，不查也不是，总落不到好。偏偏上司把这么桩棘手的案子丢了给他，他因此有个把月没有睡过安稳觉了。

　　爱凑热闹的看客把这桩事当做茶余饭后的谈资。报纸上也一直在登载些夸张不实的消息，更是闹哄哄的。一边是几十万

梨园秘闻录（上）　　13

双眼睛盯着：另一边上司又催着快点结案，他自己却还是没有多少进展。今日以为总算是抓住林宝玉了，却又是空欢喜一场，可不恼吗？

他一急，把钞票拍在桌面上，戳着上面的一个边角嚷道："你仔细瞧瞧，这里是不是有一个印记？"孔章拿起来仔细观察，依旧看不出什么不对来，只是摇摇头。徐吴拿过去瞧，发现在"壹"这个字的中间有一点，只是也忒小了，得有人提点才能注意到。

这时，李巡警又从桌边拿出一个小木箱子，打开来，一眼便看到了一顶镶着翡翠的瓜帽，他从中拿出了一张同样的钞票，道："这一张是在张世宗被杀现场找着的，也是做了同样的标记。"

孔章不明白这是怎么回事，他们怎么又跟张世宗扯上了关系了？而徐吴却问道："那一沓也是标记过的？"心下也是很惊讶，没想到自己因为见了那张照片，便全副心思在照片里的女子身上，忘了查看那沓钞票。

李巡警哼道："你那一沓全是标记过的。那时我便觉着奇怪，他约了林宝玉出去，怎么只带了一张钞票？我还想着他剩下的钱到哪儿去了呢。如今算是解决了一个疑惑了。"听见李巡警又提起林宝玉，徐离想起了方才在大茶馆见到的婉约身影，于是指着报纸轻声说道："在大茶馆里，我见着一个与我长得十分相似的女子，她似乎是照片里的人。"

听到这话，大家都把视线放在了她身上。李巡警赶忙拿了照片放在她面前，说道："你可瞧仔细了，是这名女子吗？"见他鹰一样的利眼紧盯着自己，徐离又有些不敢确定了，怕那只是自己的幻觉，只得喏喏说道："我不很确定，只是那人的神态与我一模一样。我拿手巾，她也拿手巾。我擦汗，她也擦汗。可是她分明没有看我呀。我本想追上去搭讪，可是你们却一大队人上来了，闹出了很大的动静。我一闪神，她就不见了。"

徐吴听了，神情有些变化，难道真是她吗？而此时的李巡警也陷入沉思中："难道是林宝玉寄给你们的信和钱，不然她当时为何会出现在大茶馆里？我们巡警厅可是将久安镇翻了一遍都没找出她，还以为是出了镇呢。看来真是有些手段，竟在我们眼皮底下来去自如。"

徐吴却说道："不大可能是她寄的，要是她寄的，为何要把照片也一并寄过来？这不是坐实了自己的嫌疑吗？寄过来的除了标有印记的钱票，还有她自己的照片，要是和留在现场的钱票联系起来，自然便能推断出她的嫌疑，我想她还不至于作茧自缚。"

李巡警一听，抓住了徐吴的话，追问道："照片？什么照片？难道在信中不只是一沓钞票？"徐吴点点头，回道："要是单单只寄了钞票给我，我原路寄回去便可。只是信中还有一张林宝玉的照片，便是刊登在报上的那张。因为与我家姑娘长得实在是一样，我便来赴约。只是想瞧瞧这葫芦里卖的什么药，没承想一来便被你抓了。"

案子进行到此，总算是有了新进展。想到这，李巡警松了口气。不过，徐吴方才怎么不说出照片的事来？现下，见自己怀疑这照片中的女子了，才说出这事儿。看他不动声色的样子，手上不知道还握着多少线索呢。他虽然没有了作案的嫌疑，但是肯定与作案之人有什么关系的，不然平白无故，人家怎么会

梨园秘闻录（上）

把钱和信寄给他呢？李巡警眼珠不时转着，心里打着算盘，一时不知怎么拿主意，该不该把徐吴抓起来关着呢？

要是这次的案子破了，那么对上司是一个交代，对自己以后谋求更好的职位也是有好处的。而这边，看这样的情形，他也是想要找出寄信之人。或许找出这人来，案子便能有所进展了。要是现下就把人抓起来关着，似乎也不顶什么事儿。倒不如借他的力气破了案子。这桩案子中牵涉的人非富即贵，查起来缩手缩脚的，这样才拖到现在这模样。要是让他放开手脚去查，之后有什么差错，也是他撞在前头的，与自己并不相干。

这样一细想，他便改变了态度，嘴角一歪，做出笑颜。徐离见他笑得牵强，心里有些奇怪。而徐吴似乎猜到了他的心思，只等着他开口说出来。

李巡警先是坐定了，拿起桌上的茶喝了一口后才说话，一开口便首先改变了对徐吴的称呼："徐先生，你是刚从其他镇来的，并不晓得这桩案子如今在社会上是有多大的影响。林宝玉是长三公馆的当红倌人，张世宗是在久安闹市开好几间成衣铺子的大老板。要是换成其他不知名的小人物，公众对他们便没有那么关注了。现下凶手还没有找着，谣言漫天飞，影响极其恶劣。"

说着，他抽出一根烟来，递到徐吴跟前，又取了火点上，叹道："我也只是想着抓到凶手好有交代，不单是对社会有交代，也是对自己有个交代。你该知道，现下你不是没有一丝嫌疑的，但我也知道这不可能是先生做的，只是我希望先生不要藏私，把你所清楚的线索都明明白白列上来，我们一起想办法解决了。徐先生，你说是不是？"

徐吴点了点头，跟着说道："这是自然，若有什么线索当然是要列上来的。只是我有些疑惑，我听说张世宗命案现场是报馆的人先到那儿的，而且，当天晚上报馆便特意出了一篇报道，而撰稿人的落款却是无名氏。"

李巡警心下微动，心想，他果然是清楚的。便接着说道："这个疑点我也发现了，也差底下人去查了。却被报馆的人搪塞了回来，说是当地的村民先发现的，贪图一点报信的钱，才先到报馆报案的。他们只是接到消息到现场进行查访而已，并不知道竟没有人先到巡警厅来报案。"

徐吴问道："现下一共是出了多少期报纸了？"李巡警明白徐吴指的是报道张世宗案子的报纸，便回道："总共出了三期了。"说着便从方才的木盒子里拿出三张报纸，解释道："我研究过这些报纸，也是从中知道林宝玉与张世宗的关系的，林宝玉的嫌疑确实是最大的。"

徐吴拿过去大概瞧了一遍，皱着眉说道："这撰稿的人似乎不是一人，行文语调有些区别。第一期报纸直指张世宗与林宝玉的关系，并说张世宗为她如何花钱，这人有故意引导的嫌疑，没有证据便把矛头指向了林宝玉。到了第二期，语气偏理性些了，也刊登出了现场的一些情况，可明明他们是最早到现场的，怎么不第一期便刊登出现场的消息来呢？"

李巡警之前是翻了好几遍的，竟没有发现其中的区别，赶紧拿过来对比，发现确实是徐吴说的那样。他将报纸折了，随意放置在一旁，说道："也并不是没有证据的。我问过张世宗的车夫，那人说最后一次见到张世宗时，两人确实是在一起的，还是他将林宝玉送到约会的地点，只是不知道为什么最后他们到了郊外去。"

徐吴继续问道:"单单就林宝玉一人吗?"李巡警被难住了,当时他并没有细问,心中便已经下了定论,以为是证明了心中对于林宝玉的猜测。徐离这时已经在一旁打起了盹,一路颠到久安镇来本就已经很困乏了,又见没有了方才剑拔弩张的气氛,也就放心了,不一会儿,她便靠在梅姨身上睡着了。

徐吴见她这模样,不觉笑了起来,暗叹徐离真是像极了那人。李巡警不知他笑什么,或者是自己有什么好笑的吗?便赶紧又说了些案子的事,安排了些人跟着他们,并且约定徐吴得每天到巡警厅来报到,这才放他们走。

第二天一早,八九点钟的光景,徐吴叫上孔章,商量着去报馆一趟。头天晚上他们闹到半夜才睡下,所以梅姨和徐离还没有起床。临出门,徐吴跟门房的说了一声,要是梅姨她们问起,就说去了报馆。

因为报纸上有报馆的地址,他们在门口随便喊了一辆人力车,就报上了地址。坐上车后,孔章心里开始打起鼓来,说道:"我认为去了报馆也不管用,昨晚李巡警说报馆里的人最会搪塞了,他们办案子的去都没问出什么来,何况是我们?"

徐吴笑了笑,说道:"要是我们目的性太强,他们当然会有防备心理,只能反其道而行。"车夫只跑了一圈,便在一栋半旧的宅子边停了下来。徐吴抬头望了一眼,原来这报馆隔着他住的地方只一条街远。

大门刷的黑漆应是有些日子了,隐隐有些剥落的痕迹。门口放着几件大家什,两三个打赤膊的汉子正在往里搬。孔章上前询问门房报馆怎么走,那人似乎正在记账,头也不抬,斜着眼睛瞧了他们一眼,只说道:"他们是给报馆搬家什的,你跟着他们走吧。"

孔章望了徐吴一眼,便随那些汉子进去了。这虽然是一间大宅院子,但是却被划成了一间间办公的场所,因为租金极便宜,所以有各种名目的小公司挂牌。他们穿过一条长廊,在后院一个小角落停下,眼前是一间小小的屋子,只简单在门梁上挂了一个灰木牌子,写着"九天报馆"四字。

孔章正踌躇着该不该进的时候,徐吴已经一脚跨了进去。一眼望去,这极狭小的空间里,只摆了几张简陋的木桌子,墙角堆了些报纸,定睛一看,报纸上占据了大版面的可不是张世宗的案子嘛。此时似乎只有一个人在办公,那人戴着副眼镜,正埋头校稿,有人来了也不知道。孔章咳了一声,那人才注意到有人来了,赶忙起身招待。

他请他们到旁边的沙发上坐下,才问道:"请问到这儿有什么事吗?"徐吴问道:"怎么称呼呢?"那人笑了笑,介绍道:"鄙姓张,是这儿的一位编辑,做校稿工作的。不知先生要给我们报馆提供什么消息?"徐吴接过他的话,顺势问道:"我原有些消息要给贵馆,只是不知道张世宗的新闻稿是在这儿出的吗?"

张编辑见有人来提供消息,又说起张世宗的案子,便认为他是有最新的消息可以提供,心下一喜,拿出一张报纸摊开来,笑道:"正是我们报馆出的。如今这桩案子还没有结,若是关于张世宗的消息,先生尽管出价。"原本他们报馆的报纸因为卖不出去,闹了很大的亏空,是打算停刊了的。但因为抓住时机,快速地发表了些张世宗的新闻稿,报纸的销量一下飙升,单单

梨园秘闻录(上) 19

月余便赚了一大笔款子。

徐吴笑道："我并非是来讹一笔的，只是为着案子能尽早破了。我见第一份报纸提到了林宝玉，是想提供一点林宝玉的消息的。"张编辑听到这话，双手一拍，很是高兴，一下便笑开了花，林宝玉那期报纸是卖得最好的。只是又听徐吴有些迟疑道："我见林宝玉那期报纸的撰稿者是无名氏，但却不知道为什么不交代出撰稿人的名字来呢？"

这时，张编辑心里隐隐觉察到了徐吴的来意，以为是对手来探听消息的，当下有些防备神色，只听徐吴又道："我现在提供出一些消息来，保不定会得罪些人。我的意思是今日我说出的话，只期望张先生也要保密啊。"

张编辑立即会意道："自然自然，林宝玉那期的稿子也并不是我们报馆写的。我们哪里晓得发生了那么大一件命案，也哪里晓得张世宗与这林宝玉有什么关系。这是一封密信，是有人差人送到报馆来的，我想那人便是保守自己身份的意思。不过这里边的内容，我们还是确认过事实后，才敢登载在报纸上的。"

徐吴连忙追问道："什么时候送来的？"张编辑想了想，道："大概是有人到我们馆来报张世宗被害的当晚，那时我们正不知该如何下手写新闻稿呢。"徐吴又问："那送信的人，你认识吗？"他摇了摇头，说道："平时有信是会差门房的送进来，那日来的是个生面孔。"张编辑心下虽然觉得徐吴的问题有些奇怪，却因为他有林宝玉的最新消息，便只能应酬着。

本以为今日到报馆来便能套出撰稿之人，没承想到这里断了。徐吴正在想着下一步该怎么做，张编辑已有些焦急了，又问道:"这林宝玉如今有什么消息呢?"徐吴笑了声,说道:"现下巡警厅搜了几圈都没有搜到林宝玉,大家都猜测她是逃到别的地方去了,可是昨日,我见到了林宝玉。"

张编辑一听,大惊起来,这是个大消息,赶忙倾身向前问道:"先生,您在哪儿看到林宝玉的?看真切了吗?"孔章咳了一声,徐吴没有再说下去,只是又提起了林宝玉:"她是长三公馆的人,张先生怎么不去那儿拜访拜访?"

说起这事,张编辑便摇了摇头,解释道:"很早便去拜访了,只是出了林宝玉的事情后,长三公馆闻风歇业好一阵了。金妈妈虽是个会打算的,却不知这次损失了多少钱,心里对那林宝玉只怕是咒骂着呢。那里是个销金窟,我被朋友带着去逛了一回,没多久,那里的倌人巴巴地打电话到报馆,还寄了自己的半身照过来,我又去了一回,总共是去了两回,因为实在没有钱,便不敢去了。那第二回,我听金妈妈讲,公馆新进来了个女校书。"

徐吴在一旁问道:"什么是女校书?"孔章笑了笑,解释道:"也是公馆里的倌人,只是比起其他的,多认识了几个字,有唱书的本事。我看也没什么大区别,只是那些人逛得久了,弄出来的新名堂。"

张编辑摇了摇头,说道:"这其中可有大区别了。这位女校书我远远看着,很像是有气度的大家闺秀,并不比刘公家的千金差,可惜堕入这样的风月场了。"忽然,他又装出一副神秘的样子,问道:"你猜,她是谁?"孔章方要说话,他又拍了一下大腿,自顾说道:"可不是林宝玉嘛!要是我知道之后会发生这么大一桩事来,第三回、第四回我都是要去的,可不得亲眼看

梨园秘闻录(上) 21

看她和张世宗浓情蜜意的样子。"

徐吴一听,当下有些奇怪。林宝玉难道不是从小便被金妈妈买下的?按规矩,倌人是从小便被打骂着教导听话的,要是没有可靠的人引介,这么大岁数的姑娘,金妈妈是不敢收的,就怕这些大姑娘有二心,不听话。那么引荐林宝玉给金妈妈的人是谁呢?徐吴又问道:"你第二回去,是什么时候的事了?"张编辑想了想,说道:"应该有好几个月了。"

徐吴沉吟了一会儿,又说道:"听说今晚长三公馆要重新开张了?"张编辑现下对于徐吴是更佩服了,惊道:"你是怎么知道的?为了避风头,长三公馆新开张,是极少人知道的。我今晚便定了柳仙儿的局,不知先生可有定谁的局?"徐吴只笑了笑,问道:"现下,我初到贵地,还没去过长三公馆,不知道今晚可能引荐?"

张编辑是在报馆工作的,这几年来也结交了在各界工作的朋友,消息自然灵通。此时,他越发觉得眼前的人是个大人物了,当即应道:"求之不得,先生今晚七点钟到那儿的茶馆等我吧。"又想起自己的正事还没问,便笑道:"现下,我是百分百相信先生昨日见到林宝玉了,不知是在哪里撞见的呢?"

徐吴回道:"大茶馆。"说完,徐吴便站起身来,拿起帽子戴上,说道:"我今天中午还约了人,眼见时间到了,得走了。张编辑要是有什么疑问,我们稍晚些可以探讨。"张编辑肚里虽有许多疑问,但因为约定了今晚,便不挽留了。他们走后,他眼见时间有些晚了,便差人将局票送到长三公馆去。

等出了报馆,孔章这才悄声问道:"你怎么知道长三公馆又开张了?"徐吴笑道:"方才进去,我见他桌上有一张长三公馆的局票,上边写着日期、地址和柳仙儿的名字,我猜着他今晚是叫了柳仙儿的局。欲将事情查清楚,势必是要到那儿走几趟的。先前,我还烦恼着没有熟客引介,我们怎么到公馆探消息去。我们俩今晚跟了他去,之后才好独自去探消息。"

孔章说道:"林宝玉已经离开了长三公馆,去了也找不着她的,有什么消息可探呢?"徐吴笑着摇摇头,解释道:"话可不能这样说,林宝玉似乎除了张世宗,便没有其他客人了。而且她是在这桩案子发生的两三个月前才进的公馆,世上哪里有那么多凑巧的事呢?我见这样的情形,有些像翻戏党的把戏。我们得查清楚她的过去,还要找出引荐她进公馆的人。"

第三回
忆往事醉迷公务正堂，谈戏党暗搜长三公馆

长三公馆处在闹市与郊区边界的一条街上，这条街是久安镇十分有名的花街。这条街并不是单单只有长三公馆，旁边还有数十间等级不一的小公馆，只是长三公馆最有名，里边的倌人也最风流。

徐吴携着孔章在街上等张编辑，眼看着约定的时间已经过了，人却还没到。这时候，他们的前头却慢慢聚集了许多人，吵吵嚷嚷。中间空出一条长长的通道，似乎在等着什么。忽然，远远传来一阵敲锣声，铜锣敲起，声音清脆，这下更热闹了。

孔章一眼便瞧出是什么情况了，对徐吴解释道："应该是哪家公馆的女校书到了年纪，第一次出来弹唱，所以弄出这样的阵仗。既图个吉利，也打开了名声。"刚说完，便有四人抬的花轿子由街角处来了，轿子前挂了一盏小巧的灯笼，上边写着"公务正堂"四字。

轿子在一间茶馆停下，一位中年妇女上前掀起帘子。孔章

这时看清了花轿中人,那女子年方二八,穿着青翠罗裙,妆梳低鬓,细扫黛眉,含笑接过妇人递来的灯笼。之后妇女转过身,将女子背起,疾步走了进去。

看着女子的背影,孔章顿时意兴阑珊,想起他与那人订下婚约时,她也正是这样的年纪。彼时,他最爱看她春日出游时杏花满头的样子,只是不知自他走后,她在北方是否仍然喜欢在春日出游。

徐吴很少见孔章这副呆呆的样子,也不知他是怎么了。孔章兀自笑了一声,另起了个话题:"我看你书看得是很多的,长三公馆里的许多规矩却不是很懂得,等会儿跟张编辑去了可别愣在现场了,我先跟你说说这花场里的道道。"徐吴笑道:"我还没问你以前是做什么的呢,你懂花场那么多规矩,难不成以前是常在那里混的?"

孔章只笑了一声,并没有回答他,反问道:"你可知道为什么长三公馆要叫长三?"徐吴摇摇头:"你刚刚都说我是不清楚的了,那就不要卖关子了,快说快说。"孔章原来是在北方讨生活的,南下的日子里结交了许多朋友,他们一起喝酒的时候,东南西北的事都谈,南方的花场习俗自然也是知道的。"这是前些年的收费规矩,说是公馆里的倌人,陪酒需要银元三元,留客过夜也是需要银元三元……"

正说着,张编辑气喘吁吁地赶过来了,嘴上直道歉。徐吴笑了笑,说道:"不碍事,我们刚好在这里看一场热闹。"张编辑看着人潮慢慢散去,有些惋惜道:"刚才那位倌人,你们觉着怎么样?是不是模样可人?她也是长三公馆出来的,我原是想赶着来看一场的,只是来的路上见到了一位朋友,相互寒暄拖

梨园秘闻录(上)

延了些时间。"但他一想起等会儿便能见到柳仙儿了,又高兴起来:"没想到金妈妈竟然让我定了柳仙儿的局,以前可是不敢想的。"

说话间,他已经领着徐吴和孔章到了长三公馆的门口,那里站着两尊"门神",见有人来了,高喊起一声"客到"。听见这句话,里面的仆人围上来递茶和手巾,待他们喝了茶,擦净手和脸,一名小童才引了他们进去。经过柳仙儿房门口时,张编辑挥手让她下去,返回身扒着门缝偷偷望进去,只见金妈妈正和背着身的柳仙儿说话。

柳仙儿的声音冷冷的:"金妈妈,你做什么让我给那个穷编辑坐局,也不挑拣挑拣。"金妈妈好声说道:"我自然有用得着他的地方,你把他哄好了,不要耍什么脾气。"柳仙儿依旧有些恼意,又说道:"现在,你把林宝玉屋子里的东西都搜了去,是要空出屋子给你的唐囡囡了吧。她说的话你倒听,我说什么你都是不肯听的,还怪我耍脾气。"

金妈妈这时脾气也上来了,恨道:"淑宜又乖又听话,不像你似的,说一句顶百句。你以前也很听话的,现在有名了,主意全要自己拿,生意也不做了。你这是要我干养着你吗?你倒不如做梦去!先把你亏空的钱款补起来。你身上穿的戴的,还有前段时间比赛的花费,哪样不是用我的钱?"说着便转身要出来了。

柳仙儿气急了,对着金妈妈的背影喊道:"张世宗给林宝玉的钻石戒指你清点了吗?不要被你的囡囡拿去了!"

眼见金妈妈要出来了,张编辑赶忙拉着他们退到楼梯口,假装刚上来的样子。金妈妈一出来便撞见了张编辑,连忙笑着迎了上去:"张先生,如今您这个大编辑是贵人事忙了,也不过来坐坐?"又见他旁边没有人,假意斥道:"怎么没有个人给你带路?都偷懒耍滑去了不成,等会儿我骂他们去。"

张编辑笑道:"我也算是熟人了,路也认识,不用人带路。"金妈妈还是过意不去,直把他引进堂子坐下,又叫了人过来端茶、准备热水,好不殷勤。待坐定了,便笑道:"张先生,她正在梳妆呢,就来。您先坐坐,喝口热茶。"

金妈妈又见他带了徐吴和孔章来,便笑道:"张先生今天还带了两位朋友来捧场。这让我想起戴先生来了,您第一次来,也是戴先生带着来的。他是高升到哪里去了吧,我有许多天没见着他了。"张编辑笑道:"巧了,我来的路上遇到他了,邀他也一起来,他说有许多事要处理,还没说几句呢,便跑了。"

金妈妈听到戴先生是这样的说辞,便想着是推脱不想来了,冷笑道:"这儿出了事,也没多少人敢在这风头上来的。林宝玉这人出了事就跑,尽连累了我们。狼心狗肺的东西,张老爷什么东西没有送给她?她屋里的家具、身上的穿戴,哪一件不是张老爷置办的?眼红他家大业大,竟然谋财害命起来,也不知道巡警厅那边抓到人没有。这样没有良心的人要尽早判了才好。"一番话出口,徐吴觉得她似乎很执着于林宝玉的生死,心里有些疑惑。

接着,她拿过一管烟递到张编辑的嘴边,竟哭诉起来,徐吴在一旁跟看变脸似的,只听她说:"我们长三公馆多无辜,要把一盆脏水都泼在我们身上。也不想想,那只是林宝玉的个人行为,况且她也算不上是公馆里的人。张先生的报纸办得好,也应该为我们分辩分辩。"

张编辑这时知道金妈妈葫芦里卖的是什么药了，眼下他已经坐下有好一会儿了，也不见她让人去把柳仙儿请来，要是不给她一个承诺，怕是见不着柳仙儿了。他心里对她虽是不屑，这时也不免要说两句应承的话了。

金妈妈见他答应了，高高兴兴地去把人请了出来。徐吴只闻香风一阵，就见柳仙儿板着脸，摇着一把团扇进来了，又见她云鬓微动，秋波点点，是个十分气派的人物。现下就算金妈妈再提出十个要求，张编辑也是会答应的。

她款款走进来坐下，和金妈妈说自己还没吃饭，让她去准备一桌菜来，金妈妈笑着出去了。眼见金妈妈可算是走了，柳仙儿冷哼了一声，啐道："真是个糊涂东西，眼不见为净的好。好好的生意被她做成这样，我要早日脱了身才好。"说起这话，张编辑不敢接茬，只是笑道："你可什么都敢说，小心你妈妈听见了，要打你的。"

她吊着眉梢，哼了声："她现今是不敢打我的，她做得不对，我就要说。收了林宝玉，平白让我损失了许多钱。我近日虽然得了花名，也不过是个名头，其中闹的亏空你们是不知，我怎么不气她？"说着，又自顾自倒了酒喝。

徐吴就着话头打探起了林宝玉："听说她来你们这儿并不久，怎么金妈妈就肯收了？"柳仙儿一听，更气了，冷笑道："我可看见她偷偷拿了戴先生一笔钱的。为这事我也骂过她了，我说你可别给钱糊住了眼睛，也不知是什么人物，以后管不好，可别出事了。她偏不听，还把人安排在我隔壁屋子。她安排那林宝玉只做张老爷的局，我们这儿的规矩是逢局便得出，林宝玉不出也就算了，整日只哭哭啼啼的。不做生意啦，怎么进账啊？以为她是好命的大家小姐吗？以前也不过是在……"

张编辑打断了柳仙儿的话，追问道："你是说戴业先生？我怎么没有听他说起林宝玉？看来我明日得到他那儿取取经去了。"柳仙儿取笑道："我看先生跟戴先生关系很好嘛，怎么这么件事他也不跟你说？"

张编辑笑了笑，解释道："算起来，我们认识也才几个月的时间。在大茶馆里认识的，那时我们正好凑一桌看戏，他知道我是报馆的编辑，便和我聊了几句，那时才结交起来的。他人很不错，似乎上下都吃得开，却不知道他到底是做什么职业的。人是很热心肠的，之前帮了我许多忙呢。"

徐吴见柳仙儿方才的话还没说完，便问道："你知道林宝玉之前是干什么的？"柳仙儿回道："我也是听这儿的客人说的，说她以前是在小茶馆卖唱的，日子比不得我们，苦得很。因为他的养父母不会经营，赌钱的赌钱，偷吃的偷吃，算计着要把她卖出去呢。我想戴先生是可怜她，把她卖给金妈妈了。"

孔章见眼前的人处处有看低他人的意思，说话很是厉害，有些索然无味，也不知徐吴还要待多久。这时金妈妈让人提着食盒过来布菜，是以安静了一会儿，孔章说了一声要解手，便出去了，也不让人跟。

推杯换盏间，已经过了许久，金妈妈在一旁作陪，一双利眼却是紧盯着柳仙儿，心想真是养不得的东西，白白疼了这十几年，现下有了个花名头便托大起来，做起生意也是日渐怠慢。她站起身来倒了杯酒，递到柳仙儿跟前，努嘴示意她敬酒。柳仙儿这才懒懒地拿起酒杯，各自敬了张编辑和徐吴一杯。

孔章已去了许久，徐吴也猜到他去哪儿了，只是见金妈妈不时望向门口，打算站起来的样子，便叫住了她，问道："金妈妈，你有没有听说过翻戏党？"金妈妈眉一挑，刚想说话，却被柳仙儿截了去。她先是"哎哟"了一声，接着高兴道："这哪里用得着听说，我前阵儿还亲身经历过了，那些翻戏党的人想来骗我，却被我送到巡警厅去了，你们说好笑不好笑。"

张编辑想讨好柳仙儿，便故意地倾身向徐吴说道："她可是聪明得很。"又转头向她道："这是个怎么样的英雄事迹，你可要好好说一说。"

柳仙儿话还没说出口呢，先低头一笑，这时她人已经变得可爱起来了，不再像之前那样板着脸。只是这时，金妈妈的脸色有些难看，而她犹不自觉，直笑道："有一日，我和人约在了大茶馆，刚出门口便被一个高大的粗汉子调戏，许因我是长三公馆的，竟没有人出来劝。我身边只带了一个人，我们俩都被堵在那里走不得，急得像热锅上的蚂蚁。这时候出来了一位男子，对他呼喝了几句，并说了自己家住在哪儿，在这镇上如何有办法，那粗汉子这才走了。我想着知恩图报，便把他迎进公馆招待，之后他也来了多次，出手很阔绰，我们对他也是很信任。那一次，想来他是觉得有把握了，便邀我出局，竟是想伙同之前的粗汉子抢我的钱财。要不是我带了巡警围过去，张先生报上刊登的，该是我的照片了。"

徐吴听完便知道，她说的是昨晚上在巡警厅门口见着的那两个男子。而这边张编辑见她楚楚动人，更加想讨好她了，便奉承道："你是诸葛孔明，有未卜先知的才能啊。"

她掩嘴笑了笑，道："哪里是我有才能，是戴先生有诸葛孔明的才能。那天晚上我正要出局，戴先生正好到公馆来。他知道我要去赴那流氓的局，便告诉我说自己的朋友曾经被他们设了局，手法是一样的，叫我去巡警厅报案。"张编辑并不知道她与戴先生还有这一层关系在，之前也没有听她提起，心里有些不自在起来。而柳仙儿说得正高兴，满面春风的，并未留意。

金妈妈已经虎着脸一言不发好一阵了，此时终于忍不住打断了她的话，只对他们说道："两位先生不要只顾着说话，也要吃酒吃菜啊。"说着便动手布菜，心下又想那孔先生只是说出去解个手，怎么这么久了还不回来？

张编辑这时又试探了句："戴先生应该是常定柳仙儿的局了？"金妈妈这时才笑道："那倒没有，他过来也叫月仙的局。""月仙？"张编辑隐约想起了那含笑低吟的女子，之前自己跟戴业到这儿来，他也是叫月仙的。

柳仙儿倒了杯酒自顾自地喝了，轻声道："月仙的局一场不过几块钱。"正说着，孔章掀帘进来了，大声笑道："金妈妈，你们这儿大得很，我走错了路，一直逛到后面去了，一路问了好几个人，绕了许多路才回来。"说罢趁旁人不注意暗暗对徐吴点了点头。金妈妈也拍腿笑道："哎哟，就不该听你的让你自己找去。"

又坐了一会儿，徐吴才起身说道："天晚了，我们还有事，要告辞了。"金妈妈要挽留，这时，张编辑却也说要走了。出了门口，张编辑冷笑道："这柳仙儿看来对戴先生很有一番意思，只怕是金妈妈不同意，所以在她面前，对我们不配合呢。"

孔章不明白，问道："戴先生似乎很有能力，上下也吃得开的样子。"张编辑接着他的话尾，摇头说道："可是他没有钱啊。他啊，穷得很，只是人聪明而已。"而此时徐吴却想着柳仙儿方才说起的翻戏党骗局，似乎在这儿是很猖獗的，又问道："张编辑，这儿的翻戏党是什么情况？"

张编辑曾经写过一期关于翻戏党骗局的文章，叹道："从一年前开始，不知为什么，这儿忽然多了许多翻戏党做出来的骗局，他们或以色相或以钱财，专门骗一些穿着富贵的太太、老爷、小姐、少爷。他们见年轻点的便骗色，有钱点的便骗财。现在他们都是好几个人一起作案的。一个呢，打探人家的姓名和背景，一个就专门做托，还有一个便是电影中常有的主要角色了，配合得很好。许多人就算知道有翻戏党的人在做骗局，依然还是被骗了去。"

翻戏党在久安镇的发展速度是极快的，有许多无所事事的青年人仗着自己有漂亮的皮相，专门去勾引一些大家小姐，白占便宜，那些女子又不敢声张出去，只能暗暗吃亏。徐吴想到这层，便明白了，又问："方才柳仙儿说，戴先生也遇到过翻戏党？"张编辑笑道："那不是，她说的是戴先生的朋友遇到过。"

徐吴笑了笑："那戴先生也是了解一些的，我是个写戏的，平时对这些最感兴趣，不知道张编辑可不可以带着拜访一下呢？"张编辑说道："正巧，我打算明日便找他去，我原不知他与柳仙儿的感情是到这地步的，我可要好好敲问敲问了。"

正说着便到了分岔路口，张编辑说道："我往这边走，明日下午我办完事便去找戴先生。我们约明日下午四点钟在大茶馆见吧。"说完便走了。

孔章见他总算是走了，憋了一肚子的话可算是能说了，急忙从袖口抽出几张纸递给徐吴。徐吴问道："这是在林宝玉的屋子找到的？"孔章在一旁着急道："她手上竟然有我们的资料，不仅是你我、徐离和梅姨,她都摸得一清二楚,就连林司的背景,她也列出来了。难道那封信真是她寄的?可她为什么要那样做?"

这一份资料,详细记录了他们几个的身份和背景。林司是徐吴的妻子,只是在许多年前莫名失踪,徐吴也找了许多年了。徐吴将东西收好,见四周没人,才问道:"你在林宝玉的房间里见到了什么?是怎么找到这些的?"

孔章听柳仙儿说林宝玉的房间在她隔壁,便留了个心思,借口解手便自己去了,本来还担心要是门锁住了怎么办,没想到那门只是虚掩着。他推门进去,见屋子空荡荡的,只剩下一套家具,便知道许多好东西应该是被金妈妈搜刮走了。不过可以看出这间屋子之前的装潢很简单,不像柳仙儿那间金灿灿的。又见墙上挂着一把旧胡琴,琴弦还断了一根。

他走近深红色的木质妆台,只见桌面上放了一叠戏本子和几张戏报,还有一个翻着盖子的化妆匣子,果然除了不值钱的胭脂,金银首饰一样也没有。他又见口子有点浅,对着匣子敲了敲,果然还有一层,费了许多工夫才打开,这几张纸就藏在里边。这种木匣子他也是在北方的时候听过,一般是北方的姨太太才会特意找木匠定制,在南方并不常见,难道林宝玉是北方来的?

徐吴听完孔章的话后,心里也是乱成结了,本来以为林宝玉只是个被陷害的,如今看来她怕是整件案子的谋划者了,只是她为什么要杀了张世宗呢?看眼下,她与张世宗的感情似乎是很好的,那不可能是情杀了。要是为了钱,那么张世宗死后的遗产也不可能落在她身上,那么她到底是图什么呢?再者,林宝玉？林司？只怕就连她这个林宝玉的名字也是假的了。若林宝玉是戴先生介绍给金妈妈的，那么戴先生一定是知道林宝玉的情况的，明日要当面问他才好。

天晚了，吹起了风，徐昊当下便觉得有些凉意了。回到住的地方，只见徐离正一脸担忧地站在门口，左右张望，小脸都皱成一团了。

孔章本想吓唬她，拉着徐昊往拐角处躲，而徐昊见徐离紧张的样子，哪里还想吓她呢，赶紧迎了上去。徐离见他们可算是回来了，提着的心也放下了，埋怨起来："我早上起来，你们都不见了，只是茶房的过来说你们出去了。我和梅姨左等右等，到了晚上还不见你们回来，以为你们被巡警厅的扣住了，就到那儿找你们去了，可李巡警说你们今天都没去报到呢，叫你们明天一定去一趟巡警厅。"

徐离又问起孔章来："你们今天这是到哪儿去了，害得梅姨白担心了？"孔章取笑道："你梅姨哪里会担心我？她担心的只有你阿爹这根木头了吧。"徐离掩嘴笑了起来，问道："那您可敢当着梅姨的面说？"孔章摇头："我可不敢，她是我师妹，对我是不会客气的。她又练过一点拳脚功夫的，打起人来可不是花拳绣腿，痛得很。"说着，便一路笑着进去了。

第四回
好人戴业穷济苦姐儿，校书淑宜喜迎小戏班

　　这一整夜，徐吴都辗转难眠，一早便起来研究那几张纸。直到下午他还把自己关在房里，孔章去叫他，才记起来和张编辑有约。徐吴临出门跟梅姨打了声招呼，却不见徐离，本想着她应该是贪玩去了，没想到她正站门口守着他们呢，见了他们便嚷着要去大茶馆凑热闹。孔章无奈，苦笑着说道："昨晚上就不该把话全说给你知道了，跟了去可不许坏事，只能安静看着。"

　　这个时间，大茶馆门口挤着许多人，原来今天这里开了一场戏。徐离凑上前去瞧了几眼，牌上介绍了今天的戏目，是一出老生戏《捉放曹》和一出花旦戏《神女落花》，班底是长西镇的成家戏班。徐离不禁奇怪，陈叔叔怎么也从长西镇跑到这儿唱戏了？

　　徐离拨开人群，见阿爹眉头微皱，正在孔叔耳边嘀咕着什么。她抿嘴一笑，上前笑问道："阿爹，你猜猜这是哪家的戏班啊？"徐吴会心一笑，拆穿她的小把戏，说道："是你陈叔叔的

戏班吧。台上挂着成家戏班的旗呢。"

徐离讨了个没趣，哼了一声，也望了进去。只见大茶馆中央的舞台上，一名穿四青袍，戴大髯口的老生正咿咿呀呀在台上唱着。一见台上人的扮相，徐离便知道唱的是陈叔叔最拿手的老生戏《捉放曹》，他唱的陈宫在长西镇是最有名的。

这出戏讲的是汉末曹操谋杀董卓老贼不成，反被陈宫擒住。陈宫被曹操以大义说服，弃官跟着曹操另谋出路，途中遇到曹父旧友吕伯奢。吕伯奢好意杀猪款待他们，曹操反倒起了疑心，以为人家磨刀是准备在夜里将他杀害，便杀了吕伯奢的全家。台上"陈宫"正在那儿哀叹自己识人不清呢。

徐离见陈叔叔正唱在得意处，也顾不得身边有人了，直往前凑，跟着大家叫好。孔章望了徐吴一眼，只好摇头跟上了徐离。徐吴望了望四周，瞥见二楼的包厢里张编辑已在席上坐定，旁边还坐着一名年轻男子，穿着灰色哔叽西装、黑皮鞋，一顶西式帽子挂在旁边的衣架上，一副很时髦的派头。徐吴暗想这人应该就是戴业先生了，他这样的打扮哪里像是张编辑所说的穷得很？

徐离机灵，见她阿爹正循着一个方向打量，也跟着望去，笑道："阿爹，那穿着西装的人脸上总带着三分笑意，看着很温和的样子。"说着便抬脚跟着徐吴走进了包厢。此时，张编辑正质问戴先生，而戴先生正极力应付，都没注意到来人。

还是徐吴先喊了一声，张编辑这才缓过神来，赶忙介绍道："戴先生，这是我昨日结交的好友，徐吴徐先生和孔章孔先生。"说着，又向他们介绍道："这位就是昨晚上没有出现的大主角戴业戴先生了。"

张编辑招呼着大家坐下，又牵起了话头，对着徐吴说道："我刚才问他到底是许了柳仙儿什么好处，让人家死心塌地地向着他。你们猜他说什么？他说与柳仙儿不熟，昨晚的情形你们也见着了，你们信不信？反正我是不相信的。戴先生这保密工作做得很好的嘛。"

戴先生摆了摆手，笑道："你也知道，我到公馆去一般只点月仙的局，哪里攀得上柳仙儿？而且，我去公馆的次数并不比你多多少，只和她有过一次交集，帮了她一次，没想到她却记着了。"张编辑回道："那我是不管的，你只管把你的英雄事迹说出来吧，我是要好好学学的。你怎么就知道那两人是翻戏党呢？要是说什么你的亲戚朋友被他们骗过这样的胡话，我是决不相信的。"

戴先生放下举到嘴边的茶杯，微微倾身向前，轻声说道："其实不是什么可以说得出口的事，我那样说既是为了能帮柳小姐，也是为了成全自己的面子。别看我如今混得可以穿上西装了，以前也是在十里巷混大的，那条街小流氓很多，治安差得很。前两月有两个小流氓盯上了我，知道我同他们是一个穷地方出来的，特意来和我套近乎，要我参加他们的什么协会。跟我说了许多他们的规矩，说得天花乱坠的想把我拉进去，我听完便知道那是一些骗人的把戏。"

张编辑接着道："那两小流氓是骗柳仙儿的那两个？"戴先生点点头，又求道："可别再说我跟柳仙儿的什么事了，你这样吵嚷出去，她以后的生意还怎么做呢？金妈妈也是厉害的人，你可口下留情吧。不过，你倒是提醒了我，以后可要少到那儿去。不然，怕是要受金妈妈的冷眼了。"

听戴业这样说，张编辑大笑了几声也就不闹他了，可是又提起了林宝玉来，悄声说道："听说你与林宝玉有些交情，要是你能提供一些她的消息来，我保证报酬是不少的。现在她的消息是最值钱的了，大家都很爱看呢。"

戴先生一副为难的样子，说道："说和她有什么交情倒谈不上，只是在她落魄的时候拉了她一把，之后是没有交集的，我从哪里得知她现在的消息呢？只是她谋杀张翁的一些心思我是能理解的，她以前过得很苦，见张翁有钱，难免是要起贪心的。"

徐吴见戴先生也认为林宝玉有很大的嫌疑，便说道："但是她杀了张世宗，并不会得到多大的好处，他的遗产并没有落在她手上。"

戴业皱眉沉吟了一会儿，说道："本不想说，但是我曾经见过张翁对林宝玉说起自己有藏钱的癖好。要是张世宗有一笔放置在别处的钱财只有林宝玉知道呢？"

张编辑听了，高兴得不行，十分殷勤地给戴先生倒茶，赞道："这样的情报可只有你才有，我昨晚便和徐先生说你上下都吃得开，是个很聪明的人呢。"

徐吴注意到了戴先生对张世宗的称呼，问道："戴先生与张世宗认识？怎么称呼他为张翁呢？"戴先生说道："说来实在愧疚得很，还是我撮合了林宝玉和张翁呢。算起来我也是他们的媒人了，没想到造就了一段孽缘。""你什么时候和张世宗有了交集？怎么是你去撮合了他们？"张编辑问道。

戴先生长叹了一口气，缓缓说道："这便要从我与林宝玉的相识说起了。说起来，她也是苦命得很。打小被卖到了现在的养父母手上,他们赌博的赌博、偷吃的偷吃,对她又是打又是骂的,从不让她过一天安生的日子。白天让她到小酒馆唱曲赚钱,晚上又使唤她干活。后来他们没有钱了,打算把她随便卖到一个窑子去,得几个钱就卷铺盖回乡下。我见林宝玉识字,又能弹会唱的,便帮着和金妈妈牵了线,想说到公馆做个女校书总比那些下三滥的窑子妓馆强。"

张编辑问道:"那你怎么还给金妈妈钱呢?柳仙儿说看见你给金妈妈钱了。"戴先生解释道:"那金妈妈说林宝玉大了难管教,到了公馆只怕也要推三阻四地不肯做生意。我哪里看不出她是想压价呢,为了促成这桩生意,我也只能倒贴点钱了。"张编辑双手作揖,佩服道:"你一贯是很会帮忙的,以后什么事托付你,我都是放心的。"

徐离正听得入迷,眼见话题又离了张世宗,便追问道:"戴先生,您到底是怎么撮合张世宗和林宝玉的?"大家见她一副听故事的天真神情,大笑起来。戴先生继续道:"张翁是开成衣铺子的,我经常引着我的客户到他那儿去消费,走动得多了,就算认识了,也和他在长三公馆里凑过局。林宝玉见了,以为我和他很相熟,便托我帮忙撮合他们。"

张编辑奇道:"这是为什么呀,怎么她单单看上了张世宗,还要你帮忙撮合?难道一开始她便存了歪心思?"戴先生皱着眉头,回道:"当时我也这样问她。她只说自己打定了主意,只做张翁的局,张翁是很有些钱的,要是可以帮她置办金银首饰、衣物家具,金妈妈便不会多为难她了。我想着也是这样,便拉着张世宗定了林宝玉的局,没想到他也真看上了林宝玉。这样两人便好上了,我前阵儿见他们处得很好,心里还很欣慰呢。

梨园秘闻录(上)　39

哪里想得到林宝玉是个心狠的人。"

张编辑若有所思地点点头，一副已经断定了事实的神情，看起来回去会做篇大文章。徐吴则打量着眼前这个穿着新潮的年轻男子，这人看起来是一副很热心肠的样子，应该是社会上那种很会投机的人，交际似乎也十分广阔，估计平日穿梭于各式各样的人之间，专做穿针引线的活儿，以此捞取一些好处。正经职业看来是不会有的了，只是他为什么要帮林宝玉呢？

大茶馆二楼走廊，一个穿着青袍的男子匆匆走着，眼睛胡乱瞄着头顶的牌号。终于，男子在走廊尽头的包厢前站定，拿出手上的白纸又比对了一番，然后调整了一下呼吸，推门进去。屋子里并没有人，男子松了口气，才觉得一场戏唱下来早就嗓子冒烟了，连忙喝了口茶。

男子知道得等上一会儿了，但现在他很着急，只想快点见到徐吴。忽然，台下传来了喝彩声，他踱步到栏杆前，却是紧绷着背脊，面露担忧地看着舞台。刚才他下了戏，正在后台下妆，一个茶房的塞了张纸条给他。纸条上说让他到这个包厢见面，署名是徐吴。他当下顾不得什么了，洗了把脸，戏服都还没脱呢，连忙赶了过来。

正想着事，男子听见有人敲门，他心里一喜，赶忙去开了。来人并不是徐吴，而是唐淑宜。男子有些失望，但唐淑宜帮过戏班的忙，不好落她的面子，只得把她请进来坐下了，同时男子也在疑惑她怎么来了。

唐淑宜是很会看人眼色的，忙解释道："我今天带着朋友捧场来了，想趁着下一场戏还没开始的空隙，出来透透气。没想到在走廊上见着您了，追上来是想当面跟您道谢呢，这出《捉放曹》实在是演得精彩,还要谢谢陈班主送的戏票。"

被叫陈班主的男子摆了摆手,笑道:"这是应该的,要不是唐小姐介绍我们来这儿唱戏,我班子里的人恐怕得喝西北风了。"唐淑宜笑道:"是你们班子唱得好,尤其是您唱的陈宫,我的朋友都说想跟您学唱几句呢。不知道您什么时候有空,到我们那儿坐坐去?"

陈班主并不擅应酬,知道她说的是花街公馆,想着如何婉拒。他本盘算着等过两日,唱完了剩下的戏,就准备回长西镇去了,这里近日不很太平。

这时,外边却传来了徐离兴奋的声音,一路"陈叔叔,陈叔叔"地叫着,她大大咧咧推了门进去,迎面却看到背对着她的一男一女,以为撞破了人家的情事,赶忙退了出去。

唐淑宜知道陈班主是约了人的,便说朋友该等着急了,起身到了门口,跟正要进门的徐吴等人点点头算打了个招呼。孔章仔细打量着唐淑宜的模样,觉得很是熟悉,便悄声问徐吴:"她好像是昨晚上坐轿子的女校书?怎么与陈班主还是旧识了不成?"说着便大笑了起来。

陈班主见方才还活蹦乱跳地叫嚷着的徐离,现下却是安静得出奇,呆呆地望着唐淑宜的背影,取笑道:"你是做什么?见人家长得漂亮,眼红了?"徐离缓过神来笑道:"我不眼红,她可不比梅姨漂亮呢。只是她的背影与我们前天晚上在这儿见到的一个人很像。"

孔章取笑道:"你说你见到了林宝玉,现在又说这人的背影与林宝玉很像。可别是看错了,前天晚上你在这儿看见的人不会是她吧?"徐离却是肯定地摇了摇头:"只是背影像,五官却

梨园秘闻录(上)

并不很像。"听他们说起林宝玉，陈班主脸色也跟着变了，暂时放下见到熟人的喜悦心情，推他们到里面坐下，仔细关上了门后，问道："你们怎么到这儿来了，还提起了林宝玉？难道你们也与张世宗的案子有关系吗？"

孔章一顿，骇然道："怎么，你也是被这件事牵连进来的？方才徐吴说我还不信呢。"陈班主说起这事便捶胸顿足，哀叹道："活该我贪财，上个月我收到了来这儿唱戏的邀请，说定的价格可是高出了市场价的一倍，还预先付了些定金，我以为这桩生意肯定是成了，便带着整个班底来了。"

徐吴问道："那封信有署名吗？"听徐吴这么问，陈班主有些迟疑，好一会儿才说："上面署名是张世宗。"徐离惊道："张世宗？你说这封信是一个月前才寄的，但那个时间张世宗早已经死了的，怎么可能邀你来唱戏？"

陈班主也是急了："这儿隔着长西镇十万八千里远呢，我到这儿才知道他早死了，上哪儿找人去，也不敢声张，怕被扣押住，毕竟这儿不是长西镇。好在我不曾跟班里的人说是谁邀请我们的，可是开不了戏，全班上下几十口子都等着我开饭，路上也要花销，把我愁坏了。正巧遇到了方才出去的唐小姐，便是她介绍这一笔生意给我做的。我打算后天拿到钱便走，早点离开，我的心才能放得下去。"

徐吴心中又有个疑惑了，陈班主手中的信不可能是张世宗寄出去的，那么是谁假借了张世宗的名义寄信？这南北的戏班大大小小少说也是有数百家的，就他这两天的观察，久安镇的戏班也是有好几家的，怎么偏偏大老远请了他们两家来？于是又问道："你们到这儿多长时间了？"

陈班主回道:"大概有七八天了吧。"徐离说道:"那是比我们早了好几天了。"徐吴又问:"你们有和什么人接触吗?或是有人找上门来吗?"陈班主仔细想了想,摇摇头:"这儿的人我都不认识,也没有什么人找上门来。这里的经理替我们在旁边租了一间宅子住着,除了在大茶馆里唱戏之外,我也不敢出去走动,我叫班里人没事也别出去。现下我就怕有什么人找上门来,只想赶紧离开这鬼地方。"

孔章拍了拍他的肩膀,笑道:"方才进来的漂亮小姐不就是一个现成的人物吗?你们刚才还在这里相会呢,怎么转眼却把人家给忘了。"陈班主一愣,也跟着笑起来了,朝孔章笑骂:"你这个五大三粗的浪荡人,怎么说话总是不中听呢?唐小姐那只是偶然遇见的,算不得数,除了第一次介绍我来这儿唱戏外,今天才第二次见,她前脚刚踏进来,后脚你们便来了,我们可没时间说什么话。"

这时徐离也成心戏弄他,跟着取笑道:"这样都算不上接触了,那我可得把你刚才说的话原原本本的告诉陈嫂子,嫂子自会有定断的。"陈班主一听徐离要把唐淑宜的事告诉家里的那位雌老虎太太,气势一下子灭下去了,摆手求道:"哎哟,你可别说吧,本来是没有的事情,她要是知道了,疑心起来,可不比曹操的疑心轻呢,你是想让我当一回吕伯奢不成?"见他这样,大家笑了一阵也就不闹他了。

徐吴却是在想,老陈怎么就遇见了唐淑宜呢?又问他:"你和唐小姐是在什么时候认识的?在哪儿遇见的?"陈班主回想起刚踏进久安镇的那天,眼皮便跳得很厉害,他手里握着写有张世宗名字的邀请信,就要跟人打听。话还没问出口呢,便听到一旁的人在议论，原来那张世宗早已经死了，巡警厅正在寻捕凶手。

陈班主知道事情的轻重，赶忙把口中的话藏住，跟谁都不敢提起。但心里发愁，不知怎么和班里的人交代。这时候有人来跟他搭话，看打扮应该是听差的伙计，张嘴便问他是不是成家戏班的班主。那时他对谁都是设了十二分的防备，没有直接回答，只问那人是谁。那人说自己是大茶馆的伙计，他家经理让他来问要不要接戏，茶馆里这几日正要办几场戏剧演出，价格可以商量。

这正是解了自己的燃眉之急，陈班主也就将信将疑地跟了过去，想与大茶馆的经理面谈。伙计把他引进了大茶馆的一间包厢，里头一男一女正在谈笑，女的便是唐淑宜了。经理见陈班主来了，便问道："停在楼下的戏班子是你的班底吗？"陈班主点头，经理转而同唐淑宜笑道："看来你是猜对了。"

原来方才经理与唐淑宜在楼上喝茶，见街上有戏班旗帜的车队，便各自说起了自己爱看的几出戏。唐淑宜见大茶馆这几日没有做表演，便提议经理可以去请了人家来唱，要是成了，那可是很热闹的，再收取一些听戏的费用，可不又是一笔进款了吗？先不说这提议可行不可行，这经理正在追求唐小姐，所以很听她的话，当下便叫人请了陈班主进来。

陈班主不知道他们这葫芦里卖的是什么药，只好问道："经理，这是要唱几天的戏呢？"经理笑而不语，只是看着唐小姐。唐淑宜见经理的态度，便明白是要她来做决定的，便笑着问道："你们这戏班有什么拿手戏，都报上来。"跟着又问了好些问题。陈班主也是惯看眼色的，见这桩生意是能谈成的，便将戏单列了出来，略降了些价格，在唐淑宜面前给足了经理面子。最后，他们终于敲定时间，签了合同，皆大欢喜。

徐吴听完陈班主的话，一时没有说话，自顾沉思。孔章则又取笑陈班主："这是掉下来的桃花正砸在你的头顶上呢。"陈班主想到家里的厉害太太，赶紧澄清道："这样的桃花我可不敢要，只是谈生意而已，也说不上是桃花。"徐离笑道："孔叔和你说笑的，陈叔叔你怎么就当真了呢？"

陈班主又说了好些心里担忧，徐吴听完，便大概知道现下的情形，跟陈班主保证了安全，陈班主只好将信将疑地送走了徐吴等人。

第五回
老妪买玉大设连环套，梅姨喝酒心系求救信

夜晚，巡警厅里只留了几盏煤油灯，光影在黑暗中摇摇晃晃，两三个人正伏在桌面上休息，只有李巡警站在桌子旁边抽烟，还拿着一份报纸凝神思索。他想到下午接到的上司的电话，一时又觉得有一口气堵在心中，着实闷得慌。

一张神似林宝玉的脸、一纸无署名的密信、一叠张世宗身上的钞票，这些都让李巡警隐隐嗅到线索的味道，他有些怀疑或许这桩案子一开始的搜查方向便是错的。他让人到报馆去探消息，又亲自到长三公馆去，都是无功而返，好像一拳打在棉花上，无力得很。今天下午又得到了一点关于林宝玉的消息，正打算好好地大干一场，上司却让他赶紧结案，给公众一个交代，平息这一场轰动全镇的风波。

李巡警望了眼后边跟着加班的几个人，叹了口气，安慰大家这样也是好的，结案之后便是论功行赏了。他走到窗户口透风，却见有几道黑影正往巡警厅的方向来，吓了他一跳，待仔细瞧清楚了，才发现是呈祥戏班的人。

一会儿的工夫，徐吴几人便到了门口。徐离见李巡警正站在门口，笑着喊了一声"李叔叔"。李巡警虽被徐离的热情吓了一跳，却也是跟着点点头，心想这女孩儿倒是自来熟得很，不像她阿爹一样一副冷面孔。他们来得也正好，既然要结案，这些无关的人也好，有关的人也罢，全送走才好，虽然之前自己情真意切地请求过他们帮忙。

徐吴来找李巡警是为了翻戏党那两个流氓的档案，坐下便道："我昨晚去了一趟长三公馆，听柳仙儿说起那两个翻戏党的流氓，您这儿有他们的档案吗？"李巡警怪道："你要他们的档案做什么？"徐吴回道："我觉得那两个流氓针对柳仙儿这件事情有些蹊跷，兴许在档案上能找出关联来。柳仙儿能识破翻戏党的把戏，是一个叫戴业的人帮的忙，你听说过这个人吗？"

李巡警听得一头雾水，柳仙儿这一桩事跟林宝玉有什么关系？而戴业这个人自己也不曾听说过，倒是那两个流氓的档案是还在的，只是眼前自己也不用徐吴他们了，便想着怎么打发他们走。于是，他笑道："那天晚上抓了你们回来，是误会一场，你们是清白的，今天晚上你们便可以出久安镇了。"

徐吴当下明白了李巡警的意思，上次他便透露出了要结案的意思，想来是上头逼得更紧了。但徐吴到这儿并不单单只是为了解脱自己的嫌疑的，便问道："这桩案子您打算多久结案？"

李巡警微微挑眉，知道徐吴是猜到了，便爽快地回答："大概是三四天吧。"徐吴又问："可以拖延些日子吗？"李巡警也是很为难，现下手上是有新的消息的，要是循着线索找下去，说不定会有大进展，就此放弃，自己也是很不甘心，但也只能摇头。

而徐离一向是个好奇的人，看见新鲜事都是这边摸摸那边看看的。她随手拿起了放在一旁的报纸看了起来，忽然翻到了刊有林宝玉照片的版面，发现与之前看到的那张并不是同一个报馆发的，赶紧拿去给她阿爹看。

这一张报纸是下午的时候，李巡警被邀请到张世宗的成衣铺子里时看到的，便带了回来。

徐昊翻了翻报纸，这是则封面广告，标题书着"风姿绰约潇湘馆主林宝玉"，照片登了很大的版面，报上的照片也正是前天晚上他们看到的那张。它的出版日期显然是在林宝玉认识张世宗之前，那时的她还未进入长三公馆，不是应该在小馆子里唱曲吗，怎么会以倌人的身份登广告？这与戴业的说辞是有些出入的。

李巡警心想怎么忘了把报纸收好，赶忙拿过报纸，解释道："这并不奇怪，倌人登广告是平常事，柳仙儿在大赛期间也时常登广告拉票呢。"徐昊说道："可是这报纸上刊登的信息与我听来的说辞有些出入。"然后徐昊将这两天自己的所见所闻都告诉了李巡警。

李巡警知道徐昊是在说服他往下查，不要那么草率结案，心里也开始动摇起来。要是推迟几天结案，徐昊他们能够找出凶手，找到林宝玉，到时自己也算是大功一件。一番盘算后，李巡警说自己这里可以拖延个十日，要是不成，只能定林宝玉为最大凶嫌发通缉令作结了。

徐昊又说起了翻戏党的两个流氓，李巡警只好叫人去翻档案，转头却发现他们每个都沉睡不醒，无奈地摇了摇头，白天不见他们卖力干活，到了晚上值班倒是困得很，只得自己去把档案找了出来。

李巡警一边找一边说起了那两个流氓，说着说着便骂了起来："那两个渣滓一样的人物，我早就恨得牙痒痒了，两人都是前科累累。他们合作作案，不知道骗了多少小姐太太，还专门设一些仙人跳骗一些有钱的少爷老爷。把戏也实在多得很，今天骗王家，明天骗张家，偏偏还都能骗得人上当。告他们的也有，可是就是没有证据，拖了他们在巡警厅几天，倒是被骗的人过来说不告了，想来应该是被抓住了把柄，受了威胁。既然人家不告了，我们也没有什么办法不是……"

徐吴接过档案："那这样说来，他们还不是初犯了，反倒是栽在柳仙儿手上？"李巡警也笑道："我也是奇怪了，难道就只有柳仙儿那样的才能治得了翻戏党？不过说来也是，柳仙儿这样的人一来不怕坏了名声；二来钱也是在自己手上攥得紧紧的，那些什么情啊爱啊的还识不破吗？"

徐吴翻开档案，浏览了一下，那两个流氓的记录确实不少，到现在还没有关到牢里去，也是稀奇。每桩案子都密密麻麻写了许多字，想是当时抄录起来的口供，唯有一桩案子是三两句话带过，语焉不详，牵涉的是卖珠宝的人物，神秘得很。

徐吴对这桩案子有很大兴趣，转头却见李巡警不知跟阿离在说什么，便喊了他过来，指着问道："这桩案子怎么不像其他案子那样写得翔实？"李巡警看了徐吴一眼，挑眉道："这里边的人物本来就是我们胡诌上去的，说起这桩案子，我是不得不佩服翻戏党的把戏了，他们还有专门的术语，什么'上八将''下八将'的。他们这个组织里的人，有的呢，靠博弈维生，练就一身老千的硬功夫。还有的呢，专门设局诈骗，诈骗的人之中又有很多分工，有监场打暗号的，有协助逃跑的，有组织武斗队伍的，有搜集情报和散播谣言的，当然还有就是解决利益分配问题的。那就像战场上的百万雄兵，指挥调配，一层套一层的，怎么不把人给骗得团团转。"

李巡警喝了口热茶，继续说道："那瘦瘦矮矮的小流氓把自己打扮了一番，携着一位老太太到珠宝铺买翡翠珠子，挑了一串很好的，直赞叹说要是家里的太太喜欢便买下了，又问铺子的经理能不能让他拿回去给自己的太太看看。经理很为难，但见他们很有些钱的样子，又想着老太太还在自己的铺子里呢，便答应了。可过了许久都等不到人来，经理急了，问起了那位老太太来，这才知道自己是被骗了。那位老太太说自己原不认识那人，只是好吃好喝被供养了几日，今天又把自己打扮得很富贵的样子，给了一点钱，把她带到了珠宝铺子，只吩咐不要说话。经理急得要报到巡警厅来，可是正好有人把那些被骗的珠宝都摆在那经理面前，说在铺子门口见到这个家伙，因为自己也曾经被骗过，知道他在耍什么把戏，便把他抓到经理跟前。那经理千恩万谢，把那个流氓押到这儿来了。"

徐离听到这儿，也没听出什么神秘之处，嘟囔道："这算得什么？"李巡警瞟了她一眼，笑了笑："这还不算完呢，下面的手段才是厉害的。这经理对抓住小流氓的人是十分佩服的，直说要请人家吃饭。那人就带经理到一栋大楼上去，说是自己的家业。两人聊起来，都是喜欢赌的，打麻将、推牌九什么都玩，渐渐熟络起来，不久就称兄道弟了。之后，经理又把他这兄弟介绍给了徐老爷认识，因为徐老爷总是赢钱，便说小打小闹的没有意思，要求玩大一些的。那人便凑了个大赌局，不知怎么徐老爷竟失了手，只那一晚上，徐老爷便输了好几万。徐老爷是负责这次镇上河道修缮的人，上面拨下来的款项有一半输了进去，他不敢把这件事张扬出去，只能自己四处筹款，吃了哑巴亏。"

徐离这才反应过来："这样的话，是那两人合伙让徐老爷吃的亏？"李巡警回道："他们有没有合谋不清楚，徐老爷筹款子这件事却走漏了风声，差点闹大了起来，只是刚好被张世宗的案子给压住了。"徐吴倾身问道："那人是谁？"李巡警摇摇头："不清楚，这是传来传去的话，没有人在明面上讲。"

孔章听着觉得这翻戏党的套路是差不多的，也是这样骗的柳仙儿。徐吴当下也是这样的想法，眼见话已经听得差不多了，明日还有打算，便拿上那份报纸，带着孔章和徐离起身告辞了。

梅姨望着窗外，眉头微蹙，刚才叫人温的酒已经凉了。茶房的见她在大堂已经坐了好些时候了，看样子应该是在等早上出门的那几位，便走过去说道："小姐等人？我见您空坐了有一会儿了，要不您先回房间里等着，等他们来了，我快快地去告诉您。"

梅姨没有回答，兀自沉思。茶房的见她没理自己，便笑着把她那把湿嗒嗒的雨伞收了起来。

马蹄声不断闯进梅姨的思绪里，她抬眼望了过去，可不正是徐吴他们回来了嘛。见徐吴撩开帘子要下车，梅姨急忙拿过伞踏入雨中，发现伞不够，她又转过头去央求茶房的道："劳烦再去拿两把伞来，这雨下得越来越大了。"茶房的无奈地摇摇头，便去拿挂在墙上的伞，心想自己说的话她没有听进去，雨里的马蹄声倒是听得很清楚。

梨园秘闻录（上） 51

孔章站在车上,将睡着的阿离扶到徐吴的背上。梅姨摸了摸她的手,冷冰冰的,看来是睡了好一会儿了,赶忙撑起伞把她送到楼上。待安排好徐离睡下,梅姨到了外间,拿出一封信给徐吴和孔章看:"这是今晚上有人从门缝里塞进来的。"

徐吴接过信件,怪道:"怎么不是门房的送进来?"梅姨迟疑道:"这不清楚,我追出去也没见人影。"徐吴打开信件,却见署名是林宝玉,吓了一跳,怎么林宝玉要传信给他?再看内容,却是越发的奇怪了,现在巡警厅的人将久安镇翻了几遍了也没有找到她,可见她是藏得很好的,怎么反倒要向自己求救呢?

孔章见徐吴的表情不寻常,忙问道:"这是什么信?"梅姨说道:"这是林宝玉的信,似乎是在向我们求救。"孔章惊道:"她正在躲着追捕呢,不被发现不是她最希望的吗?怎么要我们去把她找出来?"徐吴将信拿给孔章看:"她只是写了两句话,虽说是有求救的意思,但是却没有写出地址,也没有讲清楚什么事情,模糊得很。"

梅姨问道:"那她这是做什么呢?既要向我们求救,却又不说自己在哪儿,我们怎么救她?"徐吴也是觉得奇怪,林宝玉为什么要求救呢?看这意思,好像不是怕巡警厅的人抓她,倒像是受人迫害又不能报到巡警厅去,所以向自己求救,还很急切。那么有谁要害她呢?又为什么要去害她?这些徐吴都想不通,看来案件查得还不够深。

孔章看着手里的信,想到这信是有人塞进门缝的,一时有些悚然,疑道:"她怎么知道我们住在这儿呢?难道从我们进入久安镇之后,她便一直暗地里监视着?"徐吴想了想,说道:

"现在我们手里有三封信，一封是引我们到久安镇的无名信；一封是邀陈班主来唱戏的署名张世宗的信，但时间对不上，不可能是张世宗寄出去的；而这一封是林宝玉送来的求救信。"

孔章惊道："这有可能是同一个人寄出去的？"徐吴说道："也有可能是三个不同的人寄出去的，只是各有目的罢了。"梅姨这时也感觉到这桩案子的复杂："总觉得有人在暗地里操控着一切，似乎在引诱我们入套。"

徐吴也说道："就我们这两日的观察，张世宗的死可能不是林宝玉害的，但是全部的证据却都指向了她，而且还把我们牵扯了进来，这才是令我疑惑的。"梅姨问道："难道还有其他的隐情？"徐吴这时又拿出下午发现的报纸，指着说道："这张报纸上登的林宝玉的广告也是奇怪得很，跟戴业的说辞有些对不上。我想，或许顺着这条线索可以找出些什么来。"

孔章追问道："那怎么找呢？"徐吴想了想，指着报纸上的地址，说道："这样，我们明天去找一下这间报馆，看看是谁编辑的这则广告，探清楚当时登广告的情形。再来，还要找出拍摄这张照片的照相馆，瞧瞧除了林宝玉，还有人跟着去拍了没有。凡是走过的，必定会留下痕迹，我们顺着痕迹，便可以找到踏出痕迹的人了。"

孔章点点头，很赞同这样的做法。梅姨虽然没有跟着他们去探案子，但是现在已经感觉到四周潜伏着许多危机。她知道徐师兄对自己失踪的妻子一直怀着一种思念，来到这里本也是为了寻找他妻子的踪迹。但是自己还是有私心的，并不希望他找到妻子，但又想成全他的深情，自己这是两难的选择。

梅姨坐在椅子上，捏着手帕，一副欲言又止的模样。徐吴

梨园秘闻录（上）　53

见她很忧愁的样子，安慰道："你快点休息去吧，无须担心太多。"说完自己也回房了。

第二天，天刚亮堂，徐昊便起身同孔章到大堂吃早饭了。依然是那茶房的来伺候，这伙计一向是机灵的，一见他们落座便小跑了过来，躬身问道："先生，是要碧螺春还是茉莉香片？"孔章正在看菜牌子，徐昊说道："沏一壶茉莉香片吧。"伙计得令，答道："好嘞，这天干物燥的时节，喝上几口'花茶'，口里生津。你们又坐在这个一等一的好位置，可以透过这扇窗户，优哉游哉地观赏湖景，真是快活得很呢。"

孔章见他叨叨说个不停，也抬头看他，说道："你倒很会说话，真不该只是干跑堂的活儿。"伙计嘻笑着，拿着菜牌子下去了。不一会儿，他提了壶茶过来，还拿着几碟小菜，两碗小米粥，倒好茶后便站在一旁又跟他们说起了话。

徐昊问他："你们这儿有几家照相馆呢？"茶房的倒是好奇了："您想拍结婚照？"孔章被他这没头没脑的一句话引起了兴趣，笑道："他同谁结婚去？你怎么说起他要拍结婚照的话来？"

茶房的以为自己猜对了，卖弄了起来："现在大家都蛮新潮的，结了婚便要拍一张西式婚照留着，这位先生问起照相馆，难道不是要去拍照吗？我昨晚在这儿，见同你们一起来的小姐等了这位先生一晚上，可不是新婚的样子吗？"

孔章没有点破，特意望了徐昊一眼，又问："她真在这儿等了一晚上？"茶房的笑道："可不是，她急急忙忙从楼上跑下来，在追着什么人的样子，我看着很奇怪呢。不过一会儿工夫她便回来了，一直在大堂坐着，一副失魂落魄的样子，我上去搭话也没听着。她长得真是好看，又很温柔客气，我最喜欢这样的人了，可惜是没有福分的。"说着便不好意思地搔后脑勺。

徐吴问道："她追的什么人，你看清了吗？"茶房的摇摇头："这倒没有，我也是刚好走到大堂，眼前忽然一道人影飘过去，接着便见到楼上的小姐也跟着跑下来了。不过她应该是清楚的，我在后面见她快要追上的样子。"

孔章和徐吴对望了一眼，没有再说话。茶房的也感觉到气氛的转变，以为自己又说错什么话了，自己常常因为抖机灵，祸从口出，已经被掌柜的骂了许多次了，又想起徐先生方才的问题，赶忙说道："我们这镇上只有两家照相馆，东街一家，西街也有一家。不过东街那一家生意不大好，很冷清，我想应该是拍得不大好的缘故。西街的梦华照相馆生意好得很，我常常听客人讲起，那儿专做花街倌人的生意，她们时兴拍自己的照片送给客人留念。又因为前阵子倌人间的选美比赛，常常是要拍照片的，整个梦华照相馆简直是被她们给包圆了。不过您可以放心，只要是生意，梦华照相馆没有不接的，保管拍出您满意的结婚照片。"

孔章大笑了两声，调侃道："你专给梦华照相馆登广告不成？"而一旁的徐吴只是应了一声，便把钱放在桌上。茶房的见有多给，知道是给自己的小费了，当下很高兴，直送他们出了门。

走出门，孔章才想起来："这两家照相馆，我们先去哪一家好呢？听茶房的口气，西街那家好像是公馆的人常去的，我们先到那家看看去？"徐吴摇摇头："这张照片是林宝玉入长三公馆之前拍的，按戴业的说法，那时的她只是在养父母手下唱曲，哪里有一笔款子去拍照片登广告？要是她有合谋者，那么他们更会选择人少不起眼的照相馆拍照了。"

梨园秘闻录（上） 55

第六回
林宝玉报登虚假广告，柳仙儿密会真心情郎

久安镇的东街相比于西街要乱些，其中最乱的非十里巷莫属。眼前一列低矮的房屋密密麻麻的，一眼望去看不到头。中间是一条长而狭窄的小路，还堆积了许多杂物，都是住在这里的人家用惯的器具。地上是一摊摊没有扫净的污水，煤灰的味道在巷中萦绕。茶房伙计说的那家照相馆便在十里巷的巷口，一块破烂招牌摆在门口，"宝记照相馆"几个字也看上去模糊不清。

孔章率先大步走了进去，一踏进去便明白这儿为什么没有生意了。一缕光射进来，灰尘上下浮动。空气沉闷，布景简陋而粗糙。徐吴抹了桌子一下，便有一手的灰。坐在柜台里的人听到动静，笑着迎出来，问道："两位先生要照相？我们拍的照片是很好的。"说着便拿了许多照片出来。徐吴和孔章看都是漂亮人物，竟然还有柳仙儿的照片。

徐吴当下便知道他这是拿了梦华照相馆的照片在这儿骗客人呢，但只笑笑，拿出了林宝玉的照片给他看，问道："老先

生，这张照片是在这儿拍的吗？"照相馆老板穿着皱布长衫，戴着圆框眼镜，瘦瘦巴巴的样子，看出徐吴不是想拍照片，当即便冷淡了下来，敷衍道："这样的人物我没有见过，不是在我这儿拍的。"

孔章试探道："这张照片上的人，你不认识？"老板反倒奇怪了："我就该认识吗？"孔章见他反应很是激动，留心观察了照相用的棚子，一条灰色的布条在那儿挂着，和林宝玉的照片布景是很像的，便指出道："这照片上的背景可不是这儿吗？"

老板眼珠一转，这时才肯拿过照片去瞧，只一眼就大骂起来："那小子偷摸给她拍了照片，背着我接待客人，钱也自己收了，什么东西！"

徐吴听着猜出了个大概来。老板依然骂骂咧咧："前些日子说话口气都大了，对我还呼来喝去，走得好，收留不起他那尊大佛！"

徐吴又问道："老先生，您知道他现在住在哪儿吗？"老板心里惦记着自己的大损失，哪里还有心情应付他们，只说要是不想拍照，便要把他们两人请出去。不得已之下，徐吴和孔章苦笑着拍了一张合照，付了比市价更贵的钱。孔章心想这人知道我们要打听消息，便趁机宰我们一刀，真是黑心得很，怪不得没有生意上门。

老板手里摸着钱了，嘴边就抑不住地笑了出来，这时才肯说拍这张照片的人早些日子已经搬出了久安镇，没人知道去了哪里，又说这儿的小流氓也在打听他呢。

徐吴和孔章本来是想探听有没有同林宝玉合谋的人，到这儿消息却断了。街上人声渐起，孔章出来便问下一步该往哪里

梨园秘闻录（上） 57

走，而徐吴没有说话，径直往巷子里去。孔章本想阻止，却见徐吴正凝神望着一处地方。孔章跟着他的视线望过去，见到了那个给柳仙儿设局的翻戏党小流氓。可是前几日不还见他被巡警厅押着吗，怎么这会儿就放出来了呢？

只见小流氓走到一间屋子前，敲了三下门，隔了一会儿，又敲了四下，门才从里边打开。孔章见小流氓进去了，疑惑地望向徐吴。徐吴笑了笑，解释道："上次戴先生说十里巷是翻戏党团伙的据点，那个人刚才小心谨慎的样子，我猜他们的据点应该便是这儿了。"孔章问道："我们瞧瞧去？"徐吴摇了摇头，说道："这里的流氓很多，他们分工又是很细的，难保没有人在周围观察。我们先去一趟这间报馆吧。"

徐吴说着便拿出了从李巡警那儿得来的报纸，按报上的地址找了过去。这间报馆很大，一座中西结合式的楼房非常气派，门梁上挂了"光报"的招牌，并不是张编辑那样的小报馆，这让徐吴和孔章有些疑惑。徐吴见前台设有招待，心想自己并不认识什么人，这门可难进了。忽然，徐吴想起张编辑是给过自己一张名片的，要是将名片交给前台的招待，碰一碰运气，或许是能见到的。

前台的正在打盹，见有人进来了，赶忙打起十二分精神。报馆的规矩是来访者必须仔细登记姓名、职务，到这儿的原因。徐吴是略知道这些流程的，便将早已经准备好的名片递给了前台的，说道："我来这儿是想咨询登广告的事情，不知道你们这儿的广告是归谁负责呢？"

前台的仔细看过了名片，才回道："广告是归二楼的广告部负责，您找曾主任？"徐吴点了点头，又说："劳驾请一下曾主任,我在这儿等着。"前台的应了一声便跑了上去。不一会儿,他便带着一位高大的男子下来了。

那男子性格似乎很豪爽,人还没有到楼下呢,便先传来他的笑声。他蓄着长须,满面春风的样子,在徐吴面前站定后,先是介绍起了自己,然后才把他们引进一旁的厅里坐下。这人便是曾主任了,曾主任是惯常交际的人,只要是财神请来的人,他都当座上宾供着,就算没有什么关系,他也是能说笑几句的,是个从不跟人脸红的人物。

大家坐下之后,他先开了口:"哪位是张编辑呢?"曾主任是见过张编辑的,虽然一开始便知道他们都不是张编辑,却没有表露出来,这样的事情在场上他是见惯了的。

徐吴这才想起只听了曾主任的介绍,自己还没做介绍呢,便介绍了自己和孔章。徐吴又拿出了那份报纸,将林宝玉的广告指给曾主任看,问道:"我想咨询这个广告的收费。"曾主任接过那份报纸,说道:"这样的广告版面,收费是不低的,再加上有许多家在你们前头排着呢,要是想登广告,是要等些时候的。"

徐吴又问道:"那这个倌人的广告,当时是在这儿排了多久才登上报的呢?"曾主任笑道:"我们广告版面登过许多诸如药物、补品、时髦洋服等广告,但花街倌人这样的广告是不登的,恕我直言,这样的广告一般是那些三流的报纸才会刊登的。"

孔章这时便奇了,将报纸铺展开来,问道:"这份报纸可不是你们报馆的吗?"曾主任方方才没有细看,这时才发现了不对劲,一时严肃着一张脸没有说话,按了桌上的电铃。不一会儿,前台的便进来了,曾主任拿着报纸给他看,说道:"你赶紧到库房去找找这天的报纸来。"

前台的很少见曾主任这样的神情,应了声便赶紧去了。徐吴这时已经隐隐猜到了些情况,便沉住气等着。而孔章是个性急的,当下忙问道:"怎么回事这是?"库房离这儿有段距离,又要翻出几个月前的报纸,前台的一时半会儿是回不来的。

曾主任这时才看清了报上的人物,发现竟然是林宝玉,便想起了张世宗的案子来。将情况梳理了一下便明白了,笑问道:"你们不是要来登广告的,而是来查案子的吧?"见徐孔二人不好说的样子,又问道:"巡警厅我也认识好些个人呢,你们是跟着谁工作的?"

徐吴见他这样豪爽,便说出了李巡警的名字。曾主任一听是李巡警便点头道:"这李巡警我见过一两回,人是很不错的。"徐吴听曾主任的口气,便知道他是好说话的,又见他一下子便看出了自己在查案子,也猜出他对于这桩案子里的人,或多或少是有关注的。

曾主任的这个职位是一个肥差,平常应酬不少,在朋友的介绍下,他走过的场合也是很多的。他曾经在徐老爷做的一个赌局里见过张世宗,对于张世宗的死并不奇怪,便对徐吴说道:"只一眼,我便知道这人值不值得交,张世宗会闹出这样的命案来,是迟早的事情。他这个人很喜欢在太太堆里浑水摸鱼,身边时常跟着一个穿着时髦的年轻男子,早已经有许多人看不惯他了。"

徐吴又问起了当时的情形。曾主任想起那一场闹哄哄的赌局,也是摇摇头,叹道:"他这个人,要是不喝酒不赌博吧,看起来是很平常的一个老好人模样,但是一沾起这些来,整个人都变了,眼冒绿光、张牙舞爪。徐老爷是我的朋友,也是很喜欢玩的人,各种赌博的玩意儿没有不喜欢的。那天我们都被请了去,我是不会赌的,只在楼上的房间里吃酒喝茶,偶尔到堂上玩闹着赌几把过过瘾。正好我和张世宗凑了一桌,赌到一半,他输急眼了,偏说做庄的出千,骗他的钱。两人对骂了许久,一掀桌子打了起来,我不能干瞪眼,碍着徐老爷的情面也得出来拉架……"

这时,曾主任伸出手,看了看手表,觉得还有些时间,便从身上掏出了一包烟来,递给徐吴和孔章,见他们都不抽,便自顾自地抽起了烟。待烟雾缓缓吐出,才又说道:"张世宗身旁跟着的那位,看起来也是正正经经,但你要是仔细观察他,保准见他眼珠一直不停在打转,那是他心里有盘算呢,不是个善茬。我一直坐在旁边,哪里会看不见他和张世宗的小动作,还敢说做庄的出千?再说,张世宗赌钱脾气不好倒没什么,就是他对女性的态度,我看了忍不住要多说一句。他对漂亮的女性朋友很能伏小做低、很会献殷勤,但把人骗到手之后便弃之一旁了,实在可耻。"

曾主任说完了,徐吴觉得他说的徐老爷有些耳熟,一时却想不起来在哪儿听过。曾主任这时候又看了看手表,见前台的还没来,也有些急了,说道:"真是对不住了,再过一会儿我便得走了,今晚也是徐老爷做局,约了看戏呢。"

听他又提起了徐老爷,徐吴可算是想起来了,李巡警提起翻戏党的时候说过这个人,便问道:"是那个负责镇上河道修缮的徐老爷吗?"曾主任连连点头:"是他,是他。我也不是个爱看戏的,他也不是个爱看戏的,也不知道他这是为了谁,包了个大厢去捧场呢。"

徐吴又问道:"徐老爷设赌局那天,珠宝铺子的经理也去了?"曾主任一时不知徐吴讲的是哪间珠宝铺子的经理,但是想起当时确实是有一个和徐老爷很合得来的人,好像是天地珠宝铺子的蔡经理,现在已经是翻了脸的,在徐老爷的局子上再没有见到他了。

徐吴又追问道:"张世宗身边的年轻男子是不是耳边有一颗痣?"曾主任细细想了一会儿,有些迟疑地说道:"似乎是有一颗痣,我也不敢确定。"徐吴心下已经很确定,张世宗也在徐老爷的那场赌局中了,只是怎么没有听李巡警提起呢?正想着,有人推门进来了,是前台,捧着一沓报纸放在曾主任跟前。

曾主任这时才想起报纸的事情,将从库房拿来的报纸和徐吴拿来的一起递到他们跟前:"你们自己看看吧。"徐吴细细对比了那份报纸,果然是自己所想的那样,从库房里拿出的那一份报纸并没有登林宝玉的广告。也就是说从张世宗那儿得来的报纸是有人伪造的,只有一份,而且是有人特意送到张世宗跟前的。徐吴心想,这果然是一张织好的网,就等着张世宗往下跳。

今晚的大茶馆很热闹,听说戏班终于拿出了自己的拿手戏,只此一晚,今晚过后可是再听不着了。这些都是大茶馆经理放出去的广告,目的是吸引人来看,为最后一场戏造势。

柳仙儿在前天便听人说这一晚的戏势必是很精彩的,特意在徐老爷的局上说了起来。徐老爷见她很眼馋的样子,也动了心思,托经理在大茶馆预定了间大包厢。这么大一间包厢只坐两个人也不像样子,便又邀请了好些人来捧场,其中便有报馆的曾主任了。

徐吴到大茶馆的时候，已经没有包厢了，便在楼下找了一个能够看到二楼包厢的位置坐了下来。果然很多人来看戏，很快便坐满了。包厢里坐在最前头的便是柳仙儿，而她旁边的应该就是徐老爷了，高高瘦瘦，穿着青缎长袍，时常撩弄自己的胡须，一副读书人的姿态。

徐吴与孔章坐在下面盯着楼上的动静，开始时大家还正襟危坐，戏演到一半，那些不爱看戏的便现出了原形，东倒西歪，搭讪的搭讪，说话的说话。这时候，柳仙儿也动了，摇着扇子，同徐老爷低低说笑了几句便起身。徐老爷见她站了起来，赶忙伸出手拉住了她，她回头用扇子轻轻点了徐老爷一下，又掩着嘴笑了笑，眼珠转了一圈，斜瞥着楼下，示意他注意场合。

见柳仙儿出了包厢，徐吴让孔章跟去看看情况。孔章远远跟着，见她往茶馆后院的包房去了，便猜她与人约了在这儿相会。因为柳仙儿见过自己，孔章不敢靠近，见她拐了弯，特意稍等了一会儿才跟。没想到拐弯处是一间包房，她人已经进去了，并没看到是谁约了她。

孔章正着急，一个茶房的来送茶，他忙拉住了问："这包房是谁订的？"茶房的不肯说，孔章拿出钱来，茶房的才说了一句是姓戴的，多的再不肯说。孔章只得又问："你们这儿有隔房没有？"隔房是暗话，指一些包房里的暗间，从不起眼的门可以进去，和包房隔着一堵墙，墙上有小孔，专供人窥视，是一些逛惯茶馆的老爷少爷想出来的，用处多得很。

那茶房的直说这儿没有，想蒙混过去。孔章一挥手："得了，头一遭来这种地方？快带我去。"茶房的见孔章这样的情形，想必是熟客，知道蒙骗不了，便将他带到后面的一间小屋子去，与一个伙计说了两句话，给了钱。伙计拿了钥匙，引着孔章走进一个窄窄的通道，通道旁是一列排开的小门，看来是其他房间的暗门了。

孔章踏进隔房后，眼前一抹黑，待伙计打开一盏小灯后才看清这巴掌大的地方什么东西也没有，只有墙上的一个小孔，便让人偷偷将徐吴带来。

透过小孔，孔章看见柳仙儿正坐在床上，而与她相约的人是个男子，正背对着小孔，看不见真容。一阵低低的抽泣声传来，仿佛就在暗房里，孔章抬头望了望四周，才发现墙上还竖着一根管子，连接着隔壁房间，想来是为偷听用。没想到这座小镇的茶馆隔房，做得比北方大饭店的还细致。

"许久没有见了，你也不到长三公馆找我去，真是个心狠的，以后还能跟着你？我现在天天见着金妈妈也是烦。这是个贪心的人，不管我赚了多少，她都说是亏的，其他人闹的亏空都算到了我头上，你还是快点筹钱把我赎出去吧。可惜我身上是没有钱的，不然我也早走了，趁着自己现在光景还是好的。"

那男子听了柳仙儿的哭诉，倒了一杯茶递给她，握着她的手，低声劝道："你别恼，我的心情可不是和你一样？我问你，你现在做的这个是个长久之计吗？现在你的钞票是天天进，可有半分钱到你手上？平常人的苦日子你是过不了的，要是嫁去给那些年纪大的老爷做姨太太吧，等你的老爷死了，你还年轻，就算是想留在人家家里，也难保要被赶出来。这样的事，你身边发生的还不多吗？"

孔章一听声音便觉耳熟，待男子走到床上坐下，这才看清了人,可不是前几日张编辑介绍的那个戴先生吗?他不是说与柳仙儿没什么交情吗,怎么现在这副亲密样子?正奇怪呢,又听柳仙儿说:"我现在难道不是在为自己打算吗?我在那个地方混了十几年了,是知道金妈妈的为人的。我那些风光的姐姐们都被她糟蹋了,她在别人面前说自己怎么疼她们,到了她们生重病的时候却舍不得把人送到医院去,生生把人病死了。都说死者为大,我以为那些姐姐替她挣了那么多钱,她应该会好好办一场后事的,可是她也只是摆了一天的堂,那些死人用的铜钱蜡烛也舍不得买,几块合起来的木板便是棺材了,夜里雇两个人抬到山里草草打点。我看着都是生气的,我以后可不想就这样死在她手上。"

戴先生听完之后,叹了口气,拍拍她的手,说道:"我是吃苦长大的,也不想你以后吃苦,只是我现在的处境是很难的,哪里筹得到那么多钱给金妈妈呢?我想娶你,这是一定要好好打算的。我近来认识了一个大人物,你猜是谁?"

柳仙儿听完,心里还是很担忧,没有心情跟他玩猜谜游戏:"什么大人物你快说,不要让我瞎猜。"说着便摇着扇子,轻轻拍在戴先生的脸上。戴先生没有恼,直靠到她身上去:"是从京里来的大官,职务很高,要是我牵上了这根线,求个职位是不难的,只是要办好一件事才行,这件事要保密。你再等上我几天,回头我把事情办妥当了,一定向金妈妈赎你的身。"

听了他的打算,柳仙儿才笑了起来:"这大官是在哪里认识的?可不要被人家的名头骗了。我听说外头翻戏党的把戏很多,我也上过一回当。"戴先生大笑了起来:"你不用担心,我打听得很真切了,决不是假的,而且他出现在徐老爷的局上,徐老爷对他也很恭敬,你放心吧。"

柳仙儿疑道:"上次你赢了徐老爷许多钱,不是已经和他翻脸了吗?"戴先生笑道:"就是在那次,我和他搭上的。"柳仙儿想起一件事来,又道:"这徐老爷真是有意思,一共也就见了我两回,便想要把我赎去做姨太太。他这个老头呢,是个读书人样子,讲话却偏偏很无趣,我可不愿意。就怕金妈妈被钱糊了眼,才不管我愿不愿意,你可要快点跟金妈妈提呢。"

戴先生拿过她的扇子,站了起来,笑道:"他说的话你可不要信,就是讲得十分真,他也能收回去,只叫你吃了暗亏也说不出去。"柳仙儿点点头,她哪里看不出来徐老爷是怎样的人,只是想说出来让他上上心而已。戴先生见她还是皱着眉,又道:"我是放长线钓大鱼。钱总有花完的时候,但我要是在那大官手下谋个职位,以后混得可不比徐老爷差呢。"

柳仙儿听完,抢过他手里的扇子,笑意盈盈。虽然知道自己借口出来的时间很长了,徐老爷一定是要让人找她的,却很舍不得离开。因为林宝玉的事情,戴先生再也没到长三公馆去过,金妈妈也是发觉到了她对戴先生的意思,把她看得很紧,要不是趁着出来的空档,悄悄约在这里,可不知要到什么时候才能见面呢。

她小心翼翼问道:"现在巡警厅的还没将林宝玉找出来,你把她藏到哪儿去了?"孔章听到这里,心里一动,凝神想听得更清楚些,却见戴先生许久没有说话,眼神有一下子变得狠绝,只是柳仙儿低着头没有看见,而孔章看得很真。

戴先生小心问道:"金妈妈说了什么,你可别信她的,她因为我们的事,是对我左右提防。"柳仙儿并不是想要说出来威胁的意思,只是听金妈妈的意思,觉得戴业和林宝玉的关系不一般,想旁敲侧击一下而已,见他这样,也不好再说下去。两人沉默良久,忽然,戴业想起了一件事,倾身轻声问道:"那件事,你办了吗?"

柳仙儿听到这话,心里很气:"林宝玉那件钻石戒指大得很,我只问了两句,金妈妈就紧张得像我要抢一样。我看那件戒指可以当不少钱的,她还有脸说闹亏空?"

这时,徐吴被带进来了,徐吴一时还没有弄清孔章在做什么,将门关住的时候,不小心碰撞出了声响。戴业是很警惕的,注意到了这细微的声响,蹙起眉头走过去仔细敲了敲墙面。

孔章见戴业在敲墙面,心想他是发现了,连忙示意徐吴不能出声,还好戴业敲的是另一面墙,他们并没有就此暴露。但是戴业也不肯多待,很快就和柳仙儿回去了。徐吴和孔章生怕戴业在外面守株待兔,多等了好些时候才敢从另一个小门出去。

第七回
金妈妈失踪报案险情，傅经理叹息告知原委

　　自从暗房那件事之后，徐吴再没有听说戴先生的消息了，戴业就像是一只潜行的猛兽，一嗅到危险的气息就不再露面。就此他们的线索又断了。

　　一大早，李巡警便差人来请徐吴到巡警厅一趟，他的意思是案件已经没有进展了，想就此结案。孔章心里有些着急，要是这样结了案，先不说这几天辛苦查到的线索付诸东流，让幕后者就此逍遥，也是很可气的事。

　　孔章听到李巡警带来的话之后，马上拉着徐吴拦了一辆人力车往巡警厅去。徐吴倒是很平静的样子，只是问孔章："前天放出的接戏消息，有人应承了吗？"孔章一拍腿，说道："看我，光顾着李巡警的话了。早上去问过戏的事情了，那边说昨晚上已经有人订下了。"

　　徐吴笑问："是哪一家？"孔章回道："大茶馆，是那儿的经理订下的，让我们下午到他那儿商量去。我答应下来了，下午我们得走一趟大茶馆。"徐吴笑道："大茶馆的经理？那又是唐

淑宜的意思？"孔章也笑道："这几天，唐淑宜经常进出大茶馆，与经理同进同出的，这样看来他们正打得火热，说不定又是上次那样，经理为博美人一笑呢。"

正说着，两人已经到了巡警厅门口。孔章下车便觉得眼前的巡警厅有什么不一样的地方。徐吴也看出来了，说道："也就几天而已，这一片的花都开了。初秋的花，长势都不好，这些花却开得很好。"说着便摘了一朵，只见花瓣卷曲着，吐出张牙舞爪的花柱。孔章见了，也笑道："它一副凶神恶煞的样子，跟其他娇娇弱弱的花比起来，很不一样。你好好看看，有没有觉得这些红艳艳的花柱像是一只只沾了血的魔爪？有人说它是奈何桥上的引路花，说得并不假。"再看眼前的景象，像蔓延而出的血色花海，朵朵都有拥挤而出的丑态。说到这儿，两人一时无话。

李巡警见他们还不来，急得走出来等，却看见他们在赏花，大喊道："我急得像热锅上的蚂蚁一样，你们还在那儿悠闲赏花，快进来吧！"两人见李巡警这副样子，相视而笑。这时，有人喊住李巡警，说是上司打电话找他，他赶忙又跑回去接电话了。

两人只能坐在他的办公位置等他，隔着一扇半敞开的窗户，见他直皱眉，又是点头又是摇头的样子，看来情况是不太好的。李巡警挂了电话便直接走了过来，将一直拿在手上的公文袋甩在桌上，疾声道："你们看，催命电话。昨晚一道圣旨，刚刚又是一道圣旨，我总算是知道岳飞被连下十二道金牌的心情了。"坐下以后，才又接着问起眼前最急切的问题："你们作什么打算？"

即使方才见过了李巡警紧张应付的情形，徐吴仍是很镇定，

梨园秘闻录（上） 69

答道："再缓几天，鱼快要上钩了。"李巡警听到有戏，追问道："怎么说？"徐吴笑了笑，只是道："这还不能说，鱼饵才刚放下去。"话还没说完，有人过来说长三公馆有人来报案，考虑到林宝玉的案子也跟长三公馆相关，所以报到李巡警这边来了。

李巡警一听，心想糟了，难道这桩案子还没完，又有人死了？这可不是闹着玩的。急忙问道："发生什么事情了？"那人回道："有人来说金妈妈失踪两天了，实在着急，所以到这儿来报案了。"徐吴问道："是谁到这儿报的案？"那人拿了手上的档案，翻找名字："叫唐淑宜，是长三公馆的佣人。"

听说只是人口失踪的事，李巡警松了口气，让人把档案放下，抄录一份唐淑宜讲的事情经过来。徐吴见这情形，便问道："你知道长三公馆最近的大消息是什么吗？"李巡警摇摇头："我又没钱到那销金窟去，哪知道什么消息？"

孔章将打听来的消息说了出来："前两天，徐老爷花了大价钱给柳仙儿赎身，要娶她回家做姨太太，已经商定了时间。"李巡警不知道这算得上什么大消息，常见的事，并没什么可疑的啊。徐吴见他还是不明白其中的道理，便将上次在大茶馆见到的事情详细说了出来，又道："柳仙儿现在是不肯嫁给徐老爷的，但是身契在金妈妈那儿，我听说柳仙儿已经闹了很多回了。"

李巡警被一点拨，猜测道："难道是柳仙儿绑了金妈妈？"徐吴沉吟道："现在还不好说，只能看唐淑宜怎么说了。"李巡警又问："听你的口气，你认识她？"徐吴点点头，把与唐淑宜见面的情形也说了一遍。李巡警听得暗暗吃惊，看来这几天他们查林宝玉的事情是很下功夫的，于是说道："那我让她过来。"

李巡警说着让人把唐淑宜领过来。虽然方才那人说唐淑宜为着金妈妈的事情急得很,这时却是丝毫看不出什么着急样子。她双目含情却大大方方的样子,李巡警看在眼里,却是有些眼熟。唐淑宜见到徐吴和孔章也没有显出惊讶的样子,依旧是像上次那样笑着点点头,便在李巡警的对面端端庄庄地坐下。

李巡警直接问道:"你为什么说金妈妈失踪了,她不能有事出远门去吗?"唐淑宜回道:"我是金妈妈养大的,长三公馆的事务多得很,公馆里的人也需要她看着,她哪里走得开?即使出门,也没有不留下话便出去的。我让公馆的伙计找了许多地方,并没有找到人,已经两天了。"

李巡警又问道:"那么,你将她失踪前的情形讲一讲吧。"唐淑宜歪着头,略想了想,回道:"其实讲起来,金妈妈失踪前的情形并没有什么特别的。那天早上她很晚才起来,我见到她的时候已经是中午了,她让我到她房里一起吃饭,像平常一样,吐吐苦水,骂骂不省心的人。吃完饭,她让我在她房里坐坐,说起她要出门查账目的事情。"

孔章是混过这些场所的,对花街公馆也是有点了解的,心里觉得有点奇怪,问道:"公馆查账,叫账房先生过去一趟,抄录一份账目给金妈妈便好,怎么要出去?"唐淑宜点点头,说道:"当时我也这样问她了,可是她没说什么,就是要出去。"

李巡警听到这儿,也问道:"那她出去之后再没回来过吗?是不是在那时失踪的?"她摇摇头,道:"并不是,金妈妈出去没多久便回来了,我刚好出门,在门口撞见她了,只是她两眼冒火,怒气冲冲的样子。叫她也不理,我就赴约去了。回来的时候,我听说她还在房里生闷气,便顺道去了她那儿,可是没瞧见她的人影,以为她又出去了。晚上,我见她还没回来,便问门房,他们都说没有见金妈妈出去。我不当一回事,以为是门房偷懒。但是到了夜里,柳仙儿来请金妈妈过去谈事,我以为她是又要闹一场的,便说金妈妈出去了,等回来了再让她过去。可第二天早上起来,还是没有见着人,我让公馆的伙计出去找,金妈妈好像凭空消失了一般,没有任何踪迹。"

李巡警又照例问了:"她最近有没有与什么人发生过纠纷?或是往日有结什么仇吗?"唐淑宜勉强笑了笑,眼珠子斜着往上看了李巡警一眼:"金妈妈做的生意要说没有纠纷是不可能的。金妈妈很有手段,对于钱又是很看重的,富贵的客人中没有不被她扒过一层的。有的只求千金一笑,有的对于她的作风手段很看不惯,但既然吃了暗亏,就不能在明里讲。"

她将帕子在空中晃了几下,笑道:"况且,金妈妈的纠纷只有金妈妈知道,我是不清楚的。"徐吴在一旁问道:"你说金妈妈找你是有人不让她省心,这个不省心的人是指柳仙儿吗?"唐淑宜看了徐吴一眼:"哎哟,那只是小打小闹。"孔章却横插了一句:"这小打小闹倒闹得很大了。"

唐淑宜这时才肯说出来:"还不是因为徐老爷要赎柳仙儿去做姨太太的事闹的,本来和和气气的两人,这几日闹得什么情分都不讲了。柳仙儿嫌徐老爷是个老头子,说话又很无趣,不肯答应,出局也是摆张冷脸。金妈妈哄了她两天,跟她讲了做徐老爷姨太太的好处,才稍微好些,又答应从柳仙儿赎身的钱里给她些填补她的亏空。也许是想到这一层吧,柳仙儿也就答应了给徐老爷做姨太太。"

李巡警问道:"那这闹什么呢?"唐淑宜又说:"还不是后面的事闹的。柳仙儿给金妈妈出主意,说要金妈妈配合,在徐老爷面前合力演一出戏,把赎身的价钱提得再高一些,之后再多分一些给她填亏空,金妈妈自然是答应了。"

徐吴问道:"怎么样的一出戏可以让身价提高一些?"孔章笑道:"肯定是一人唱黑脸一人唱白脸。金妈妈呢,当着徐老爷的面,跟柳仙儿数她的花费,又说自己亏了许多钱,现在人被徐老爷接走,是断了她的财路。而柳仙儿则是反驳金妈妈的话了。这样唱双簧,把徐老爷的心给唱软和了。"

唐淑宜含笑不语,只是接着说刚才的话:"徐老爷倒是爽快,写了张字条让金妈妈到银行自取,说是银行的人认得他的签名。金妈妈很高兴,当即叫车把钱取了回来,只是之后却不肯拿出钱给柳仙儿,两人闹了一次,险些让徐老爷知道了。第二次闹也是因为谈不拢,本来按规矩,赎身前置办的首饰、家具、衣服都是公馆里的,走的时候不能带出去。但是柳仙儿想带走徐老爷之前给她置办的东西,让金妈妈折成钞票给她。金妈妈不肯,叫账房到她屋里件件清点,闹得柳仙儿很没有面子,两人又吵了起来。"

李巡警转向徐吴,说道:"这样看的话,柳仙儿的嫌疑倒是很大了,不过绑了金妈妈对她又有什么好处呢?她现在怎么也可以说是徐老爷的人。"唐淑宜这时又道:"过门的日子已经定在十天之后,不过身契金妈妈还没有拿给徐老爷。"

徐吴问道:"这身契只有金妈妈知道在哪儿吗?"唐淑宜点头,回道:"都是金妈妈一个人保管,她失踪了,我们哪里能拿到身契呢?"李巡警又问了些问题,见徐吴也没有要问的,便让唐淑宜回去了。

人走后,孔章却是很疑惑:"金妈妈的失踪真的是柳仙儿做

梨园秘闻录(上)　　73

的？"徐吴解释道："可能是她做的，却不是她的主意。且唐淑宜的话不像是临时来报案的，而像是专门准备好了来的。"李巡警问道："怎么说？"徐吴答道："她的话，还有这份抄录下来的档案，每个细节和逻辑，似乎都太过准确了，不像是一个慌忙来报案的人说的。"

徐吴同大茶馆的经理有约，又跟李巡警说了几句便直往大茶馆来了。陈班主早两天已经回去了，大茶馆也就不像之前那样锣鼓喧天。这时的舞台上，一名穿着嫩黄旗袍、外搭白绸披肩的女子正立在一小鼓前，敲一下，念几句白，但听的人并不多。

徐吴和孔章才坐下，大茶馆的经理便迎上来了，很欢迎的样子。经理先是两手一拱，笑道："徐班主，欢迎欢迎。"孔章心想，这里服务真是很好，只是进来的时候说了一句，才坐下，经理便来了。

经理坐下，笑道："鄙姓傅，名不奂，是大茶馆的大堂经理。"跟着又说了好一会儿的话，却一直没有谈起正事。徐吴也不知道傅经理的打算，也是跟着说笑。有人进来布置茶点，经理才说道："我听唐小姐时常夸您，说您的班底卧虎藏龙，里头的角儿是很有名的。只是常在乡下这样的小地方接些散戏，很可惜。她这样说，我是很不相信的，我说我也是爱戏的，怎么消息不如她灵通！她说有些人呢，有名是有名在行家里的，外头人并不知道，还责怪我平常看戏只是看热闹。"

听完，徐吴问道："唐小姐怎么知道我？我到这儿来，还没开过班呢。"傅经理摇摇头，回道："这话我没有问过，也不知道。只是唐小姐的话我是很相信的，她一肚子的生意经，上次请陈班主到这儿唱戏就是她的主意，之后又帮忙出主意，把票卖得是座无虚席。我看大家都是爱凑热闹的，趁着兴致还在，再多办几场戏，也是稳赚不赔的。"

徐吴见他说话很有打算，是个精明的人，于是笑一笑。傅经理见徐吴不说话，又继续说道："陈班主也跟我打过包票了，这让我更加佩服您。您有真本领，我有大舞台，要是我们做长期的合作，我是可以帮您造势的。您知道《光报》吗？这是久安镇销量最好的大报纸，这广告部门的曾主任是我极好的朋友，只要我说一声，帮您上广告版面是很容易的事情，那时候您就有名了。"

徐吴前几天才见过曾主任，虽然曾主任在交朋友这件事上是很热情的，但也是个有处事原则的人。他说过登广告这件事后面排着很多家呢，并不像傅经理口中说的那么容易办成，想来傅经理只是想要先签下契约。徐吴当即回道："在大茶馆这儿唱十天半个月是没有问题的，只是长期合作有些难，我在南边也跟人谈妥了，不能在这里长留。"

傅经理见还有得商量，便盘算着怎么也得把这个合作谈下来。一则呢，是能给大茶馆多招揽些客人；二则可以到唐小姐面前邀功，博取一些好印象。他立即回道："我这儿是很愿意等徐班主把南边的事办妥了过来的。"说完，见徐吴并没有接话，笑了笑，又继续道："说到这儿，我要多劝一句了，这是一桩很好的生意，等您有名了，戏班便有名了，也就能接很多大戏了，对您有百利而无一害。"

傅经理原以为在社会上生存的人，最看重的都是名和利，便从这方向下手劝说，没想到徐吴却是最不想成名的。而像孔章、梅姨这些角儿的来头，傅经理也没有打探过，所以才会说出这样的话。孔章听他这话，心里是在笑话他的。

徐吴回道："我出来讨生活已经有二十几年了，以前同一个科班的师兄弟，成名成角儿的很多，但是有名之后堕落下来的也有很多。我选择在乡下唱戏，也就只有糊口的志向，傅经理可不要再说让我出名的事了。说到长期合作，我可以另外介绍一个人给您。"

傅经理有些迟疑，这徐吴可是唐小姐亲点的……徐吴看出了他的心事，说道："那人，我想唐小姐也认识的，她一定也很赞成。"傅经理这时才笑了开来："那回头还请班主做介绍了，要是谈成了，必要重谢的。"

徐吴忽然想起了一件事，笑道："我许多次都在这儿遇见了唐小姐，没想到今天去巡警厅找人，也遇见了唐小姐。"听到唐小姐到巡警厅去，傅经理紧张起来："怎么？唐小姐发生了什么事情吗？"徐吴笑道："金妈妈失踪了两天，唐小姐只是到那儿报案去的，她自己并没有什么事情。"

傅经理还没有听说这消息，一时也是奇怪了，玩笑道："金妈妈怎么闹起了失踪了？难道是仇家找上门来，把她捆了？要钱了没有？"但想起唐小姐的近况，却不笑了，"我见过那么多公馆女子，唐小姐是最爽快的，我也真心实意地跟她交往。我们实在志趣相投，她爱看戏，我也爱看戏，虽然我们经常一起谈戏，但我是比不上她的，她实在是个戏痴。"

这一说起便牵出了傅经理的许多柔肠来，只见他自顾笑着，转而又是叹息："可惜她的身契握在金妈妈的手上，没有多少钱是自己的，大都被金妈妈搜刮去。她十来岁被养父母卖到金妈妈手上，那时开始，她的命运也就掌握在金妈妈手上了。唉，半分不由她。我常常想,要是她是自由身,也能干出大事业呢。我也想娶了她做太太,帮忙打理生意,只是她没有那个意思。"

孔章想,我们只是说了一句,他就说上了十句,看来傅经理是在唐小姐面前碰了不少软钉子。徐吴倒是希望傅经理多说些唐淑宜的事情,从进入久安镇到现在,总觉得唐淑宜常常有意或无意地出现在自己四周。

徐吴想起傅经理是经常去长三公馆的,现今的情况应该也是清楚的,便问道:"金妈妈失踪,你怎么看?刚刚说起来,你竟然一点都不惊讶。"

傅经理见他们的茶杯都空了,起身帮他们倒茶,听徐吴这样问,笑道:"十几年前,长三公馆是怎样繁华的金屋,你们是没有见过的。落得现在这个样子,都是金妈妈搞出来的。这人目光短浅得很,唐小姐再敬她,我都要说一句,她是前生背了钱债,这一世眼里只装得下钱。"

徐吴是去过长三公馆的,现在想起确实是有荒凉感,只是不明白:"金妈妈做了什么,把公馆弄成这样?"傅经理微微倾身向前,双指点着桌面:"以前,金妈妈专从客人身上抽钱。我那时候很爱往长三公馆跑。那里的倌人温柔,会唱曲会做诗,只是抵不住金妈妈以各种名目收钱,我心里实在不舒服,就很少去了。现在呢,金妈妈专对自己家的倌人下手了。柳仙儿为什么闹了那么大的亏空,到现在还填不平?也是金妈妈闹的。柳仙儿参加了选美比赛,那些花销是摊在各位老爷身上的,用不了公馆多少,偏偏金妈妈把钱全算在柳仙儿身上了。"

原来柳仙儿闹亏空是这么回事,徐吴心想,金妈妈对柳仙儿这样的当红倌人都是这样了,那么其他小倌人还不人人自危吗？长三公馆在金妈妈手里就像马蜂窝，而那些孔都是她自己凿的，风一吹，四处都透着风。

傅经理又继续道："所以，她这个销金窟出林宝玉这事，很容易散的。人家去那里是享受温柔乡的，又不是去惹事的，她生意不好是正常事。"说着又用双指重重点了点桌面。停了一会儿，似乎想起了什么，他又叹道："只是不知道唐小姐是什么打算，我看让她去管理公馆，她倒能做得好。"

徐吴心中一直有个疑惑，见了唐小姐两次，总是觉得有些熟悉的感觉，但总也想不起来，现在被傅经理的话提醒了："第一回见唐小姐，我就觉得像是见过，但没多想，现在忽然想起，才觉得唐小姐和林宝玉有些像呢。"

说起林宝玉，傅经理便想起了一些不快的事情，也是因为那事，他才不敢向唐小姐提起结婚的事来："唐小姐可不喜欢别人说她与林宝玉长得像，似乎很看不上林宝玉，我是没从她嘴里听过林宝玉的好话的。几个月前，我刚认识唐小姐，请她出局。刚好撞上了林宝玉出张世宗的局，我们订的茶间也只隔着一堵墙。唐小姐坐了一会儿便出去了，当时一桌子人刚好也闹我闹得凶，我也借口出去。其实我是有意找唐小姐说悄悄话的，却看见她和林宝玉在吵架，声音并不大，待我走近了听，才知道她们是为张世宗吵的，那时才明白原来唐小姐也有意于张世宗。我却不知道他是有多大魅力了。"他的语气中有些庆幸的意味，应该是为着张世宗死了，让他少了个对头。

傅经理发现净在说唐淑宜的事，眼珠一转，便笑着又重新谈到生意上来，待商议定了上台的日子，又求徐吴一定要将长期合作的人选介绍过来，这才肯将徐吴放走。

第八回
北方客惊寻富商戒指，南面倌偷当公馆财物

两人与傅经理将生意谈妥之后，便出了大茶馆。徐吴正要找张编辑一起去拜访戴先生，探一探口风，刚往张编辑的报馆去，眼角却扫到了戴先生的身影。

街上熙熙攘攘的，徐吴却还是一眼就能分辨出他来。戴业仍是穿着西装，戴着黑礼帽的时髦样子。而吸引徐吴往那边看的，却是站在他身边的男子。那人身形矮小、八字眉、三角眼，五官看着极不对称，身上的衣服也跟镇上其他人很不一样。

孔章也看见了那人，说道："戴先生身边的人应该是北方来的，他身上的衣服是北方人一贯穿的样式，看起来应该是有职务的人。"这样一描述，徐吴想起来了："他是不是戴先生想借力攀上去的人物？"

戴先生微弯着腰同那人说话，神情也很恭敬佩服，他们边说话边踏进了一间赌馆里。眼见他们要进去了，徐吴疾步上前，同戴先生打起了招呼。戴先生一看到来人，先是有些惊讶，看了身边男子一眼，才笑着回应。

才只说了两句，戴先生便匆匆和那人往楼上去了。孔章眼疾手快，拦住一个茶房伙计，要他跟在戴先生后边端茶倒水，看看是订在哪间房。

茶房伙计看了一眼戴先生和那男子，见人走远了，也不着急，眼珠子一转，向孔章和徐吴谄笑道："这两位先生这几天常来，订的包间也总是同一间，我很认得他们，其中那位穿着西装的先生是最不好说话的。"

徐吴问道："他们常常来？怎么不在楼下的赌场玩，反而往包间走？他们这是约了其他人，自己做局？"伙计一边引着他们往僻静的地方走，一边为难道："这是那两位先生的事情，我说太多，经理是要骂的。"

孔章见他这样便知道他打的主意了，拿了张钞票塞在他手上，说道："快说，不会让你们经理知道的。"伙计这才哂笑了一下，说道："他们开始是在楼下赌场玩的，后来就在楼上待着了。为什么我刚才说那位穿西装的先生不好说话呢？就是有一次，我见他们在楼上已经待了许久，却没有伙计上去，便想钻空上去倒茶讨赏钱，没想到却被那位先生骂出来了，之后可是再不敢随便上去了。"

徐吴问道："怎么？是在谈什么机密事吗？为什么要那么骂你？"伙计看了看四周，见没有人过来，才低声说道："也不是什么机密事，我只听到说什么找张世宗要一只戒指。我倒是奇怪了，他都死了好几个月了，怎么去找他要戒指呢？"徐吴追问道："还有呢？你还听到了什么？"

茶房伙计回道："没有了，我进去了一会儿就被骂出来了。"徐吴又问道："听你这么说，是认识张世宗这人？"伙计道："怎么不认识？他以前是天天往我们赌馆跑的，我跟他还说过几次话呢，他给赏钱很大方，以前还很喜欢跟刚才那位先生一起来玩。"

孔章一时不知道他指的是谁，问道："哪位？那位穿着西装的先生？"茶房伙计回道："不是，是那位身材比较矮，有些威严的先生。"徐吴心里一惊，怎么张世宗和那位北方来的也有交集？便接着问："你知道那位先生是谁吗？"

伙计眯着眼睛，想了想，说道："他不是镇上人，只知道好像是北方来的，说着一口官话，而且张先生对他是很尊敬的。"徐吴问道："那张先生怎么称呼他？"茶房的想了想，道："依稀记得是称呼什么总长，要是说姓什么我是一时想不起来了。"

孔章见他说话模模糊糊的，又从身上掏出张面值大些的钞票："你清清楚楚说了，这张票，你就可以拿走。"伙计是很想说清楚的，可是脑袋一急，却真是想不起来，但眼前这一张钱票值他一个月的薪资了，只得说道："我真是一时想不起来，许多时候张先生只喊他总长，没有挂姓。不过，你们想知道其他的，我还能说。平常我们除了端茶，眼睛耳朵是很灵的。"说着便盯着孔章手上看。

徐吴说道："那我问你，你在这里待了多久了？"茶房的回道："我在这里做了大约有十年了。"徐吴点点头，又问道："你知道张世宗从什么时候开始到这儿来的吗？"他回道："大约是三年前，我便开始见他到我们赌馆来，之后更是把这里当成家了，没有一天不来的，有时候还在这里过夜呢。他跟我们老板是很有交情的，听说张先生还不是镇上人，只是三年前做生意做到这边了，北街的那间成衣铺子就是张先生在那时候盘下来

梨园秘闻录（上） 81

的，这几年做得越来越大了。"

孔章奇道："他每天到你们这里来赌，哪里有时间打理自己的生意，还把铺子开得那么大？"那人讪笑道："他的生意经我可不知道，我能知道就不用干这苦活儿了。"徐吴又问："这位总长先生第一次到这儿来是什么时候？自己来的，还是由张先生带来的？"

茶房的回忆道："我记得大概是几个月前，由张先生带着来的。"徐吴追问道："是什么样的情形呢？在楼下赌场玩，还是到楼上包间去？"茶房的回道："两人先是到楼上待了好一会儿的，之后才下楼到赌场玩，只是张先生在赌的时候，并不像平常那样玩得很好，连我到他面前讨赏钱也讨不到。"

徐吴接着问道："总长先生是什么样的情形呢？"茶房的笑道："还是刚才你们看到的那样，虎着一张脸，看不出其他的来。"徐吴又问了："那位总长先生来过这儿多少回？"茶房的回道："大约有八九回了，几个月前同张先生来了两回，中间好一阵没来，前几天忽然又同戴先生过来，只是不怎么下场玩。"

孔章问道："你见过张先生手上戴了什么戒指吗？"那人摇摇头，道："并没有，他这人好像除了好赌外，并不喜欢穿金戴银，有时候我们私下笑话他，要没有报出他自己的名字来，别人还以为他只是个做苦活的人呢。"

徐吴又问道："你认识那位穿西装的先生？"那茶房的回道："认识的，认识的。虽然现在我们都喊他戴先生，但他以前跟我们一样是个干苦活儿的。别看他现在穿得这个时髦样子，以前只是一个报贩，每天也是起早贪黑，走街串巷。"

徐吴虽然知道戴先生曾做过闲职，却没想到是报贩这样的工作，那他现在能混成这样确实不容易了。便又问道："他如今是做什么的？"茶房的讲起戴先生，语气是很不屑的："他能做什么？你看见他刚才对那位先生的态度了吗？不就是想攀上关系，讨职务做吗？我在这里这么多年了，来来去去见的都是这些攀关系、走近路的人。本来之前他是攀上徐老爷的，同徐老爷也来过几次，听说还被徐老爷邀请到家里赌去了。"

徐吴听到说起了徐老爷，便问道："哪位徐老爷？"茶房的笑道："是负责我们镇上河道修缮的徐老爷，他都来镇上几个月了，河道却还没开始修呢。我想下次发水了，他也还没打算修吧，一直推说要先勘探河道，还不到开工的时候。我们都猜是把钱赌进去了。"说着又看了看四周，小声说道："只怕是把钱全输进了戴先生口袋里了，他们之前来往还算是很密切的，就是因为赌钱两人才翻了脸的。"

徐吴与孔章相视而笑。孔章见徐吴好像是没有什么要问的了，便招茶房伙计靠近，轻声说道："你帮我们看好这两个，有什么消息都来告诉我。"说着便写了个地址，把钱一起给了他。见那人拿着钱便高兴得要走，徐吴忙把人拦住，说道："我是找你问一些赌场上的规矩的，现在你要把我们带进赌场玩，赏钱是一定有的。"

茶房的心里明白，这是怕被人看出他们在这里打探消息，便笑着把他们引进去。徐吴一门心思盯着楼上的人，顾不得手底的输赢。而孔章以前是常在赌场混的，一时手痒赢了一些。这样算下来，两人倒没有输出去多少钱。

一直到了晚上，楼上的人才有动静。徐吴见下来的正是自己要跟的总长先生，连忙带着孔章跟了出去。

总长先生这一路并没有搭车，只是慢慢走着，一会儿停下来看看街上卖夜宵的摊子，一会儿对着面墙发呆，一直走到一间旅馆前才停下来。徐吴却很奇怪，他怎么会在这儿住下呢？要真是京里来的职务人员，应该是被招待在镇上的驿站的。

进了旅馆，总长先生并没有直接去休息，而是在楼下一个不起眼的角落坐下了。茶房的见他坐下了，赶忙过去擦桌子、掸椅子。扬起的灰尘刺激了总长先生的鼻腔，他连忙从怀里掏出一条手巾捂着，但还是一连打了好几个喷嚏。

徐吴他们正呆站在外边，很招人眼，孔章推了推徐吴，商量道："对面有一间经营果脯生意的商铺，刚好可以透过二楼的窗户望到总长先生坐的位置，我们到那里去。"因为店里的伙计在招呼别的人，并没有留意徐吴和孔章，他们便直往二楼上走，在栏杆的暗处站定，仔细观察总长先生的动作。

这时候，旅馆的茶房给总长先生上了一壶酒和三四碟小菜。总长先生自顾自喝起了酒，不一会儿，又拿出手巾捂着鼻子，眉头微皱。徐吴猜道："我们跟了他一路，总见他拿出手巾捂鼻子，我想他应该是刚到南方没几天，不适应。"孔章也点头回应道："南边多山地，湿气较重，我刚从北方到这边的时候，也是这样的情况，难受得很。"

他们刚说完，便见总长先生叫来茶房的附耳说了几句话，然后茶房的便直接出门往东边去了。徐吴两人也下楼跟了出去，一直跟到了驿站的后院，那是专门提供给到镇上办事的职务人员住的，旁的人进不去。茶房的开始也被拦住了，不知对守门的说了什么，才被放了进去，徐吴想应该是总长先生教他的说辞。

徐吴知道他们自己是进不得的,便道:"我们在这儿等那个伙计出来吧,问一问他做什么来的。"没等多久,便见茶房的出来了,手里提着几个药包。孔章上前拦住他,直接问道:"叫你来这儿拿药包的那位先生是住在你们旅馆的吗?"

茶房的见是来问话的,虽然不知道是什么来头,心里却是有些怕的,当下只是点头:"是在我们旅馆住着的,叫我过来拿几包药而已,并没有什么事。"徐吴问道:"你跟驿站的门房说了什么就能进去了?"茶房的回道:"说李总长让来拿药的。"

徐吴问道:"你知道李总长是做什么的吗?"茶房的摇摇头。徐吴又问:"他在你那儿住了多久?平常都做些什么?去哪些地方?"茶房的答道:"大概有十来天了,平常是待在房间里下棋看书的,偶尔让我帮忙拦车去赌馆,其他的就不知道了。"

孔章又问道:"有什么人来找他吗?"茶房的摇摇头,说道:"没见过,他这人怪得很,很不爱说话,也不像是来游玩的,好像还收拾行李准备走了呢。"孔章疑道:"他准备走了?什么时候走?"

茶房的回道:"大约是这两天吧。"虽答着话,茶房的心里却是着急的,只想着快点回去交代,便说道:"两位先生,李总长是要我即回的,他还等着我把药煎了拿给他呢,我可耽误不得。"

徐吴问道:"这是什么药?你去哪里拿来的?"茶房的回道:"他生病了,说自己几个月前落了几帖药在驿站厨房,叫我一起拿去旅馆,每天帮忙煎一帖给他。"

徐吴却想,李总长到久安有好几天,怎么临走了,才想到来拿药呢?便问道:"他病了多久?"茶房的回道:"来的这几天一直病着的样子,之前也是喝药的,不过喝的药是北方带来的,只是今天药用完了。"

正说着话,有人隔着老远叫了一声徐吴。徐吴转头一看,原来是张编辑。张编辑正坐在一个米粉摊子前吃宵夜,因为天黑,瞧了好久才看出徐吴和孔章,便喊了他们。茶房的见此,一溜烟跑了个没影。徐吴正巧有话要问,见到张编辑是很高兴的。

见了面,徐吴先坐下寒暄,说道:"你怎么一个人在这儿吃宵夜?"张编辑笑道:"我才刚从长三公馆做完采访出来。饿了一晚上了,路过这里,闻到米粉的香味,肚子直叫唤呢。你们也坐下吃吧,老人家的手艺已经传了三代了,做的汤鲜得很,别处吃不到的。"说着便自作主张,让店家再下两碗过来。

徐吴笑了笑,承了他的情,问道:"你是去采访金妈妈的失踪案的?采访到谁了?"张编辑惊道:"这事你也知道了?"转而又有些遗憾,叹道:"我从下午守到晚上,谁也没有采访到。我还以为金妈妈失踪,公馆会闹哄哄经营不了了,没想到还照样开张,只是对金妈妈的事闭口不谈。"

徐吴知道大约是唐淑宜在撑着整个公馆,所以并不奇怪,问道:"你见到唐淑宜没有?"张编辑笑道:"怎么没有?我以为金妈妈失踪了,撑场的会是柳仙儿,点名了要见柳仙儿,没想到是唐淑宜来应付我,现在好像是她在料理公馆的事情。真是没有想到,怎么会轮到她?"

见张编辑有疑问,徐吴便说出了唐淑宜和金妈妈的关系,还有她报案金妈妈失踪的事情。张编辑这时才明白了,说道:"怪不得。我说呢,唐淑宜怎么偷偷跑到当铺当东西去了。"

徐吴问道:"你怎么知道她跑去当铺?"张编辑回道:"她下午应付了我几句便走了,我在那儿干坐到傍晚,见实在没有消息可探才走。半路上却见到唐淑宜坐车在我前面晃过。我以为她是要会什么人,小跑着追在后面,不想跟到了一家小当铺。"

张编辑心思也不在吃上了,只想赶回去立即把稿子写出来发表。徐吴却很奇怪,问道:"她当了什么东西?"

张编辑并不是第一次跟踪人了,等唐淑宜走后,专门问过了当铺的人,回道:"一件翡翠镯子,一件玉白菜摆件,一件钻石戒指,两件绣花绸缎袄子。我本来还很疑惑呢,现在却想通了,金妈妈失踪,她的干系是最大的。她这样做一定是为了财,打算趁着人失踪,一点点将公馆里的财物都搬出来当了,折算成钞票,然后再跑。这可是现成的新闻,我要立即回去写出来发表,要将她狠毒的心计全揭露出来才行。"

钻石戒指?徐吴和孔章不由得相互看了一眼。徐吴见张编辑整个人很是兴奋,却提醒道:"或许这些当出去的东西是她自己的。你说的全是凭自己的猜测,不一定是真的。"张编辑笑道:"这些消息真不真假不假的,我的看客们可不在意。"

见张编辑真要把唐淑宜的事刊登出来,徐吴诱道:"要是案件审查出结果来,你的消息全是假的,回头唐小姐要找你报社麻烦的,你好不容易经营到现在的局面,可不要毁了。我看依然报道张世宗是最好的,我听说他以前是常在赌馆混的,你到那里打听,说不定还会有新进展呢。"

张编辑听出了徐吴的意思,如果自己将唐淑宜当掉钻石戒指的事情发表出来,下一个失踪的可能是唐淑宜了。见张编辑为难,徐吴指着眼前的驿站问道:"你知道这里面住的是些什么人吗？"张编辑笑道："你考我呢？住的自然是到镇上办公事的官了。"

徐吴又问道："那你知道几个月前住在里边的都有谁吗？"张编辑笑道："几个月来，住这儿的人是很多的，叫我怎么把名单一个一个列给你？"徐吴想了想，说道："大约是七个月前，从京里来办事，职务应该是不小的，连徐老爷对他都很恭敬。"

说起和徐老爷有来往的官员，张编辑便记起来了，说道："你这样说，我心里就有两个人选了，都是京里来的，也都坐到了总长这样的位置。一位是来调查田赋烟酒药材各税的梁总长；另一位呢，是来督办河道整顿工程的李总长。"

徐吴问道："那这样看来，这位李总长是来督办徐老爷的河道工程的？"张编辑点头回道："不过不知道徐老爷使了什么迷魂计，在工程还没动工的情况下，又让人回去了。"徐吴又问道："那这位李总长，你认识吗？"

张编辑笑道："他来久安之前我便开始打听了，还发表了一篇新闻，只是那时候没有多少人看罢了。"见徐吴他们洗耳恭听的样子，他也不卖关子，直接说道："他也是一位厉害的人，不过我不是说他的能力。你知道他的太太是谁吗？是刘瑞刘公的千金，刘公在光绪年间中过进士，又在翰林院当过差，后来任职师范学堂的监督，只是大清倒台后，也跟着赋闲隐居了。这几年，政府大兴教育，想请刘公出山的人很多呢。这位李总长是这两年才升到总长位置的。"

徐吴却并不知道李总长有这样的来头，又问道："怎么没有说起他的父母兄弟？"张编辑摇头说道："他的父母呢，是早已经不在了，弟弟前几年因为犯了一桩谋杀案，被判死刑了，他自己现在算是入赘进刘公家的。"

刚说完话，两碗米粉也端上来了。张编辑又说了几句无关紧要的话，吃完便兴冲冲地往赌场跑，打探张世宗的事去了。

第九回
入报库重翻往日旧案，进警厅渐明今时新冤

天还没亮，报贩便在大街小巷送报纸了。徐离因为起得早，一时兴起，跑到隔壁街买包子。忽然听见报贩喊着张世宗的名字，她赶紧买了一份，火急火燎地跑去徐吴的屋子。还在楼梯口呢，徐离便喊了起来："阿爹，又有张世宗的报道了。"

徐吴正为李总长的事情伤神，他不明白李总长为什么会到久安镇来，而且还是独自一人掏钱住旅馆，似乎并不是为了公务来的。昨天晚上，张编辑好像也不知道李总长又到镇上来了。李总长行事这样低调，难道是为了私事？正想着，思绪却被徐离的喊声给打断了。徐吴猜是张编辑的报纸，便问道："报纸上说了什么？"

徐离在路上略看了一遍，回道："写了张世宗以往在赌场里的事，还写什么钻石戒指赠美人。"徐吴一听，便觉不好，拿过报纸读了一遍。没想到张编辑为了博眼球，还是把唐淑宜写进去了，虽然报上只是点出了小倌人，并没有实写唐小姐的名字。

徐吴急忙写了两封信，叫了孔章过来，说道："张编辑还是

将唐淑宜的事情写了出来,你赶紧先把这封信送给张编辑,不要停留,再送这一封到唐小姐那里去,然后到曾主任那儿找我去,现在就行动,不要迟了。"孔章见徐昊很着急的样子,也不多问,赶紧送信去了。

徐昊昨晚在摊前,听张编辑讲起李总长的过往,忽然想起了三年前的一桩案子,那桩案子虽在北方发生,但在南方也是见报的。

《光报》是镇上最大的一间报馆,一般天还没亮,街口便围了许多报贩,他们或带着布袋,或拿着捆绳,等着新出的报纸。已经拿到报纸的正蹲在地上折叠、点数,没有拿到的正对着报馆报数。

这时,有个人也不排队,直往前钻,喊着:"我要批《光报》一百份,张世宗的报纸三百份。"旁边人见了不服:"你不是早已经拿了第一批去发了吗?怎么还来抢?"插队的人啐道:"你说这话,还不许我干活了?"这间隙,又有几个孩子匆匆跑过,把报贩堆起来的报纸撂倒,一时叫骂声四起。

徐昊一踏进街口,便见人声喧动,全围在了报馆门口,上次见到的前台正在人群中维持秩序,只是人太多,凭他一人是很吃力的。前台见没有人理他的话,也就放弃了,垂头丧气地走出人群。他转眼见到徐昊,便笑着打了个招呼:"徐先生,你这么早,是专门来探第一手消息的?"前台因为上次见曾主任招待过徐昊,便将人迎了进去。

徐昊确实是来探消息的,不过不是来探新消息的,而是来探旧消息的。他一坐下去便问道:"曾主任上班没有?"前台回道:"这么早,他是不会来上班的,如果没有重要的事,他得中午才到报馆来。"

徐吴并不一定要找曾主任,见他没有来,问前台也是一样的:"三年前的报纸,你们还有存着吗?"前台回道:"还有的,报库里有每份报纸的存档。"徐吴继续问道:"那你还记得三年前,大约是秋天的季节,有一则北方佲人谋杀案的新闻吗?"

前台是疑惑的,虽说他是在报刊行业里的,却也不是每份报纸都看的,更别说是记住了。只好笑道:"这我哪里记得,得查查当日的报纸才知道。但平常人不能进报库,要申请后,拿了钥匙才能进去。不过,曾主任是北方人,他两年前才调过来的,或许他还记得呢。"

现在离中午还有三四个钟头的时间,徐吴等不了那么久,便请求道:"劳驾,帮我挂个电话给曾主任,能不能让他到报馆一趟。"前台一副为难的样子,他怎么敢随便打扰曾主任呢?徐吴见此,也知道他是不会打这个电话了,又道:"这样吧,劳驾帮我挂个电话到巡警厅,说找李巡警便好。"

前台应声去了。李巡警正忙着,知道是徐吴找他,便直接问道:"什么事?"徐吴说道:"我记得三年前,北方有一件佲人被杀的案子,登了报的,我现在在《光报》的报馆里头,想进报库找出那份报纸,却进不去,你有什么办法吗?"

李巡警又问道:"你要做什么?"徐吴回道:"北方佲人被杀的案子似乎与林宝玉失踪案很有关联,我曾经看过那篇新闻报道,但细节记得不是很清楚了。"李巡警听他很肯定的样子,迟疑道:"那么我挂个电话给曾主任,只是不知道能不能成。"说完便挂了电话。

徐吴仍旧坐在电话机旁边,等着曾主任的电话。不一会儿,电话响了，徐吴接了起来，是曾主任的电话。对方以为是前台的，便道："小史啊，把报库打开，让徐先生进去。"徐吴当即表明自己的身份："曾主任，我是徐吴。李巡警已经给你打过电话了吧，真是劳驾。"曾主任笑道："举手之劳，协助巡警厅的调查是我的本分。"

见曾主任是持这样的态度，徐吴继续问道："我听说，主任是两年前才被调到南方任职的，那你对发生在三年前的一件倌人被杀案还有印象吗？"曾主任不知道他为什么问起这桩旧事，说道："这桩案件，我有印象，我和那位被判了死刑的谋害者见过一次面，和他的哥哥有一点旧交。"

曾主任这时也猜出了徐吴要找当时报道那桩案子的报纸了："这事发生在北方，南方应该是没有报道的。"徐吴回道："我三年前看过那份报纸，有很小的一个版面。"

电话的那一边许久都没有声音，曾主任先是叹了口气，才又说道："我那位故交的弟弟是被人带坏的，都是造化弄人。他们家因为父母早亡，从小家里很贫寒。但是他们李家是个大姓，家族之下设有私塾可以读书，我那位故交从小是很有骨气的，寒窗苦读，争取了公费留学，我们就是在留学时认识的。他的弟弟反被家族兄弟带得吃喝玩乐无一不通，又极好面子。他回国后见弟弟被带成这样，又气弟弟不争气，又气自己没有好好管教，兄弟吵得很不好看，他索性就不管了。"

徐吴问道："后来他弟弟怎么做出了那桩案子呢？"曾主任摇头叹息道："我没有问，只是依稀听说，那晚是借了家族兄弟的汽车接了那倌人出去的，结果没把人送回去。几天后，有农民在田地里发现了那倌人才报案的。"

徐吴已经确定这哥哥是李总长了，又问道："这位故交近日有找你吗？"曾主任说道："没有，倒是几个月前在徐老爷的家里见过，他为公务来的，我们还没有多少叙旧的时间呢，他便走了。"

小史见徐吴好像正和曾主任讲话，站在一旁不敢走开。徐吴见问得差不多了，便将电话给了小史。小史接过电话回答了几句，便对徐吴笑道："还是徐先生有办法，曾主任让我带您去报库，有什么不明白的，您尽管问。"

说着小史便到前台的柜子拿了钥匙，带着徐吴到地下一层。进去了之后，又有几间小分间，门上都挂着铭牌。小史解释道："我们这儿的报纸是曾主任按着年份排的，其中分为时局、学术、生活、思潮、军事、服装共六样，每天每样留一份，一年是两千多份呢！先生是要找三年前的哪一份报纸？具体是哪一期的？"

具体的日期徐吴是不知道了，但他记得当时梅姨新学了糯米桂花藕做给自己吃，便道："大约是桂花开的九月十月。"小史笑着点头："先生要找登社会类谋杀案的报纸，那应该是三年前的《时报》了，请往这边走。"

将人带到后，小史说道："先生，您在这边慢慢看吧，我到楼上招待去了。有什么问题按这个电铃便可，我听到了会下来的。"徐吴答应了一声，便自顾自地翻起了报纸。

翻完了两个月份的报纸，徐吴却没有发现当年自己看到的那份报纸，他抬头望了一下墙上的时钟，已经是下午一点钟了，怎么孔章还没过来？想着又要往下翻十一月份的报纸，却在停下来的间隙，发现旁边叠着的报纸堆上布着薄尘，看得出来许久没有人来整理了，而十一月份的报纸上却没有灰尘。

徐吴带着疑虑翻起十一月的报纸，一张模糊的照片映入眼帘，赫然是自己要找的那张报纸，再一看日期，却发现这份报纸是十月份的。报库的报纸都是严格照着日期排列，而十月份的报纸却夹在了十一月份的报纸里，难道这几日，还有人来找过这份报纸？

这张报纸并没有对事情进行追踪报道，只是刊登了最后的判决。据被害人的娘姨说，凶手曾经向倌人借了一只钻石戒指。两天后凶手说新得了一辆车，要载人出去兜兜风，之后却再没见倌人回去了。

做证词的还有李家的家族兄弟李仁，李仁出来作证说凶手赌输了许多钱，案发当天确实向自己借了车出去。案件是在九月发生的，十月便已经审判完了。报纸发表的时候，凶手已经被执行了死刑。而张世宗也是死于九月。徐吴找到了报纸，便不再停留，他还等着孔章的消息呢。到了楼上，徐吴见小史正在招待孔章，又见桌上的茶水添了又添的样子，孔章在这儿应该已经等了好一会儿了。

小史见到徐吴，上前问道："徐先生查好了？"徐吴点点头，道了谢，又问道："除了我，最近还有人进报库去吗？"小史想了想，回道："没有的，也没有多少人像先生这样爱看陈年旧报的。"

徐吴这时拿出那张报纸说道："这张报纸我先拿到巡警厅去，过几天我再拿回给曾主任。"小史本来不敢借出去的，听他说起巡警厅和曾主任，也就点头答应了，不过还需要做登记。

出了报馆门，孔章才说了话："早上我去报社的时候，果然见到戴先生也往那里去了。我赶在他前面将信给了张编辑,刚说了一句话他就进来了。我不放心,躲在书架后面听了他们的对话,戴先生果然是探问钻石戒指的事情,张编辑也很机灵,不敢说出唐小姐,只说是听赌馆里头人说的。戴先生出门便往赌馆去了。"

徐吴这下是放心了,问道:"唐小姐那里是什么情况?"孔章回道:"唐小姐不知道为什么见了你的信似乎很高兴,她让我向你道谢呢。"徐吴知道戴先生暂时是找不到唐小姐那里去的,也放心了些。

孔章见是往巡警厅的路去,问道:"我们这是要去巡警厅?"徐吴回道:"我在报库里找到一张报纸,要交给李巡警,还要向他拿档案。"孔章问道:"谁的档案?"徐吴说道:"上次你到林宝玉的房间,说她的房间摆设着胡琴,还有北方样式的机关妆盒,南方这边的女子是惯用琵琶的,我想她应该是北方人,或者是在北方长期生活过。"

徐吴和孔章已经来过几次巡警厅了,所以许多人已经认得他们。于是他们打了招呼便直接到李巡警的办公位置,李巡警正在埋头核对资料。徐吴把报纸放在他面前,他拿起来快速过了一遍,问道:"这就是你说的那桩案件?"

徐吴点头,说道:"我听说张世宗是三年前才到久安镇定居的,你能帮我找出他在镇上的档案吗?"李巡警道:"我之前已经让人翻出他的档案了,就在这里。"说着便拉开身边的柜子,抽出一份档案来,补充道:"他这个档案显示他是久安的户籍,并不是从北方迁来的。"

徐吴没有说话,先是翻了一遍张世宗的档案,才说道:"他这个身份可能是造假的,这里只记录了他三年来的活动,再往前便没了。"这时,徐吴又将三年前的谋杀案和李总长的关系说了出来。

李巡警听到李总长的名字,便知道事情是很不好办的,心里一时有些拿不定主意,问道:"这不会牵连到总长吧?"徐吴笑着没有回答,只是说道:"这个李仁,和李总长是同一个户籍的,你挂个电话到李总长的家乡问问,我猜李仁这个人的户籍是已经不在了的。"

李巡警半信半疑,让人挂电话去问了,又对徐吴说道:"那边还得找,答案可没那么快出来。"徐吴又问道:"曾主任曾经见过你,你是不是去过徐老爷为李总长办的酒宴?"李巡警回道:"我和徐老爷没什么交情,只是被拉去凑局的。说起曾主任,他和李总长竟然是留学的同学,我看他们感情是不错的,站在一处说了许久的话呢。"

徐吴问道:"他们是不是提前离场了?"李巡警想了想,迟疑道:"你不问我倒没有注意,现在想起来,好像之后确实没有见到他们的身影了。"这正好证明了徐吴心里的猜测,于是他又问道:"林宝玉的档案你找出来了没有?"

李巡警回道:"因为她这个名字是艺名,找不到她的档案,只找到了她在公馆活动的资料。"徐吴问道:"唐淑宜是真名吗?我记得上次她报案是用了这个名字,那应该是真名的。你查一查,大约是李总长到镇上办公务的时间,是不是有一位姓唐的北方女子到了镇上?"李巡警有些为难,说道:"这样做犹如大海捞针,虽然进了镇上的人都会抄查户牌,但是也不能做到全部记录的。"

梨园秘闻录(上)　　97

徐吴想了想，建议道："那么从戴先生那边下手吧，林宝玉可是戴先生介绍给金妈妈的。"说着徐吴将两人相遇的地址记在纸上，李巡警马上让人去打听了。

孔章坐在一旁看三年前的报纸，总觉得报上那张模糊的照片极为眼熟，却说不出在哪儿见过，越努力想却越想不出，于是将报纸拿到徐吴和李巡警面前，问道："这张照片，你们不觉得很眼熟吗？"

徐吴拿到这张报纸的时候，也是这种感觉，却也是想不起。而一旁的李巡警经孔章这一提醒，惊道："这张照片是当年的现场照。"他一边说着一边慌忙地拿出张世宗的档案袋，指着张世宗死时的照片，骇道："他们俩不正死得一样吗？"

对比两张照片，徐吴发现两人的案发地点都是在郊外的农田里，倌人死时四脚朝天，衣衫半解，脚上只有袜子，没有鞋子。而据新闻描述，她脖子上有勒痕，身上的钱财也是被搜刮一空的。这样的细节，和张世宗死时的细节是十分相似的。这篇新闻发表于十月份，案件发生在九月份，这样的审理和处决显得很仓促。而张世宗的案子也是发生在九月份，似乎有故意重演这桩案子的嫌疑。

李巡警看完，心情更加沉重了，因为李总长现下看来有很大的嫌疑，但李总长和自己上头可是有很大交情的。李巡警赶紧叫来刚才去查李仁档案的人，问道："你挂电话去催，叫他们把李仁的档案赶紧找出来。"

那人也是调查张世宗案子的职务人员，刚才早已经听了他们的对话，跟那边说要找李仁档案时，特意嘱咐了这人和李总长是本家，同一个宗族的。那边以为这是李总长要的，即刻去找了，刚才已经挂电话来了。这时便回道："那边说李仁的身份在两年前已经注销了。"

李巡警问道："什么原因？"那人回道："好像是失踪了，下落不明，签名的是他的父亲李明一。"李巡警转而问徐吴："这也不能确定张世宗是李仁。"

徐吴又拿出一份报纸来，是徐离拿给他的那份报纸："这里提到一件钻石戒指。李总长到镇上来了，你知道吗？"李巡警一惊，只呆呆摇头。徐吴又道："李总长到这里来，找当年张世宗从那位佾人借来的钻石戒指。这件戒指现在在唐淑宜的身上，不过前日被她拿去当了。张编辑今天将这则消息发表在报上，戴业知道了便到张编辑那儿去探问。这件戒指本来是张世宗送给林宝玉的，一番辗转才到了唐淑宜的手上。"

李巡警问道："怎么会在她手上？"徐吴解释道："是唐小姐从林宝玉的屋子里清点出来的，本来应该在金妈妈手里的，后来她失踪了，便落在了唐小姐手里。"

徐吴又说张世宗对李总长的态度是很恭敬的："李仁是家族族长的儿子，李总长从小在家族的私塾念书，李仁吃喝玩乐惯的，哪里会对李总长恭敬呢？但是总长现在的职务不低，李仁当时又作证总长弟弟赌钱借车，他心里对总长是很心虚的。张世宗，这'世宗'两个字，如果读作'失踪'呢？单凭他这个名字，便可知道这个人是嚣张乖觉惯的。他家在北方可是有很大家业的，为什么要换了名字跑到久安这样的小镇上来？他既然听了家里的，假装是没了这个人，却还要在自己的名字上做文章，是得了便宜还卖乖。又用'宗'字做名，是觉得自己有宗族做依靠，怪不得李总长不肯放过他了。"

梨园秘闻录（上）

这一番话讲究，李巡警有许多疑问，但是他心里还是存着一个希望。可惜徐吴临走时警员挂电话说三个月前，有一名姓唐的女子住进了旅馆，而那间旅馆正是李总长如今住的地方……

第十回
揭骗局勇擒害人真凶，露真相终得妻子旧照

徐吴从巡警厅出来后，对孔章说道："李巡警知道事关李总长后，态度是很消极的，我们要快点收网才行，不然李巡警可要打退堂鼓了。"孔章这时也打趣道："我看也是，自从听了李总长的事情之后，他就像是根蔫了的白菜，就怕我们再说出总长的其他私事来。只是这时间，你还要去哪里？"

徐吴说道："这正是好下手的时间，我们得先去把金妈妈解救出来。"孔章惊道："你知道谁绑架了金妈妈？"徐吴说道："唐小姐藏了金妈妈，而且并没有藏到哪里去，现在金妈妈还是安全的。"孔章之前对唐小姐的印象是十分好的，觉得她没有半点轻佻的样，没想到她真是为了钱要害金妈妈。

徐吴知道孔章在想什么，先是解释道："唐小姐不是要害金妈妈，而是要救她。唐小姐已经猜出戴先生、林宝玉和金妈妈是合谋害张世宗的人了。林宝玉失踪至今没有人找到她，多半是已经遇害了，尸首还没有被找到是因为巡警厅一直都认为她还活着，只搜查她可能藏身的地方。"

梨园秘闻录（上）

孔章糊涂了："我们到久安的第一晚，林宝玉不是出现过了吗？她确实有可能是藏起来了。"徐吴说道："那一晚，在大茶馆出现的人是唐小姐，她故意穿了林小姐的衣服装扮成林小姐的样子。她们本来便有几分像，妆容再刻意模仿，老远看着是要看成林宝玉的。当时，她又故意模仿了阿离的动作，阿离一下子便被唬住。阿离见报纸上的林宝玉和自己很像，便直说自己看见了林宝玉。"孔章却问道："那应该是唐小姐第一次见徐离吧，怎么知道阿离会有什么动作习惯？"

徐吴笑道："从我们进茶馆起，她便在楼上观察起了阿离的言行。她是很聪明的，又很善于察言观色，模仿阿离并不难。"孔章又疑道："那她是怎么知道我们那晚到大茶馆的时间呢，还在那里埋伏好了？"

徐吴解释道："她也在林宝玉的妆盒里发现了我们的资料，而且是早就发现了，她还从那里知道了约定的时间和地点。"孔章仍是有些不可思议，这样说那便是失踪了的林宝玉将信寄给他们了。

那封信里有张世宗现场遗失的钱票，那是只有在案发现场出现的人才会有的，所以徐吴推测是林宝玉和戴业一起谋害了张世宗。而真正下手的是戴业，林宝玉明白自己的处境是很危险的，为了提防戴业，所以将张世宗案发时带在身上的钱票藏了起来。当她知道戴业真的要对她下手时，便将照片和钱票一并寄给了他们。

徐吴之所以知道林宝玉和唐小姐的真正关系，还是因为上次傅经理称唐小姐为"戏痴"的事："上次听傅经理讲起唐小姐的戏经，有几处是说错的，我没有说出来，只以为是情人眼里出西施。现在联系起来,才知道唐小姐并不是爱看戏的人,而是翻了林宝玉收藏的戏本和戏报了。林宝玉的屋子被清点完了,只剩下不值钱的妆盒和几本戏本子、戏报,那是唐小姐特意留下的。林宝玉是北方来的,那么她这个真正的戏痴,应该是看过我们几年前在北方走穴时的戏了,也见过阿离的模样,是以一定要把我们邀请了来。"

现在已经是晚上十一点钟了,并没有什么人在路上走。孔章看着映在墙面上的微弱月光,一时不知道自己身在何方。

徐昊又叹道:"唐小姐其实是个半吊子,才误请了陈班主的戏班进镇。可能林宝玉曾将这个计划说给她听,但是她对戏班派别并不熟悉,误把长西镇的呈祥戏班认成了长西镇陈班主的戏班,又以张世宗的名义邀请。在戏班来了之后,她才看到妆盒里的东西,明白了林宝玉要邀请的是我们,所以才有了我们到镇上的第一出戏。她从我们进镇之后便一直关注着我们的动态,在妆盒里资料不见当晚,她便知道是我们拿走的了。于是她以林宝玉的名义送求救信到我们的住所试探,又通过傅经理跟我们谈生意来接近我们。她也是想找到林宝玉的。"

孔章却不明白,他明明听傅经理说过唐小姐和林宝玉是有争吵的,关系并不好的样子,为什么唐小姐还要帮着找出林宝玉呢?

徐昊继续说道:"唐小姐一直知道林宝玉进公馆的计划是为了谋害张世宗,她想劝林宝玉,两人因此才争吵的。上次在隔房的时候,戴先生找柳仙儿去向金妈妈打探钻石戒指的事情,而金妈妈没有得到戴业答应给她的钱,心里不甘,不肯交出戒指,又扣了柳仙儿的钱。唐小姐猜戴业不会就此罢手,会另外有行动，又见这边柳仙儿和金妈妈争吵得厉害，公馆里的人都知晓了，便趁势把金妈妈藏起来，接着又到巡警厅报失踪案。"

唐淑宜报失踪案，是为了方便风波过后到巡警厅撤案，同时把失踪的消息传到戴先生的耳朵边去，金妈妈暂时算是安全了。但她又怕因戒指的事情再引出麻烦，所以又悄悄把戒指当了，折成了现钱给嗜钱如命的金妈妈。报案的时候，唐淑宜说没有人见过金妈妈出门，所以徐吴猜测，金妈妈是被藏在公馆中了。

正说着他们便到了公馆门口，门口仍旧站着两尊"门神"。"门神"的眼珠四处转着，只盼望有客上门，见着徐吴他们，立刻拉开笑脸喊道："尊客两位。"他们是认得孔章的，因早上见孔章来过，便喊得更大声了。

只是徐吴并没有进门的意思，而是走向其中一位门房，说道："进去前，我要先打听一下。"门房总算见到客人了，喜道："先生尽管问。"徐吴问道："唐倌人的局，难不难定？"

公馆里只有唐淑宜姓唐，门房知道徐吴问的是现在料理公馆的淑宜小姐。他转头看了一眼端着茶壶和手帕的小童，有些为难道："只是淑宜小姐有些难的，她这几日生病了。我们这儿还有其他能弹会唱的天仙，您尽管进去吧，先生。我听说月仙小姐新学了一首时髦的曲子，晚了可是听不着的。"

徐吴笑道："我是仰慕唐小姐的唱书本领才来的。大约是十几天前，我在大茶馆见过唐小姐，穿着青绿色的旗袍，样式跟这边的有点不一样，她平时应该也是不大穿的。"门房拍手笑道："我说她那样打扮是没有错的，比她平时的穿着更适合她，她偏不相信，这下连先生也说好看呢。"

孔章这时也是大概明白了徐吴的用意，跟着问道："我们定不了，难道只有傅经理来了才能定这局？"门房生怕起了误会，说道："并不是这样，我们的佾人是逢局必出，没有推托的。今天连傅经理来也是没能见到面的，刚才傅经理在大堂坐了好一会儿，前脚刚走，你们后脚便赶来了。"

一旁招待的小童见他们犹疑不决的样子，一时都拥上去，将人拉了进去，递手巾，服侍擦脸漱口，又在大堂安排了茶席，很是殷勤。孔章早上虽来过，却只是在大堂见的唐小姐，并不知道唐小姐在哪一间屋子。不过，孔章知道唐小姐是从什么方向来的，便对徐吴说道："我早就将这里都逛了个遍，早上唐小姐是从那边过来的，那边只有四间屋子，我循着这条路找去，找到了再来告诉你。"说完便去了。

不一会儿，孔章出来了，徐吴没等他走过来，便跟了上去。唐小姐的屋子是锁住的，徐吴敲了敲门，说道："戴先生被抓了，金妈妈不用藏了。"屋里的人听到戴先生被抓，以为是张世宗的案子解决了，赶紧打开了门。

孔章和徐吴进了屋，反手将门关上。唐小姐虽不明白他们的意思，却急问道："戴业被抓了，他说出林宝玉在哪儿了吗？你们找到她没有？"徐吴说道："在我们进久安之前，林宝玉已经遇害了。"

虽然唐淑宜多少猜到了一点，猛然一听却仍是不信。徐吴说道："你不是当地人，是北方人，而且你还有一个姐姐。"唐小姐没有接话，只是望着徐吴。徐吴继续说道："上次你说话说得多了，不免有点北方语调，我当时便觉得奇怪。又见你点菜夹菜都偏北方的面食，并不是这边甜腻的糕点。"

梨园秘闻录（上）

唐淑宜仍是笑着不说话，她相信自己做得很周全。孔章这时也说道："陈班主的戏班是你以张世宗的名义邀请来的。而我们进镇的第一天，你又装成林宝玉的样子去吓唬阿离；后来，你又以林宝玉的名义写了封求救信送到了我们的住所，没想到却被梅姨发现，并且追了出去。我们放出接戏的消息，你又说服傅经理接了我们的戏。你做这些全是为了林宝玉。"

唐淑宜这时才站了起来，走到桌边倒了杯水，轻声说道："金妈妈，你出来吧。他们什么都知道了，不会害你的。"

金妈妈这时候才怯怯地从黑色的床帐后走出来，见了徐吴和孔章，也不像上次那样笑了，臊眉耷眼的。唐小姐这时才说起了自己的身世："我半大的时候，因为实在穷，家里女儿又多，从北方被卖到了南方。多少个赶路的黑夜，我都是担惊受怕的，不知道自己下次要被卖到什么地方去，要在哪里安家。当我看到我的姐姐出现在面前时，我知道她是找我来了，她说她要为我们的生存搏一搏。我劝她，却没有用，她仍是将此当作重生的赌注。"

说到这，徐吴和孔章已经明白，那林宝玉正是唐淑宜的姐姐。

金妈妈听说戴业被捕了，虽然自己没有谋害张世宗，却因为钱，糊里糊涂地穿针引线成了帮凶，心里害怕极了，连忙解释道："我并不知道戴先生谋害了林宝玉，只是他告诉我，只要撮合了张世宗和林宝玉，便给我一笔另外的钱。但是我钱还没有拿，算不得是帮凶的。"金妈妈自己这次是赔了夫人又折兵，心里是很气的："戴业那种英雄救美的骗人把戏，柳仙儿如今还在梦里呢！"金妈妈本又要说起林宝玉，但想到她和唐淑宜的关系，转头看了唐淑宜一眼，也不再往下说了。

走出公馆的时候，月亮已经偏了一些。四周是很安静的，巷子里传来阵阵门板摩擦石柱子的声响，大约是各家店铺子都在准备着关门了。孔章见徐吴一副胸有成竹的样子，便知道他今晚是还有打算的，只是不明白他为什么能这么确定林宝玉已经死了呢。

徐吴笑道："骗柳仙儿的那两个流氓你还记得吗？我们第一次见他们的时候是什么情形？"孔章回想道："那瘦高的流氓用眼神示意了另一个流氓，那样子是也将阿离认成了林宝玉吧。"

徐吴摇头说道："并不是，恰恰是那两人知道阿离不是林宝玉，他们两人的神情虽然有些疑惑，却是很肯定阿离不是林宝玉的，他们只是惊讶。若是单从报纸上看到林宝玉的照片，只怕他们也会同巡警厅里的人一样将阿离误认了。只能说，他们认得林宝玉，而且还相当熟悉。戴业可是翻戏党的一员，那两个小流氓正是听他差使的。他和这两个流氓用'戏中戏'的连环套骗了柳仙儿，又用同样的把戏骗得了珠宝铺子经理的信任，之后同那经理一起骗了徐老爷的治河款项。"

孔章这时候也是猜到了："所以戴业和林宝玉对张世宗也是用了连环套的手法将他套住。不过戴业想把这边撇得干干净净后跟着李总长到京里谋职务，所以拿林宝玉做替罪羊。只是林宝玉怎么也不会答应的，毕竟这是会被判死刑的事。所以，最好的办法是让林宝玉带着谋害张世宗的罪名，消失或者死亡。"

徐吴这时反问道："但是，你觉得李总长会答应带着戴业在身边吗？"孔章也猜到了徐吴的打算："你要去找李总长？"徐吴回道："他是打算走了，但是戒指还没拿到，最重要的事情也还没办,他得办完了再走。"孔章笑道:"怎么?你要守株待兔?"

徐吴和孔章走到了旅馆门口,厅上已经没有人了,大堂里只剩一个伙计在招待和值班,眼见他们进去了,马上起来招呼。徐吴问他:"李先生在吗?我们是给他送药的,劳驾引个路。"说起送药,又说起是姓李的,伙计当下便知道是说那位北方来的先生了,笑道:"李先生下午出去了,还没回来,他说了今晚要退房的。"

徐吴心想来迟了一步,一抬脚便往外走,步伐很快,孔章在后边跟着却不知道发生了什么。徐吴边走边解释道:"李总长今晚要走,那么是打算今天对戴业下手,现在还没回来,那便是反被戴业埋伏住了。我们到巡警厅找些人过去。"

孔章问道:"在哪儿?"徐吴说道:"东街十里巷,翻戏党的据点。这件事不是戴业一个人做的,他做的桩桩件件,都是有翻戏党的人一起行动。张世宗死前输给赌馆的钱,徐老爷赌输了的治河款项,也应该是存放在那里。我们只说李总长失踪了,要去解救李总长,李巡警保准是动作比谁都快的。"

月亮渐沉,徐吴抬头看了一眼。孔章很着急,生怕到达翻戏党据点时晚了一步。李巡警正打着哈欠,起身准备换班,却见徐吴和孔章急匆匆走进来,知道事情是不好了,还没等他们开口呢,便赶忙迎上去问,一听果然是坏事。如果李总长是因为张世宗的案子而失踪的,那么自己是难辞其咎的。李巡警连忙在局里调了二十来个人跟着,一来是要确保李总长的安全;二来对方是团伙,应该是有不少人的。

巡警厅的效率很高,不一会儿人便在门口聚齐了。一行人极快地穿过巷子,步伐尽量收紧,不踏出声来。李巡警神情凝重，不发一语，正在考量着自己的前途。而徐吴他们也跟着不发一语，想着早点揭开谜团，将人活着解救出来。

到了十里巷，大家都藏在巷子的暗处，而李巡警则是看着徐吴，想要他做先锋的意思。徐吴笑了笑，他是知道上次那人敲门的方法的，这时以同样的方式敲了几下。李巡警见里边有一会儿都是没有声响的，便整个人伏在门上，这才听到细细的踏步声，不过，好像不止一人。门猛地从里边开了，厚重的门板挤压着石柱，吱吱呀呀地响着。

李巡警还没看清情况呢，赶忙一挥手，跟来的一行人随即涌了进去。里面的人还没反应过来时已经被围住了，又见是巡警厅的，一时都被唬住了，只有一两个要跑。徐吴和孔章见戴业没有在其中，不管不顾便往里闯，直走到后庭院。孔章先是让人守住了两个门，再小心地探看眼前排开的三间屋子，终于在右边屋子里找到了被绑住的李总长，而戴业在一旁的地铺里睡着了，迷迷糊糊间就被捕了。

翻戏党的人都被抓了起来，李总长也作为嫌疑人被抓进了监狱。翻戏党的一众人立刻把自己配合戴业做的事都交代了出来。戴业把事情都推给了李总长，李总长却并不说话。

自从那晚巡警厅将人抓到之后，唐淑宜找过徐吴一次。因为翻戏党的小流氓交代出了林宝玉被杀的时间以及埋葬的地点，她是来谢徐吴的。自从知道林宝玉死亡的消息后，她整个人沉静了许多，见人仍是笑的，却没有之前那样生动，只是勉强地牵起嘴角。

今天是她第二次来，为了送一封信来，这封信之前徐吴并没有见过。徐吴不知道除了林宝玉的事，她还有什么要说的，便先请她坐下。梅姨这时端了茶进来了,笑道:"唐小姐,来谈戏班的事吗?"梅姨已经知道了上次她送信到旅馆的事,徐吴将始末都告诉了她。

唐小姐含笑不语,只是从袖口抽出一封信笺来,放在桌上,按着移到徐吴的跟前,才说道:"我只是想起一桩事来,想着是要告诉你的好。这是我姐姐的东西,我什么也不知道,看了也不用问我。"说完起身便走了。

徐吴拿起信笺,摸了摸,发现里边还有一张四四方方的东西,慢慢将它抽了出来,原来是一张照片。照片的布景和林宝玉登在报上的那张是一样的,就连拍照的姿势也是一样的,只是女子的身份不一样。照片中的女子低眉婉转,眼里却有无限风情,身上穿着宽大的旧式旗袍。

这边梅姨正奇怪,一瞥却是大惊失色。绕来绕去,她以为这次进镇只是一次乌龙事件,心里才将林宝玉的担子放下,林司却还是以不同的方式出现在了他们的生活中。

第十一回
三更半夜火车现黑影，灯红酒绿远江添魂魄

一条江横亘在地面上，铁轨沿着江岸铺陈开，一列火车呼啸而过，火车鸣笛发出的声音响彻夜晚的江岸。这条江极长极长，蜿蜒而出的尽头是海，江海相接，打破了陆地的局限，将隔海灯红酒绿的生活映照在了江面上。

岸上浮动的颜色在梅姨眼前晃过，这让她想起了自己曾经在舞台上接收到的称赞目光，台下人声喧动，喝彩声一层盖过一层。以往，她是很喜欢参加宴会的，眼看各色男女觥筹交错、珠光宝气，很令她沉迷。而那件事发生之后，她便结束了自己的过去，在无人知晓她的地方放逐自我。

那天，她看到林司的照片时，第一眼便被矗立在林司背后的白色石柱吸引住了目光，因为这座仿照西洋建筑的剧院是她极为熟悉的，当时不由得惊道："这不是远江的德昌剧院吗？"徐吴一听，立即将期待的目光放在了她身上。

等她缓过神时，这话已说出了口，只好说道："照片上的剧院，我认得的，是远江的一间大剧院，那里时常有各种演出，

很有名气。"徐吴当即决定往远江去。而梅姨却是很犹豫的,她从没有想过回到那里,但最后还是坐上了驶向远江的火车。

德昌剧院是一间中西合资筹办的剧院,院长是一名蓄着长须、头发花白的长者,他时常差人将请柬送到她的住处,她曾是那儿的座上宾。那里的表演活动是各式各样的,有唱的、有跳的、有说的,还有专门从海外邀请来的戏团。

火车越往前开,梅姨的记忆便越多地涌回到了她身上。她不再是乡下走穴、无人知晓的梅子英,而是远江极受欢迎的角儿梅老板。夜半了,四周很是安静,她却觉得周遭的空气实在闷得很,看了一眼睡得极沉的三人,便起身往外走。

那张照片里还有一个她熟悉的人影,那人便是她内心不安的原因。徐吴也许还没有发现,照片中那人的目光是望向林司的。她不知道他的目光是有意的还是无意的,她却是很认得他的,和他还有过一段交情。

那次,是他们第一次,也是最后一次在远江镇联袂演出。她唱老生,而他唱花脸,他是来替她搭戏的。如今想起来,他浑厚顿挫的嗓音犹在耳边萦绕。戏散了之后,她却再没见过他,连陆院长送去的请柬也是石沉大海。

黑夜到来了,火车越驶近远江,她跳着的心越是无法平复。她看了一眼身后的包厢,轻轻吐了一口气,往另一边走去。就着通道上几盏昏暗的小电灯,她走过一节又一节的车厢。车厢摇摇晃晃,在这时,她敏锐地发现身后有人跟着,便小心放轻了脚步,想着趁进入下一节车厢的时机藏起来。

当她走进另一节车厢时,却发现通道的尽头,有两个人影在交谈,当下有些急了。因为那两人的行迹很是可疑,他们的穿着和姿态很不一样。昏暗的电灯下,一高一矮,较矮的那一位男子并不是真的矮,只是他佝偻着腰,晃着头,似乎是在观察四周,而另一位男子则是仰着脖子,双手背在身后。不知道说了什么,较矮的男子极快地拿出一件东西交到那人手上。

他们的动作是极快的,梅姨并没有看清他们在交易什么,那佝偻着腰的男子便很快地隐入黑暗中。而站在她前面的男子,头顶着显眼的西式礼帽,却是穿着一身黑色长衫,双手戴着皮手套,手指跳动,就这样直挺挺地站着。

等看清楚了眼前的人,梅姨嘴角勾出了笑意。她深夜在通道上闲逛,本是有意找他,没承想竟真在这里碰见了。梅姨心里一喜,对于当下的危险局面也就放下心来。她刚扬起手,身后却猛地蹿出一抹黑影,将她往后扯。她要出声已经是来不及了,她的闷声呼喊也被混杂在了鸣笛声中。

站在窗边的男子似乎感觉到了响动,警觉地往后看了看,见只是空荡荡的通道,暗笑自己的多疑,便也回到了包厢里去。一时间,梅姨被拖到了暗处,她的脑海里闪过了许多场景,奋力挣扎。一声低沉的"是我",让梅姨慢慢放松下来,等她平复了心情后,却又忽然觉得气急了,丢下身后的人,往回走去。

徐吴是第一次见到梅姨这副又气又急的模样,一时有些不适应,连忙解释道:"一路来,我见你似乎很不安的样子,又深夜一人出来,我有些担心,便跟了来,并不是有意要吓你。刚才那人,我知道你是认识的,只是他和别人在这个时间做交易,那么便是不想让人发现,你偏去撞破人家的事。"

听了这话,梅姨心里的气已经渐渐消下去了,步伐也放慢了,转身问道:"你怎么知道我认识他?"徐吴笑道:"在车站时，你时常关注他的行动。"梅姨一时没有说话，只是皱着眉在前头走着，临到了包厢门口，才轻声说道："他是我在远江时认识的朋友，有一些交情，当初我离开远江时，没有跟他告别，现在想来很是遗憾。"

徐昊明白梅姨害怕回到远江，心里叹了口气，却没有再说什么。梅姨先一步到了厢内，坐下便闭着眼睛不打算说话了。等到天微亮了的时候，厢外的通道上传来一阵急促的脚步声。

声音在隔壁的服务台前停下，只是又传来了"咚咚""咚咚"的声音。徐昊心想，这声音听着十分焦躁的样子，隔壁是列车的服务间，大约是每五节车厢便有一间服务台，专门提供吃食和帮助的，听这动静并不像是找吃食的。

徐昊打开厢门，便见一名穿着棕色布衫，剃着平头的男子，正佝偻着身子坐在木椅上，紧拧着眉头，呼吸有些不顺的样子，脚却踢着面前的木台。而此时的服务台上是没有人的，徐昊听那人似乎喊着要喝水，便到柜台上倒了水，递到他手上。

这时，服务台的侍员从里间出来了，手上拿着一包冰袋，神情却是很紧张的，说道："这位先生，我让车上的医生给您看看吧？"那男子挥手，粗声说道："没大事，只是犯了一点小毛病，等会儿便好了。"说着便拿了冰袋起身。

侍员紧张地望了徐昊一眼，以为他们是同伴，便说道："先生，要是病情重了，是要请医生的。"徐昊刚要开口，身后便传来一声闷响。这时候，梅姨和孔章也被惊醒了，连忙打开厢门，一眼便见到了赶去扶人的徐昊。

梅姨见那人面色苍白，便猜是病了。又见那人的背影和穿着很熟悉，她想起了昨晚见到的那男子，而此时他的神态中又有些慌张的样子，心里有些怀疑，便望了徐吴一眼，只是徐吴也是很疑惑的样子。那人踉跄着站起来，强撑着精神道了谢，也不让人搀扶，便想走回自己的包厢去。

徐吴并不放心，便一直跟在他身后，想着要是这人走在半道晕倒了，也有照应。直到那人安全进了包厢，他才放下心来，又想，这里不是昨晚上那两人站着的地方吗？原来那人昨晚那么快便消失，是进了包厢了。只是他在慌张什么呢？既然病了，为什么又不肯看医生？

正思索间，隔壁的厢门打开了，出来了一个人，关了门后，他从口袋里抽出了两只皮手套，一边走一边戴上。他的五官很是粗犷，却挂了一副很斯文的圆框眼镜，脸上的线条紧绷着，很难让人想到他笑起来的样子。

他是梅姨昨晚说的那位没有告别的故友，只是没想到他们两人预定的包厢竟然是相邻的。通道并不是很宽，那人见徐吴正杵在中间，便说道："先生，劳驾让一让。"徐吴当下醒过神来，抬脚让道。又见那人去的方向，心想他应该也是往服务台去，而他们定的包厢与服务台是相邻的。

徐吴又在原地站了一会儿，见那生病的人没有什么大的动静，便也放心回去了。望着窗外的高楼，他才意识到自己又回到了远江，只是一切都已经发生了天翻地覆的变化，眼前的这条江，被浸染得更加繁华鲜艳了。

车上的侍员正在派发报纸。徐吴想重新了解这座城市，便买了一份，站在原地翻了起来。这是当地发表的《江报》，他翻开第一版，商业广告琳琅满目，药房和医院的广告版面是最大的了。徐吴笑了笑，心想人们对生老病死从来是最关注的。

梨园秘闻录（上）

火车到站时间是早上十点钟，而现在已经八点钟了。还有两个钟头，他们便能到达远江站。梅姨见徐昊跟了过去，便到服务台问侍员那病人的情况。侍员也并不清楚，只是她在准备报纸时，那人跌跌撞撞着冲进去，说要医用的冰袋。她见他很没有气力的虚弱样子，一时没有了主意，只是赶忙跑到里间拿冰袋，出来时，便见到徐昊在一旁照顾病人。

梅姨疑道："他怎么不叫医生？"侍员虽也疑惑，却只是摇了摇头。列车上的工作都是有分工的，刚才因为那位病人，她已经耽误了好些时间，再不将报纸发下去，迟了是要挨列车长骂的。想到此，她便腾不出工夫理会梅姨了，急忙将一叠叠报纸放上推车。

"江报"两字赫然撞进梅姨眼里，让她想起了独自住在远江的日子。她那时也很喜欢看报纸，不过她只会看报纸的第一个版面。天还没亮堂的时候，门房便已将报纸塞在了她的信箱里了。她起床后的第一件事便是趿着屦鞋，将信箱里的报纸取出来，倒在沙发上，看各家百货公司新推出的洋装。

她轻轻抽出一份，坐在刚才病人坐的木椅上看了起来，心想虽才几年，远江肯定已经是另一番光景了。她逐字逐句地看，很奇怪的是，铅字就是不往脑子里进，一通读下来，也不知道讲了什么，不由得失笑。

这时，忽然有人喊她："梅老板？"梅姨被这一声称呼吓了一跳，已经几年了，不曾有人这样称呼她。她猛然抬头，发现来人是唐魏，这时候心里又松了一口气。她本想问他昨晚上和那人在做什么交易，却想到徐昊说的话，又转而笑道："多年未见了，老朋友。"

在远江唱戏的那几年,她并不是一开始便唱大戏的。初来乍到时,她只是一个在小戏班谋活的小跟班,那时候,唐魏也只是一家成衣铺子的小裁缝。他替她做戏服,而她时常请他看戏。他们还有一位朋友,当时,三人的来往是很密切的。

　　唐魏看到她时,原是不敢认的,只是两人太过熟悉了,即使她现在和以往相比,有了许多的变化,但他还是笃定,她就是那个嬉笑怒骂皆在脸上、穿着时髦的梅老板。只是此时的她,一身素色宽身旗袍,眉目间多了些恬淡。

　　梅姨看出了唐魏有试探她的意思,便笑道:"我是同朋友来的,待一阵便走。以往的事,我并不想再提,那件事你还是替我保密吧。我现在只是在乡下走穴的,你还是叫我梅姨吧。"梅姨话已说得这样明白,唐魏此时也知道,她并不想同来的人知道她的过去,便点了点头,转而问起她在远江的落脚点。

　　梅姨笑道:"大约是找旅馆住了。"唐魏想了想,说道:"不如到我的院子里住吧,我让人给你们收拾出几间屋子来。"她并不知道徐昊的打算,不好应承下来,只说不好打扰,在旅馆住着会更便利些。

　　说了几句话后,梅姨的心情便放松了下来,又想起了他们的另一位朋友,便笑道:"常柏从家里搬出来没有?那几年总听他说要摆脱家里的。"唐魏回道:"你遇到他,不要再喊他这个名字了,他已经给自己另取了名字,说是摆脱家长的第一步,便要先把他们取的名字摆脱了。我看名字倒是摆脱了,只是人还没有摆脱,仍旧在家里住着。"

　　梅姨心想也是如此,他这人虽然很有才情,但是一直依靠着家里的庇荫,并不是个会考虑柴米油盐酱醋茶这些生活之事

梨园秘闻录(上)　　117

的。他自己搬了出去，倒没有在家里有人服侍着舒服，又笑问道："他这人的脾性想来是很怪的，会给自己取什么怪名字？"

唐魏见梅姨身边还有一个位置，便坐了下来，道："尼采，他给自己取了这个名字。"梅姨一听，果然是个怪名字，拍手笑道："这是什么名字，我怎么没有听过？这两个字单拿出来看并没什么，只是组在一起，并不是我们所习惯用的名字了。"

唐魏这时也被勾起了笑意，回道："我也问过了，他讲了许多他留洋的所见所闻，我并不是很懂，大概知道这是一个外国人的名字，被他拿来用了。"说到这里，两人多年未见的隔阂也渐渐消了。

这时候，徐离也已经醒了，只是见身边既没有阿爹，也不见梅姨，心里头感到很奇怪。她起身往外走，听见隔壁的服务台有笑声，并不像是梅姨和阿爹在说话，暗笑着摇头，转身却见阿爹正站在她身后。

她往他身后瞧，也没有见着梅姨，怪道："我以为您和梅姨一起出去的，梅姨到哪里去了？"而这边，梅姨在说话的间隙，听到徐离在找她，便走了出来，笑道："你这个小鬼头，我在这儿呢。"

唐魏一时也跟在后面走出来，见到徐昊，先是一愣，继而介绍起了自己。徐离一听唐魏是在远江谋活的，又见他是梅姨的朋友，因为从没听梅姨讲起过往事，便热情地将人请了进去。

徐昊和孔章笑了笑，知道徐离心里打着小九九呢。她以往没有去过远江，因此一路来，看什么都是很新鲜的。昨天晚上她便拉着服务台的侍员，一口一个姐姐地喊着。她们见她嘴巴又甜，又很烂漫的样子，很乐意同她讲一些远江好吃好玩的地方。徐离听得很起劲,还没下火车呢,便已经在想要如何玩乐了。

徐离最想看的是洋人变魔术,昨晚上她听人说得神乎其神,不知跟她在乡下看到的变戏法有什么不同。她问了唐魏几个问题,便又说到魔术表演上去了。唐魏这次回来,正是为了赶上看德昌剧院邀请的魔术表演,见徐离很是感兴趣,便说道:"我今天回来,便是为了赶上明天晚上的一场魔术表演。不过,若是你们想买票,便是到剧院去,也是买不到了。正好,我预定了一间包厢,还没有邀请朋友。"

话音还没落下,徐离便点头道谢了。徐吴一直在观察着他,他虽和徐离搭着话,思绪却似乎不在这儿。他戴着皮手套的两只手交叠在一起,搭在上面的手正无意地打着拍子,只这一会儿,他便回头看了通道外三次。

唐魏又道:"这次做表演的天胜娘,一年前,她也到远江做过表演,实在是精彩,可以说是座无虚席了。这次听说是陆院长专门请了来的。"他的这句话,是说给梅姨听的,因为他们和陆院长都有交情。

徐离并不想知道是谁请了谁,只是对魔术有兴致,追问道:"她要表演的魔术是什么?"唐魏回道:"我看了宣传的节目单,有掌中绢、二重箱、水中群鹜、空中飞行球这样的旧节目,都是上次表演过了的。"他抬头时,见到徐吴转移了视线,手上的动作逐渐停了下来。

说了这一串名字,徐离却还是不清楚怎么个表演法,瞪圆了眼睛,说道:"我还没有看过洋人的戏法,您说说,什么是掌中绢?什么是二重箱?"唐魏到服务台来是有事要办的,不想却被徐离缠着讲魔术，因为梅姨的关系，也耐心地回答了徐离的问题。

梅姨和唐魏是多年的朋友，也看出了他被徐离缠得没法子了，便说道："明天晚上你不就能看个明白了吗？怎么偏要扯着他给你说明白？这时候你弄明白了，明天看着，不就没有趣味了吗？"

徐离便不再追问。唐魏眼见着时间要到了，便起身告辞，又邀请梅姨去他的住处。可是，话还没说完，通道上却闹出了很大的声响，有人神色慌张，半跌半跑地穿过通道，直喊着救命。那喊声声嘶力竭，应该是受到了不小的惊吓。

唐魏听到动静，立即站了起来，抬脚大踏步便想往前跑，却又忽然间停下，说道："这情况似乎很急，我过去看看。"却也不问跑到服务台找医生的人，直往自己车厢的方向去了。徐吴和梅姨也随即跟上，他们都隐约觉得出事的可能是早上到服务台拿冰袋的那人。

出事的车厢通道已经围满了人，却没有人敢进去。走在最前边的人是唐魏，徐吴眼见着他毫不犹豫地走进去，也立即跟了进去。当他进去时，只见唐魏走到那人身边，探了探口鼻，随即将窗户打开了。

当他做完这些，侍员找来的列车医生也到了。那位医生先是将人放平，探了口鼻，又探了脖子，最后只是摇头走了出来。早上拿冰袋的侍员也一直跟在医生身边，说了早上发生的情况，医生便推测这人是突发急病而死。

在梅姨的印象中，她这位旧友遇事是很镇定的，也许应该说是很冷漠的，他并不关心除了服装设计之外的事情，就好像他生而只是为了做这件事,便不由问道:"你怎么这样着急?我以前可没有见过你这样。"

唐魏回道:"我同常柏学过西洋的急救手法,今天早上起来,便见到他很不舒服的样子,想着那人应该是心脏不适,若是早一步,是可以抢救过来的。"哄闹中,列车长急忙赶来,见许多人围在一起,便想先将人疏散开。

第十二回
话癫狂尼采欲言又止，赏缪斯黎第卓有欧风

火车持续前进，冒出的蒸汽在寒空中盘旋不去。徐吴望了唐魏一眼，见他正和梅姨说话，神情并没有多大变化，不一会儿，他便提出要到自己的包厢中休息。现在已经是早上九点钟了，十点钟火车就到达远江，那是终点站，所有人都得下车。

眼前的这间包厢只有见方大小，两排面对的长椅摆在当中。这间包厢只有三人，除了那人，还有一对夫妻。那对夫妻受到了不小的惊吓，列车长正在安抚他们，并让侍员将他们的行李搬至另外的包厢。

他们的行李搬走后，徐吴发现那人竟然没有行李，而且在服务台拿的冰袋也不见踪迹。他们进来时，那人仰面靠在椅子上，之后，医生过来时，将他移到长椅上躺下，进行救治。围在包厢外的人依旧不肯散去，列车长和侍员没有遇见过这样的事，一时有些慌乱。

徐吴上前问道："这人的身份，你们登记过没有？"列车长听了，有些为难："没有，只要买票的，便可以上车。大约知

道他是在久安镇那里上车的。"梅姨一听那人也是从久安镇上车的，心里一惊，这时也已经猜到了徐吴的心思，他现在是在怀疑唐魏。但是，她与唐魏结交多年，并不相信他会做出这样的事来，他一向是很孤高的。

这时，徐吴又问道："既然不能确定他的身份，便不知道他是哪里人，也不能通知其家属。"说着又抽出怀表看了一眼，提议道："只一个钟头便到远江了，这一间大概要先锁起来。到了远江站之后，请马上让人到巡警厅报案，确认他的身份。"

列车长这时才醒过神来，立即将门锁住，又同徐吴道了谢。围在一起的人见没有热闹可看了，便都散了开来。徐吴见孔章从上车之后，也是沉默了许多，心中似乎揣着事儿，便让他先带着梅姨和徐离回去，转而对列车长说道："那对夫妻和这人是同一个包厢的，或许他们能知道一些情况。"列车长见徐吴似乎处理惯了这样的事，很有条理的样子，便将他引到了那对夫妻面前。那两人被重新安排在了一间包厢里，见有人来了，便勉强扯出了丝笑意。可还未等徐吴问出话来，其中的男子便抢先说道："我们发现时，他人已经不行了。"

列车长见他们神色很惊慌的样子，赶忙说了几句安抚的话。徐吴这时在他们对面坐下，问道："你们什么时候上车的呢？"对面的男子见妻子的手一直打颤，便握住了妻子的手，才回道："我们昨天晚上十一点钟上车，到这里时，他已经在车上了。我们又因为赶车，累极了，一来便休息了，同他没有交流，也不认识他。只是他似乎很早便跑出去了一趟，弄出了很大的声响。我被吵醒，便大声呵斥了他，实在不知道他是病了。"

徐吴问道："你们和他在同一个包厢里，可见到他有什么奇怪的行为？"那男子想了一下，慢慢摇头，说道："他没有什么奇怪的行为，只是他这个人并不爱说话，我问三句，不答一句。"

徐吴又问道："那么，你们有看见他手上拿过一张纸吗？"听到徐吴这么说，男子想起来了："我们进去时，他似乎是拿在手里看的，见我们进去了，便收了起来。"徐吴继续问道："半夜的时候，他有出去过吗？"

那男子当即摇头，肯定道："没有的，要是他出去，是会有动静的。我这人平时很机警，有声音便睡不着。"徐吴又道："早上，他出去了一趟，是到服务台拿冰袋去了，可是我进去时，并没有发现冰袋。"

梅姨一直站在外边听他们的对话，听到这里，她便知道徐吴已经是在怀疑唐魏了。所以当梅姨再次见到唐魏时，她的心情是很复杂的。唐魏正在包厢外的窗前站着，外边的光照在他的半边脸上，而另外半边则陷在阴影里。他的手背在身后，却没有戴着那双黑色皮手套，而是握在手里。这一刻的他，让梅姨觉得似乎有一种胜利者的姿态，正对着太阳，暗自狂欢。

她上前喊了他一声，他慢慢转过身来。当他完全面对她时，却已然是卸下了他胜利的盔甲，依然是她的旧友模样。见他看着自己，梅姨到嘴边的话却是问不出来了，转而笑问道："你怎么到久安镇去了？"

唐魏这时才知道，她应该是早先便见到他了，便道："我是被一家成衣铺子的老板邀请了去的，说是要同我合作，想把他店里的衣服全交给我设计。只是我还没有见上他呢，他便出事了，我也就回来了。"说着，又将皮手套重新戴在了手上。

梅姨听他的语气,心想,他如今只怕不只是个小裁缝了,又想起了同样是做裁缝的傅常柏来,便笑道:"常柏家里也是做服装生意的,听说他父亲的公司,现如今很有名气了。在久安镇,我也见到一家,服装设计得很新颖,很受女学生和太太们的喜欢呢。"

说起这话题,他便开始专注起来,回道:"现在这个服装公司是由常柏全权负责了,里边的服装款式,全是他独自设计的。"梅姨笑道:"怪不得呢,我见他们的款式全改变了,好像是走了另一种路线,而且是很大胆的设计,并不像他父亲那样是个保守派呢。"

唐魏心想,等到了远江,梅姨不免还是要见到傅常柏的,便先给她打预防针:"你大约还不知道吧,他现在的变化是很大的。"梅姨笑道:"他就是有什么变化也不能算是变化,他的心哪里定得下来?他变成什么样,都还是他。"

听到梅姨这样笃定的话,唐魏也就不说了,只是道:"你见了他,便知道了。"又另转了话题,说道:"这几年,远江因为海外贸易,变化是最大的,你到了地方,可不要认不得了。"梅姨走至窗前,望着江面上倒映出的沿江的高楼,低笑道:"我一路来,一路看,确实是不大认得了。"

唐魏见她眼底有些形容不出的愁绪,又想起了当年。她离开时,他不知道,常柏也不知道,只当她是去外地表演了,依旧每天到她的住处找她。后来看到她的家具被搬了出来,才听人说她早已将那处公寓出手了。想到这里,便问起了她这次在远江的落脚点。

梅姨笑道:"我记得二条街上有家承天旅馆很不错,大约是在那边落脚了。"一听是这家旅馆，唐魏的表情有些变化，似乎有话要说，但是到嘴边又不说了，只是敷衍道："那里是不错的。"说着便抽出了一张名片，补充道："要是有什么事，可以到这个地址找我。"

梅姨本想拒绝，又想起阿离是缠着要看魔术表演的，要是看不上了，定会叨上一阵子，便将名片收下，道了声谢。刚想到徐离，便见她正往这边来，还隔着几步远呢，就大笑道："唐叔叔，眼看要到远江了，我们还没有约定看魔术表演的时间呢，我到时候哪里找你去？"

梅姨一把拉住她的手，咬牙啐道："就你贪玩，要是不认识的，你也敢这样追着人家问吗？"徐离笑道："唐叔叔是梅姨的朋友，我这才敢这样的。"唐魏不曾见过梅姨这样温柔待人，一时有些惊奇，对徐离也是更加注意了。他拿出了一张名片，说道："明日下午四点钟，到这个地址找我，我们再一起去剧院。"

这时候，徐离才心满意足地跟着梅姨回去准备下车。到了远江站，徐离很新奇地跑在前头，眼见要被列车上涌下来的人群冲散了。梅姨一把扯住她衣袖子，告诫道："这里人是很多的，不要乱跑，不然你可找不到我们了。"

车站外边熙熙攘攘，停了许多辆人力车，梅姨叫了两辆车直往二条街去。二条街是很繁华的，吃穿住行一应俱全，到远江游玩的人必定会到这条街上来逛。进了街区，梅姨一时有些认不出了，新建的西式洋楼，一排码开的白色圆柱，白色的方形墙壁，同她以往见到的黑色的、红色的，木头做的楼阁很不一样。这些白，白得刺眼。

再往前一点，有一家专卖舶来品的百货公司。以往，梅姨不喜欢出门来逛,却很喜欢在报纸上将喜欢的东西圈出来,让人送上门来。只是这里都变了,那间百货公司也不见了,变成了一整排的洋楼。

车夫跑得很快,不时拿起挂在脖子上的白色布条擦汗。许多颜色的广告招牌从她眼前一晃而过,远江洋行、回春大药房、魔术家天胜娘,大而张扬的招牌就这样悬在她头上,这些都是以往所没有的景象。车夫拉着她的身影,映在玻璃窗中,她看那衣橱子里挂着的一件戏服,那是"梅老板"在德昌剧院的舞台上表演时穿过的。她望了一眼挂着的招牌,上面写着"唐魏成衣"。

全部的景象猛然停了下来,她这才意识到他们已经到了。眼前的旅馆不再是她记忆中的样子,中式的楼阁屋子,两扇漆刷的大门开着,却没有多少人迹,似乎因为经营不善,已经变得很陈旧了。

隔壁是一家西式旅馆,白色干净的洋楼,门前站着两位高大男子,穿着一式制服,戴着白手套,每逢有客人出来便弯腰恭送,十分气派。一块大招牌竖在边上,写着广告——"本馆不惜重资由欧美运来各种洋广杂货,各色泰西纱绸绒呢。洋酒、铁床、地毯、地皮、地席等搜罗齐备,本馆楼房宽阔,地方雅静,楼上英法大餐一律九折酬宾,拟由本月初一至初十,减价十日,邀请各界绅商光临"。

梅姨正愣在招牌前,洋楼里传来一阵笑声,很是引人注意,梅姨抬眼望去,见到一名妙龄女子正从旅馆出来,心里便觉得这人很有意思,因为她所见女子,很少笑得这样爽朗的。她在这样冷的天里,竟然只穿了件单薄的长裙,款式和料子都是西式的，裙摆下垂着珠串，勾勒出了她曼妙的线条，极具风情，让人不由得注意起她的一颦一笑来。

此时，她正笑着往门内伸手。这时，一男子也从里边伸出手来，勾住了女子。男子长得很高大，身上虽然穿着西装，里边的衣服却是半敞开的，头发更是乱糟糟，好像许久没有打理的样子。两人相携着走出来。

梅姨这时便明白了唐魏话里的意思，傅常柏确实已经变成了傅尼采。只见男子摘帽向女子示意，将她请进了汽车里，余光扫向了梅姨。他先是愣了一下，之后便迟疑着走了过来："梅老板？"梅姨笑了笑，没有搭话。

他见梅姨没有说话，先笑了声，看了眼她身后的几人，高兴道："多年未见了，你这是带着班子到这儿演出来了？"梅姨见他神态是很亢奋的，又闻到了些酒气，知道他喝过酒了，虽皱着眉，却还是介绍道："你猜错了，我是被带着来演出的。这位才是我们戏班的班主徐吴。"说着又分别介绍了唱武生的孔章和徐离。

傅尼采在意识模糊间依稀听到梅姨在向自己介绍朋友，虽然没有听清，却还是笑着向徐吴等人点头招呼。他又见梅姨盯着自己身边的女子瞧，这才反应过来，笑道："这一位是我的缪斯，黎第小姐。"但是又想，梅姨肯定是不知道"缪斯"的意思，又解释道："缪斯是西洋人的说法，现在讲来就是好朋友。"又同黎第介绍了这位"梅老板"。

梅姨微笑着向黎第点头，心里不由得赞道，确实是很美丽的朋友。黎第这时手里正拿着一个精巧的手袋，笑着将手袋塞进傅尼采的怀里，空出手来很亲密地握住梅姨的手，十分开心的样子:"你是梅老板?我当初到这儿来,就是为了听你的戏。没成想,我刚到远江呢,大家就传你不唱戏了,这至今都是我的一大遗憾呢。"

徐离见黎第眉飞色舞的样子,不免在心中暗想梅姨当年的风光,只是又有些疑惑,她怎么不曾听梅姨讲起过远江的事呢?不过再一细想,便觉得不仅是远江的事,就连梅姨的过往,他们都是一概不知的。徐离又偷偷望了一眼旁边的阿爹,见他也正瞧着梅姨。

黎第见梅姨是一班子人来的,便猜梅姨是凭"梅老板"的盛名重新演出,轻拍着梅姨的手,问道:"梅老板,你打算什么时候开班?我是一定会去捧场的。只是你好多年没在远江露面了,很多戏迷都是喜新厌旧的,凡是不唱了几天,或是许久没有新作品了,都要饱受冷眼。"

梅姨低笑着摇头,解释道:"我现在只是一个在乡下走穴的小角色,不要喊我梅老板了,叫我梅姨吧。"傅常柏努力撑住自己摇晃的身子,笑着回道:"你还唱戏的呀?我还以为你是嫁了人,做人家的太太去了。"说着,又转头得意地看向徐吴,表示这话是很好笑的。

梅姨这时却微皱着眉头,拉着傅常柏,问道:"你现在怎么成了酒罐子,光说胡话?你到这里做什么来了?"傅常柏眯着眼,看了看身后的洋楼,忽然忘了自己怎么在这儿。还是黎第在一旁解释道:"这饭店里正举办一场舞会,我还没有下场跳呢,他就喝醉了,还得我把他送回去。"说着又嗔视傅常柏一眼,虽是怒目,却自带了种风情。

傅常柏听出了她的怒意,安抚道:"你今天是极引人注目

梨园秘闻录(上)

的，在舞会上，谁的眼睛没有放在你身上过呢？这功劳还是在我设计的这件礼服上，说不定还有报社的记者潜伏在舞会里，明天你便上报了。"

黎第听了这话，笑回道："是托了您的福。"便不再怪他了。傅常柏满意地笑了笑，转而望着梅姨道："你怎么瘦了？你转个身，我估摸一下。"他强自定了定神，看着梅姨转了一圈，笑道："我记下了，过几天到我那儿拿衣服吧。以前，你可不爱穿这么素的衣服。"

徐离却不知道他记下什么了，只见他像是想起了什么事来，又笑道："你以前最爱凑这些热闹的，今儿是来这儿参加舞会来了？"却又摇了摇头，说道："这衣服可不行，你以前总是穿唐魏裁的衣服，这次回来，你也该试试我的了。"

听他说起了唐魏，梅姨笑道："我在火车上见到了唐魏，我们还约了明天在德昌剧院看表演呢。"傅常柏听到唐魏回来了，有些愣住，望了黎第一眼，一时无话。倒是黎第有些惊讶，问道："他回远江了，怎么没有告诉我呢？"黎第说出这话时，却不是紧张，仍只是一副嗔怪的样子。

傅常柏取笑道："那么，是你这个女朋友做得不称职了。"知道眼前的黎第是唐魏的女朋友后，梅姨是有些不敢置信的，眼前两人的举止看着也是很亲密的，她开始以为他们的"朋友"只是一种说辞。

傅常柏见他们都拿着包袱，又笑道："你们到这里，是预定房间来了？"说着便想邀请他们到自己家里住，却又想到家里的情况，很不方便招待，于是转而说道："我见了你，实在高兴，一时忘了家里还供着老太爷呢，不方便招待你的。不过，这一家饭店的房间平时是很难定得到的，但是我和这里的总经理很有些交情，可以帮你说几句话，保管挪几间出来给你。"

梅姨笑着回道："你家里的情况，我哪里不知道呢？我还问唐魏，你搬离家里了没有，他说你没有搬离家里，倒是把自己的名字改了，那名字是很难记的，我一时给忘了。"

黎第这时也掩嘴笑道："他的名字是套人家洋人的名字，因为看了人家的几本书，便说那人是他的知己，还说两人英雄所见略同，一时高兴，便把自己的名字全改了。人家说身体发肤，受之父母，我想名字也是受之父母的，怎么可以说改便改了呢？"

傅常柏这时笑着骂了黎第一句："你当时可不是说这话的。"黎第不让他说下去，便摇了摇他的手。梅姨余光瞥了一眼两人的小动作，只是笑了笑，问道："唐魏在德昌定了间包厢，你明晚上来还是不来？"

傅常柏特意回头看了一眼黎第，醉醺醺地说："你们都来邀请我去，也不见他来邀请我。我是可以去的，只是你们要答应我，得让他下请柬到我家里去。见了请柬，我再去。"梅姨这时已经感觉到他们关系的变化，当下便想问清楚。常柏却又说道："我头晕得很，天旋地转，你快送我回去。"说着便拖着梅姨的手要走。黎第知道他这是拉错手了，只是在一旁自顾自地笑着，也不上前去。徐离是不肯让梅姨走的，不过，她没想到阿爹的动作却比她还快。

见状，黎第也就上去搀着傅常柏，临上车前，她告诉梅姨唐魏和傅常柏大约有一年没有见面了。

第十三回
慎行班主警言梦中人，女魔术家隔空取旧物

梅姨一夜无眠，直等着日光照进来了，便立即起身，回头见徐离睡得很香的样子，轻声走了过去，帮她把被子掖好。

她打算独自去拜访唐魏，是有两个目的。第一，她须嘱咐他不要将自己到远江的事情讲出去。她只想悄悄来，悄悄走，不想引起其他不必要的麻烦。第二，便是对他和常柏关系的担忧，他们现如今的状况似乎既不是朋友，也不像敌人。

其实，她能认识常柏，还是唐魏介绍的。那天是她第一次登上德昌剧院的舞台，虽说只是在里边混个无名的角色，却仍是很开心的。下了戏后，唐魏已经在后台等着她了，见了她，神秘而高兴地同她说：“我要介绍一位朋友给你认识。”

之后，唐魏更是常常在她面前夸常柏的才华如何好。每逢她见到唐魏，必能见到常柏，而遇见常柏，身边必定跟着唐魏。梅姨深思着走出屋子，刚打开门就被眼前堵着的一团黑影吓住了，抬眼才发现是徐昊。

徐昊见梅姨的状态极差，便知道她昨晚是一夜无眠了。他

深知她的处事方式,直接问道:"你要找唐先生去?"她没有回答,先是微探出身子,望了望徐吴四周,果然身后还跟着孔章。

孔章则是一副莫名的样子,并不知道发生了什么事情,只是早上天还未亮时被徐吴叫醒,胡乱洗漱一通后,便在这里待着了。他到现在还没想通,为什么徐吴既不敲门,也不出声,只让他在门口愣等着。

徐吴又道:"火车上的命案并非跟唐先生无关,而你已经许多年没有见他,怎么可以独自去见他呢?"徐吴见唐魏遇事很冷静,在交易那晚,唐魏发现了他们也是未可知的。而且,便是昨晚的傅先生,也同他是有矛盾的,这人很值得怀疑。

这时,徐离也听到了动静,连忙坐起来细听,待摸清楚前因后果,便跑出来好赖缠着梅姨带她出门。梅姨觉得自己同徐离很有缘分,又很喜欢她直爽机灵的脾气,对她的请求一向是千依百顺的。

梅姨知道徐吴是担心她的安全,便带他们到了唐魏的住处。当车夫在唐魏的院子前停下时,梅姨是诧异的,果然全部都变了。梅姨心想,以前只能在穷巷子里租间简陋屋子的唐魏,而今竟住在两进的宅院里了。她怕是走错了,便又问了车夫一句,那车夫回了:"是这里,我常来的,这儿是唐魏成衣唐先生的家,错不了的。"

那么,昨天经过的那玻璃橱子摆着的蟒袍确实是她的了,那一间唐魏成衣店铺,也确实是他开的了,他果然是成功了。不过,梅姨却又不惊讶了,唐魏从开始便是为了有一间自己的成衣铺,才会甘愿屈就当个裁缝学徒。

这一条街是她最为熟悉的,依旧是一座座大而深的院落,

梨园秘闻录(上)

没有变化,空中飘着的也依旧是树脂的清香。虽然远江在发生变化,但是这一块地方却是很难发生变化的,这里固守着某种传统,而传统往往是最难撼动的。

傅常柏家里是做生意的,傅大太太常常以各种名目举办宴会,邀请许多人来,而梅姨便是座上宾,唐魏当时虽然还是一个一穷二白的学徒,却常被常柏带进宴会里,为的是看宴会上穿着时髦的女郎。他们并不应酬,只是坐在角落中对过往的宾客品头论足,专门观察别人的衣着。

只不过,隔了条街便是常柏家的院子,怎么两人竟能不见面?此时,两扇大门紧闭,梅姨走上石阶,正想敲门,门却从里边被打开了。迎面而来的是昨晚在旅馆前见到的黎第,身边跟着一位老妈妈,似乎要出门。

黎第见了梅姨,先是一惊,继而笑道:"梅老板,这样早?欢迎欢迎,快请进来坐吧。"她俨然一副女主人的样子,很热情地将人往里边迎,准备出门的事也已经忘在了脑后。将人安置在客厅后,她又问道:"吃过早饭没有?"

徐离一听见早饭,才想起自己还没有用过早饭,眼巴巴看着黎第,想说又不好意思。黎第见了,猜他们这样早过来,肯定是还没吃过早饭的,便让人拿些甜点上来,又让身边跟着的老妈妈去请唐魏过来。

梅姨见她对于会客的事情料理得这样娴熟,心想这里应该是时常有客人拜访,而黎第小姐住了也该有段时间了。黎第在主人椅上坐定后笑道:"来拜访他的客人是很多的,亏了他作息规律,常常晚上八九点睡下了,天还没亮便起床。而我是爱玩的,不到半夜不回来,要不是因为昨晚上送常柏回去,我今天可是没那么早出门的。"

梅姨听她说起唐魏的作息,这时也笑了出来,说道:"我以前也是取笑他,怎么睡觉规律跟老人家似的?而且是雷打不动,十几年如一日,我是很佩服的。"黎第接了她的话,笑道:"这不是嘛,他已经在他的工房里待了好一会儿了。"说着便想端茶喝,一摸又觉得有些烫手,抽出丝帕拂开冒着的热气。

黎第拂了好一会儿,又问道:"你是为了常柏昨晚上说的气话来的吗?你也不用劝唐魏下请柬了,他是一定不会写的。不过你不用太担心,我有法子把常柏弄过去。"听她这样肯定,梅姨知道她是能做到的,只是不明白:"为什么他们竟有一年没见面了?"

等茶凉了,黎第小心地啜了一口,这时才笑着看向梅姨,说道:"我也不清楚,这是他们两个的问题。我虽然是他们的朋友,却不会掺和进他们的事,那只是他们之间的事,同我没有关系。"

梅姨觉得这话似乎有告诫自己的意思。老妈妈在这时也回来了,不过唐魏却没有来。她先是走到黎第身边站定,附在她耳边说话,黎第听完后,看了眼梅姨,笑道:"他工作离不了手,让你到工房去。"说着示意老妈妈带梅姨过去。

徐离一听便放下手里的糕点,也要跟着过去。黎第起来拉住她的手,同徐吴他们说道:"你们同我到外面屋子吃饭去吧,他们老朋友见面,我们不去打搅了,自吃我们的。"说完便拉着徐离往隔壁的厅子去。

梅姨被老妈妈领着在院子里绕,院子的布置全是按着唐魏的喜好来的。她们在一处平房前停下,老妈妈让她进去便走了。

走进去,梅姨首先闻到的是一股形容不出的味道,再往里瞧,发现里边乱得很,却并不脏。

一张大而长的桌台摆在中央,桌上堆着制版、粉线袋和熨斗等物件。四周则是摆着柜子,放置了绫罗绸缎、西式纱绸绒呢等各式各样的布料子,制好的礼服、外套等成衣则收在一旁。地上凌乱地散放着剪过的料子和一张张设计稿。

唐魏正拿着铜质刮浆刀处理丝绸的领子,动作轻快,由上至下逐次刮匀。他抬头望了梅姨一眼,便继续手上的动作,说道:"你来了,快去试试放在椅子上的袍子,那是专为你赶制出来的,是给你今天晚上看表演时穿的。"

梅姨将那件袍子在身上量了量,说道:"正合适,不过我是不会穿了,那是梅老板才会穿的衣服。"说着便走到他工作台边,看到一摞书叠着,拣起来翻了翻,是《繁华》杂志的连刊,玩笑道:"难道天真要下红雨?你竟也看起了书,你不是最看不起这些文章吗?说他们几千年来一成不变。"

唐魏回道:"我依旧是不看书的,重复的文字有什么好看的呢?只是这是一份专讲魔术的杂志,我正在破解他们魔术家的魔术,所以一起买了好几期。不过,我看这份杂志全是乱写,竟然还写到魔术是鬼神在起作用。"

梅姨说完,见他又专注于手上的动作,不再说话,她这才试探道:"黎第小姐是你新交往的女朋友?"唐魏望了她一眼,说道:"你昨晚上遇到他们了?"梅姨点了点头,心想这事应该是黎第告诉唐魏的了。

唐魏又说道:"她是常柏留洋时的朋友,两年前,因为知道我专收宋瓷,而她手上正好有一套品相极好的汝窑想要出手,便托常柏介绍。而她又时常参加宴会,看中了我设计的几款衣服,便在那时候结交起来了。"

梅姨抓住机会,追问道:"听说你和常柏不和?"唐魏抬头,笑看了她一眼,停下工作,说道:"你是为了这件事来的吧?我和他,只是道不同,不相为谋,没有和与不和的说法。"他的话堵住了梅姨到嘴边的问题,她也就不问下去了。

这边,因为黎第的热情,徐离吃了许多不曾吃过的糕点,正暗自高兴。直到晚饭时间,唐魏才走出工房,同他们一起吃饭。梅姨对于眼前这对恋人很是注意,唐魏话并不多,而黎第则长袖善舞,两人配合默契。

眼见魔术表演要开场了,黎第便挂了电话到车行借车,等车到了,一行人便一起往德昌剧院去。到了剧院门口,徐离见许多人正在排队入场,她一下车也跟着在后头排。黎第笑着将她一把拉住,引着他们往巷子里走,解释道:"这位大魔术家是我朋友,我们从后面进去,开场前,你们还可以见见她的真容。"

守着后门的人见了黎第,似乎很认得,点了点头便让他们进去了。众人走至后台,便见到好些穿着黑色衣服的男子和女子正搬着一些表演用的道具,每个人的神态紧绷极了。徐离见了也不觉严肃起来,到了化妆间时,见到角落里悬挂了张极大的黑色幕布,又起了玩心,想去瞧瞧里边是不是真有什么机关。

这时,一名穿着黑色西装的女子迎了上来,笑道:"多谢捧场。"这人便是魔术家天胜娘,金发碧眼,却跟他们用远江话道谢。而后黎第解释她能讲一口纯正的远江话,是因为她自小跟着父亲在远江生活过,到了十来岁才回去学艺,但她仍是不时回到远江来,交了许多朋友,而她会到这进行表演,也正是她在远江的朋友促成的。

天胜娘忽然想起一件事来,笑道:"你迟来了一步,傅先生前脚刚走呢,这时候应该是在包厢里坐着了。"听了这话,黎第很高兴地望向梅姨,梅姨见她很俏皮的样子,也回以微笑。

黎第将人各介绍了一遍,这才说道:"稍晚些,你表演完了,可要同我一起走。我在家里举办了一场小型聚会,你可是要来的。"说完便起身同他们到包厢里去等着开场了。待他们走后,天胜娘对立身于幕布后的人,取笑道:"你也赶紧去前边坐着吧,我可要准备准备了。"

原来傅常柏正和她谈话时,有人早一步来报告说黎第带着几位朋友过来了。他一听,便知道唐魏也来了,不知怎么的,竟然头脑发热藏了起来。他们进来之后,他才恍然觉得自己也不必躲起来,但也不能当着他们的面出去,既难为情,又说不清。

他们预定的包厢是在二楼,当徐吴坐下时,便见楼下人群拥挤,吵嚷声也是极大,观众正陆续进场,看来天胜娘的魔术表演在这里是极受欢迎的。这时,隔壁传来一阵呵斥声,徐吴站在窗台上,微微探出头去,便能看到里边的情形。

只见那里边有十来人,除了三个坐着的主人,其余人皆是整齐站在后面,也不交头接耳。三人中有一人是他昨晚认识的傅常柏,他好像是刚坐下,旁边正襟危坐的两位应该便是梅姨说的傅常柏家里的两座山了。

傅老爷双眉倒竖、怒目相视,而傅常柏倒是见惯了他这副样子,只是亲自卷了根烟递过去,便自顾自和傅太太说话,一场本该发生的纷争似乎就此息了。这时，剧场里演奏起西洋乐来，剧院里的灯光一时全灭了，只留了舞台上几束昏暗的灯光在全场转动，白色的烟雾四处散开。

幕布拉开，天胜娘从舞台上空慢慢降到舞台中间，表演还未开始，观众便都鼓起了掌声。灯光全部照在天胜娘的身上，天胜娘先是展示空空如也的双手，在半空中一抓便显出了一方手绢。等鼓掌声歇，她又示意大家看她手上的白色手绢，揉几下后，又变出了百余方彩色手绢。

舞台后走出一妙龄女郎，接过手绢，又递上丈余长的白布条。女郎用剪刀一剪为二，天胜娘接过后，将其合起后又展开来，又是方才丈余长的布条。同时，舞台的一边又有一人推了件方镜上台，女郎向大家展示空空如也的方镜后又关上，天胜娘则掏出一块小银表，放置在布袋中，打开时只见小鸟飞出，而银表则不见踪迹。

女郎笑着递上手枪，天胜娘接过后即向方镜射击，方镜碎而银表则悬挂在其中。大家一连看了天胜娘表演的几个小魔术后，皆拍手称服，掌声雷动。待掌声下去后，天胜娘目光四巡，徐吴忽然感受到天胜娘飘来的似有若无的目光，心里正诧异。

此时，舞台上只剩她一人，她说道："今天我要额外表演一出'隔空取物'的魔术。"只见她当即摘下头顶上的礼帽，将帽子倒了过来，向观众示意其中没有任何东西，接着便在帽子里做出掏东西的手势。当大家以为她要拿出什么时，却见她手里空空如也。她则是显出一副不可置信的样子，懊悔自己的失误，观众一时笑了起来。她又不放弃地往帽子里掏，这时则掏出了一条杏色的手巾。当大家并不觉得稀奇的时候，她念出了手巾上绣着的英文，舞台下有人招手认领了。

徐吴转过头看，说话的是傅常柏，只见他又气又笑的样子。天胜娘当即邀请他上舞台，而他站上台后也不怯场，玩笑道："各位观众，我要向大家说出一个事实。开场前，我在后台是拜访过这位魔术家小姐的，这条手巾可能在当时便被她偷去了。"

这话一出，大家只当是调皮话，又是很捧场地鼓起掌来。徐吴知道他说的是事实，当下笑了笑，却不觉又感受到了舞台上的目光，当他也回望过去时，只见她依然在表演"隔空取物"的魔术。

她神秘地巡视了全场，从帽子里掏出一件东西，握在手掌中。等观众的注意力全部放在了她的手上时，她才慢慢地松开五指，将东西的真容展示出来。那是件烧蓝胎胭脂盒，徐吴见到它时，心里一颤，继而又觉得那件东西不可能出现在她手上，只是相似罢了。

一时席上没有人出来认领，观众也坐不住了，四处张望着。徐吴这时的全部心思都系在她手里的胭脂盒上，隐约感觉到她拂过的目光，心里更是不安。梅姨这时也看出了徐吴的异样，见他抓紧椅背，目光又紧盯着那胭脂盒，一时又没人出声，便招手示意是自己的。

观众见主人站出来了，也松了口气，刚才还担心魔术进行不下去。徐吴望了梅姨一眼，按住她要起身的姿势，起身往舞台中心去。而这时的天胜娘站在舞台中，似笑非笑地望着他。

徐吴越接近天胜娘，她手中的物件便看得越清楚，那是林司自己烧制的胭脂盒。他也不知道为什么她有这个手艺，只是有一天忽然将这个盒子拿到他跟前，说是自己做的胭脂盒，是

140

要留给阿离的物件,而且特意在盒子的底部刻了一个"离"字。

当时的阿离也只是一个尚在襁褓中的婴儿,为什么需要一个胭脂盒呢?只怪他没有听出她话里诀别的意味。只是这胭脂盒在林司失踪之后,也跟着失踪了。徐昊拿到盒子,立即扭开盖子,底部却是没有字的。

他怀疑地望了她一眼,而她则是回以一笑,并无一话,神秘莫测,继而将他请了下去,开始了下一段表演。回到包厢,徐离首先迎了上去,问道:"阿爹,你怎么藏了一个胭脂盒子?这个胭脂盒子我可是没有见过的。"说着又很有深意地望了梅姨一眼。

这个胭脂盒子,梅姨也是不知道的,被徐离这样一瞧,反而有些不好意思起来。因为方才她和徐昊两人的举动,在外人看来,确实是很值得怀疑的。不过,她这时又想,他这个胭脂盒子是买给阿离的,还是……想到这,她垂下眼帘,心里不觉多了一丝期待。

黎第见那盒子烧得实在漂亮,便问道:"这件东西实在做得精致,是在哪里买的?赶明儿我也去买几件回来装胭脂。"徐昊并不想让阿离知道关于林司的事,便胡乱搪塞过去:"在南方一个乡下地方,一个没有钱听戏的人,把这件东西当票钱塞给我的。"

徐昊看着舞台上浓妆艳抹,时而表现得很冷酷,时而又是一副调皮样子的天胜娘,她这样的形象和刚才在后台可以说简直是两个不同的人了。她这样的人,手上怎么会有同林司做的一样的胭脂盒?为什么刻意当众让自己知道这件事?她知道林司的下落吗?

梨园秘闻录(上) 141

梅姨见徐吴的目光一直在天胜娘身上，那不是看表演时的放松神态，而是对她这个人的观察。徐吴为什么观察她呢？黎第这时也发现了徐吴的不对劲，而且他还不时向她问起天胜娘来，便取笑道："她可是有众多追求者，不过我看你人是很不错的，晚上的聚会，我肯定是要首先介绍你了。"

徐吴正有意和天胜娘接近，便点了点头。一旁的徐离见阿爹竟然看上了天胜娘，有些紧张起来，赶忙抢道："我阿爹……"她若是将梅姨讲出来，回去要挨打的，而此时大家都看着她，她出口道："有很多追求者。"

黎第见她这样可爱，笑了起来，拉着她的手，低笑道："你和她真是像极了。"徐离疑道："我同谁像了？"黎第反应过来，笑道："她，是你不认识的。"说着点了点她的鼻尖。徐离回道："你可不要把这位魔术家介绍给我阿爹了。"

大家被她的话弄得哭笑不得，而徐吴却想，"她"是谁？

第十四回
相密谈隐藏思情几深，自投江化作幽魂一缕

  远江是座不夜城，即使表演结束时已经是晚上九点钟了，外边却仍是很热闹的，霓虹街灯下人影绰绰。他们正站在街上等车行派车来，灯影照在梅姨的脸上，徐吴这才明白为什么无论是在宁镇还是久安镇，他看着梅姨总是很模糊。这个模糊并不是说她不存在，而是她的格格不入。

  今晚上见到这灯光照着她，徐吴才惊觉原来她和远江这样契合，她原本的生活本该是这样的，衣香鬓影，觥筹交错。这时车来了，只见唐魏上前打开车门，首先引着梅姨进入车内，他们的动作是很熟练而自然的。

  黎第见唐魏的动作，却没有说什么，径直进入车内，笑道："天胜娘自己有专车送到家里去，我们不用等天胜娘的。"天胜娘在下了表演后便差人传了口信，说是遇到友人要耽误些时间，让他们先回，她随后便到。

  然而，他们一行人刚在唐魏的宅子前停下，后面又追来了一辆车。首先下来的是天胜娘，而另一人竟是傅常柏。他此时

的穿着同昨天一样，昨晚见他，梅姨以为那副乱糟糟的样子只是因为喝醉了，现在看来那是他平常的形象了。他以往可是得抹好发油，喷完香水才肯出门的傅公子呢。

黎第快步迎上前去，取笑道："你竟也跟着来了，我以为你要被你家老太爷押着回去呢。"傅常柏笑道："你知道我在隔壁坐着，也不来招呼一声。"黎第回道："我可不敢，傅老太爷火气大，又很看不惯我。"

唐魏见了傅常柏也不招呼，只是走上前去敲门，门一开，便先一步走了进去。早上跟着黎第的老妈妈这时也迎了出来，跟黎第说道："前厅都摆好了。"说着便引了大家进去前厅坐下。徐离一进去便觉得眼花缭乱，明明是早上同样的厅子，这时完全变成了一个西式的摆设。

厅上四处挂着彩绸，是为了欢迎天胜娘来远江表演。而早上那成套的花梨木桌椅已经被搬了下去，换成了白色的西式长形桌，摆了许多小巧的糕点。周围摆了沙发，中间则摆了一架钢琴。这样的布置并不是唐魏的喜好，所以梅姨猜这是由黎第全权负责的了。并且这里的人做起这些事来井井有条，看起来这样的宴会应该是时常办的。

黎第进来便指着钢琴，玩笑道："傅少，这是为你专门准备的，等我的客人都到齐了，你可要给我们热场子。"傅常柏随即坐下，按了几个音键，这才回道："愿意为女士效劳。"

在这样的宴会上，黎第很喜欢左牵右引，当下将天胜娘带到徐吴面前，笑道："今天的魔术表演，实在是有缘分，你们两位可是要好好自我介绍一下了。"徐吴刚要开口，天胜娘抢先一步说道："徐吴的大名，我是知道的。"

徐吴回道:"我一向在南方活动,你怎么会认得呢?"天胜娘先在沙发上坐了下来,也示意徐吴坐下,才回道:"我是你的戏迷,戏报上有过一次你们戏班的报道,怎么不认得?"徐吴心里记挂着林司的事情,并不想同她拐弯抹角,直接问道:"你认识林司?那件烧蓝胎胭脂盒也只有她会做。"

她回道:"她说你温文尔雅,脾气十分好,不仅戏唱得好,又很有学问。现在看来,也并不是的。'情人眼里出西施'这句话倒说得很对。"徐吴倾身向前,问道:"她现在在哪儿?"

天胜娘耸肩一笑,从随身的手袋里抽出一根烟来,发现自己身上没有带火,便起身走到餐桌前,一把拿起了蜡烛,凑上去,点着了烟,吸了一口,又慢慢吐出来。她顿时觉得神志清爽了许多,回道:"我哪里知道?我同她只是几面之缘,不过是和我的一位朋友有交情。"

徐吴拿出那张贴身带着的照片,而天胜娘正侧身站着,手里的烟闪着些火光。她抽过照片瞭了一下,一眼便认出了照片上那望着林司背影的男子,嗤笑着说道:"这人,和梅老板同台搭过戏。"说着便看向了坐在不远处的梅姨,只见她正和唐魏在说话,不时掩嘴而笑,似乎正说起什么好笑的事情。

徐吴听了这话,却是半信半疑。如果照片中的男子和梅姨同台唱过戏,那么当时第一次看到这张照片时,为什么没有认出来?而且,梅姨只说她常在德昌剧院看戏,并没说过曾在那里演出。诚然,从遇见唐先生之后,他开始发觉梅姨想要隐瞒一些事情。

她见他不说话,又有意问道:"你不想知道这人是谁吗?"徐吴这才从沉思中缓过神来,问道:"他是谁?"她笑道:"他是

梨园秘闻录(上)

远江的名角孟生，专工花脸，《连环套》是他的拿手戏。"徐吴听到孟生，便知道他是谁了。他确实是有些名气，在南方时便常听同行说起，他曾经拜了宗师元老先生为师，出师之后又自己开宗立派，尤其擅长袍带戏、衣箭戏。只是近些年，没有听过他的事了。

客人已经陆续到了，黎第催促着傅常柏上场弹琴。一时间，大家都安静了下来，钢琴声响起。徐吴有些恍惚，听惯了由木器和金属奏响的乐声，冷不丁面对这轻快灵活的琴声，他忽然难以接受。

天胜娘见他没有问下去，又自顾说了起来："真是奇怪，她似乎是独自一人来到远江的，而且并不是为了工作来的，在这里也没有亲戚和朋友，只是接连在剧院看戏。她每日必到剧院报到，剧院一天唱几场，她便跟着看几场，连看了月余。剧院的管事早已经注意到她了，将这件事当作趣闻告诉了我们这群朋友，我和孟生便打赌，谁先弄清楚了她看戏的原因，谁便可以赢得对方的一件东西。后来，他还没打听到呢，倒被人家给迷住了。"

徐吴听到这，紧张了起来，追问道："他们，他们之后怎么样了？"天胜娘看了徐吴一眼，笑道："之后，他们当然是出双入对了，我这位朋友可是很有些魅力和手段的，小姑娘没有不栽在他手里的。"

徐吴整个人一时瘫在了椅子上，嘴里顿觉苦涩，看向天胜娘的面孔忽然变得苍白。天胜娘递了根烟给他，又拿起烛台帮他点起烟。徐吴咳了咳嗓子，好像有什么东西堵住了一样，问道："他们在一起？"

她坐下来，拍了拍他的肩膀，说道："林司在这待了三个月后，便说要离开远江。而孟生自然是想跟着她离开的，从那之后，我便再没有听过他们两人的消息了，我猜大约是一起离开了远江，如今结婚了也是说不定的。"

徐吴极快地反驳道："他们不可能结婚。"天胜娘耸了耸肩，笑道："只是我的猜测。"钢琴声停止了，宾客都鼓掌起来。这时，黎第容光艳艳，大笑着过来了，身边还带着一对夫妻模样的男女，各自介绍了一番。

那男子笑对天胜娘恭维道："我也想去看您的表演，可惜没有买到票呢。"黎第笑着将天胜娘往前推，道："那么，真人可得在这里表演几下了。"因为这场宴会本是为了她举办的，天胜娘推脱不得，只说道："在这里就表演两个简单的魔术了，大家捧场。"

唐魏听到要表演魔术，便示意身边的梅姨一起到前面，本在餐桌前的徐离也拉着孔章凑上前去。梅姨用眼神不经意地搜寻徐吴的身影，只见他正站在黎第身旁，一副失魂落魄的样子，心想，他知道了什么？

天胜娘这时候已经准备好了，宾客将她围了起来，争相要解出魔术之谜。唐魏也心有成算，心想，她的魔术手法自己在杂志上是全研究过的，今晚要在她面前解出魔术谜底才行。所以对于她的魔术表演看得格外认真。

表演开始后，天胜娘的神态这时也变成了在舞台时的模样。她先是抛出媚眼，拿出一盒香烟，抽出一根香烟，摸了摸全身，做出自己没有带火的手势，问道："劳驾，谁有火？"有人举起手里的火柴，喊道："这儿，这儿。"

梨园秘闻录（上）　　147

她把烟头抵到嘴边，微低下身子，望了对方一眼，示意对方擦火。那人便凑到她眼前快速擦了根火柴。火光蔓延，她低下头去就火，烟头却在大家没有看清的情况下调转了方向。宾客反应过来，一时全赞叹了起来，火光也灭了。

擦火的那人也笑了起来，她又把烟放在大家面前，表示没有什么机关，才又把烟头抵在嘴边，示意人擦火。这时候，唐魏走上前，拿过那人的火柴，在擦火的时候却时刻注意着她手上的动作。然而，火刚擦亮，他还没看清动作，烟头又调转了方向，大家都笑了起来。之后，天胜娘在客人的要求下，又表演了个魔术才作罢。而唐魏本来是胸有成竹的，却依旧没能拆解，心里实在不甘。而黎第却很高兴，因为这次的宴会举办得很成功，每个人都是载笑而归。

回去的路上，大家都发现了一直沉默的徐吴。虽然他平时也不爱讲话，却没有像现在这样，对周遭的事情全然没有关注了。梅姨瞧着，心里开始打起鼓来，她刚刚看到他将照片递给了天胜娘，难道他是向她打听林司在远江的下落吗？梅姨记得，那孟生也同她是有交情的，而且似乎还不是一般的交情。那么，她说那件事了吗？

车子从吵闹的街区驶入巷子，在旅馆前停下。门房见门前有车停下，机灵地跑出来开车门，见是徐吴等人，便道："先生，要沏壶热茶到房里吗？"徐吴心里正想找梅姨单独谈谈，并不想被打扰，便摇了摇头。

外边正下着细雨，徐离受了点寒气，正想喝点热茶，便吩咐门房沏茶到自己的屋子去。孔章眼观四方，早已看出了徐吴有事想找梅姨相谈，便安排道："沏两杯过来吧。"梅姨一直没有吱声，她的神思早已经游离在一会儿的交谈上了。她信步慢走，不想那么快进屋子，因为她要想出万全的说法，既不骗他，又不说出那件事来。

想到这里，藏在梅姨深处的记忆一时全部涌了出来。当时的她已经到了无戏可唱的地步，每天都要面对上门催账的人。自从戏报爆出那件事情之后，她曾经的戏迷们纷纷寄信要求撤销她的演出，没有剧院和戏场敢对她发出邀约，就连之前预定好的演出，也全都取消了，就怕有人来砸场子。

她的生活开销一向很大，又很相信自己的才能，在众星拱月的包围下有些飘飘然，很纵容身边的人以自己的名号各处赊账。那时，没有谁不对她笑的，没有谁不包容她的。以前要还账了，各处都推说不着急。后来，只是听闻了一些风声，知道她经营不好了，便全部追上来讨账。

她又不得不当了些东西来填补亏空，当东当西，又拆东墙补西墙，拆西墙补东墙的，还是于事无补，并且是越补窟窿越大。最后，她想起自己许多交往很亲密的朋友，便挂电话给那几个同乡的议员太太。她和她们几个感情好得很，不时要搭牌局，摸上几圈的。几通电话过去，那些听差的才只听到自己的名号，便挂了，她哪里不知道他们这是听了主人的号令呢？

她想到了傅常柏，便在深夜冒着雨去找他，门房很客气地把她请到偏厅，也不赶她走，只是说主人家很忙，让她在那儿坐着等，好茶好点心地供着。等她走出傅家的大铁门，一辆一辆的汽车从她身边驶过，一束束强光直刺到她的眼睛里，她看不清汽车上坐着的人，但是看着车牌，她也能大略猜到汽车上坐的是谁了。

《江报》的李总经理、德昌剧院的陆院长，还有翁老爷、郝太太，这些人都说是自己的戏迷，也常常捧她的场，到了现在却连车窗都不摇下，只当没有见着她。即使他们知道实情是怎样的，也不敢先站出来，就怕自己受了无辜的牵连。

　　徐昊见梅姨走过了头，喊了几声，见她仍是兀自往前，便上前拉住她，让她先进了屋，而后一把将门关上了。徐离奇怪地看向孔叔，因为她不曾见过阿爹和梅姨单独在一间屋子里。

　　梅姨进去便首先在一张西式绿皮沙发上坐下，微低着头。而徐昊则站在桌边，双手扶着桌面。两人又是一阵沉默，似乎要开始一场审判，徐昊先开口了："你是谁？"梅姨看着他道："以前的我，死在了远江。我在呈祥戏班的日子里就是梅姨。"

　　徐昊又道："她说你在远江名声是很大的，并且常常在德昌剧院登台表演？"其实他已大概猜到梅姨的身份，只是他不懂她为什么要对他们隐瞒她的事情。梅姨回道："只是一个过气的戏子罢了，有什么好提的呢？这里的人早已经把我遗忘了，怎么你偏偏还要提起？"

　　她这样一问，倒是把徐昊问住了，他为什么要执着于她的过去？他叹了口气，拿出照片，指着孟生，问道："这人，和你同台演出过，你认识吧？"见他拿出了照片，这时梅姨才恍然，原来他只是要问林司的过去，而不是自己的过去。

　　她松了口气，身子慢慢往沙发后沉下去，抽出了手巾，无意识地擦了擦手。"我们只搭过一次戏，只是因为我们两人在当时都很有名，戏迷想要看到我们同台演出，为此我们特意编了一出适合我们唱的戏。我们也排练过几次，但和他交情并不深，唐魏之前便告诫我除了唱戏之外，不要有其他的交往。我知道那人戏虽唱得好,但是在我们的同行中,是很受唾弃的。"

徐吴疑问道:"为什么?"梅姨回道:"因为这人仗着自己名气大,又有许多捧场的太太、姨太太、小姐,便很喜欢花言巧语地去招惹她们,等人上钩了却又弃之不顾。我想唐魏是知道一些事情的,他告诉我,这人还故意骗女学生。"

听了这话,徐吴一时也担心起林司是否也是被他骗了去的,却又想她是很聪明的,大约是不会被他的花言巧语骗去,又问道:"同他搭戏的时候,有没有见着他同什么女子走得极近?林司也是在你们搭戏的那段时间,同他打交道的。"

说起来,她似乎想起了孟生身边立着的窈窕身影,只是那人的存在实在是淡得很,依稀记得是一身素衣,所穿样式是全没有印象了。当时孟生对她关怀备至,自己见了那情形,也是很惊诧的。但因为自己每隔两天便需排一出新戏,无暇多想,只当是又一个心甘情愿受骗的女学生。

徐吴急问道:"除了这些,你还在什么地方见过她?"他的迫切和着急,是梅姨所没见过的,她极力回想,却仍想不出。当年,那场戏落幕之后,也成为了驰骋于远江舞台上的梅老板和孟老板人生的落幕。

他们搭完戏没有几天,孟生就失踪了,之后便听闻了他的死讯。他的案子当年轰动远江,大家都猜测那是场谋杀,但是巡警厅没有侦破案子,至今仍是一桩悬案。他是在郊外的一处坟场被杀害的,并不是被人杀害后扔在那儿,而是被埋在了挖好的坑里,死时穿着一套丧服,手脚被麻绳捆着,嘴里塞着一块石头,是被活埋的。

梅姨记得,那出戏唱完之后,反响是很不错的,很多戏迷

梨园秘闻录(上)

都要求加场演出，陆院长也正好有这样的意思，便将请柬寄到他的住处，可是许久都没有收到回复。为此，陆院长还特意过来请自己出面，但是他们一起向孟生周边的人打听，都说是许久没有见着他。

他们没有再去找他，大约是十来天之后，管理坟场的人发现了被埋在坑里的孟生，上报给了巡警厅。各大报刊闻风而至，开始大肆报道孟生的生平，有的人捧，有的人摔，各唱各的戏，他的名声就此一落千丈了。

《江报》不知道打哪里来的消息，说是有十二个女学生到报馆里透露出孟生追求她们的手段以及抛弃她们的过程。这些采访的资料被人写成了十二个回目的小说，连载在报刊上，一时间，公众对孟生的印象便是大打折扣了。只不过个把月，他便从远江的大红人变成了人们谈而唾之的过街老鼠。

如果这只是他的结局，梅姨倒不会将细节记得那么清楚，而是因为她被牵连其中。那时候，她每天起来便不得不翻开报纸，害怕又和孟生有了什么牵扯，因为在孟生身上，警员找到了一把折扇子。那一把扇子，只要戏迷一看，便能分辨出这是梅老板在舞台上表演时用过的。即使不是戏迷，只要看到上边的题字和印章，也就都知道这是属于梅老板的了。

这一折扇的信息经报纸报道，马上便有了许多关于两人关系的猜测言论。无论真实的情况怎么样，梅老板都是百口莫辩的。但是情况还不算太坏，因为有一些戏迷是很理解的，知道她是受了牵连，或许这把折扇是孟生偷的，也未可知。

直到一本三流杂志上的一篇文章，才算是真正把梅老板这块招牌给摔下了。这是一位女记者写的，她声称是梅老板的旧友,将在梅老板身边的所见所闻都翔实地写于文中,并且说出了梅老板和孟老板早已相识相知、因戏生情这件事来。而她确实是梅老板的旧友,因为年纪相仿,又爱好相同,之前常常玩在一处。

同一天,《江报》上贴出了一张模糊的照片,是梅老板和孟生深夜在同一处地方出现的照片。她不知道那天晚上孟生也出现在那条巷口,只记得晚宴结束,她兴致一起,便独自从陆院长家里出来,打算走几步雇辆人力车回去。只是那条街全是西式的楼房,参天大树一排下去便是极长的一段路,人也没有,车是更不用说的。

那种境况下,有辆人力车出现在她前面,向着她的方向跑来。她正高兴地要将人招呼过来,却见车上似乎坐着人,便作罢了,只是很怀疑地看着车上的人。车上拉起了车篷,所以并不能看清什么。不过却能知道对方是位年轻女子,因为她露出了白色的裙尾和一双布鞋,这样的穿着一时让梅老板觉得很眼熟。直走到巷口,她仍回头望了几眼。

而那张照片正是梅老板站在巷口时被拍的,隔几步远的地方,正站着神情慌张的孟老板,望向她的方向,梅姨却觉得他是望向她后面。这张照片被大家解读为两人正在秘密相会,孟老板神情慌张,是因为做贼心虚,害怕家里的夫人发现。

梅姨说出这些往事时,整个人是很平静的,她早已不再把自己当作"梅老板"来看待了。徐吴这时才知道,几年前自己收留的梅姨,是在远江极有名的梅子英。她的唱腔,她时时透出的落寞,徐吴都能看出她是个有不一般过往的女子。而且,她竟然还和林司有这样一段渊源,想想这真是命运的神奇之

梨园秘闻录(上) 153

处了。

那车上的女子会是林司吗?她为什么会到远江来?天胜娘为什么要骗自己,林司是和孟生一起离开的,明明孟生已经在几年前便死在这儿了?她应该知道这桩案件很有名,一旦问起来,是能很快便知道真相的。

徐吴问道:"那张照片是在什么时候被拍的?"梅姨答道:"那一晚,我和孟老板都出席了陆院长举办的庆功宴,唱完那出戏的当晚,也就是在林司拍照的当晚,只是我记得孟老板是很早便离席了。"

徐吴又问道:"你觉得他是什么时候失踪的?"梅姨回想当年的情形,回道:"我在那天晚上之后,再也没见过他了。第二天,陆院长给我挂了电话,同我商量加场的事情,我答应了。他说他也挂了电话到孟老板的住处,但是孟太太说人还没有到家里,所以他那边还没有答复。我让陆院长写了一张请柬过去,只是一直不见回复,直到他的尸首被发现,我们才知道他早已经死了。"

第十五回
女子谋生学艺拜名师，孝子为父做寿定堂会

徐吴坐在书桌上翻报纸，正想按电铃让人送早餐，一抬眼便见到了拿着早餐进来的孔章，他先是将一份早餐放在自己的手边，之后才坐在了梅姨昨晚坐过的绿皮沙发上用餐。徐吴道了声谢，笑道："你倒是起得早，今天怎么这样高兴？"

孔章今天的神情明显是很轻松愉快的，徐吴一时有些惊讶，因为这与前几天异常沉默的他相比，是有很大变化的。孔章先给自己斟了杯茶，笑道："昨晚上剧院散场的时候，我竟然见到了一位在这儿结交过的朋友。因为许多年未见，约了今日相聚。"

原来孔章也是在远江待过的，那么他的烦恼，孔章是可以解决的了。徐吴心下一喜，探问道："你这位朋友是当地人吗？"见孔章点了点头，徐吴便细细讲述了一遍关于孟生的命案，还有林司和孟生的交往，又将自己对那位女魔术家的怀疑说了出来。

孔章听完，眉头一挑，忽然想起自己听来的消息，回道：

"那位女魔术家，确实很值得怀疑。不过关于这位孟生，我倒是有听说过一些传言，只是不知道是真是假。远江有一个很奇怪的组织，这个组织全是由女子所组成的，并且规定只有女子可以参与，并且还得是有钱，或者有资本的太太和小姐，好像是专门用来对付像孟生这样的男子。"

徐吴笑道："现在竟还有这样的组织？"孔章回道："这并不奇怪，现在的女子开始主张自由了，特别是受过教育的女子，都很主张自己的权利。梅姨这样的女子，我是尤其佩服的。"梅姨是孔章的同门师妹，虽然他们俩是同一年入门的，但是因为他比梅姨早了几天，所以梅姨须得称呼自己一声"师兄"。

"三喜班"的李荣李老先生是他们的师傅，他门下有许多徒子徒孙，极受尊敬，在北方一带极有名气，但是到了晚年便不再收徒。孔章能被收下，一来是因为推荐他的人是李荣极好的朋友；二来是他的底子很好，踢枪、耍鞭、翻扑、筋斗这样的武打动作，他一学便会，或是点拨几下便能领悟其精髓，因此李荣便把他收下了。而梅姨则是因为自小家学，在唱腔和身段方面是无可挑剔的，又看得出她肯下苦功夫，因为爱才，李荣也破例收下了。不过只一年，他们便因为"三喜班"解散，各自谋生去了。梅姨果然如师傅预料的那样，很快便在远江红了起来。而孔章不是个安定的人，走南闯北，很快便离开了远江。

不过，他在朋友的介绍下，搭过些不是很有名气的戏班唱戏，那些戏班正缺人，而他缺可以谋钱的活儿，因此结交了不少人，之后便是南下的日子了。梅姨决定离开远江时，便首先想起了孔师兄，四处托人打听了住址，直投奔了他去。

孔章对于梅姨的往事一知半解，也知道她并不想过多地提起自己的过去，便全当作不知晓了。他明白，梅姨并不单是因为受了孟生命案的牵连而离开远江的，只是她不说，那么他便不问，每个人都有不想说出的过去。

说起梅姨，徐吴有种说不清道不明的情感，他暗自叹了口气，又继续问道："那么，你觉得那位女魔术家也是该组织的一员吗？"孔章正好吃完了早餐，一边胡乱将东西收拾起来，一边回道："我想，不仅是那位女魔术家，就是那位黎第小姐，也有很大可能是的。昨晚上我们可是见识过这位黎第小姐的交际能力了，很不一般呢。这要是男儿身，可是有一番大作为的。"

这话徐吴并不赞同，回道："她的交际手腕是很好的，可是即使作为男子，要是不把这样的能力往正事上用，那也不过是戴业之流。"

孔章摇头笑道："你常年只是埋头做你的戏本，却不知道现在正是国家发生大变化的时候，很多交际手腕一流的人趁此机会，发了大财，不过能够全身而退的人却是不多。我的这位朋友正是靠了自己的交际手段，赚了些钱。"

徐吴心想，那这位朋友大约很知道发生在远江的旧事了，便问道："你这位朋友，是做什么职业呢？"孔章笑道："他哪里有什么职业？不过是每天流连在各式各样的饭桌上罢了。你瞧着吧，他今天约了我一起，是有目的的，三杯酒下肚，保准就是有事相商了。只是这人是很仗义的，我也就常跟他往来。"

徐吴问道："你们约在哪处地方？"孔章笑道："就在隔壁的饭店，正好他要参加一个什么舞会，拉了我去作陪。"他知道徐吴是很想探听些事的，便提议道："我那位朋友正是喜欢结交人的，你也跟了去吧。"

这时，徐离进屋子里来，手里拿着馒头正吃着，听说他们要去隔壁的饭店，也不吃了，连忙央求着也跟过去。她是被隔壁饭店的招牌所吸引的，早已经打定了心思要过去逛逛，今儿可算是逮着机会了，怎么可能会放弃！

孔章对她并没有不放心的，便答应了。徐离一时高兴起来，嚷道："梅姨也去，梅姨也去，我通知她去。"孔章这时阻拦她道："不用去，不用去，你梅姨不会去参加的，那人也会去。"后面那一句说得极小声，反应过来时却已经说出了口。

不过徐离并没有听清，只是听到说不用去，问道："怎么不用去，梅姨为什么不会去？"而站在孔章身旁的徐昊却听清了最后那一句话，心里暗惊，难道孔章还知道些什么？

梅姨手里拿了碗粥，追在徐离后面，前脚刚踏进屋子，便听见了孔章的话，虽没有听全，但从他紧张的神态上看，大约也猜到他说了什么，一时沉默住了。而在他们一齐看向她的时候，她却当没有听到，笑道："你们这是要去参加什么？"

孔章见梅姨是没有听见的，便放下心来。徐离将方才的情况又嚷了一遍，梅姨听完，随即应承下来了，道："这也是挺近的地儿，没有事，刚好我可以在一旁看着这人，保不准她乱蹦乱跳的，砸了人家的场子。"说着又问了请客的主人，笑道："原是这人，我认识。"

临近中午，他们便散去，各自准备参加宴会去了。一早，傅常柏便差人送了套宴会用的礼服过来，款式全是按着梅老板的喜好专门做的。梅姨摸了摸料子，是她很喜欢的印度纱绸，又在镜子前比对了一番，竟然是很合身的，心想，他这人还是那样，一眼便能估摸出人的尺寸，裁起来是一分也不差的。只是这衣服太张扬了,她便扔在了床上。

徐离极重视这场宴会,心想,那天黎第从隔壁饭店出来时,穿的那一身实在是好看极了。她又见梅姨床上扔着件衣服,可不比那天黎第穿的差呢,拿起来便是一番研究,一会儿说料子很好;一会儿又说没有可以穿的衣服。

梅姨站在一边早看清楚了她的心思,只是没有说话,只等她把戏做足了,才开口说道:"拿去试试吧。"梅姨的腰身是要比她的宽些的,衣服穿在徐离身上不仅显得很宽,并且和她的样貌很不符合。梅姨说了声稍等,便到楼下去了。

徐离见梅姨什么也没交代便走了,好奇地往镜子前一照,却被自己吓了一跳,继而笑得前俯后仰,这副样子简直是一唱猴戏的。她心想要赶紧换了这身,可不能被阿爹和孔叔见到,不然又要笑话她的。

梅姨这时又回来了,手上拿着个小木匣子,说道:"我帮你把衣服改了,到这儿来。"说着便打开匣子,拿出了针线、剪刀这些家什。她先将徐离腰两边收住,下摆剪短一些,又把珠子这样惹人注目的小装饰拆下来。这时候徐离再往镜子前一照,又笑了起来,不过这次是极力称赞梅姨的鬼斧神工。因为这样一改,不仅正合身,也不张扬了。

徐离见梅姨低眉而笑的样子,心想,若是她阿娘也在,大概也是这样对自己好的。她知道阿爹来这儿也是为了找阿娘,但是自己没有见过她,不由得担心,她也会像梅姨这样好吗?转念一想,大概是不会了吧,不然她怎么舍得抛下自己呢?

眼见约定的时间快到了,孔章便领着徐吴进屋子里来催了,他一眼便见到徐离的新装扮,笑道:"这衣服倒很适合你,只不

梨园秘闻录(上)

过这是哪里来的?"徐离听了,自然是很高兴的,便转了一圈,跳到徐吴跟前:"阿爹,好看吗?"

看着眼前笑靥如花的阿离,徐吴不由得想起了自己的妻子。

德胜旅馆在远江是极有名气的,因为这里的服务很周到,客人的要求一概能满足,又长期有宴会场地租赁,所以门口常常是一派车水马龙的景象。徐离一出来,便见着许多穿着华丽的男女,相互搀着走进那旋转的玻璃门里去,好不热闹。梅姨却并不像徐离那样高兴,反而是很不安的,心想什么宴会竟有这样大的排场。

他们才刚走近玻璃门,忽然被人从后边叫住了,一转身,却是女魔术家天胜娘和黎第小姐。这两人打扮得容光艳丽,让人移不开眼睛,黎第小姐尤其别致,这样冷的天,手里竟然捏着一柄圆绸扇,看起来像是从仕女画里走出来似的。

徐离见了黎第,想起昨天的招待,便问了声好。黎第这时才注意到徐离,一打眼却是微微怔住了,稍顿了一下才用圆绸扇子轻轻拍了她的肩膀,笑道:"你今天这打扮好,活脱脱是个小仙子了。"说着又很亲热地牵起她的手,"等会儿,你跟在我身边,我要向大家好好介绍介绍你。既然你是徐吴家的,大概也是个很有才情的姑娘了。"

徐离见她这样热情,一时有些为难:"我也想跟着您去呢,可是我今天也有约了。"天胜娘听着徐离这样老气的回答,知道她是有意模仿大人说话,笑着上前拉开黎第的手,打趣道:"快放手吧,人家可不是专门来参加你的舞会的。"

黎第对着梅姨笑道:"常柏今天举办了这场舞会,我以为你们是受了他邀请来的,实在对不住了。不过,这孩子很聪明,我是喜欢得紧,要是有空,常到家里坐坐。"她的话就像是缕春风,直吹到人心里头去,叫人感觉不出丝毫不妥。

说曹操,曹操就到,只见傅常柏从旅馆里走出来了,四处张望,神情很着急,见到黎第她们时,才终于摆开笑脸,喊道:"两位两位,你们可算是到了,快进来吧,我最重要的客人到了,只等着你们了。"

他一转眼扫到了梅姨的身影,以为她是见了自己压在衣服下的请柬来的,正暗自高兴,却又见到了徐离身上的衣服,正是自己早上差人送去的,脸色微变。梅姨连忙解释道:"我是穿不惯那样的衣服了,总觉得穿在身上怪别扭的,又舍不得扔了,就自作主张把衣服改了。"他没有说话,只是笑了笑。

梅姨一时不知道他是生气还是不生气。她记得,他很不喜欢她这样的做法,以前她想改个盘扣,他怎么说都是不肯答应的。想到这里时,她轻笑了出来,又看了他一眼,这时才注意到他的脸色有些惨白,眼下又有些偏青,精神很萎靡,是病了吗?

黎第见大家一时都没有说话,便故意埋怨起了唐魏,说他不和她一起来跳舞,整日只埋在工房里捣鼓自己的衣服,实在是无趣得很。她这样一调和,大家都笑了出来。傅常柏却是很看不惯的样子,冷哼道:"你还不知道他?"

梅姨心里是明白的,唐魏很不喜欢热闹的场合,只嫌他们太吵,总说在这样的场合里待上三个钟,那喧闹的声音足以在他耳边"绕梁三日"。梅姨看着黎第,心想,她和他们是什么关系,怎么甘愿夹在中间呢?

在他们说话时,徐吴已经看过了四周,这大堂极宽敞,地

梨园秘闻录(上)

面上的石砖又很光亮，一切设置和隔壁的旅馆是完全两样的。再往后看，便是立地的玻璃墙，墙后边竟是几棵冲天的高树，树底下围满了当季花，又在其中放置了几张椅子，那是专供客人喝咖啡聊天的。

花园里边三两人便是一群，围在一起说笑。只有一个穿灰色长袍的男子，独自沉默地拿着报纸，坐在一旁。只不过一会儿，他便探头观望了三次，最后才将目光定在了傅常柏身上。徐吴一时觉得这人很眼熟，又想他的目标似乎是傅常柏，因此对他格外关注了起来。

傅常柏是很着急的，和梅姨说了声，便急忙往里走了。他们前脚一走，后边又有人叫住了孔章，正是孔章说的那位朋友。只见这人穿着白布衫、黑底鞋，手上盘着一串珠子，摇摇摆摆，跨着步子过来了，见到孔章一行人，嘴角直咧到了耳后。

徐离暗笑，这人白白胖胖，拿着串佛珠，笑起来时，真是像极了在寺里看到的弥勒佛。孔章赶忙上前拱手，他也跟着作揖，算是打了招呼。他先是向众人介绍了自己："鄙姓梁，名天。"孔章这时也逐一介绍了一番，当介绍到梅姨时，梁天心里有些惊讶，觉得梅姨的模样实在眼熟得很，听到孔章说出"梅子英"这个名字时，方才了悟。

梁天在下车时，目光即被黎第和天胜娘吸引住了，再往前才发现孔章也在其中，心里想道，怎么他到远江两天的时间，便认识了这几号人物？问道："怎么，你们认识傅先生？"孔章笑道："这是我师妹的旧友。"

梁天连连点头，忽然想起来了，当年傅常柏和梅老板的交情确实很好，他是有耳闻的。他眼珠子一转，心想那事好办了，他今天来参加这舞会的意思,是想通过一位朋友认识傅常柏,只是成算并不大,正愁着呢。现在眼前有这个现成的机会,一切都好办了。

傅家开办的服装公司是很有名气的,他朋友手上正好有一批西洋来的料子想卖出去,只是一时找不到那么大的买家。如果他把那批料子倒过来,转手卖给他们家,中间是可以赚上一笔的,这样上一笔生意的亏空不就可以补过来了吗?

梁天当下对他们的态度更是客气了,引着他们往里走。他们的宴会厅和傅常柏的只隔着一堵墙,走进去时,里边已经来了许多人,中间横挂着大红条幅,写着某某商会。这商会在远江是很有名气的,而且名声很大。孔章这时才明白,这人原来是骗他来参加这商会的,当下笑了笑,推了梁天一把,梁天知道他这是在怪自己骗了他,连忙赔着笑脸。

梁天先在场上巡视了一周,才踏出步子往前走,一边走一边说道:"我今天找你来呢,是恳请你帮个忙,也算是给你介绍一桩买卖,不过买卖谈不谈得成另说,只是场面上要帮兄弟我撑着点了。"

孔章问道:"什么买卖?若是要唱戏,那就得跟我们的徐吴谈,我现在搭的是他的戏班,一切都听他的。"梁天知道他是很直爽的,并不喜欢跟人讨价还价的谈买卖,便同徐吴商量道:"班主,我的那位朋友想请班子到府上唱堂会,若是平常的人家,那是只图看热闹。可是这位做寿的老先生,看戏看了一辈子,眼睛、耳朵厉害得很,又极其喜欢看武戏,在我看过的戏里,最佩服的还是孔兄的打戏,动作干脆利落,很有些底子。我想那位老先生看了,也是挑不出毛病的。并且老先生正值耄

梨园秘闻录(上)

耋之年，这次的九十大寿，我那位朋友是极重视的，所以只要谈得拢，价钱不是问题。"

徐吴心想，这桩买卖似乎很可行，不过还是要谈过才知道，便点头答应了。正说着，梁天把他们引进了一间茶室，里边摆着一张方桌，坐着四五人。坐在主位的是一名高大的男子，不苟言笑，甚至有些匪气，见人来了，只是点一下头，反而是坐在下位的人站起来，招呼他们坐下。

坐在主位的是负责这次商会的黄默森，在家排行老三，以前人都称呼一声"黄三爷"，但是自从进了商会，做起了正经生意，便要人喊他"黄三先生"。梁天是知道这规矩的，进来便称呼了一声，才道："这是我前些日子说起的戏班子，个个都是角儿。"说着便介绍起了徐吴："这一位是徐吴了，只要黄老先生想听的戏，没有不会唱的。"

孔章听了他这话，心想坏了，竟然忘了这人说话一向是不着调，黑的能说成白的，"无中生有"的本事尤其厉害，刚想解释，倒是徐吴先开口了："承蒙梁先生夸奖，我们唱戏的，只是各自有擅长的方面，并不是所有的都会。"

梁天的话，本来让黄三先生有些不高兴了，因为他平生最厌恶自作聪明之人。听了徐吴接下来的话，他的脸色缓和了些，这时才招了招手，让人看茶。他悠悠问道："徐吴，你可有什么拿手戏？我家那位平时没有别的喜好，最爱听戏，东南西北各方的神仙我都给他请过了，你的戏班可有什么新鲜的？"

徐吴问道："黄老先生喜欢听什么样的戏？捧过哪位？"徐吴这是想探听黄老先生的底子，好列出戏目来。黄三先生并不是个爱看戏的，只觉得那些人咿咿呀呀，一句话半天才唱出来，还全含糊在嘴里了。他这个粗人听不明白,只是自己家那位极爱听戏,每年都要在家里操办一次,所以很知道他的喜好:"最爱看武戏,次之是老生戏,我记得我们这儿曾经有一位角儿,老生戏唱得极好,我家老先生每逢有她的戏,是必定出席的。"

话刚说完,梁天便接了话茬试探道:"可是梅老板?"若说是有谁老生唱得极好,他首先想起的便只有眼前的梅姨了。孔章坐在梁天的右手边,一听这是要介绍梅姨的意思,赶紧在底下敲了他几下。

梁天知道这事得依着孔章的意思,也就没敢往下说了。黄三先生凝神想了一会儿,不确定道:"好像是这名儿。"倒是坐着的一名男子回道:"黄老先生以前最爱到德昌剧院看戏的,专门捧梅老板的场。只是梅老板忽然失踪,没有人知道她的下落。老先生为这件事,伤心了好一段日子呢。"

黄三先生沉默了一会儿,说道:"要是能找着这人给我家那位唱几出,那是要高兴坏了的。"梁天听见这话,是很按捺不住了,要是这桩生意谈成了,自有他的好处,刚想开口,却又被徐吴抢了先:"这样吧,我们这边先列个戏单出来让老先生过目,若是他喜欢,那么我们便定下罢。"

这位黄老先生,梅姨记得陆院长同她介绍过一次,但是他从来都是在台下看完戏便走。她对他这样的戏迷,印象是很好的,心想,这次是他的九十大寿,只要不说出自己以前的名号,她很愿意到府上为他祝寿的。所以刚才徐吴试探地看向她时,她微微点了点头,表示同意了。

黄三见徐吴这人很有意思,而且说话不卑不亢,当下便叫人拿了纸笔上来,让徐吴把戏单子列出来。而徐吴所列戏目,

梨园秘闻录(上)

除了开场的《大赐福》，其余的都是梅姨的拿手戏，要是黄老先生真是对梅老板的戏念念不忘，应当是能猜出的。

　　这边正说着话，徐离却早已经神游在茶室之外了，悄悄在底下拉了梅姨的手，轻轻摇晃了几下。梅姨起身说了一声，便领着徐离出去了。黄三这时注意到了梅姨，不由得多看了一眼。徐昊不经意间挪了一下身子，挡住了他的视线。

第十六回
纷扰各起惹哀哀怨怨，疑踪忽现引兜兜转转

　　这时候，商会是越来越热闹了，大概是演讲的时间要到了。宴会厅里搭了一个台子，有人正在上边布置演讲台，台下站着一个年轻男子，正在埋头对稿，大概是这场演讲的司仪了。黄三先生也正从茶室里走出来，向台上走去。

　　徐离走到外边来，一下便窜入了人群中，不一会儿却又回来了，拉着梅姨说道："梅姨，我想去那个花园里喝咖啡，您陪我去吧。"一边说着一边挨在梅姨身上。梅姨摸了摸她的头，说道："那走吧，我是不答应也不行呀。"

　　这边的宴会厅和傅常柏的是紧挨着的，中间是一条廊道。梅姨刚踏出厅子，迎面并排走来了一男一女，待看清楚了两人的面貌，梅姨又急忙退回到厅子里，躲在了他们的视线之外。

　　那两人在廊道上站住，说起话来，越说越大声，似乎起了争执。徐离感觉到了梅姨的异常，又见外面那一对男女正吵得厉害，也跟着站在厅子里等那两人走开。只是等了许久，他们那边的矛盾似乎愈演愈烈，并且反复提到一个女人，大约是那

梨园秘闻录（上）　　167

男子有了新欢要抛弃眼前的女子吧,徐离心想。不过,她转念一想,又觉得也不对。

徐离见梅姨呆站着,拉着她的手回去,也不提去花园的事了,悄声问道:"这两人是什么人?您认识?"梅姨说道:"算是旧交吧,却也是他们逼得我不得不离开舞台,远走他乡。"徐离听到这话,又见梅姨的脸色有些难看,也就不敢问下去了。

梅姨看他们俩是从常柏的宴会厅里出来的,那么应当是常柏邀请了他们,这样看来应该是常常往来应酬了。那女子梅姨恨极了,因为当年她为在报纸上博眼球,为了出头,写出了一些无中生有的文章,落井下石。而那男子,她不想提起。

徐离牵着梅姨在位子上坐下,台上的黄三先生正在演讲,徐离大概听了一些,好像是什么商业外贸政策很好,要大家抓住机会,大多是些勉励的话。她觉得无趣极了,怎么大家却都听得津津有味的样子?

梁天见梅姨坐下,有意提起了傅常柏:"听说隔壁的舞会是傅常柏先生举办的,他现在可是远江炙手可热的人物呢,尤其受各位太太的喜欢。你看我家那位太太,只要在报纸上见到傅先生的店里出了新款式,保准是放下报纸,约上自己的姐妹就往百货公司去。那琳琅满目的衣服,她们进去了,没有一天是试不出来的。"

他一边说着一边观察梅姨,见她渐渐来了兴趣,很认真听的样子,马上去拿起茶壶,将她面前的茶杯斟满,这才继续道:"我听说他和唐魏先生不和,也不知道有没有这回事,只是大家这样传来传去。明年开春,远江要举办一届万国博览会,听说各个国家都会派代表参加。远江作为主办方,本来首推唐先生作为代表出席,可是后来不知道发生了什么插曲,代表的名衔却到了傅先生头上了。我以前是常常见他们在茶楼喝茶的,这段时间很难见到他们一起出现了。"

梁天话说完了,见梅姨没有搭话,心下一横道:"梅老板,我知道您是认识傅先生的,我这里有一批很好的料子,我想傅先生家里是开办服装公司的,肯定能吃得下我手上的货。要是能成,这里面的利润我抽两成出来给您。"

这样的要求,梅姨是很为难的,她知道自己亲自到常柏跟前也不一定管用的,不过,她想起了一个人来,说道:"你该去认识黎第小姐,如果你找她去,也许能成。"梁天一听这话,心里便开始打起了接近黎第的主意,只是黎第也并不是什么人都搭讪的。梁天又把目光转向了梅姨,想求她给自己想个法子。梅姨正在那想名头,徐离在一边说话了:"这有什么难的,直接同黎第姐姐说就好了,我就见她很喜欢我的。走,我给你介绍去。"大家一听她这话,一时全笑了起来,怎么忽然喊人家姐姐套近乎,也还不知道黎第认不认呢。

梁天只当她是玩笑,并不当真。徐离却是很认真的,她想,黎第对自己那样亲切,又很喜欢交朋友的样子,将梁先生介绍给她,或许还能促成一桩生意呢。说完便起身,真打算到隔壁去。

梅姨一把拉住她,让她坐下,环视了一周,教她看一眼周围的人,说道:"你着急什么呢,台上的演讲还没结束。你这样进进出出怪惹眼的,黄先生该注意你了。"这才打消了徐离的主意。

梁天却忽然想起一件事来,怪道:"这位黎第小姐说来也是唐魏先生的女朋友,以前我常常在桌上听说傅先生和黎第小姐走得极近,时常相携出席舞会。原先我还不大相信,以为是造谣呢,刚才在门口算是见着了两人。难道唐先生和傅先生是因为黎第小姐而翻脸?"

其实梅姨开始的时候也是这样猜测的,但是以她和他们多年的交情来判断,她觉得他们并不会为了一个女子而争执。几天下来,她隐隐察觉到了他们三人关系的不对劲,但是上次见面,除了唐魏和傅常柏没有交流,其余都是一派很和平的景象。

孔章过来,本意并不在唐魏和傅常柏的私事,又见梅姨没有回答的意思,于是另起了个话头,问起了正事来:"我今天来这儿,也是有一件旧事要问你的。"梁天听到孔章也有事问他,这是很难得的,一时摩拳擦掌起来,笑道:"你想打听什么事?我保管是知无不言的。"

孔章知道问他,他一定能说出一二,笑道:"几年前,远江不是有一桩闹得很大的命案吗?听说到现在这个案子的凶手还没找着,搁置至今。"梁天知道他要问哪一桩案子了,打断他的话,猜道:"你是不是要问孟生的命案?"说着便偷偷看了梅姨一眼,他记得那件案子,梅老板好像也有点关系。

梁天是有求于梅老板的,在她面前,只怕说错话了,便推托道:"这件事,问梅老板还清楚些,我的还都是报纸上看来的。"梅姨端起茶杯,轻抿了口茶,回道:"你知道什么尽管说吧,我可不是什么梅老板。"茶杯挡住了梅姨的脸,梁天不知她是什么表情,不过既然她这样说了,那便没有多大的顾虑了。

梁天沉吟了一会儿,想着该从哪头说起:"这个人,不爱惜自己的名声,用你们圈内话讲是有艺无德。说句解气的话,他落得那样的结果是活该。我这样说他,也不是听来的话,而是亲眼所见的。那天,我原只是凑局去的,没想到他也在座,我进去时,只见大家都围着他说笑,我以为是在讲什么趣事,也围上去了。原来他是在当众念情书呢,我开始以为是他自己做的情诗,也跟着闹起来。后来瞧见他身边坐着一个女学生模样的孩子,羞红着脸,耷着脑袋,便大概瞧出了情况。他竟这样将人家写给他的信公开念出来,你说一个女学生,这该多害臊啊。"

梅姨当时也听过这事,那女学生最后自杀了。这件事还是梅姨从廊道上的女记者那儿听来的,当时她们还是朋友,她便将这事说给了自己听,还告诫自己不能说出去,虽然女学生的家人要求上报纸,但是事情还是被孟生给压下来了。

梁天喝了口茶,继续道:"这个女学生呢,见他在舞台上常常扮一些英雄人物,以为他在生活中一定也是这样英姿飒爽,英雄豪杰。她天天到剧场蹲守,因为还是学生,哪里有什么钱天天买戏票看戏呢?先是借口学习,骗了家里许多钱,家里人也疑心了,不再拿钱给她。她只得做苦活儿、累活儿,攒的钱却全看他的戏去了。最后看清了事实,又被他当众侮辱,留下一封遗书便投江自尽了。这还只是一桩,他犯了这么多错事,却还不知悔改,难保没有寻仇的人。"

说起寻仇,徐吴想起孔章说起的秘密组织,便问道:"我听说这里有一个由女子组成的秘密组织,这是怎么回事?"梁天回道:"案件至今没有破,他又死得很蹊跷,所以大家都说是这个组织里的人惩罚了他。不过,那只是听说,也没见哪位太太小姐公开表明过自己是这个组织的一员。"

徐吴问道："那你认为哪些人最有可能是其中的一员呢？"梁天猜道："我想大约是要受过教育，很有主张的人了，像黎第小姐这样留洋回来的女子，是最可能参加的了。"徐吴心中也认为黎第小姐最有可能，她同孟生似乎很有交情，说起他时又是很熟稔的样子，而且还有林司也可能在其中。徐吴想到或许跟林司有关，黎第说起这孟生时总是带着三分的小心。

这时候，台上的演讲结束了，黄三先生下台同坐在前排的几位握手合影。梁天却忽然说道："我记得黄老先生同孟生有交情，因为他很会讨好老先生，还很甘愿在老先生面前伏小做低。"

梅姨问道："这是为什么？怎么他要去讨好黄老先生？"梁天摆手笑道："这事我也不清楚，要是你们到黄老先生跟前唱戏去，或许还能知道呢。"孔章哪里不知道梁天打的什么主意，也不点透。

梅姨心想，那位黄三先生的堂会，大概是能成了。

宴会进行到这里，大家都渐渐离开了自己的座位，随着音乐聚到舞台中间，开始摇摇摆摆跳起舞来。徐吴见大家的兴致都在跳舞上了，便独自走到花园里去，心想，如果自己没有猜错的话，那人方才看的报纸应该被遗忘在那张长椅上。

这个位置比较靠里，若是在人不多的情况下，是不会选择在这里坐下的。现在一楼的两场宴会都进行到了一半，所以花园里并没有人了。徐吴走到那人坐过的长椅上，果然有一份报纸，拿起来观察了一遍，心想，那人大约是没有心情看报纸的，因为这份报纸共有六张，除了中间有被翻开的痕迹，而其他几张则没有折痕。

花园里的地上铺满了细细的沙石，昨晚下过一场雨，人要是走上去就会踏出鞋印，徐吴顺着鞋印走向那张长椅，但是在走的过程中发现，鞋印距离相隔有些宽，可以猜想当时走向长椅的人心情有所起伏，并且有些着急，所以才会急于走向坐在长椅上的人。

　　长椅下散落着烟头，零星掩埋在沙石里。徐吴捡起烟头观察，发现上面都印有深深的咬痕，从咬痕看，两颗门牙较宽，牙齿中间有缝隙。徐吴想起在火车上与那人交谈时，他虽是一副受到惊吓的样子，但是那两颗大门牙，总是让自己觉得像是尖利的鼠牙，张口便能咬出血来。

　　这些烟头都有被碾在沙石里踩过的痕迹，这人大约是在这儿等得很不耐烦了，只是从烟头的数目来看，他似乎并没有等多久。他们这一人着急而另一人不耐烦的，是为什么呢？

　　沙石较细，鞋底的纹样大概能看得清，徐吴便将这些纹样记了下来。他又望了望四周散乱的脚印，有两组脚印是往花园另一个出口的方向的，便循着脚印回到了廊道上。这两组脚印一前一后，到了廊道上却很难分辨了。

　　人声喧闹，闷闷地传了出来。只隔着一堵墙，便是傅常柏举行舞会的宴会厅了。徐吴再往前走几步，便见有一扇偏门，只是不知道这偏门是连接了哪里。正想着，有一位侍员推着食盒走了过来。

　　徐吴将人拦住，问道："劳驾，请问这扇门通往哪里去？我参加的是傅常柏先生的舞会，只不过出来一会儿，可就找不到回去的路了。"那人笑道："这是舞厅的雅间，原可以从这扇门进去的，只是被傅先生定下了。您只要往前走几步，顺着右拐便是舞厅的入口。我也是要上宴会厅去的,您跟着我来吧。"

徐吴便跟着回到大厅,说道:"我有一位朋友,正在隔壁,劳驾帮我带个话吧,就说速速到花园找我。"接着又道出了孔章的名字和衣着样式。那人很为难的样子,徐吴便拿出了张钞票塞到他手里,他这才笑着去了。

见人走了,徐吴才又回到了花园里去,刚坐下,便见傅常柏从雅间的门里出来了。他直穿过廊道,走至门口雇辆人力车便要走了。徐吴还以为以他的行事风格,应该会送两位女子回家才是。心想,他作为这场舞会的主人,却偷偷退场,也不坐汽车回去,那么便是为了做些不被人发现的事情,只是他要去做什么呢?

这样想着的时候,徐吴也已经雇了一辆人力车跟了上去。前面那辆先是慢步跑了几条街,却在拐弯时忽然快步跑了起来。而这边的车夫看这情形,猜出自己的雇主是秘密跟踪的,也就小心谨慎地跟在后头,见前面的车夫快步跑了起来,也不甘落后,跟着跑了起来。

这时,傅常柏忽然在一家银行前停下,给了钱,便直接进去了。徐吴心想他到银行不外乎是为了钱的事,若是专门来存钱,也不见他带钱来,那么他是取钱吗?若是要取钱,接下来一定会去其他地方。想到这里徐吴便没有下车,只等着他出来。

不一会儿,他便提着个文件袋出来,同样在银行门口雇了辆车。这时候,车夫已经知道徐吴跟踪的是何人了,见人上了车,便很是机灵地掉头跟上。看着前面那辆车慢悠悠地跑着,车夫微转过头来,搭讪道:"这人,我很认识,我还知道他下一个要去的地方是哪儿呢。他等会儿在长盛街的古玩局下车,进古玩局走一圈,不过一会儿的功夫,就会雇上一辆车走,到天安街的大药房去。"

徐吴问道:"他雇过你?"车夫回道:"可不是,我是常在德胜旅馆蹲着等客人的,那里的客人很文明,给钱又大方,有时候多给了还不用找。我又肯跑,一天下来,赚得都是要比别人多的。"

徐吴说道:"我见他每换一个点便另雇了一辆,你怎么知道他接下来要去哪里呢?"那人笑道:"您真是说到点上去了,他在旅馆前雇了我,也只是到银行这一段路,便打发我走了。可是有一次,也有一个同你一样的客人,雇我跟了一路。我见刚才这情形,跟上次是没有分别的。"

说着,傅常柏便在一家古玩局下了车,依旧是给了钱便进去了。徐吴问道:"雇你跟踪的那人,是不是穿黑长衫,戴皮手套?"车夫对那人印象极深,当下点头,说道:"只是那位先生不怎么说话,我跟他也不敢多说,不像您似的,看着和善得很。"

傅常柏急匆匆出来,在古玩局门口又雇了辆车。这一次,傅常柏一路直奔到了药房门口,提着文件袋便进去了。徐吴心想,傅常柏这是在做什么呢?车夫这时才猜出了徐吴的疑问,说道:"我看那位先生病恹恹的样子,像是生病了许久的样子,大概是常常上药房买药去的。他等会儿便会提着一袋药出来。"

徐吴却想,按说他生病了,傅家人自会请大夫出诊,哪里用得着自己这样神神秘秘地买药呢?过了许久,傅常柏总算是出来了,不过文件袋没有了,手上拎着一袋药。这样看来,似乎真是为了买药而来。

徐吴对于远江并不熟，心想方才他们绕了好几条街，离旅馆一定是很远了。又见傅常柏重新雇了辆车，车夫见徐吴没说什么，便直跟着前面的车走。徐吴却想，接下来也不知道他要往哪里去，不过既然他买好了药，大概是要回家里去了。

没想到只走过了一条街，徐吴便重新回到了德胜旅馆，他怎么绕了这么大圈，又回到这里来呢？只见傅常柏整了整衣裳，走下车去，药包落在了座位上。徐吴却没有下车，问道："劳驾，方才那三个地点我没有记住。"

话还没说完，车夫接口道："我常常在这旅馆前的，您要是想出门，我拉您去。"徐吴点头道："我一会儿便出来。"说完便进去了，走至门口，隔着玻璃便见孔章正站在花园里张望，似乎在找人。徐吴这才想起自己离开时给孔章带了话的。

孔章望见了门口的徐吴，走上前问道："听到你找我，又很紧急的样子，我赶忙跑出来，却不见你。你到哪里去了？"徐吴反问道："你见到傅先生没有？"孔章回道："见到他了，刚从那扇门进去，还是黎第小姐接他进去的。"说着便指向那扇偏门。

徐吴心想，黎第小姐也知道他做什么去了吗？答道："我刚才跟着他出去了一趟，他似乎在秘密谋划什么事情。"便将方才跟踪一路的情形说了出来。

孔章虽然做事豪爽，这时也不由得劝道："远江这一块地方，我们并不熟，傅先生若是要谋划些什么，也同我们不相干，还是不要牵扯进去的好。"

第十七回
罗雅堂不雅背侃弃妇，慈善会不善拳打裁缝

眼前的这栋建筑，是五层楼高的西洋样式，占地极广，落在这条街上显得很雄伟，宽厚的柱廊撑着花岗石砌成的楼身，看着有一种坚硬而冰冷的气势，拾级而上，便是高而深的雕花门廊，阳光照射不进，另有一种幽冷的气息扑面而来。

到了办公大厅，徐吴更觉察出里边人的冷漠疏离，隔着一个柜台，便是各位办事员的办公区域，或是西装革履，或是瓜帽长衫，皆埋头看着报纸，柜台外便是来往的人。有位先生从他身边匆匆而过，走到柜台前，上下摸索了好一会儿，才拿出一张凭证来，递到了里面去，又签了字，不一会儿便拿到了钱。他当即在柜台前点数，点完后便笑着将一沓钞票装进了随身带来的文件袋里。

徐吴两人进来便坐在了大厅里，这时有人走了过来搭讪，被孔章打发走了。徐吴一连见了好些人，都是取了钱即走，全是将钞票装进了自己带来的文件袋里。

孔章见徐吴这副沉默的样子，便不去打搅他，只坐了一会

儿，便见徐吴起身要离开了，问道："有什么发现没有？"徐吴摇摇头，答道："这没有什么可疑的，看来他只是过来取钱而已，我们到下一个地方瞧瞧去。"

那车夫蹲在墙角等着他们，一转眼见人出来了，赶忙将车拉起，跑到跟前，笑道："先生，往罗雅堂去？"见徐吴点头，他便掉头直奔罗雅堂去了。

说起罗雅堂，孔章这时也有些印象了，那是专门买卖些诸如字画、瓷器、玉石这一类玩意的地方，他记得梁天同他说过这一家古玩号，便道："这一家古玩号开得极有规模。远江的古玩摊无数，然而独大的只有两家，罗雅堂便是其中一家，听说是因为和这儿最大的出口公司合作，常常将值钱的大件运出洋去拍卖。"

徐吴心想，难怪那一家店铺的装潢是整条街上最金碧辉煌的了，只是傅常柏去那儿做什么呢？正想着，车已经在门前停下。车才刚停下，里边便有人小跑着出来，将两人迎了进去。徐吴正自奇怪呢，刚进门便有人招呼起了他，那人穿着棕色西装，系了条青绿色的领带，站在柜台前。

徐吴正想着这人很眼熟的样子，便见他走了过来，笑道："徐先生，我们可是在黎第小姐的晚宴上见过的。"见徐吴还没有想起的样子，又道："我姓蔡，叫我蔡掌柜便行。"说到这里，徐吴便想起来了。那天晚上黎第带着一对夫妇过来，介绍给了他和天胜娘认识，当下笑着点头。

蔡掌柜方才透过玻璃窗口，远远便见着徐吴过来了，以为是要来买古玩的，便让人出去接了进来。他一边引着两人往内室里去，一边笑道："黎第小姐介绍你们来的吧，她常常往我这儿介绍客户呢,你出现在门口时,我就猜出个大概了。"

说着便到了内室,这里布置简单,墙上挂了幅宋画,博古架上摆置了几件汝窑茶盏,面对着门口便是一张罗汉床,应该是闲暇时休息的地方。蔡掌柜请两人坐下,便道:"两位,想找什么物件?我这里虽不大,但是东西是很全的,只要说出来,我尽量给您找来。"

徐吴并没有买东西的打算,只是见傅常柏进来,想打听些消息而已。既然他是黎第的朋友,那么他们应该是常常往来的,问道:"我听说黎第和傅先生常常到这儿来逛?"蔡掌柜笑道:"他们俩确实是常常结伴而来。一位是为了买好物件,一位呢是为了卖物件。"

徐吴心想傅常柏很有家底,不至于卖家里的物件来换钱,倒是黎第这样的女子常常举办各式宴会,又不曾听说她的家世。他以为她是依靠了唐先生,但时常又觉得她很自主的样子,现下听蔡掌柜的话,大概是靠着祖产过日子的,又问道:"黎第小姐手上真有那么多好物件可以出?"

说起黎第,蔡掌柜知道的自然比别人多一些,因为她常常要托自己将手里的古玩秘密卖出去。作为答谢,她常常介绍朋友给他,实在是一个很精明的女子。听徐吴这样一问,蔡掌柜以为他看上了黎第刚拿到店里的一件宋朝官窑瓷,又以为他未说出的话是因为顾虑。

这时候,有一女子进来,先对在座的各位点头示意,并不说话,而后走到架子上拿了那几个茶盏,便开始表演茶艺。蔡掌柜沉吟了一会儿,才道:"这您可以很放心,那些东西全是她自己的财产。虽然常常见她办各式的宴会,花钱如流水,但那

梨园秘闻录(上)

也全是她自己的钱，不过估计常常闹亏空就是了。她家里原来是有一点家底的，只是没落了。听说她家里只有两人，她的弟弟得到了地契，继承了家里的遗产，而作为一个女子，她只是得到几大箱子古董，不过这样看来已经是极大的财产了，因为这些都是她祖辈当官时，宫里赏下来的东西，单拿一件出来，都够平常人家吃一辈子的，在她手里可能也就过个一年半载。"

徐吴点点头，又道："黎第小姐好像不是远江人，看着倒有南方女子的秀气。"蔡掌柜答道："她确实是南方人，大家都说她年轻貌美，但她可是有过一次婚姻的，夫家就是在南方当小官的，好像姓周。不过因为是一场包办婚姻，又是给人家续弦，她便提出婚后要去留洋。可是受了教育后，她又受不得当人家的继室，便同自己的丈夫提出了离婚，留下自己的女儿，提着自己的财产便到远江来了。"

正说着，那女子递过一个空杯给蔡掌柜，那是闻香杯。只见蔡掌柜双手搓动杯子，递到鼻尖闻了闻，一阵清香袭来。女子又依次将闻香杯递到徐吴和孔章手中，两人随着蔡掌柜的动作，照着做了一遍。

蔡掌柜这才接着说下去："两年前，她还交了一位外国的男朋友，只是那男子在回国的轮船上出事，死在了大海上。说起来她也是命大，本来她也应该出现在那条船上的，好像是因为有事，订了另一班。从那件事之后，她便改了现在这个名字，之前是姓周的，跟之前的夫家姓。"

又说笑了一阵，蔡掌柜见他们好像没有要买的意思，兴致也就渐渐消下去了，只是他们既然是黎第介绍来的，也就跟着说了一阵，再待一会儿便借说自己稍后还要去一个地方。

蔡掌柜说出这话时，孔章嗅出了对方是下逐客令了，便起身说要走了。蔡掌柜当下也挽留了几句，却是起身的动作，说道："我送你们出去。"说完便走在了前面。徐吴走在后面，仔细地打量着大厅里的摆设。虽大厅的一切布置古香古色，但又像绢纸上的土黄色画布，有点过于沉闷。

就这样一间古玩号，傅常柏为什么特意到这里一趟呢？徐吴这样想时，眼睛在各处扫了一遍，忽然看到角落边的博古架上摆着一个小青瓷摆件。他一时觉得眼熟，又回头看了一眼，竟然是天胜娘变魔术时的那件胭脂盒子，只是它不是在自己手上吗？

他走过去一瞧，果然是那件胭脂盒子，形制是完全一样的。他边想边打开了盖子，底部却多了一个"离"字。徐吴心里一喜，这件才是林司烧制的胭脂盒。然而不过高兴一会儿，又暗自神伤起来，这件东西在这里有什么用处呢，她还是下落不明的。

徐吴转身对蔡掌柜说道："这一件是什么价钱？我想买下。"蔡掌柜有些为难，说道："这件东西并不值钱，只是样式还不错，便摆在那儿了。"徐吴问道："这件东西是怎么来的？"蔡掌柜回道："从黎第小姐那儿得来的，摆在这儿有两年了，倒是有几个人想要买了去，听说不是什么值钱玩意，却又不买了。"

黎第小姐？怎么会在她那儿？徐吴又问道："你知道黎第小姐这件东西打哪儿来的吗？"蔡掌柜摇头道："这我倒没有问起，只是有一次她找我去看她的宝贝，从箱子里挑几件东西给我瞧的时候，这件铜匣子掉了出来。我玩笑说这件东西不错，她见我喜欢，竟然给了我。我又不是女子，要它做什么？索性拿出来摆着。"

这样看来,林司和黎第她们是认识的了。蔡掌柜见他很钟意这件铜摆件,便道:"这件小东西原也不是买来的,既然徐先生很想要,那便送给徐先生吧。"

徐吴道了声谢,又道:"蔡掌柜若是往南去,我一定作陪。"说完便走出了罗雅堂。一旁的孔章已经两次见到这胭脂盒子了,又见徐吴对它很注意的样子,心里大约也猜到了这是和林司相关的。

眼下还有一间药房要去,徐吴却叹了口气。车夫见人出来了,又见徐吴似乎不想再往下一个地方去了,赶忙劝道:"那一间药房离这儿很近,只一会儿便到了。"说着他便将车子放低,请徐吴上去,待徐吴和孔章坐上去,他拉起来便跑。

风有些大,迷糊了徐吴双眼,他睁眼看着周遭的场景,心想,这里林司是否也来过?一路上,人来人往,都是为谋活而奔走的面孔。远远地,徐吴便看到一块大招牌,上面写着"回春大药房"几个大字,大字之下是排在门口等待就诊的极长队伍,这样看过去,他们并无显示出病态来,而是不时交头接耳,相互间搭着话,很热闹的样子。这一番景象和方才在银行里的所见是全然不同的。

孔章见到这队伍便道:"他们是来就诊的,我们往这边走。"说着便同徐吴踏进大堂里。苦涩的香味迎面袭来,眼前一边是立地的药柜,伙计正站在里边给人抓药。而另一边,则是现成的各式药膏,也有些西洋药,全摆在玻璃柜里。

这时,孔章忽然示意徐吴看向门口,只见唐魏低头跨过门槛,往这里边走来。徐吴心想,他来做什么?当下便引着孔章到一旁去，并没有上前去打招呼。唐魏直接走到玻璃柜前，买了一瓶黄色包装的药，付了钱便匆匆走了。见人走远，徐吴也到柜台前拿了一瓶一样的药，也付了钱出去，到了门口，唐魏早已经不见了踪影。

当他们回到旅馆的时候已经是晚上了，隔壁的宴会也早已经散了。徐离见到徐吴，笑道："阿爹，你们到哪里去了？方才我们回来的时候，又撞见黎第小姐了，她特意过来邀请我们参加明天晚上的宴会，听说这次请了许多远江的名人呢。"

第二天晚上，徐吴一行人便赶赴黎第的宴会去了，刚到门口，便看到门口摆着一块红牌子，上面大概是写，今晚是一场为了筹募妇女幼童救助款项的慈善晚会。主办者黎第正站在门口迎宾，她穿着素色的旗袍，见人便笑。

徐吴等人走至门口，她很亲切地迎了上来，拉起了徐离的手便哄道："我专门让人准备了你爱吃的，快进去吧。"她这样疼爱徐离的样子，就是徐吴也感到奇怪。几次见面中，黎第小姐总是对阿离格外亲切。

今晚来的人格外多，有一些人梅姨是认识的，他们曾经也跟她有一些交情的，只是现下应该是认不得的了。这样想着，梅姨抬脚便跨进门槛里，然后才知道这次的宴会布置在院子里，看来参加的人并不少，一眼望去，皆是有名有姓的人物，黎第好大的面子！

这次的布置并不像上次那样华丽，而是很简单的，大约是因为这次是以募款为题的宴会，不好太奢华。不一会儿，黎第也走了进来，她先是上台演讲了一段："诸位，再往北的形势你们是知道的，虽然战争是过去了，一切生产也都恢复了，只是

梨园秘闻录（上）

我待在那里的友人写了信给我，说街上妇女幼童吃不饱穿不暖，物资很匮乏。所以，我想再次筹募一些资金，筹办物资，亲自运过去。"话还没完，大家便都鼓起掌来。

黎第又说了不日将要在远江举行的博览会云云。总算是讲完了，徐吴见黎第走下台来，便想上前去问那件青铜匣子的事，只是有人先他一步，拦住了黎第。那是一位年轻太太，眉宇间有些忧愁，双手叠着放在胸前，背脊挺得很直，大概平时是一个很威严的太太。还没等她开口，黎第小姐便先一步揽住了她的肩膀，往旁边厅子里引。

那位太太微倾身，靠向黎第，蹙着眉头说话。站在一旁的孔章说道："看她的口型，好像是在托黎第小姐办事。"徐吴说道："你看看她们是不是在说关于组织的事情？"孔章回道："你怀疑黎第小姐这次举办宴会的目的并不在于筹款？"

徐吴说道："这次举办的宴会，女子多而男子少。而且这一次，她总是将这些太太小姐秘密引进那个厅子里说话。"孔章见黎第小姐也说话了，回道："黎第小姐正在劝她捐款。"那位太太先是迟疑了一刻，接着便从手包里掏出了钱来。

黎第拿出了一张红帖子，那位太太接过后便签了名字。黎第说道："那件事情，我也正想法子呢，你再等等，我有准信了保准联系你。"

这时候，又有两位小姐走进了厅子里，她们见到那位太太先笑着点头示意，然后便取笑起黎第来了："我们的司令捐了多少？可不要撺掇我们捐了，自己倒不捐了。"听到这个话题，那位太太便坐不住了，捏紧了手包，说有事便起身走了。

其中一位小姐见人走远了，笑意也就放下了，斜着眼睛看着那位太太的背影，怪声道："她哪里有钱给你捐款。就不该邀请她来，这笔救助款项她也该是受益人才对。"黎第打开手里的折扇子，捂着嘴笑，没有说话，好像是赞同她的话，但是又没有附和。反倒是另一位小姐疑道："怎么这样说？她可是李总长的太太呢，哪里缺这些钱？"

那人又道："你那位哥哥难道就没有同你透露什么吗？"见问话的小姐不解地摇了摇头，她才又说道："李总长在南边谋害了一个小倌人，闹得很大，已经被抓了判刑了，她难道还有什么法子救李总长去？"另一位小姐犹不相信，以为她在说笑，转头便见黎第小姐朝她点头，当下也不得不信了。

黎第并不想说下去了，忽然想起一件事来，问道："我交代你们两位办的事情，办好没有？"那位说出李太太秘密的小姐啐道："你要是不相信我们，就不该交给我们办。"黎第堆着笑意，上前揽住她的肩膀，说道："事情交给你们办，我是一百个放心的。"

常跟在黎第身边的老妈妈急忙跑了进来，哆嗦着道："傅先生和唐先生在工房里打起来了。傅先生不知道怎么的，竟然将唐先生的料子、裁好的衣服，全用剪子剪烂了。"黎第当下也并不问两人为什么而吵，而是将两位小姐安抚在厅子里，便独自往工房去了。

徐吴见状，也跟了过去。到了工房门口，只见一片狼藉。梅姨早一步过来，已经将两人分开了。傅常柏半瘫着坐在树下，气喘吁吁，苍白着的那张脸上，双眼迸射出恨意，久久没有平复下去。梅姨上前去搀扶，他甩开了她的手，抬眼的时候恨意渐渐消了下去，惘然地望了梅姨一眼，便起身离开。

梅姨想要追出去，却被黎第拉住了，对着她摇了摇头。老妈妈见傅先生走了，才走到黎第身边，交代道："我方才见他从大门直闯进后院里，神色很不对，我便急忙跟了进来。只听他们两人吵了两句，傅先生便开始砸东西，还打了唐先生。我想唐先生是有意让着他的，所以没有对他上手，只是挨着打。那时我也只着急着到前厅找您，幸亏了梅小姐把两人分开。"

徐吴望了一眼黎第，心想这样的事情发生在自己的宴会上，怎么她仍是一副云淡风轻的样子呢？这样一想，不由得对她多了一分关注。他随着她走进工房里，地上满是玻璃碎片，摆在柜子上的布匹也全被扔在了地上。

唐先生见他们进来了，也没有说话，仍旧做着手上的动作。徐吴环顾四周，却在地上发现了一个黄色包装的瓶子，捡起来一看，可不是昨天唐先生买的药吗？这是病肺止嗽珠，专门医治咳喘的，他看唐先生的样子，也用不到这样的药啊，倒是傅常柏时常有咳喘的症状。

正想着，黎第过来接过了他手里的药瓶，说道："这药大概是常柏刚才在推搡中掉出来的。"徐吴问道："傅先生有喘疾？"黎第点头说道："回头我把药还他，他大概是身体不顺畅了，到这里来撒撒气的，没有多大事。他从染疾之后，就变得这样喜怒无常，我早已经习惯了，也不怪他。作为他的朋友，还是要多担待一些的。"

这时候梅姨也过来了，听说傅常柏得了喘疾，担忧道："他这病是从什么时候开始的？以前从没见他这样过。"黎第叹了口气，先是往唐先生的方向悄悄望了一眼，才回道："他一直抽烟，身体情况能好吗？"说着比了一个抽大烟的手势。

梅姨听到这话，是很惊讶的，她记得常柏对抽大烟的人，态度是很鄙夷的，常常在自己面前提起抽烟的人如何不自制，哪里料想到他竟做了自己所鄙夷的事。她料定他这样反常，一定是遇到了什么事了。从重新见到常柏的那时起，她便察觉出来了。

当她问起黎第这事时，黎第回道："这我也不知道了，我也劝过的，只是他那样子，谁也劝不住。"黎第说完便要到唐先生那边去，却被徐吴拦住。他拿出了那件青铜胭脂盒，问道："这件东西，你大概是认识的。"

看见这件东西，黎第心里一惊，心想，那天晚上天胜娘那样做果然是坏事，自己早就让她在表演的那天不要那么做，她仍是一意孤行，现下可是打乱了自己的计划了。虽然这样想着，她的脸上却是不动声色的，拿过胭脂盒子，打开盖子瞧了一眼，笑道："你怎么到蔡掌柜那儿去了？"

徐吴没有回答，反而问道："他说这件东西是从你的箱子里拿的，这件东西怎么在你那儿？"黎第笑道："这也是我收来的，我见式样不错，便从别人手里买了下来。"徐吴又问道："你从谁的手里买下来的？"

黎第回道："不认识，只是在街上一家首饰铺子随便买的。"徐吴又问道："你既然喜欢，怎么会送给蔡掌柜？"黎第摆手回道："用得久了，又不喜欢了。见蔡掌柜喜欢，便做人情送出去了。"

徐吴见眼前的人是不打算说出来了，便道："但是你的那位女魔术家朋友却告诉了我一些事情。"黎第惊道："她说了什么？"这样说起来，她上次在晚宴，确实见两人在一处说了许久的话,她因为忙着招待客人,并没有去留意。按着她的性子,说了什么也未可知。

徐吴回道:"她说孟生的死和林司有关。孟生临死前的一天晚上,参加了傅家举行的宴会,林司在那天晚上找孟生去了。"黎第听到这话,心里气极了,心想她说话竟然没有半点分寸。但是面上还是装作不知,说道:"她说的话哪里可以信了?只是说了一些捕风捉影的话罢了。她平时同我说话最是不着调,想什么说什么。"说完她不肯再说下去了,转身便走。

他们回去的时候,夜已经深了。梅姨看着走在前面的徐吴,心想:他可以找到林司吗?找到了林司又能怎么样?为什么他对一个消失了许多年的人念念不忘呢?

第十八回
回光返照奇冤窦姨娘，妙手仁心重来大药房

徐离觉得今天的阿爹有些不寻常，仅这一天，他已经往返于柜台间三次了，每次嘱咐门房的都是同一句话，若是有人找呈祥戏班，便将人直接引到卧室去。这些梅姨都看在眼里，知道他开始着急，是因为昨晚上没有向黎第问出话来。

前天，徐吴写了一份戏单给黄三爷，让他拿回去给黄老先生瞧，是笃定了黄老先生可以认出那份戏单的含义。若是说昨天没有过来下帖子邀请，那么大概也会是今天。徐吴正想到这里的时候，门房跑了进来说："徐先生，这两位是找您的。"说完便站在一旁，笑着等徐吴给赏钱。

徐吴见状，拿了几枚铜圆递到他手里，门房道了谢之后便走了。门外站着的两人便是黄三爷差来的，两人都穿着同样的黑布衣，直接说道："三爷请你们过府商谈唱堂会事宜，还必须得一位梅姓的小姐同去才行。"听到这话，徐吴便猜是黄老先生的意思，因为上次他没有向黄三爷透露他们之中有人姓梅。

收拾妥当之后，他们便往门口去了。徐吴到了门口才知道，

原来黄三爷派了一辆汽车来接，心想这次唱堂会的事一定能成了。上次梁天便说过这位黄老先生同孟生很有交情，只是他不明白，两人年纪相差甚大，是因为什么结交在一起的呢？

正想着，车已经到了黄家宅门前，徐吴还没有下车，便远远见到了一个人影在门口晃悠。那人见车停了下来，赶忙上前去开门，怨道："你们可算来了，我在这儿等了好一会儿了。"孔章奇道："你既然来了，怎么不进去呢？"

梁天是早他们一步来的，但是到了这里，看到门口虎着脸的两位，还有想到关于黄家内宅的听闻，便讪笑了一下，说道："你们进去了自会知道。"说完便首先带头进去。跨过门槛，首先是一块大石壁，越过石壁，便是一个庭院，庭院站满了人，也都穿着一式黑色布衣。

徐吴看着眼前的人，心想这黄三爷是什么来头，说是经商，看着却并不像，哪里的人家会有这么多打手呢？引他们到大堂的是方才接他们来的一位，同样是沉默无声，只埋头往里走，院子里的人见他们来了，纷纷让出一条道来。

还未走进大堂，首先听到的便是一阵笑声，待走到里面，才发现堂上坐满了人，主位上坐着一位满头白丝的老人，应该就是黄老先生了。他的身上还伏着一个七八岁的孩子，见了生人也不羞怯，只是对着他们笑，很机灵可爱的样子。

坐在下位的首先是黄三爷，见他们来了也不吭声，只是回过头去看了自己的父亲一眼，等待示意。还有四位穿着艳装的年轻女子，一眼望去，真可谓是姹紫嫣红一片。

其中一位女子见了他们，故意惊道："哪位是梅老板？我可要见一见的，我父亲对这位可是夸上天了。"说着便站起来，向他们走去,却被黄老先生给一声喝住了。黄老先生见了梅姨,便拄着拐杖想起来迎接。

黄三爷见他要起来,便急忙上前去扶住。黄老先生直走向梅姨,握住手笑道:"梅老板,你真是梅老板啊,真是没想到,我的九十大寿还能请你来唱,我以为你,我还以为你失踪了。"梅姨笑道:"只是跟着戏班到乡下演出罢了,哪里说得上失踪?不过希望我到这儿唱堂会的事,老先生一定保密,也不要在请帖上写我的名字,只署名我们戏班便好。"

现下的黄老先生容光焕发,对于梅姨的要求一概答应,拉着她坐在了自己旁边的位置上,说道:"我一直希望能再听到你的戏,现在总算是圆满了。你看,你的戏我到现在都还常常会哼上几句。"说着便唱了一段西皮,梅姨笑了笑,也跟着他唱起来。

梅姨开嗓便是沉浑有力的,而黄老先生年纪已大,气力不足,发出的只是锋利的干声,那声儿就像是即将枯朽的老树。座上的人脸上都盛着笑意,心思却各异。徐吴巡视了一眼座上的各位,只见黄三爷这时正襟危坐,只在一边旁听,并不插话,同他第一次见时威严的形象很不同。

坐在黄三爷下位的应该是他的大太太了,她挺直腰坐着,双嘴紧抿,笑时也只是提了一下嘴角,有时看向老先生的眼神里,却含着不赞同的意思,而望向梅姨时则是神色鄙夷。紧挨着她坐的那位容色最艳,她用手臂撑着伏在椅把上,意兴阑珊的样子,却还是不时跟着笑起来。

坐在最下位的则是一名沉静的女子,一袭简单的棕色旗袍穿在她身上,显得她的年纪大些。而方才说要见梅姨的女子,听称呼大概是黄家大小姐了，只见她眉宇飞扬，喜怒哀乐皆显在脸上。

黄老先生见了梅姨便忘了旁人，讲的是南来北往各大角儿的绝活，还不时要梅姨唱上一两段，先过过瘾。这时候，一位老妈妈进来，将一碗药递到坐在末位的沉静女子手上，附耳说了几句便下去了。

这碗药是黄老先生必定要喝的，只是女子见他正在兴头上，便一直拿在手上，眼见他停下来喝茶了，她才敢走上前去。她走到跟前时，黄老先生没有注意，抬手时将药扫到了地上，药也洒了他一身。他立时瞪起眼睛，双眉吊竖，将手里的杯子砸到女子身上，斥道："你也要谋害我？"盛怒之下又说了些不堪入耳的话来。

徐吴以为遭受这样的责难，女子是一定会哭的，却不想她仍是一副沉静的样子，神情也毫无变化。就是黄三爷也是沉默不语，座上的更没有敢说话的了。对着女子叱骂了一会儿，黄老先生才撑着椅背坐下来，匀了口气，然后对梅姨道了歉，说是到了平日休息的时间，便不陪了。

他走了之后，老妈妈才敢上前来收拾地上的碎渣，座上的女子也都围了上去，拉着那女子坐下。首先发言的是黄大小姐，说道："这几年来，我们谁没有受过他的气呢？一天天的，不是摔东西就是砸碗，吃个饭都不能安心，现在哪一房还敢跟他同桌吃饭的？你就担待些，别气在心里。"

梁天见这情况，附在孔章耳边，偷声说道："刚才我不敢自己进来，也是怕遇到这样的场面，这样的事发生了不少次，许多人都不敢登门来了。"

梅姨同老先生虽没有多少交往,但是素闻这人脾性是很好的,又听是这几年来有的脾气,却不知是因为什么,导致脾性大变了。正想问时,黄三爷先一步说道:"我家这位只是因为生病,脾性才这么大,大家不要放在心上。徐班主、梅老板,你们有什么要求尽管提,接下来的事全由我安排了。"

听到这话时,黄大小姐忽然想起一事来,问道:"大哥,宾客名单列好没有?我上次说的那两位,你添进去了没有?"方才坐在黄三爷下首的女子抢先回道:"黎第小姐和傅先生这两位,你说的当天我就添进去了,帖子也下了。我想他们早收到了。"

黄大小姐一听,急道:"那我真是坏事了,只怪我贪玩,把黎第小姐交代我的事全忘在脑后了。"黄三爷问道:"怎么坏事了?"黄大小姐回道:"前天,我在傅先生的店里试衣服,碰巧遇到了黎第小姐,她同我说唐先生也来。她这样跟我说,当然是要我也下个帖子给唐先生,我当下便说回家里便把他的名字也列到名单去。哎呀,我一时竟给忘了,黎第小姐见唐先生没有收到帖子,该怪我了。"

黄三爷回道:"这不是什么难办的事,等一下让蕙兰拟一份送到他家里去,就说是家里的老妈妈在整理帖子的时候,不小心落下了。这样说,你的面子也过得去。"他口中的蕙兰便是他的太太了。

蕙兰当下答应,黄大小姐高兴道:"这样做好,这样做好。我的大嫂真是天底下最贤惠的太太了。"只是蕙兰曾听娘家的嫂子说起过唐先生,自打他成名后,脾性是越来越古怪了,什么场合都不参加,当下奇怪道:"怎么唐先生肯来这样的场合了?我听说这样热闹的场合,他是不到场的。"

黄三爷的那位姨太太说道:"傅先生和唐先生的事,你听说过没有?可不要到时候砸了自家的场子。"黄大小姐笑道:"你们大可放心,不是还有黎第小姐在吗?你们总该相信她呀。"姨太太嗤道:"那可不一定的,不见得唐先生很听黎第小姐的话。"

这样一说,可是吊足了黄大小姐的胃口了,因为她常常认为男女之间的交往,就该像唐先生和黎第小姐那样平等而自由的,忙问道:"这话怎么讲?"姨太太冷笑道:"唐先生最近和那位西洋来的女魔术家走得极近,我常常见两人出现在酒楼里,相谈甚欢。"

黄大小姐拿着手绢的双手一拍,大笑道:"我当是什么呢。"黄三爷见座上还有宾客在,轻咳了一声,见黄大小姐不说话了,才说道:"你们陪窦姨娘进去。"当下三位女子便一齐扶起方才那位被叱骂的女子,往大堂旁边的侧门走。

徐吴却想,怎么他称呼那位被骂的年轻女子为姨娘呢?她这样年轻,竟是黄老先生的姨太太。黄三爷见她们进去了,才同他们商量唱堂会的诸多事宜。商量完后,黄三爷本想招人来送他们回去,却被徐吴婉拒了。

从大堂走到门口的这一路上,梁天异常沉默,即使孔章问他话也没有搭理,只兀自凝神沉思,他心里总觉得那位窦姨娘好像在哪里见过,而徐吴婉拒了黄三爷派车送他们回旅馆去,既是另有行动,也是为了问梁天几句话。

徐吴问道:"梁先生,刚才黄三爷的姨太太说常常到茶楼去,说的是哪间茶楼,你知道不知道?"梁先生仍然在回想窦姨娘在哪里见过,全没有听见徐吴的话。梅姨见了,便说道:"我看他是在想什么正入神呢。你先别问他,让我来猜一猜。"徐离听说这话，高兴道："阿爹，让梅姨猜一猜，我们看梅姨猜得准不准。"

梅姨笑道："远江极有名的茶楼有两家，都是开了十几年的老牌子。一家是广式茶馆，中西结合的布置，点心既多样又好吃，大堂常常是坐满人的，满堂子都是说笑声，爱热闹的人常去。另一家是杭式茶馆，布置要典雅一些，因为那里的气氛，没有人敢大声说话的。我看那位姨太太穿着的是旗袍样式，说话糯糯酥酥的，她又是不耐烦人吵的性子，常去的十有八九是那家杭式茶馆了。"

见梅姨说完，徐离摇着梁天的手，问道："梁叔叔，梅姨猜得对不对？"这时，梁天却忽然拍手惊道："我总算是想起那位姨娘是谁了！可她，可她不是在那件事之后自杀了吗？怎么会做了黄老先生的姨太太？"徐离疑道："什么姨娘？"

徐昊立即反应过来，疑问道："你说那位姨娘，是当年自杀的女学生？"他这样一说，大家便知道梁天说的是追求孟生的那位女学生了，可她不是羞愤自杀了吗？怎么还活着，且成了黄老先生的姨太太？难道孟生的谋杀案子，跟这位姨太太有关？

徐昊追问道："你知道黄老先生同她是怎么认识的吗？"梁天想了想，说道："孟生当众念出姨太太的情诗时，黄老先生似乎也在那次的饭局里。"想了一会儿，又道："只是她这样公然出现在我们面前，难道就不怕我们认出吗？即使模样有了很大的变化，但是能认出她来的人，也不是没有的。毕竟她自杀的事闹得不小，报纸上也贴过她的照片。她敢这样，若不是笃定大家已经忘了她，便是不怕别人认出她来。"

说到这里，梁天心里也是有些胆战心惊了，认为自己知道伙计走后，徐吴不由得看了梅姨一眼，见她也望了过来，便移开了视线，低头拿起了桌上的茶杯，喝了一口。梅姨想着，方才在黄三爷那儿时，当他的姨太太讲起唐魏和天胜娘时，他的眼神动了一下，又想向梁天问起茶楼的位置，便知他因为火车上的那桩命案子，始终怀疑唐魏的清白。

过了好一会儿，点心终于送上来了，而徐吴和孔章却在交谈，没有动手的意思。徐离早已经馋得不行了，可也是见长辈动了筷子才敢动的。这时，梅姨说道："大家快吃吧，我看她馋得不行了。"他们这才吃了起来。

可是，即使大家都吃完了也没有见到唐魏。梅姨见徐吴吃得意兴阑珊的样子，便放下了筷子，说道："唐魏的成衣铺子，就在这条街上。我想现在这个时间，他应该是在的。"徐吴这时也跟着放下筷子，笑道："那么，徐离劳烦你带回旅馆去了。"

梅姨也笑道："你们只管去吧，这里的路我是最熟的。"听她这样说，徐吴便带着孔章走了。出了食南斋后，他们听梅姨的，就往西直走，果然见到了"唐魏成衣"的招牌，便挑了对面不起眼的角落站着。

孔章指着玻璃柜子里的蟒袍，笑道："你看见那件蟒袍没？那是梅姨在台上唱戏时穿过的，我一时忘了那是唱哪出戏穿的了。"正说着，只见唐魏走到了玻璃柜前。徐吴见他依旧是一身黑色长衫，手戴黑色皮手套。他先是仔细摸了摸那件蟒袍，接着将它取了下来，小心地叠起来，装进盒子里去。之后他便对着站在柜台里的学徒招了招手，接着又拿出纸笔写了几个字。学徒接过后，便拿着盒子出门了。唐魏到柜台前交代了一声，拿起挂着的帽子，准备出门。门口停着车子，车夫见了唐魏，马上站起来，拉着车到他跟前。唐魏一脚跨了上去，报了地址。

徐吴这时也雇了辆车跟上去。孔章问道："你说，他这是回家去吗？"徐吴见唐魏将车上的篷子打开来，便猜道："不是。"

最后，唐魏在回春大药房的门口停了下来。药房门口依旧排着许多人。唐魏下车后，一脚跨进了药房里，不一会儿便匆匆出来了。徐吴说道："他出来时，手上没有拎着药包，难道买的还是上次的药？"

见唐魏的车走远了，两人这才赶紧到药房里去。孔章到上次的药柜前，拿过伙计放在柜上的簿子，那是专记录流水的，问道："刚才那位先生买了什么药？"伙计见两人很可疑的样子，便回答不知道。

孔章想了想，指着那本账簿上最后几行字，说道："这几样，我都买下了。"徐吴却拦住他，说道："给我这两瓶药吧。"买到之后，孔章很不解，问道："那页纸上的药应该全买下来。"

徐吴解释道："我们是跟在他后脚进去的，在我们之前，并没有另外的人到那个柜台上去买药。而柜台上的伙计大概是在唐先生买完药之后才记下流水的，所以我们到柜台上的时候，账簿上的字迹应该是未干的，而且字迹也稍微有些差别，就算是同一个人写字，不同的时间和心情，写出来的字迹也不同。"

孔章望了徐吴一眼，笑道："还跟着他吗？"徐吴看着手里的两瓶药，说道："不跟了，我想他大概是回家去了。"说完便回旅馆去了。

这边，门房见徐吴回来了，便从柜台下将盒子拿出来，笑道："这是给梅小姐的。"徐吴见了盒子，心想，原来唐先生将这件蟒袍取下来是送给梅姨的。这样的话,他是早已经知道黄老先生要请梅姨唱堂会的事了,他的消息倒是灵通得很。

徐昊又问道:"梅小姐还没回来吗?"门房回道:"我到客房没找到人,所以只能交给您了。"孔章说道:"肯定是阿离嚷着不回来了,净想着玩去了。"

第十九回
痴人大闹宴会主人哂，美人脂粉计施无人疑

这几天，雨下得没完没了，不仅是黄三爷着急，徐昊和梅姨也着急了，因为临时的戏台只搭在院子里，开戏那天要是还下着雨，不仅宾客没有看戏的地儿，就是台上的人也容易淋湿。

临到了开戏那天，雨势却一下子收住了，乌云渐渐散开。因为戏班里的其他人没有来，所以除了梅姨他们三人的戏份，其他配角都由黄三爷另外找戏班跟他们搭戏。因为梅姨才是这一次的大角儿，黄老先生又极爱看打戏，所以徐昊除了开锣戏外，其他戏都由梅姨和孔章来唱。

徐昊上妆时，像是勒头、贴片这样的活儿一贯是梅姨做的，这次也是一样。黄三爷特意在院子里另外安排了一间厢房，给他们三人当作化妆间。这间厢房不大，只有一个窗户，四周围着的大树挡住了窗外的光，显得有些幽暗。

梅姨点了一盏油灯，将它放在化妆台上，飘飘忽忽的光映在两人的脸上，投射在了镜子里。梅姨透过镜子见到徐昊只做了一半的扮相，抿嘴一笑。徐昊却不知她笑什么，一转眼，见

到身后挂着的蟒袍,想起孔章说过的话,问道:"我看见唐先生从玻璃橱子里取下这件袍子,孔兄说这是你以前唱戏穿的。"

梅姨走过去,轻轻拿起那件袍子,在身上比了比,说道:"这件袍子是他和常柏两人联手做的,当作礼物送给了我,那还是我第一次在德昌剧院上表演,几年了,它竟然还像新的一样。"

徐昊又道:"你穿这件袍子,唱了哪出?"梅姨顿了一下,有些惊异,这是他第一次问起自己的事情。因为时间太久了,她稍想了一会儿:"这,过得太久了,我一时竟想不起来了。"可越是想却越想不出,而徐昊正等着她的答案呢。

这时孔章进来了,打断两人的话,疾声道:"前院里闹起来了,傅先生和唐先生两人在打架,没人上去拉开,黎第小姐也没有见到,你过去看看去。"梅姨首先想到的却是徐离,问道:"阿离哪里去了?前面那么乱,可不要又凑热闹去了。"

孔章回道:"可不是,跑在最前头的就是她了,拉也拉不回,我怕她冲上去。我看他们还听你的,快过去吧。"梅姨也紧张起来了,赶紧放下袍子,跟着孔章到前院去了。远远地,梅姨见到黎第从屋子里出来,身后跟着黄大小姐和那位窦姨娘。

黎第见前面打得不可开交,心里一急,几步并一步走过去,要上前去将人拉开。这时,周围的宾客见黎第冲上去了,便也跟着上去将两人分开。

因为傅常柏浑身酒气冲天,围过来的宾客一看,便知道傅常柏喝了许多酒。黎第冲到唐魏面前,只见他的头上磕破了一块皮,手臂上也流了许多血,心疼起来,叫嚷着道:"哎呀,出血了,怎么伤得这样重,先扶到屋子休息去吧。"

被黎第这样一叫唤，又见唐先生头破血流的样子，围上去的宾客知道事态严重，纷纷站在一旁说起了傅常柏。大家听闻他们两人不和已久，看这情形，果然是真的了。

梅姨这时也围上去察看常柏的伤势，却见他除了攥着的拳头有淤青外，并没什么大事。此时，他的手里紧紧攥着一样东西，面容比上次见到的时候还要苍白些，又喝了许多酒，神志似乎有些不清了。

梅姨想要将他扶回化妆间去，傅常柏却拂开她的手，往别的地方去了。这时候，只听一旁的女子啐道："要不是因为傅老爷子给他撑着腰，我真把他轰出去了，仗着有傅老爷子在，竟敢做这样打我们脸的事来。"

梅姨一看，原来是那天座上的二姨太太，双手叉着腰，手里捻着一方湖绿色丝帕，就这样斜着身子站着。还是站在她身边的大太太说了一句："少说两句，不要生出什么口祸来。"这位二姨太太倒也听她的话，便不再说什么了。

徐离见人都散开了，一下子便跳到梅姨身边。梅姨一把抓住她的手，打了两下手掌心，假意骂道："我打你两下，是要你长记性的。下次再有这样的事情，可不能跑到前面去看热闹，若是打着你了，怎么办？"徐离很机灵，知道梅姨并不是开玩笑，便点点头，表示以后会听话。

训斥完徐离，梅姨这才想起唐魏是受了重伤的，便拉起徐离的手，说道："跟我进去看看去。"可才跨出一步呢，只见黎第扶着唐魏出来了。唐魏头上的伤口已经做了简单的包扎。梅姨上前问道："你好点没有？"

唐魏微眯着眼，左右被黎第和老妈妈搀扶着，已经说不了

梨园秘闻录（上）

话了。还是黎第解释道:"坏了,他流了许多血,人有些撑不住了,我带他去医院看看。"一边说着一边急忙将人扶上车去。梅姨见唐魏伤得实在很重,也跟了上去。

窦姨娘和黎第是很有交情的,见唐先生受这样重的伤,心里过意不去,也跟着送他们出门去。抬眼却见前面站着的女孩儿手上把玩着胭脂盒子,一时觉得在哪里见过,不由得多看了她几眼,又觉得她和那人很像。

徐离因为见过窦姨娘一次,很认得她,见她都走到门廊上去了,还转头看了自己几次,心里也很奇怪。她是个不怕生的,等她送唐先生和黎第回来,便挨上去,直接问道:"你看我做什么呢?"

窦姨娘被她这样一问,也乐了,笑道:"我没看你做什么,只是你是谁家的孩子?我怎么没见过你?"徐离却奇道:"你不记得我了吗?那天黄老先生请梅姨在大堂里说话,我也在的,你……"

徐离的话虽没有说完,窦姨娘便知道她要说的是她被叱骂的事,只是半道打住了,转而问道:"你手里拿的是什么东西?"徐离虽奇怪窦姨娘现在说话的样子,同那天在堂上见到的是两种样子,却仍是笑道:"这是我阿爹给我的胭脂盒子。"说着递到了窦姨娘眼前。

窦姨娘接过之后,首先便是揭开胭脂盒的盖子,果然是刻着一个"离"字,问道:"你叫什么名字?"徐离回道:"我叫徐离,我阿爹叫徐吴,是戏班的徐吴。"窦姨娘常听黄三提起的是颇有盛名的梅老板,还以为请来的是梅老板的班底,没想到却是他,又想起从黎第那儿偷听来的话。她疑声问道:"你阿爹叫徐吴？你们怎么到这儿来了？"

徐离回道："找我阿娘来了，我听说你也见过我阿娘。你知道她在哪儿吗？"窦姨娘一听，顿时花颜失色："这还是我头一回见你，怎么认识你阿娘呢？"却想，这件事谁告诉她的？想到这里时，心里便开始警觉起来，只怕那桩旧事又被提起来。

这时，门廊边上走来了两位小姐。隔着老远，她们便同黄大小姐和窦姨娘打起了招呼，那样的架势，生怕别人不知道她们来了。窦姨娘听到有人称呼她，便堆着笑看过去。

徐吴正站在门廊上等梅姨，听到声儿也望了过去，原来是两位小姐相携着走进来了。一位穿了件淡黄色绣花鸡心领旗袍；另一位则是西式的装扮，春光艳艳。这不是傅常柏到唐家打唐魏那天，同黎第在侧厅里说话的那两位吗？他记得，黎第还托了两人办事情。

两位越过门廊，走到黄大小姐跟前，问道："刚才发生了什么事情？黎司令怎么回去了？"黄大小姐叹了口气，将原委说了出来。那位西式装扮的女子说道："原来是发生了这事，这不是傅常柏第一次做这事了。他也不知是怎么了，成天上家里闹唐先生。唐先生心肠好，也不还手，现在还被打成了这样，实在可怜。"

院子里闹哄哄的，坐满了宾客，两位小姐的嗓门也大，离得近些的便听得傅常柏常常打唐先生，而唐先生却从未还过手，一时也气愤地议论了起来。徐吴朝门廊外望去，却不见梅姨的身影，心想，她不过是跟着将唐魏送到门外，怎么还不回来，该轮到她上妆了，距离开戏也就两个钟了。

他又想，难道她找傅常柏去了？他想着便往方才傅常柏消失的方向看去，正好遇到了往回走的梅姨，她神色匆匆，见了徐吴，说道："常柏不见了，我问了在这里走动的老妈妈，都说没有见到他。"

徐吴劝道："兴许是醉倒在了哪里，不要紧的。你还没有上妆，先回去吧。等下了戏，再找他去。"梅姨虽担忧，但是这次堂会也是耽误不得，便也跟着回去了。

戏还没开场，伴奏却已经开始起来了，锣鼓声响彻了整个院子，盖住了宾客的笑声。眼看戏要开始了，窦姨娘扶着黄老先生从大堂里走出来，在首位上坐了下来，而窦姨娘自己也跟着在旁边坐下，接着才是其他房的人依照辈分坐下。

时间一到，孔章在台后拉起了幕布，徐吴以《蟠桃会》开场，只舞了几个动作，台下就连声叫好起来。黄老先生则微眯着眼睛，手点着桌面，微微点头。徐吴这一开场，便把场子热了起来，宾客都开始期待起了梅姨的戏。

徐吴只有一场戏，唱完之后便待在了台侧，帮忙拉幕布。这时候该梅姨上场了，她唱的是一出《脂粉计》，梅姨扮的元帅，被敌方派来的美人所诱惑，使得城防失守，全城遭到血戮，最后因悔恨而自刎于空城内。

梅姨上场时，先是一个起霸，接着走了个圆场，步履有条不紊，极有气势。刚一亮相，黄老先生便叫了声好，宾客这时也跟着叫好。徐吴站在台侧，正是为了观察台下的人。环顾一周，他发现窦姨娘已经不在位置上了，黎第的那两位朋友也不在了。

徐吴跟踪了唐魏好几天，虽然除了他到大药房买药这一事很可疑之外，再没别的了。但是徐吴知道唐魏想杀了傅常柏，因为他买的是两瓶一模一样，功效却大不相同的药。本以为他会在今天动手，但是他却早一步离开了这儿，那么今日便不是他下手的日子。

正想着，只见那位西式穿着的小姐慌张地从大堂中跑了出来，她在席间找了个位置坐下，却仍不时张望着大堂里的动静，似乎是在等什么出现的样子。不一会儿，另一位穿着淡黄色旗袍的小姐也从大堂里走了出来，慢悠悠地踱步到席上坐下。

台下宾客的目光都在台上，听到精彩处便齐声叫好，极为热闹。黄老先生见窦姨娘去了许久都没有回来，问了身边的黄大小姐："她还没有回来？"黄大小姐看了身后一眼，才摇了摇头，回道："再一会儿便回来了。"黄老先生又问道："听说今天常柏在家里闹事了，怎么不见他？我和他父亲的关系，他见了我是一定要过来问好的。"

黄大小姐说道："打了人后便不见他了，也许是回去了。"黄老先生又道："他是越来越不成样子了。他刚学成归来的时候，我还想帮你们两人做亲。"说着又叹了口气，说道，"往事不提了，不过，是谁请了唐魏过来的？你们不知道他们俩现在闹成什么样子吗？"

因为是自己出主意将唐魏添进名单里的，黄大小姐也不敢当面回答，只说："有黎第小姐在，我想局面还不至于太糟糕。"一听到黎第的名字，黄老先生便有些生气了，用手里的拐杖敲了地板几下，气道："我不是让你们不要跟她来往吗？怎么你们还把她也请了？现在我老了，你们谁也不肯听我的话了吗？"

她见自己父亲的脾气上来了，快要发怒的样子，赶忙安抚道："她们两位在戏开场前已经走了。"黄老先生又想起了一桩事来,哼了一声,说道:"你告诉窦姨娘,别以为我不知道她背着我和黎第偷偷来往,劝她不要把钱往那里填,早晚得被害了。你们见黎第千般好万般好,却不知道这样的女子最心狠,不过是利用你们而已。"

一名短衣装扮的男子走到黄三爷身边,附耳说了几句,黄三爷先是一顿,神情很惊讶的样子,好一会儿才缓过来,起身朝大堂走去。徐吴在台上见他神色大变,猜想一定是出了什么事,连忙下台跟在他身后。

徐吴跟进了大堂,却见大堂里通往内院去的侧门都站了打手,便上前说道:"我找黄三爷。"那些人虽都认得徐吴,但是因为黄三爷在进去前吩咐外人不能进去,便把徐吴挡下来了,也不进去报一声。

因为被挡了下来,徐吴便找到孔章,说道:"我刚才见黄三爷神色匆匆进了大堂,还让人把门守住。这样的情形,我猜是傅先生发生了什么事情。"又说,"那两位小姐从大堂走出来不久,你有什么法子可以看看她们的手包?"

那两位,孔章还有些印象,心想她们是女子,要是他和徐吴上去搭讪,也不见得可以做什么,便提议道:"把徐离找来,或许她可以办到。只不过要先把那两人分开来才行。"徐吴却怕阿离没有分寸,反而惹出事来。孔章看出了他的担忧,笑道:"她可机灵着呢。"

徐吴想了想,说道:"我想那件东西大概是在那位穿旗袍的小姐身上,你去把她引到一个地方去。"这位小姐是最后一位从大堂里出来的,坐下之后,虽很镇定的样子,但双手总是不由自主捏着包,东西大概是在里边。

徐离被正式委派了任务，不到一会儿，便高兴地向孔章邀功，说道："她的手包里确实有一瓶药。"孔章问道："你动作倒是快，怎么做到的？"徐离故意卖关子，说道："不告诉你。"

一边，黄老先生训完话后，又专注地听戏，眼角一扫，却见有人急忙往门廊那边去，那是大门的方向，那样急做什么去？他这样想着，便让人把那人拦到自己跟前，问道："你做什么去？"那人知道老先生的脾气，不敢乱瞒，老实回道："三爷让我去傅家报信。"

黄老先生又问道："傅常柏出什么事了？"那人被黄三爷嘱咐过，不敢当众说，上前轻声说道："傅先生在后院，去了。"黄老先生听了立即站了起来，嘴角紧抿着，拄着拐杖便往大堂去。虽引起了宾客的注意，却都以为是他坐乏了回屋子去，并不在意。

台上梅姨唱了一段流水，忏悔自己作为将军，却深陷美人计，害得整座城的百姓都被葬送了。这一段抑扬顿挫，极见功底，引得宾客连声叫好。黄老先生却越走越镇定，心想自己和傅家在生意上是合作关系，不管傅常柏怎么死的，只要傅常柏死在自己家中，矛头都是指向自己的，要怎么把这个矛头转移呢？

他想到这里，便停了下来，说道："你到巡警厅报案去，在巡警厅来人之前，让他们把大门关了。"徐吴见黄老先生停在大堂前，又想起傅常柏打唐魏时紧紧攥在手里的药瓶，上前说道："傅先生患有咳喘的疾病，他死时手里应该拿着一瓶治疗咳疾的药，谋害他的人还在场上。找巡警厅的人来查，或许是最好的办法。"

梨园秘闻录（上）

黄老先生看了他一眼,明白他还知道一些内情,便默许他跟着自己一起进去了。那些守门的打手,一贯知道黄三爷很听老先生话,也不敢拦着了。而黄三爷见自己的父亲来了,知道是瞒不住他的,解释道:"我看了一下,他大概是吃了许多酒,又加上咳喘的毛病犯了,一时没有吃到药才导致猝死,我已经让人到傅家报信去了。"

黄老先生瞪了他一眼,说道:"人被我拦下了,等巡警厅的人来了,再去傅家报信也不晚。你处理这桩事怎么这么糊涂,我们和傅家是老交情了,要是处理不好,傅家便会觉得是我们欠了他们的,以后还怎么做生意?"黄三爷不敢反驳。

黄老先生又问道:"见着你姨娘没有?"黄三回道:"没有。"黄老先生皱着眉头,心底有些怒意,却仍是轻声道:"把她找出来,要是没有找着,巡警厅到家里查人,就说她病了,在自己屋里。"黄三爷立即让人去悄悄把窦姨娘找来。

徐昊蹲下身子,观察了现场一番。只见傅常柏歪身倒在假山石里,面部朝上,神情痛苦,左手手指弯曲,捂在胸前,右手紧握药瓶,手臂垂在地上。右手手背上有擦伤,这是早上打唐魏时留下的伤口,除此之外,并无大的伤口。

傅常柏嘴巴微张,徐昊觉得奇怪,观察了一下口中的情况,发现嘴里并没有什么东西,但是舌头上有棕色的舌苔,并且有股药味,应该是吞食过药物了。但是这股药味好像不是咳喘药的味道,倒是另一种药丸的味道。

徐昊将观察的情况告知了黄老先生。他点了点头,又问道:"巡警厅的人来了没有?"有人回道:"在街口,就到了。"过了一会儿,又有人来说,没有找到窦姨娘,有位老妈妈见窦姨娘稍早些从后门出去了。

听到这话,黄老先生虽抿嘴不言,却是极力压住自己的怒气。黄三爷见了,悄声问道:"巡警厅的人问起来,怎么说?"黄老先生回道:"就说她在屋子休息,剩下的你看着办。傅家人来了没有?"巡警厅方面,他并不担心,只是傅家的人才是眼下最棘手的。

正说着,院子里的锣鼓声都停了下来,宾客的哄叫声四起。巡警厅的人已经到了,他们先是把门口守住,接着叫停了演奏着的文武场面,随即走进大堂后的案发现场,开始了清理和记录的工作,这一忙活就到了深夜。

月光冷冷地照在舞台上,院子里没有什么可遮蔽的地方,凉风四起,吹得那些宾客怨声载道。他们原本是想着到这儿祝寿凑热闹,没承想发生了命案,倒被扣押在了院子里受盘问。巡警厅的人直到登记了全部宾客的身份才将人放了出去。

第二十回
从前碌碌姨娘诉秘密，两情茫茫繁市成战场

徐吴等人回旅馆时，已经是夜半时分。梅姨从听说傅常柏死了之后，一直是半怔半愣的，在迷迷糊糊中跟着回到了旅馆，心里却兜着一件事，不知道该不该同徐吴说。迟疑了许久，梅姨正要说时，却有一个人影从暗处撞了出来，拦在他们面前。

他们一时全都吓住了，待看清人后，才发现原来拦在前面的是窦姨娘。她的神态有些恍惚，因为生怕有人追过来，从下午便胆战心惊地躲在这里。

还未等徐吴开口，窦姨娘抢先说道："我来是为了告诉你一件事，一件你很想知道的事。"徐吴早知道她不在黄宅里，这时见她神色慌张地来找自己，又说了这话，猜出了她的来意，便将人请了进去，又嘱咐梅姨将徐离带回她的屋里睡觉去。

窦姨娘进了客房，先是环视了屋子一圈，然后慢慢坐在那个绿皮沙发上，又沉吟了一会儿，才开口道："黎第要杀了我，她这是犯了规矩，她不该杀我，她犯了规矩。"徐吴一惊，她和黎第果然有关系，问道："她为什么要杀你？她犯了什么规矩？"

窦姨娘这时却摇头道:"我签过一份保密契约,什么也不会告诉你们的。但是你们要小心黎第,今天,她可以冒着犯规的危险来杀害我,便想到了全身而退的法子。我现在是躲过了一劫,但是没有用的,她可能会在我睡觉时,说话时,或是吃饭时,便悄无声息地将我杀害了。"

孔章却奇道:"我见黄三爷在院里招了那么多打手,若是他知道的话。"他的话还没说完,却被窦姨娘截住了:"她是一条蛇,一条很会伺机而动的美女蛇。"说完这话,她的神情变得有些悲凉,看着徐吴说道:"我知道你是来找林司的,我也算是为了答谢她,才会想在临死前,将一些事实告诉你。"

当年,在孟生当众侮辱过自己之后,窦姨娘心里对他是又怨又恨,而更多的是羞愤。在一个黑夜里,她站在桥上,想要将自己埋葬在远江里。林司将她救下,在听她讲完孟生的事情之后,便说可以帮她复仇。之后又将她带进一栋西式的建筑里,那里也有许多漂亮的女子。

黎第也在那栋高大的建筑里,她生得聪明又很有主张,常常是出主意的人。一些人爱开玩笑,便喊她一声"黎司令",这称呼也就慢慢喊开了。而林司既要帮窦姨娘复仇,自然要先接近孟生。如何接近孟生,便是黎第出的主意了,每一步,她都能算得准。

不久,孟生便开始追求林司,而林司则是忽远忽近,欲擒故纵,把他的心抓得很紧。说到这里时,窦姨娘的语气是很不屑的,对于孟生的恨她虽已消解,但是对于他这个人仍是看不起的。她叹道:"有一天晚上,她来同我告别,说要离开远江,我便知道孟生已经死了。果然,孟生死的消息在不久后便见了

梨园秘闻录(上) 213

报,而我也从此不曾在远江见到她了。林司,她同我一样,都是身不由己。所以,我也不问她到哪里去。少一个人知道她的踪迹,她便能多一分安全。"

她同林司一样?徐吴问道:"你要杀谁?"窦姨娘知道自己说了太多不能说出的秘密,便不再说话了,起身离开,临到门口,窦姨娘又转过身来,说道:"现在的傅常柏,就是当年的孟生。"

梅姨站在门前,也听到了这句话,悲问道:"她为什么要杀害他?"窦姨娘回道:"这不是我能知道的,你们现在猜测的凶手可能也不是真正的凶手,这里边有许多的牵扯,你们又初来乍到,哪里可以看破呢?就连我也才知道,原来自己本该是被安排死在傅常柏身边的,要不是我逃了出来。"说完又笑了一声,下午惊慌的心绪到这时也平静下来了。

孔章看着窦姨娘的背影,沉声问道:"这件事情,我们要报到巡警厅去吗?"徐吴想了想,回道:"她不可能当作证人上堂被审问。如果只是我们口头上这样说,而没有人证的话,是没有办法证明的,巡警厅也不会按着我们说的去查。"

孔章却道:"那我们就这样不管了吗?"徐吴说道:"明天早上,我们到唐先生家里去一趟,看看两人的反应。"孔章也点头赞同,之后两人各自歇下,直待到天亮才赶紧起身往唐魏家里去。

这时,天才半亮,雾气沉沉。徐吴在旅馆门口雇了辆人力车,报上了地址。那车夫听说这两人要往那条街的唐家去。不巧,他刚在那条街上跑了一趟,回来的时候,正听说了一件大事,随口说道:"你们说的那家人半夜死了人,现在那家已经被巡警厅的人包围住了，只怕你们是去不得了。"

徐吴一听这话，求证道："谁死了？怎么死的呢？"车夫路过唐家时，巡警厅的人虽早将门口围住，街口却站了许多看热闹的。车夫拉着车停在那儿一会儿，也听来了一些："是那家的当家人，姓唐，好像还管理着一间铺子。半夜时候，在屋子里用绸缎上吊自杀了，一位老妈妈见里边亮着光，便想着进去将火烛灭了，没承想却见到了那样的场面，吓得连夜报到巡警厅去了。"

唐先生竟然死了？只是如果是自杀，怎么会报到巡警厅去呢？难道是黎第报上去的？徐吴想到这里的时候，看了孔章一眼，说道："巡警厅的人已经守在了唐先生家里，我看我们是进不去了。"孔章知道徐吴是想打探这些案子的一些消息，想起一个人来，建议道："梁天或许知道一些内情。"

说完，他们便转而到梁天的住处去。而梁天正巧也要出门，见他们来了，惊讶道："我正要找你们去，我听说唐先生昨晚上吊死了。"孔章也问道："这桩案子，你知道什么？"梁天回道："事情才刚发生，我也正想去你那里打探消息呢。我昨天下午见黎第小姐急匆匆，拿着两个大行李箱从唐先生家里出来，一早又听说唐先生死了，实在是可疑。我看你们同他们的关系这样好，还以为你们知道一些内幕呢。"

徐吴听他说昨天下午见到黎第从唐先生家里出来，心想，难道黎第昨天晚上并不在唐先生家中？连忙问道："你昨天见到黎第小姐出门，当时是怎样的情形？"梁天细想了一下，说道："我可不是跟踪黎第小姐，只是想通过她同傅先生合作。昨天下午见他们从黄老先生家里出来，我也跟了出去，原想着等他们停车时,我便追上去同黎第小姐搭话。哪里想到他们坐的是汽车,我雇的是人力车,我跟到黄先生家门口的时候,人早已经进去了。我站在门口正叹气呢,只见有一辆汽车从我身边开过去,你们猜是谁?"

徐吴猜道:"天胜娘。"梁天惊奇地看了徐吴一眼,拍手道:"正是她。那时我便想着大概是来接黎第小姐的。果然,不一会儿便见到黎第小姐急匆匆出来了,身后跟着几个人,帮忙提着两大木箱子的东西到车上去。我猜是同唐先生吵架,气极了才搬到这位女魔术家那里去。我趁机上前去搭话,无奈她不搭理我,直接上车便走了。"

徐吴沉吟了一会儿,又问道:"两个大木箱子?"梁天极肯定地点了点头,又道:"不过你们也不必着急,明天这桩案子必定见报,你们看着吧。"孔章不信,问道:"你怎么这样肯定?"梁天回道:"我这样肯定是因为傅先生和唐先生都是开春即将举行的博览会的候选代表人物,这日子渐近,又发生这么两桩命案来,可不是很受瞩目吗?并且在你们来之前,已经有一位女记者来找过我了,她是来买这桩案子消息的。这位女记者因为常常能拿到第一手的消息,现在名气大得很。我见她也关注起来了,明日一定是要发表在报纸上了。"

徐吴对于女记者的事并不关注,又问道:"你知道天胜娘的住处吗?"梁天摇摇头,回道:"她并不常住远江,到这儿来只是表演几日,便又回去的。我有一位朋友在邮轮公司干的是票务工作,说德昌剧院已经在他那儿订了好几张出洋的船票给这位女魔术家了。"

这位女魔术家要出洋了?那么黎第昨天下午被她接了出去,

可能并不是巧合了。再说，按黎第的脾性，装行李应该会用现在时兴的皮箱子，怎么会用两个大木箱子呢？想到这里，徐吴又道："你知道她出洋的时间吗？"这个梁天并不知道，不过可以挂电话去问，便道："你们稍等，我问问看。"

说完，梁天走到大厅那儿去借了个电话，不一会儿又回来了，说道："他说今天早上八点钟开船。"徐吴一听，黎第昨晚离开唐先生家里，果然不是一时的巧合了。但是八点钟开船，眼下却只有十分钟的时间，怎么也是赶不上了。徐吴又忽然想起蔡掌柜说起黎第用来装宝贝的大木箱子，如果她要出洋，会不会将东西寄卖在蔡掌柜那儿呢？

今晚的夜空乌云密布，遮挡住了月光，半开的窗户透不进一点风，屋子里有些沉闷。梅姨进来时，便见徐吴坐在台前，开着一盏小灯，正埋头写日志，就连自己进来了也没有发觉。她曾经偷偷瞧过那本旧日志，知道他现是在记录关于林司在远江的行迹，还有同她相关的黎第、孟生、窦姨娘这些人的言行。

这是他的旧习惯了。梅姨从进戏班到现在，已经同徐吴踏进过许多陌生的土地了。而这一次，是徐吴离林司最近的一次，但是黎第却在昨天将自己的两箱古董都低价卖给了蔡掌柜，随那位神秘的女魔术家出洋了。这使得近在眼前的林司犹如幻影，在徐吴面前生生破灭。

孔章说，唐魏也死了，在半夜用绸缎上吊了。她想是了，唐魏曾经说过，自己若是活得够了，一定会选择用绸缎将自己勒死。其实这次回到远江，她便嗅出了常柏和唐魏两人的不对劲，但因为顾着遮掩自己的过去，没有将目光放在他们身上。只是他们为什么要寻死呢？梅姨轻叹了口气，将糕点轻轻放在了沙发旁的圆桌上，悄悄退了出去。

到了第二天，唐魏的命案果然见报了，不过同样见报的还有傅常柏的命案。这两桩命案的发生不过相隔了十几个时辰，因此在社会上引起了热议，又因为唐魏在死前留下了一封遗书，证实了两人确实不和，两人不和的传闻又被拿出来当作饭后谈资了。

在这封遗书里，唐魏还详细交代了自己谋害傅常柏的计划。梅姨坐在绿皮沙发上，手里拿着报纸，当看到这则新闻下边的署名时，却不由得捏紧了那个名字。怎么是她？梅姨一时又想起了那些往事，不由得呆坐了许久，之后便独自出去了一趟。

徐吴昨晚便想到，在远江所有知道林司行迹的人中，他还可以从窦姨娘那儿打听林司的消息，虽然她不肯说，但可以设法知道。所以，他一早便同孔章到黄三爷家里打听去，黄家的人却说窦姨娘不见客，他便猜窦姨娘是还没有回去的。他们又循着她出旅馆的时间一路打听，窦姨娘却好像忽然失踪一般，在一处街口便断了行迹。

然而，到了第三天的时候，《远江报》上又出现了一则启事，一名不知身份的妇人投江自杀了，因为身份不明，特刊上报纸寻找妇人的家人。署名仍是那位女记者。徐吴想到窦姨娘提到自己几年前想要投江的事来，觉得这位不知身份的妇人，很大可能是窦姨娘。

徐吴便照着报上的信息，到停尸房去了一趟。停尸房的人听说是来认人的，便将他领了进去。他一看，果然是窦姨娘，身上穿的仍是寿宴那天的暗红色绣吉字旗袍，身旁还摆着一件深灰色斗篷。徐吴见眼前的女子红颜残损，轻叹了口气，临走前，报上了黄三爷的地址，让人到那儿报信去。

眼下，窦姨娘这一条线索也断了。孔章见徐昊从停尸房出来后便沉默不语，低头寻思了一会儿，猛然想起了一人来，说道："梁天说的那位女记者，我们或许可以去见一见。"徐昊看了他一眼，却是不搭声，孔章这时也猜到徐昊犹豫的原因了，梅姨同那位女记者不对付。

第四天，报纸上关于唐魏和傅常柏的消息在一夜之间没有了，就像一阵喧嚣之后的风平浪静隐藏着凶险。梅姨坐在绿皮沙发上，翻开《远江报》，却没有见到那位女记者的署名，隐隐有些不安。

这时，徐离开门进来了，身后跟着一名女子，西裤白衫，齐耳的短发，双眼狭长，眼角边一颗泪痣，眼神很果决。梅姨见了她，轻喊了声："陈青。"

陈青一进来，把手里的皮包搁在桌上，坐了下来，便直说了来意："你不是答应过我永远不回远江了吗？"梅姨说道："再等等，过几天我就走。"陈青将手搁在皮包上，手指轻轻敲了几下："明天，搭最早的火车离开。"

梅姨没有回答，她不可能明天便离开远江，就是她想走，徐昊也不见得肯离开。陈青一贯很了解梅子英，见她不搭话，便知道她是不会离开了，冷笑了一声，便提着黑色皮包离开了。

徐离见氛围很严肃，在一旁不敢搭话，见陈青走了，才问梅姨："这人是谁？"梅姨回道："一位女记者。"梅姨虽回答得简单，但是徐离见她们的对话，却是很不简单的，心里已经打算将这事悄悄告诉阿爹了。

第五天，梅姨一早便到柜台拿了几份不同报社的报纸，每一份都翻了一遍,见都没有陈青的署名时,才终于放松下来,将身子慢慢往绿皮沙发里靠,心想陈青的手里大概没有他们两人往来的信件了。这几日,徐吴和孔章两人常常天还没亮透便往外跑,也不知道做什么去了。

第六天时,沉静了两天的唐魏和傅常柏命案又一下子在社会上闹了开来。因为他们两人在交好时期的信件被刊登在了报上,大家开始揣测这两人的关系,一时间议论纷纷。撰稿署名是陈青。

徐吴在这两天,翻看了陈青近年撰写的报纸文章。他发现这两年来,陈青很关注黎第的每一次活动,而且还在一篇文章里提出过同徐吴一样的猜测,直指说黎第背后有着一个秘密组织,不过却被读者以为是噱头罢了。

徐吴坐在茶馆里,看了一眼对面的陈青。昨晚,徐离将陈青找上梅姨的事告诉了他。他拿起桌面上的茶润了一口,才说道:"我知道你在追查黎第,只要你将一些有用的消息告诉我,我们立即离开远江。"

陈青笑了一声,敲了敲怀里的黑色皮包,拿出一张纸,直推到徐吴面前,说道:"几个月前,黎第回过这里一趟,这是她的夫家。明天晚上之前,离开远江。"徐吴拿过那张纸,看了一眼,这个地址蔡掌柜说过。他看完便收进袖口,转身走了。

到了晚上,徐吴忽然告知梅姨明天要离开远江。梅姨松了口气,连夜去了傅家一趟,回来之后知道唐魏和常柏事件的风波会被平息下去。但是到了半夜,却忽然听到门外一阵凌乱的脚步声。不一会儿,声音越来越杂乱。

梅姨听到声音,生怕出了什么事,赶紧推搡着徐离起床穿好衣衫，便往窗边走去，看了眼街上的情况，却发现有好几个人急匆匆在街上走动。她心想，远江这地方一向是有宵禁的，怎么街上一下子窜出这些人来？

这时，有人来敲门，是孔章的声音。徐离赶紧去开门，孔章刚踏进门来，便急道："住这儿的客人都跑到大堂去了，听说是发了紧急电报，得到消息说南北两军要打到远江来了，所以这里的人都急了。"

第二天，他们便赶最早一班的火车离开。不到半个月，远江便成为了战场。

第二十一回
闹哄哄香消新婚夜时，静悄悄祸藏大宅院中

徐吴一行人到南江镇已经有月余了，这里依山傍水，地势较偏，因此倒没有受到战乱的波及，只是白日在街上行走的人少了一些。现在正是多雨的季节，常常是一会儿阴一会儿晴的，空气有些湿闷。

一声闷雷，乌云凝聚，雨珠倾倒而下，顺着草棚子落在地上，溅起的泥珠隐进了徐吴的白长衫里。徐吴坐在棚子底下，就着几碟小菜，喝起了酒，抬头看了一眼对面三层楼高的酒楼，才从怀里掏出了一封信来。

这封信是陈青寄来的，信上说远江的战乱如今已经平息了下来，南北两边的势力正在议和。看到这则消息时，徐吴稍微松了口气，因为半个月前，孔章为了添置戏班的服装道具，冒险往北去了。

在远江的时候，徐吴便同陈青有了协定。到了南江镇，徐吴要将周家发生的异常情况一五一十的写进信里，而作为交换，她也会将自己所搜集的消息告诉徐吴。所以，当徐吴到了镇上，

首先打听的便是周家，没想到却听说周家几个月前发生了一桩命案，只是当他想细细打听时，大家却都缄口不言。

他便将这件事情写信寄给了陈青，现在手里的这一封是回信。她说周家是读书人家，祖上中过举人，如今的家长是周世彦，三十年前他曾在政府的支持下出洋留学，后被紧急召回，任了外务部尚书，不过仕途不顺，只几年又回到这儿做闲职。而黎第的原名则是叫周琮，和周世彦同宗，因为家道中落，十五岁便嫁给了周世彦当继室。

雨势渐渐小了下来，不一会儿便停了，这场雨来得急，去得也急。徐吴又望了对面的酒楼一眼，只见一位十七八岁的少女从里边走了出来。她的目光沉静，双唇紧抿，一头齐耳的短发，额前梳着薄薄的刘海，穿着一件西式的鹅黄色蕾丝长裙。

一辆人力车在她面前停了下来，她微颔首整理裙摆，然后才上了车。车夫见她坐稳了，便提气小跑起来，往南边去了。一名穿着草鞋的汉子，挑着扁担，走街串巷，两步一声吆喝，也跟着渐行渐远。徐吴看着他们远去的背影，随即走出草棚，进入酒楼。

他走上三楼，只见靠窗的位置，一位伙计正在收拾席面。这是刚才那位小姐坐的位置，桌上对摆着两个酒杯，两副碗筷，几碟点心，却没有动过分毫。半开的窗户边上，几枝树枝探了进来，茂盛的榕树遮住了半边风光，外人轻易看不到这里边的景象，却可以从这里眺望镇上的风光。眼前一条大道正对着酒楼，直通往城门的方向，再往后看，则是连绵起伏、半隐在雾气之中的群山。

徐吴心想，周三小姐到这里做什么？半个月来，周三小姐每日都到这家酒楼,要是她只是来听戏,倒不会引起他的注意,只是她常常下午一点钟准时便来,预定好同样的席面,直待到三点钟才离开,东西却是一口不吃。

再过半个月,便是周家大太太的寿宴了,但到现在戏班子都还没定下来,听说是因为周大太太列出来的戏目,大多戏班没有排练过,便都婉拒了邀请。为了能接下这出戏,孔章这才冒险去置办服装道具。

不过徐吴却很明白,那些戏班婉拒周家的邀请,并不是受到戏目的为难,而是因为大家对周家发生的命案仍心有余悸,望而却步,他也因此得了一个进周家的机会。前天,他便同周家的管事搭讪,约定了今日到周家相谈唱堂会事宜。

徐吴看了一眼天色,又要下雨的样子,便下楼雇了一辆人力车。那车夫见徐吴要去周家,却是欲言又止地看了徐吴一眼,才掉转方向往周家去。到了周家门口,只见两扇对开的褐色石漆木门前,蹲坐着两只布满青苔的小石狮子。

徐吴上前敲了几下,许久才有人来开门。开门的便是穿着灰色布衣,将辫子盘在头顶的张管事。他见了徐吴,眉梢一挑,微眯着眼,笑道:"班主,可算等到你了,里边请。"说着便将徐吴引了进去。

刚一踏进去,徐吴便觉得一下子幽暗起来,一声闷雷后,雨又下了起来。张管事在门关处捡了把伞递给徐吴,说道:"这天实在阴晴不定得很。"说着便将徐吴往里领,又解释道:"我们大太太的寿宴,请了几家戏班来,不过我都看过了,不满意。那边的战乱才刚刚停息,还不知道日后会是什么光景呢。这一次是大太太自己出钱办的,又交由我来全权着手这一事,做起来是要仔细些的。"

徐吴回道："我已经看过了周太太列出来的戏目，我们这边一概能唱，也已经往北去置办了新的戏装，置办者大概今晚便能回到南江。"张管事听到这里，心里已经知道了对方的态度，接下来要谈的便是压低价目了，他心中暗喜，却仍说道："许多戏班都找上我，要我请他们，只是我不满意。"

两人边说着话边往内院去，迎面看到一名女子，双手捧着盆兰花站在回廊底下。女子见管事过来了，便招了招手，似乎等了好一会儿了。这一位是跟在周家三小姐身边的小青，说话时总带着笑，很会说话，家里没有一个不喜欢她的。

张管事见来人是她，眉头微皱，知道是三小姐又有事了。果然，只听小青说道："你可让我好找，转了几圈也没找着你。三小姐知道您今晚招待戏班的人，让我来截住你，说是想见一见徐班主。"小青打量了徐吴一眼，不知道三小姐打什么主意，怎么想见这人呢？

徐吴抬头便见小青在打量自己，笑着点头示意，心中也是想，怎么周三小姐知道自己来了呢？张管事有些为难，拿不定主意，颇有微词，试探道："太太说一切让我来安排，她怎么想着插手这件事呢？"

小青搬着花盆，有些吃力，便蹲下身子将花盆放在了回廊上，听管事这话，便明白了他的心思，笑道："你还不知道她？也只是凑热闹，见见人而已，不见得会把您的差事夺过去的，您就放心吧。"

张管事听小青这样说，也就放心了，稍挪动了身子，口中却仍是不甘，数落道："她前几天才刚把头发绞了，大太太还在生气呢。现在又想单独见徐班主？你怎么也不劝着她？作为一名女子，名声也该顾及。"

小青一时好气又好笑，回道："您这话说的，好像我劝了她就肯听似的。我也晓得您是怕太太骂您胡来，但现在这么晚了，又隔着几个院子呢。天塌下来了还有她顶着糊弄过去，您就不要担心了。"

说到这儿，张管事才肯将人让出来，同徐吴另约了日子才走。倒是小青又喊住了他，问道："二爷的病，好些了吗？"张管事轻摇了摇头，做了一个喝药的动作，又指了指脑袋，摆摆手。

小青听了，对着管事欲言又止，最后却是轻轻应了一声："我代三小姐问一声。"说完便领着徐吴穿过右边的回廊，在一个月亮门下站住，里边便是一处精致的院子，两层楼高的中西建筑，门上有块牌匾，写着"宜新小院"。

踏进门里，徐吴小心地问起了这位三小姐。小青笑了一声，只道："她在兄弟姐妹中排行第六，但在众姐妹中排第三。其他的，你见了人自然清楚。"说完便将他安置在书房坐下。这时，屋外传来了女子的声音："小青，人带来了没有？我看到有影子往这边来了，是你们吗？"说完便进来了。

见了来人，徐吴便站起来做了介绍。三小姐一进屋子，笑道："徐班主，我们还是坐下说吧。这次请您来是想着，局势才刚稳定下来，我母亲自己拿钱出来办这次的寿宴，我想可以拿出的钱并不多。"

徐吴笑道："班子里几十口人也等着我开张呢，能接下这戏是最好的了。"这一边，小青端了茶和点心上来，三小姐见了，起身从她手上接过茶,递到徐吴面前,又道:"我知道大家对我们家有许多不好的传闻,才没有戏班肯接下。可我母亲办寿,没有一堂戏,怎么热闹得起来呢?无论如何,还请徐班主您帮这个忙。"

徐吴微点头,笑而不语。三小姐眼珠一转,接着说道:"我们家发生这件事是很不幸的。我二哥要与柳家结亲,家里欢欢喜喜买办东西。珍珠项链、钻石戒指,什么珍贵的东西都在洋行里买了,是很重视这婚礼的。"

几个月前,周家二爷和当地的柳家结姻亲,但是在婚宴当晚,新娘毙命。虽然周家在当晚将这件事瞒了下来,但是没有不透风的墙,这事犹如缕缕迫人的雾气,从周家的门缝里渗出,弥漫在南江的上空。

柳家新娘姓柳,单名一个冰字,从小便同周二爷定下亲事。前年本来就该完婚了,可是女方却推说在读书,要推迟一年结婚。之后又忽然说要马上结婚,叫周家准备好东西,一切从简,只是要快速把这婚礼给办了。

举行婚礼的早上,二爷便领着迎亲队伍,浩浩荡荡从周家往柳家去。迎回周家后,二爷将新娘背进门。他们跨火盆,拜天地,众人在一旁取笑他们,好不快乐。到了晚上,二爷的朋友一定要闹洞房。三小姐把他们拦在了会客厅,又被迫说了一些好话。他们闹了许久,才假意要走,而等新郎进入新房后,他们又齐齐蹲在门外埋伏,想看二爷对新娘讲了什么,第二天才好取笑他。

果不其然,先是听到二爷恭恭敬敬地同新娘说,日后夫妻要和睦,蹲在墙边的一群人听了便掩嘴笑,互相瞪眼示意。又听二爷说了声要掀盖头的话，闹新房的人心里正高兴明日有取笑的话题，不料之后便听到二爷一声惊叫，还有东西滚落的声音，之后便没了声音。

门外的人顿时知道出事了，砸门进去。他们一进门却被眼前的场景吓住了，新娘身着大红霞帔，倒在床上，红盖头散落在脚边，已经没了气息。而二爷则吓得瘫坐在一旁，手指着床，全身直打哆嗦，话都说不全了。慌乱中有宾客跑去巡警厅报了案，巡警厅的人也连夜赶到周家。

巡警员侦查之后，发现新娘被子里塞了一把刀，左手上有伤口，有割脉自杀的迹象。讲到这里时，原来还很平静的三小姐，这时心中很是愤懑，恨道："我们家这时才觉察出这件事的蹊跷来，柳家原来推说要延迟婚礼一年，之后又转变态度说要快快举行婚礼。我们家也就跟着忙婚礼事宜，没承想新娘子却闹起了自杀，白害了我二哥。"

方才来的路上，徐吴便听见小青问起这位周二爷的事来，现下连三小姐也讲起了，看来他似乎是在这桩命案中受到了不少惊吓。眼看到了晚饭时间，三小姐便想留下徐吴吃饭。徐吴知道留下多有不便，只说家里有人等着，三小姐也就不挽留了。

在送徐吴出去的路上，她又说自己极爱听戏，下次要到园子给他捧场，最后却是无意间问了一句："我听管事说您是从远江来的？那儿怎么样呢？我常听人说起，只是还没有去过呢。"徐吴回道："远江很好，是个繁华的世界，同这里很不一样。"

三小姐将徐吴送到门口，小青叫来的人力车也到了，徐吴便坐上车回家去。他在离周家不远的迎薰巷里，租了一处简陋的小院子。到了巷口，徐吴远远便看到自家门口停着一辆骡车，心想孔章回来了。

徐吴一进门,便见三人围坐在亭子里吃酒,梅姨半倚在栏杆上补衣服,孔章则坐在石椅上擦着他的刀枪。徐离一转头见了徐吴,朝他招了招手。徐吴走过去,关心道:"一路上可有遇到军队?东西置办得怎么样?"

孔章笑道:"这次,我走了水路,又有朋友指路避开那些革命军,一路上很安全。"他知道徐吴去了周家,便问道:"到周家去,谈得怎么样?"徐吴回道:"戏是接下了,只是觉得周三小姐这人怪得很。"说着便将在周家的所见所闻都告诉了孔章。

孔章回来时,也特意打听了周家的事,也道:"我听说新娘子喜欢上了自家的仆人,不肯出嫁,想要悔婚。到了与周二爷结婚的日子,她便开始绝食。任她哥哥劝,父亲打,就是不管用,反而是她的母亲心疼起来了,让她到天津去读女师学堂。"徐吴猜道:"这是新娘自杀的原因?"孔章回道:"倒不见得。我听说周二爷留洋回来便参加了南方的文学社,之后又到天津教书,三小姐也在天津女师学堂读书。"

隔天,张管事便亲自过来找徐吴,谈妥价目,商定日期,最后高兴地离开了。下午便将他们接入了周家,安排在了后院里。这里原本是一个荒废的院子,但是周太太很爱听戏,便在这里搭了一个戏台子,又挂上牌匾,写着"梨园"二字。

孔章在院子里舞刀枪,徐离见了,也说要学。他知道她只是一时兴起,可也只得拿出花枪舞了一遍,舞完便把花枪扔到她身边,让她自个儿琢磨去。虽是叫她自个儿练,可他还是不时地踢踢她的腿,纠正她的站姿,又用手上的棍子打她歪了的手势。

徐吴拿出笔墨，正想着编写新唱本。这时，三小姐从外面走进来，见徐吴坐在亭子里，笑道："徐班主，管事说您来了，真是感谢您能接下这戏了。"跟在后边的小青把手上的食盒放在桌上，将糕点摆出来，各式各样，十分精致。

三小姐笑道："我刚从外面回来，听说您已经搬进院里来了，便让人去买了这些来。"说完便招呼了徐离过来，她一眼便瞧出了她是徐吴的女儿。徐离见了她，又听说她曾经在天津读书，便问道："姐姐，我听说你在天津女师学堂读书，我以后也想到那儿读书去呢。你读的是什么呢？"

三小姐见她不怵人，便道："我读的是图画科，很有留洋的机会。"徐离歪头问道："姐姐很想留洋吗？"三小姐笑道："这是自然，我的许多同学都留洋去了，学成归来可是能干一番大事业呢。"又说了许多学堂的趣事，引得徐离直缠着她。坐了不过一会儿，三小姐便说要走了。

这次会面之后，徐吴便没再见到三小姐，向管事问起二爷的事时，他也是三缄其口，直到寿宴当天，徐吴才再次见到三小姐。那天，周府一下子涌入了许多人，冲淡了沉闷的气氛。宾客都身着华服，脸上溢满了笑。

徐离也跟着混在人群中，把周家上下逛了一遍，眼见要十二点了，好戏就要开锣，才连忙赶到后台。徐离一眼便瞧见梅姨，她已经化好妆，站在侧边准备登台。第一出戏《麻姑献寿》，是为着给大太太贺寿的意思。徐吴唱麻姑，梅姨反串老生吕洞宾，给徐吴搭戏。

锣鼓在外边敲得震天响，徐离见时辰到了，便赶紧用力一拉。大红的幕布一被拉开来，七八个仙女打扮的女旦便一起舞了出去。如雷的掌声涌到了台上,徐离很好奇台下的情况,便往下一看。下面人头攒动,位子上都坐了人。没有位子的便都站在后边,想来便是一些混进来看戏的仆人了。

徐离心想,坐在前面的大概就是周太太了吧。她穿着棕色喇叭口圆领袄和黑色长裙,脖子上挂了一串很绿的翡翠珠子,脑后是一个低垂的髻,神色严肃,应该是不常笑的。徐离注意到她旁边还有两个空位子,正有些奇怪,余光便见三小姐正走向大太太,她的神色并不好。徐离定睛一瞧,发现她身边还跟着一名男子,心想大概是身边的男子招惹她不快了。

那名男子身体似乎有些弱,拄着一根手杖。他的脸上一副圆框眼镜,穿着西式服装,还戴了顶帽子。远远瞧着,五官跟三小姐有几分像,很是英气,但面孔很苍白,一副很虚弱的样子。

他紧跟在三小姐身边,正说着话呢,三小姐却微微甩了手,步伐加快,他吃力地跟在她身后,很费力地伸出手去抓住她的衣角。三小姐见了,似乎有些不忍,又把步伐放慢了。等快到了大太太跟前,她又刻意等着他过来,搀扶着他。等他们到了大太太身前时,全换了另一副面孔,都是笑意盈盈的样子。

大太太对两人的态度虽然看似是一样的,徐离却看出了不同。当男子向她拜寿时,大太太的眉角略往上扬,也不怎么看他。倒是多看了三小姐几眼,让她在旁边坐下。联系府里的关系,徐离心想,这人应该就是周二爷了吧。

徐离知道阿爹对周家的事情很关注,因此对他们两人举止格外地注意起来,站在台边发起了呆。而徐吴唱完一幕戏下来,见徐离还在台上,问道:"我早上托三小姐在下边给你安排了一个位置，你怎么不去坐着看戏，倒在这里发愣？"

这时，三小姐也挽着二爷过来了，笑道："徐吴，这是我二哥。他很喜欢听您的戏，最近又在做戏剧研究的文章，要求我做介绍呢。"徐吴也笑道："我看过二爷发表在《南方文学报》上的文章，很值得一读。"

二爷听了谦虚道："戏剧这一方面，我还需要跟您取经呢。您窑门那段戏处理得太好了。上个月，我也看了李先生唱的这出《汾河湾》，到了窑门这一段，便觉得有些乏味。我总觉得少了点什么，却又说不出。现在见您这样演，我便明白原因了。"

徐吴想这样的细节倒是很少人会去注意，许多人都惯于听戏，而不是看戏了，他是懂戏之人。便回道："窑门这一段是薛仁贵的独白，柳迎春这时背对观众，并不出声。但我细想，苦等十年，面对丈夫的一番话，她心里是很复杂的，哪里能做到无动于衷呢？便添了些身段和动作的戏。"

二爷本来答应了报刊这周末交文章，但因为病了，总腾不出时间来写。心想徐吴倒是可以采访，况且他又是自己编戏，对于戏剧是很了解的，可以帮上自己的忙。三小姐知道自己的二哥很难去求人，便对徐吴说道："二哥就要截稿了，可是文章还没写出来，想来是希望您能够给他采访了。"

只因今天还要连唱两场戏，徐吴便另约了晚上的时间。下戏之后，徐吴正在下妆，张管事却已经过来请人了，说二爷请他过去吃饭。徐吴知会了梅姨一声，便带着孔章随管事去了。他们走了好一会儿，却越往前越是偏僻。

面前是挂着几株藤蔓的灰色的墙面，狭窄而又幽长的走道。徐吴觉得这地方有些荒凉，与白天热闹的周家有极大的区别，说道："这地方有些偏，怎么是二爷住的？"管事回道："这块地方是二爷自个儿挑的，他说他刚留洋回来不久，又在外边教书的时间多。正好这里安静，他时常要写文章的，就不用大动干戈地整出一块地儿让他住了。"

过了走道，便见一幢半旧的两层小楼，布置有些冷清。管事把他们领进了用餐的小侧厅，二爷见了他们，笑道："欢迎欢迎。"他已经换了套白色长衫，虽然气色很显病态，但仍是很儒雅的模样。

这时，有人端着一个冰桶上来，二爷介绍道："这是我从国外带回来的酒，您来了，我可得拿出珍藏了。"二爷将酒从冰桶里捞起来，附在瓶子上的水滴在了地面上，他紧盯着地上的水，拳头握紧了，又松开了来。

徐吴看了看他，笑道："这酒跟我们的很不一样，味道不知如何。"二爷听到声音，这才意识到自己失态了，不明所以地笑了一声，才解释了中国酒和洋酒的区别。二爷一边喝酒一边采访起了徐吴。

待到酒兴正浓时，徐吴探问道："你在天津女师学堂教书？"他点点头，笑道："如今国内正兴办教育。而我曾经在报刊上发表了文章，又有留洋的背景，便被天津的学校邀请了去授课。"徐吴笑道："不知道是教什么呢？"

二爷回道："我教的是西方历史，不过现在已经不教课了，只是专心写文章。"自从发生那件事之后，他不敢再踏入天津，也已经拒绝了学堂那边的多次邀请。现在听徐吴说起了女师学堂，许多往事涌上心头，就连细枝末节也开始反复回味。

第二十二回
一见钟情学堂遇呆子，半封残信阶前烧故纸

初秋的天气，十分凉爽，就连迎面而来的风都飘着淡淡的馨香。周润青刚回国便被请到了天津女师学堂教书，对于国内的日子，他还并不适应。虽然被拉着参加了些聚会，却总是觉得无趣。

这所学堂是院落式的建筑，前院是学堂，后院是女学生的住所，先生们住的是另隔开的东西厢房，而他正住在东厢房。从东厢房往前院去并不远，他想着从这里出发，好好逛一逛学堂。

挡在眼前的是一块假石，他停了下来，抬眼一瞧，上边刻着几个大字，"师夷长技以制夷"。他不觉笑了笑，国内正是接受西洋文化的时候，许多人都有一颗强国的心。他又往前走，熙熙攘攘的人群也一起往前走，前边有许多人，似乎是学生在举行活动，他正好奇学生会做些什么，便停下来听。

有学生在发传单，他也拿了一份看。看到标题，他又笑了一下，原来是在宣扬女性自由，反对裹脚习俗。这倒是很时兴，不知是谁办的。他站在后边，人来人往，隐约能看到台上的

女子。

演讲要开始了,大家都坐了下来,只他站着。这时,他方看清楚了她的模样。她的个子并不很高,身上穿着学生的服装,剪了短头发,却很有自信的样子。柳叶眉毛下,是一双很温柔的眼睛,说出的话,都好听。

他站着听,演讲不知不觉便结束了,离场的学生从他身边走了过去。他也跟着迈开脚步,不知不觉便走到了那女子跟前。他也没想到说些什么,只呆愣着站在旁边,脑里有许多话闪过,却又没有说出口,总觉得是冒犯了。

很多人都走了,有人往她这边来,柳冰觉得奇怪,头一歪,视线正好跟他对上,而他好像吓了一跳,赶忙把眼光从她身上移开,望向别处。

眼睛一移开,他就有点后悔了。方才没有说话,怎么都有点可疑,于是他想着要说点什么来做开场:"你是我的学生吧。"讲完,他又觉得讲出来的话期期艾艾,稍显没有底气,也是很可疑。

不料对方却笑了一下,说道:"我不是您的学生,我是张先生的学生。"周润青刚才说出那么一句搭讪的话,已经是脸红得说不出话了,现下也没有听清柳冰的话,只是一味点头,说着:"是,是,是。"

柳冰也不知道他这样在"是"什么,又说:"您是新来的周先生吧。我去听过您的课,对您讲的西洋历史科很有兴趣呢。"周润青只听清楚了"先生"两个字,以为她在问他是不是新来的先生,于是又说道:"是,是,是。"

柳冰见他实在不像一位先生,还听说他是留洋回来的呢,又笑了一声。见柳冰笑,他也笑了。不巧,有一个女学生走了过来，望了周润青一眼，知道他是最近请来的先生，便同他问好。周润青这时倒是清醒了，便也同他问了声好。她是来找柳冰的，而柳冰见他似乎没有什么话说，便走了。

周润青看着她走，一时也就待在原地。忽然，从旁边跳出个人来，搭住他的肩膀，问道："你呆着做什么？我观察你许久了。"周润青见方才自己的行为都让对方看去了，心里一臊，脸上也有些红了，话也说不清楚："我，我方才只是，只是……"

对方穿着一件棕色长袍，戴着一顶西式帽子，约摸三十几岁。他便是柳冰口中的张先生了。他平时脾气很奇怪，跟许多人都合不来，却跟周润青走得极近。因为他对待教学十分认真，是以女学生都怕他，背地里都称他是"鬼煞先生"。他见周润青好像手不知该放哪似的乱摆，便猜到了他的心思，但也说："我胡乱骗你的，你也不用说了。"

周润青心想张同在这学堂待了有一年，那么他应该是知道方才的女子是何人："方才那人是？"张同看了一眼远远的、影影绰绰的倩影，随意回道："我的学生。她叫柳冰，是南方人。"周润青一听，手一拍，很是高兴："我也是南方人呢。"又问，"她是南方哪里的？"

这里的学生，东南西北的都有，作为老师也只是知道学生的大概住址，哪里能够确切地知道是哪里呢！张同隐约记得在档案上见过，是江什么镇，但一时想不起来，便说道："我记得是个小地方，具体的名字我忘了，下次再告诉你吧。"

周润青有些失望，只是觉得她有几分熟悉，似乎在哪儿见过。她又是姓柳，便愈加好奇了起来。

管事见二爷又在说胡话，赶紧将人扶进屋子里休息。而徐吴和孔章也因此只得回去，他们到了梨园门口，只见徐离正坐在石阶上，头顶着膝盖，百无聊赖的样子。孔章招呼了一声，她才抬起眼来，笑道："我可等到你们了。"

徐离说着便从袖口掏出一张纸来，又问道："你们猜猜这是什么？"孔章不知她卖什么关子，回道："一张纸。"徐吴却拿过去看，那是张被烧了一半的纸，从纹路来看原本应该是信笺，只有几个娟秀的小楷。这是写信的人惯用的祝安句子，最后落款是"柳冰"二字。徐吴问道："这是哪里来的？"

徐离笑道："我刚从三小姐的院子回来。"孔章道："你偷三小姐的东西？"她连忙打断，回道："我哪里会偷人家东西，只是捡到。"孔章取笑道："你怎么就跑到她院里捡东西去了？"

梅姨下戏之后便出门了，而徐吴和孔章则被邀请了去二爷那儿。徐离独自待着，闲极无聊之下便逛到三小姐的院子去了，在院门口便见三小姐独自在院子里，穿着白丝绸的长睡裙，对着葡萄架子发呆。

接着她便见到小青急匆匆从里屋出来，对着三小姐说话，而三小姐则是无论小青说什么，都不搭理。因为这样的小青，徐离是没有见过的，这时也感受到了两人的不对劲，也就不敢上前去了。

小青虽然讲了好些话儿，但三小姐仍像是没听着一样，小青也许是实在受不了她的态度了，又跑进屋里去，出来的时候手上捧着两沓信纸。三小姐见了，忽然激动起来，起身一把抢过信纸，喊道："别烧！别烧！"

小青恨声道："你实在是犯糊涂，还以为藏起来，就永远没人知道吗？要是有一天被人晓得了，我们以后还要怎么过？"她

梨园秘闻录（上）

说着便哭了。三小姐愣怔了好一会儿，似乎是想通了，不再阻止她，转身进了屋子。小青这才拿了火盆，到角落里把信纸仔细烧了，直到看着最后一封烧着了才走开。

徐离见她们都进去了，走近火盆边瞧了一眼，见纸上有"柳冰"字样，心想这名字不正是新娘的名字吗？便赶紧将火扑灭，揣了回来想交给阿爹。

见徐吴正看着那半张信纸，徐离问道："这是柳小姐的信吗？"徐吴沉吟道："这张纸只有柳小姐的落款，并没有别的话了，只能说这信是柳小姐写的，却不能断定这是写给三小姐还是二爷。"徐离却道："这信是从三小姐那儿得来的，还不能确定是柳小姐写给三小姐的吗？"

徐吴却还不能确定柳小姐和三小姐在天津读书时是否认识，因为当她说起柳冰时，是一副没有交情的样子。孔章这时也道："也许是从二爷那儿拿来的呢？"正说着，梅姨也回来了，手里拿着一个小包袱和两封信。

下戏之后，孔章便给了梅姨一个地址，让她找一个姓王的厨子拿一封信。之后，她又往镇上的驿站去了一趟，本想着拿自己的信，没想到自己的信没有拿到，又拿到了一封寄给徐吴的信，而寄信人却是陈青。只是徐吴怎么不告诉自己，他同陈青还有书信往来呢？她知道陈青没有公开常柏和唐魏的书信，一定是徐吴另外答应了她提出的条件。

孔章接过梅姨递来的信，看了一遍，又将信递给了徐吴，说道："前几天，我向一位朋友打听柳家那位仆人的消息，这是回信。"信上并无其他，只是两行字，一个人名和一个地址。

徐离也拿了过去看，念道："荣福，封田县天水街58号。

这是什么？"孔章回道："那位仆人的名字和进柳家前住的地方，我想也许可以从这人身上问出些什么来。"徐吴心想，新娘的死确实是有许多疑点，说道："明日，你们俩不用上台，就去一趟封田县吧，或许可以问出柳小姐和三小姐的关系。"

可以不用闷在院子里，徐离自然是高兴的，当下便答应同孔章到封田县走一趟了。梅姨见她高兴的样子，笑了笑，将包袱递给她，说道："这是给你买的衣服，你试试去。"徐离亲热地牵着梅姨的手，要拉她进屋子里说话。梅姨却道："你先进去试试，我一会儿找你去。"徐离应了一声便走了。

孔章见梅姨来院子后，几次对着徐吴欲言又止的样子，知道她有话想单独同徐吴说，便也借口离开了。梅姨见人都走了，便将陈青的信交给了徐吴。徐吴说道："谢谢。"却没想到陈青这一次这么快便有了回信。他还没有将自己同陈青的交易告诉梅姨，并不是特意隐瞒，只想着等黎第的事情解决之后，再同梅姨坦白，见她现在知道了，也就将自己和陈青的几次书信往来都说了出来。

陈青收到徐吴的信后，才肯再次透露出黎第的消息。黎第的原名是周琮，南江镇人，曾经是周世彦的继室，不过两人后来离婚，而周三小姐正是黎第的女儿，只是现在养在周太太身边。几个月前，黎第以另外一个身份回到南江镇，而周家发生命案那天，黎第也在南江镇上。陈青在信上还说，她怀疑这桩案子同黎第有关，要徐吴将周家三小姐的举动都写在信上给她。

看着徐吴，梅姨这时候才明白，原来他一直没有放弃寻找黎第。

第二十三回
周小姐欲掩封田往事，病兄长悄叹闺阁孤女

周家的戏园子一早又开锣了，徐离站在门槛上，看着阴沉沉的天际，拿了把伞带着，孔章则在后门叫了辆人力车。孔章说到要去封田县，车夫首先摇头，不肯往那地方去，那段路原本便不好走，连日来又下雨，泥泞得很。

湿闷的空气停在半空，堵得徐离有些喘不过气来，只得对车夫说道："价钱好商量。"这时，他才勉为其难点头。封田县是一个靠山的小县城，入城要经过一条很长的竹林路。因为交通不便，发展不起来，县里的人都很穷，住在里边的人都想到外面闯一闯，但往往只能到南江镇做些帮佣的工作。荣福也因此从小被卖到了柳家做仆人。

进了封田县，车夫将两人丢下便又回去了。孔章对这里并不熟悉，于是走进旁边的小商铺，徐离也跟了进去。这里边并不亮堂，又没有点灯，还弥漫着股腥味。坐在柜台后的人听到动静，微抬起头来，冷声道："买皮草吗？"

孔章见对方是个白发老头，正坐在柜台边上抽水烟，笑道：

"掌柜，我来问个地址。"对方却冷声回道："不知道。"孔章和徐离互相看了一眼，徐离走上前去，笑道："老先生，陆家巷怎么走呢？"

老人家见她这样问，这时才又抬头瞧了他们一眼，哼道："在后边。"徐离道了声谢，便拉着孔章出来，照着手上的门牌地址，找到了荣福的家。那是一间极简陋的屋子，屋顶盖的还是草棚。

徐离上前敲了几下，许久都没有回声，说道："房子里似乎没有人。"孔章也道："大约是碰巧出去了吧。"正巧，荣福家门口聚着许多玩耍的孩子，孔章挑了一个稍大的孩子，问道："这人家可是出去了？"那孩子看着是很顽皮的，对他有些取笑的意思，说道："这里早没有住人了，一直空着呢。"

这里没有人住，那么荣福到哪里去了呢？徐离见这些孩子应该是常常到这儿玩的，便问道："这里没住人多久了？"孩子说道："大概有十来天了吧，我常在这里玩的，之前住的是一个哥哥和一个姐姐，他们见了我们便给糖吃。"

见他嘴馋的样子，徐离便知道他这是向自己要糖吃呢，一下子把身上的糖都拿出来分了，接着问道："那哥哥和姐姐长什么模样呢？"那孩子回道："那个姐姐有卷卷的长头发，时常穿红色的长裙子，他们最喜欢的便是到后山散步。"又有人抢着道："哥哥很温和，有时候还陪我们玩呢。"

徐离问道："那两位叫什么名字呢？"孩子回道："我只知道荣福哥哥，另一个姐姐便不知了，以前从没有在这儿见过。"徐离把孔章拉到一边，悄声问道："这里没有人，您翻进去瞧瞧？"孔章瞪了她一眼，不过却仍是翻了进去，给她开了个后门。

梨园秘闻录（上）

屋子并没有锁，他们走进去后，首先闻到的便是一股子霉味，大概是许久没有住人的缘故。虽只有一间屋子的大小，却好像特意布置过了，一套桌椅、一张木床，难得的有一个书柜，书柜上放了些书，墙上还挂着一幅画。

徐离上前翻了翻书，竟然是一本洋文书，跟着又抽出了旁边的一本书，却有东西也跟着掉了出来。孔章将掉落在地上的几封信捡起来，封面上有"柳冰敬启"的字样，高兴道："可算是有点进展了。"他接着把屋里翻找了一遍，在床底下找到了一块手帕，绣着"飞泉"二字，心想，难道住在这儿的女子叫飞泉？想了想，决定到街边逛一逛，打听打听那名女子的模样。

两人到街上，却不敢再进那间铺子了，便问了一位正在织布的妇女。她想了许久，才说道："这间房子常常是空置的，几个月前却忽然搬来了一对年轻夫妻，不过却只住了十来天，又离开了。"

孔章问道："他们两人是什么模样呢？"妇女回道："他们很少外出，也不同我们打交道。即使外出，那名女子也常常戴着顶帽子，容貌看不清楚，最后一次见她时，她拎着行李箱，神色匆匆离开，此后再没见过了。"

孔章又另外问了许多问题，妇女也答不上来，还是徐离说道："孔叔，回去还有一段时间，趁天还没黑回去，才叫得上回镇上的车。"说完，两人便往镇上赶，快到周家门口时，正遇见三小姐也坐上人力车出门。

她虽是朝着他们的方向来，目光却直视前面，没有注意到他们两人。孔章下车后，又望了一眼三小姐的方向，心里虽觉得奇怪，但是想着赶紧将在封田县里的发现告诉徐吴，也就没有深想下去。

戏已经唱完了，徐离进了园子，见徐吴正坐在石亭里和梅姨对戏，便邀功似的将绣着"飞泉"字样的手帕和写给柳冰的信搁在徐吴面前，说道："这是在荣福的屋里找着的。"又将打听来的一并说了。

徐吴听后，说道："要是同荣福住在封田县的女子是柳小姐，那么她在举行婚礼前还同荣福有交往了，而这块手帕上绣的字，大概是柳冰的字了。"梅姨见这块手帕有些眼熟，便拿起来仔细瞧，惊道："这块手帕，我在三小姐身上见过，绣的也是这两个字。"

徐离也道："我同三小姐见面的次数也不少了，倒没在她身上见过。"梅姨笑道："刚进园子的时候，她的手帕不小心掉了下来，还是我帮她捡起来的呢。不过，她的帕子不像我们是别在袖子里的，而是揣在怀里，放得很仔细，我当时还奇怪呢。"

徐吴说道："三小姐也有同样的手帕？"徐吴心里有些疑惑，又见拿来的信好像没有被打开过的样子，便将信拆开来看。他看完信后，却猛地站起身来，喊道："荣福还在封田县！我们现在出发，也许还赶得及！"

孔章这时也跟着一惊，问道："赶得及做什么？"徐吴疾声问道："你们见她往哪个方向去了？这封信是三小姐写给新娘的，三小姐很早便知道新娘与荣福曾经计划私奔的事，这是一封劝她的信。"徐离这时也跟着慌张起来，三小姐正是往他们回来的方向去了。

徐吴忽然想起了酒楼对面的那座山，那正是封田县的山，她一直在酒楼里等待的人正是荣福，只是他没有出现。他又问道:"封田县的后山,你们去了没有?荣福很可能藏在山里。现在出发,也许还赶得及。"

这时,梅姨惊叫了一声,说道:"早些时候,三小姐还同我问起了你们。我说你们到封田县办事去了,她也许是因此起疑了。"徐离道:"阿爹,三小姐到封田县做什么?"徐吴猜测道:"她不想我们找到荣福。"

孔章也知道事态不好,已经跑去借了辆马车,正在后门边等着。见他们都出来了,赶紧扬鞭而起,那马一下子便窜了出去。"嗒嗒嗒"的马蹄声,伴着呼啸的风声,一股脑儿灌进徐离的耳朵里,黑夜极快地围了过来,把她淹没。她心也跟着"咚咚咚"地跳着,三小姐是不是要杀了荣福呢?

"抓紧些,我要加速了。"孔章的声音穿了进来,跟着马也飞奔了起来。徐离一时觉得自己是飞着的状态。她掀开帘子看,他们正在一片林子穿梭,却猛地在林子里看见一双眼睛,闪着白光,正盯着她瞧,徐离一下吓得跌回车子里。

她转过头去,慢慢挪向徐吴,说道:"林子里有人在瞧着咱们。"徐吴拍了拍她的肩膀,说道:"你看错了,那是猫头鹰。"徐离这才敢仔细往林子看,低声说道:"是猫头鹰啊。这里还有一段路呢。怕是赶不及了吧。"

灌在徐离耳朵里的风声忽然停了,已经到了封田县的后山,她小心地擦起火折子,跟在徐吴身后。前方漆黑一片,徐离小心翼翼跟着,却觉得面前的树摇摇晃晃,像是要倒了过来。密密麻麻的树叶挡住了月光,她屏住呼吸,小心地听着四周的动静。

孔章听到不远处传来树叶被踩碎的声音,望了他们一眼后,便追了上去。森森的雾气围绕在徐离四周，慢腾腾地升起蒸发。忽然，徐离磕到了一块东西，猛地一膝盖跪在了地上，也顾不得身上的痛，把火折子往上一照，吓得她忙往后缩。

那是一块墓碑，上面写着生辰和死期，她赶忙抬眼寻找徐吴的身影。徐吴堆砌起树叶，用火折子点亮，火光蹭地往上升，一下子又灭了。两人却看清了眼前是一座座墓碑，墓地沿着山势往上排，似乎看不到头，也许也有头的，只是光照不到。

徐吴说道："我们这是误入县里的墓地了。"他们沿着一条小路往上走，发现了一间茅草屋子，窗户里隐隐透着火光，有人住的迹象。孔章这时也从后面追上来了，说道："我追上去后，瞧着那人是三小姐，为了不打草惊蛇，才又折回来。"又见眼前是一间亮堂堂的屋子，孔章说："荣福果然是在这里。"

可等他们进去时，屋子里却空无一人，然而孔章见到的也只有三小姐一人，荣福到哪里去了呢？徐吴看这屋里只一张木床和一张桌子，就连被褥都没有，一个描"周"字的漆红食盒摆在桌上，与这屋子很不搭调。这个样式的食盒是周家特意定制的，难道三小姐是给荣福送食物的？

孔章问道："这怎么办？"徐吴说道："我们下山去。"这里是静谧的乡下，人们都遵循日出而作、日落而息的规律，很早便睡了。一时街上无人，只一间店铺开着。阿离认出这家店，心里有些怵，说道："阿爹，这是今天我们问路的店铺。掌柜极凶，我们进去是要碰钉子的，还是别进去了吧。"

徐吴摆摆手，走在了前面。掌柜见有人来店里，仍是一副不愿搭理的样子，抬起头来，眼神却有些惊诧，心想，怎么是他？想来有十几年未见了吧，但也不是很确定就是故人，便

梨园秘闻录（上） 245

疑声问道："徐昊？"徐昊笑了起来，说道："成掌柜，多年没见了。"

今天早上徐离和孔章来问路，掌柜见孔章粗鲁无礼，本不想搭理。但见了徐离的相貌，觉得模样像极了故人，不觉答了出来，见了徐昊，当下明了，笑道："这是你家闺女吧，当年见她还只到这里。"说着，他在柜台上比画起来。

徐离这时也笑了出来，问道："阿爹，这是谁？"徐昊笑道："故友，十年前认识的，当时你也还小。"掌柜见她疑云密布，当即补充道："我和你阿爹在镇上因皮草相识。"又转头去问徐昊："不过听说之后你一直往北走，我以为你就在北方待下了。这么多年过去了，你要找的人找到了吧。"

徐昊摇了摇头，掌柜心下了然，又问道："这里偏僻得很，你怎么来了？"徐昊说道："我的戏班在镇上周家唱堂会。"徐昊想到成掌柜在镇上待过许多年的，于是问他："不知你听说了周二爷和柳小姐的事没有，有人无辜牵连了进来，却失踪了，我想来打听打听他的情况。"

掌柜当即大笑一声，拍了拍徐昊的肩头，一边请他们到大堂上坐下，一边说道："我猜就是这样。你还是喜欢管这样的闲事，你这是想找柳家的荣福？"徐昊有些惊异，问道："你怎么知道他？"

掌柜回道："我以往是在镇上讨生活的，虽然如今老了，回来乡下做生意，但偶尔还是会到镇上去，消息传来传去，自然知道了。况且乡下地方只这么大，来了个面生的，我怎么会不知道呢？"

徐昊问道："几个月前，跟荣福一起住的女子真是柳小姐？"

掌柜点头："正是她。"徐吴又问道："你之前见过她？"掌柜笑道："我到柳家送过些皮货，柳夫人让我拿些皮货给柳小姐挑，攀谈过几句。"他忽然想起先前在这儿见过的身影，说来也是与这桩事相关的人，又说道："这几天，我还时常见到周三小姐呢，虽打扮得低调，我也还认得出来。"

徐吴心下想确定一件事，便探道："前两天，三小姐也来了？"掌柜回道："来了，我见她走的方向，应是后山。"徐吴这时明白了，三小姐总是借着给二爷找大夫的理由，往封田县跑。

他们回到周家时，已经是深夜了，徐吴一夜辗转反侧，一早便带着徐离到三小姐的院子去拜访，小青却出来说三小姐不在。徐吴听到这样的回话，起身便要走，但似乎又想到了什么，问道："昨天，三小姐出门了吗？"

小青回道："她没有出去，一直在院里。"徐离说道："可我昨天见三小姐上街去了。"小青摸了摸她胸前的两股辫子，掩嘴笑道："你这样说，我才想起她昨天是给二爷请医生去了，我怎么就忘了呢？"

徐吴又说道："三小姐可有说我今天来拜访她？"听到这话，小青似乎有些怀疑，她一时没有回答，只是头微往后倾，动作极小。徐吴却注意到了，说道："可能三小姐也忘了。"小青也跟着笑道："她也许给忘了，我没听她说起。"

小青说完便引着他们往门口走，说道："您今天下午不是还有一台戏吗？等她回来了，我自会同她说一声。"这时，徐吴却拿出那块绣着"飞泉"字样的手帕来，小青见了，心跳得极快，心想，这块手帕明明被藏起来了，怎么会在徐吴手上呢？她迟疑了一会儿，不觉伸手接了过去。

梨园秘闻录（上） 247

徐吴说道:"这是梅姨前些日子捡的,她说这是三小姐的,我问她怎么知道是三小姐的,她说在三小姐身上见过,又知道我来这儿,便托我问问。"小青摸了摸这条帕子,将它交还给徐吴,笑道:"梅小姐看错了,这不是三小姐的手帕,她的帕子都绣自己的名字。"徐吴继续问道:"这块帕子上也有字,不知道是谁的名字,不知道你认得不认得?"

小青笑了起来,回道:"我可不识字,认不得。"徐吴说道:"这上边绣着'飞泉',你可知道这是谁的名字?"小青回道:"这名字我倒没有听过,也不是我们家里人的,大概是哪位宾客掉下来的也未可知。"说完便将徐吴送了出去。

小青见人走后,才又折回书房,见三小姐正坐在沙发上,急道:"你都听见了,他这是开始怀疑起你了,你可不要再往封田县去了。"三小姐说道:"我只是想让荣福走。"小青却有些怒气,急道:"你怎么就放他走了?要是他把柳小姐的事情都说出来,你可怎么办呢?"

沙发极软,三小姐长舒了口气,将整个人都陷在里面,轻声说道:"我让他往北方去,不要再回来了。"小青没有见过荣福,疑声问道:"他会听吗?"又想起徐吴方才拿出来的手帕,说道:"那条帕子,我不是收起来了吗?你怎么还把它拿出来?"

三小姐看了小青一眼,语气却有些无谓,说道:"那条帕子并不是我的,是他从荣福的屋子里找出来的。"小青见她事不关己的样子,实在气不过,故意说道:"他不过还有几天的时间,可以知道些什么呢?就是物证也没有的,就算有又怎么样呢?谁又可以对你做什么呢?"三小姐听了这话,却没有搭腔。

徐吴知道三小姐在屋里,却不敢见自己,又想起上次周润青酒后说起同柳冰在津天的事,当下决定往他的院子去,只是他的神志不清,说的话未必可信。他想着还是往周润青的院子去了,到了门口,见眼前的屋子在日光的照射下,更显得斑驳,心想这该有百来年的历史了吧,也没有打算翻修的意思,这是为什么呢?

徐吴不觉站在院前有好一会儿了,管事正好从二爷的书房出来,见徐吴站着,有些惊讶,却仍是笑道:"二爷在书房里写文章,正要我去请您过来呢,说是上次没有谈尽兴,还有要请教您的地方。"说着便将徐吴引进了书房。

进了书房,眼前便是一面墙高的书柜,书柜上摆着许多洋文书籍,旁边还有一个小梯子,布置得很洋气,徐吴才想起周润青是留洋回来的。周润青正站在梯子上找书,不时咳嗽几声,见了徐吴,笑道:"我才刚让管事找您去,怎么这么快就到了?上次我说的那十二册手抄本戏文找着了,您给掌掌眼。"说完便扶着木梯子小心翼翼地走下来,拿起了放在梯子旁边的拐杖,挂着往沙发上坐下。

那套戏文放在桌面上,徐吴拿起一册,仔细翻了翻,有些惊讶。这套书是明末的刻本,流传下来的只有三套,就是有钱买,也没有出手的卖家。而他多年在外留洋,竟然也有一套,惊道:"这可是难得的刻本,哪里得来的?"

周润青笑了笑,没有说话。徐吴心想看来是不可说的,也就没有问下去了。周润青其实找徐吴过来,不单单是为了把戏文给他看,还有一件萦绕在他心中的事,便探问道:"我昨晚上本想邀请您和三妹妹到我这儿坐坐,没想到你们都不在,可是一起出去了?"徐吴观察周润青的神色,心想难道是怀疑他与三小姐有什么私情，才这样问？古来闺阁小姐与戏子的故事便源源不断，莫不是他也这样想？

徐吴正想解释清楚这事，周润青又笑道："您不要误会，只是我这妹妹总让我担心，她思想是很自由的，做事也豪爽，喜欢结交男女朋友，但是社会对于这样的女子并不包容，所以作为哥哥总是要多问几句。"

徐吴听到这，便知他是误会了，说道："我听小青说，她昨晚给你请医生去了。"周润青叹道："我说自己没有病，她偏偏说我有病，中医西医全都请了一遍，喝完中药吃西药。我知道她这是担心我、为了我才天天这样往外跑，只是我真没有病。"

周润青虽说自己没有病，但是看他苍白的脸色，还有到现在仍是行动不便的身子，任谁看了都知道他身体并不好。徐吴宽慰道："发生那么大事情，她总是会担忧你。"周润青忽然站起来，转身走到窗边，说道："她变得有些奇怪，我觉得她有事情瞒着我，我身子不好，走两步便喘上了，也不晓得她在做什么，所以想托您帮我留意留意。"

他的话说得这样隐晦，徐吴却知道他这是要自己查三小姐，只是他似乎知道自己也在查三小姐。徐吴问道："三小姐有什么奇怪的行动？"周润青回道："几个月前，她同一名陌生女子常常秘密约在酒楼见面，而且开始变得沉默寡言。"

徐吴怀疑这人是黎第，问道："那名陌生女子是什么模样？"周润青跟踪她的那一次并没有看清那名女子的长相，只是依稀记得那名女子穿着一件镇上妇女常穿的灰布衣裙，并不是特别的样式，远远瞧着却面容白净，不像是平常人家的妇人。

徐吴听周润青这样一说，当下便认定这人是黎第了，心想他或许知道黎第在周家发生的事，便问道："我听说你和三小姐不是大太太生的？"周润青听徐吴这样问，也知道了徐吴并不是无缘无故到周家来的，也许他可以帮到自己，便应道："她的母亲是父亲的前一任太太，因为现在的大太太没有女儿，所以她过继到了大太太的膝下。她母亲因为是被赶出去的，我父亲不许家里的人提起。"

黎第是被周家赶出去的？这同徐吴之前在蔡掌柜那儿听来的说法并不一样，怪不得陈青特意查周家的事了。只是当徐吴再问起黎第因何被赶出去时，周润青却不肯再说了，只说因为累及周三小姐的名声，不便告知。

不过，周润青却又同徐吴说起了自己和柳冰第二次见面的情形。

第二十四回
二见倾心酒楼拜先生，众口铄金人言误痴媳

自从上次与柳冰的一面之缘后，周润青每日都心不在焉。每当他回想起那天的事来，便懊悔自己没有同她搭上话，转而想起她的好时，不一会儿就又笑开来了。如此反复，惹得身边的人也发现了他的不对劲。

这日，闲来无事，他藏着自己的心思，约了张同出来闲逛。虽是他约出来的，但因为心里兜着一肚子的心事，一路无话。张同见他欲言又止，又想到在学堂里已经传开了的事，便点破他："你的心思，全学堂的人都知道了。倒是你自己遮遮掩掩，以为人家不知道呢。"

周润青笑了笑，有些不好意思。自从知道柳冰是张同的学生，他便殷勤地与张同走得更近，有时候他们上课，他就在外边等。虽说是摆着找张同的样子，却意在柳冰。一双眼睛只盯住她看，有时候怕自己这样的动作太可疑，又装作不经意的样子。他以为掩饰得很好，却不知道那些女学生也在瞧着他。

"你怎么不表白，你是在国外长大的。对于男女交友这样的

事，不应该是很放得开吗？怎么现在倒拘谨起来了？"张同取笑他。周润青平时看着很温和儒雅，抒发自己的见解也很能侃侃而谈，遇着柳冰却反而扭捏起来了。

"我实在是不知道怎么做了。你看，要是我第一次便给她留下了不好的印象，之后该怎么挽回呢？"周润青日夜想着如何对柳冰实行追求计划，就连信也是撕了写，写了撕的。张同可算是明白他的心思了，笑道："原来你约了我出来，是要我给你做红娘啊。我可以给你想些法子。不过这要是成功了，你要怎么谢我？"听到他肯帮忙，周润青当下就点头："这样，你想要什么？"

张同想着他是留学回来的，可要敲他一笔了，于是狮子大开口："我想要天天吃酒楼。"周润青迟疑道："这样也太贵了，我每个月的薪水并不多，非把我吃穷了不可。要不，我请你吃一个月。"

这样的话也是正中了张同的心思，他本来只是开个玩笑："好，就这样说定了。我们这样的交情，托了我，准要帮你办成的。"倒是周润青开始有些怀疑了，说道："可是，我听说学生都怕你的怪脾气，你可不要把这件事弄砸了。"

这时，张同见到一抹身影，可不就是柳冰嘛。只见她孤身一人走进了一间小酒楼，手上还拿着些书，想来也是从学堂里走出来的。这不正是一次很好的介绍彼此的机会？他也没告诉周润青，便拉了他进去。周润青以为，张同这是要他开始请第一顿了，于是也笑着跟了进去。

柳冰进了酒楼，不知对跑堂的说了什么，那人便带着她往楼上走，张同进来只见着她款款的身姿，心想，看来是约了人

梨园秘闻录（上） 253

来此，可不要让周润青的一江春水付诸东流了。

他想着在楼下坐，柳冰出来倒是可以瞧一瞧她的情况，若是跟了男人出来，那便叫周润青死了心，日后才不会生出事来。于是一边让跑堂在楼下安排了座位，点了几样茶点，一边观察楼上的情形。正好大堂中间有人在说相声。他给周润青倒了一杯茶，说："哟，这相声说得不错。"

周润青回道："我之前不曾听过相声，也听不出他说得是好是坏。"张同笑道："我倒忘了，你自小留学。那你就只管听，这相声说得挺有意思。"不一会儿，周润青便被吸引了，满脸兴致地盯着台上的人看。而这时张同的心却在打鼓，连平时最爱的相声也听不进去，频频抬头往楼梯口瞧。

听到楼梯那边有声音传来，张同打起了精神，仔细往那边看。下来的却是一名穿灰布衣裳的男子，他有些失望。不一会儿，后边又有人下来了，是柳冰。两人保持着些距离，但是男子走到门口的时候，偷偷地往回望了柳冰一眼。她没有看见，脸上却布着淡淡的哀愁。

张同正想着要不要打招呼时，柳冰先跟他打了招呼。不得已，张同只能请她到位子上喝茶，也介绍了周润青。周润青没想到这会子，竟能遇见日思夜想的人儿，心里开始紧张起来，手也不知往哪里摆好。

柳冰向他问了声好，便问道："周先生是教西洋文的吧。我正想学呢，可以跟着先生学吗？"她直盯着他瞧，很是诚恳的样子。他虽没有听清她讲了什么，却是连连点头，又连声说："好，好，好。"

眼看同梅姨约定的上妆时间有些迟了，徐吴提出告辞，周润青虽走路不便,却执意要送徐吴到门口才行。

徐吴出了院子,走在一条小道上时,却又遇到了小青。她紧皱着眉头,极力装着镇定的样子,仔细瞧了瞧四周,见四下无人,才道出来意:"我是来告诉你,你手上的那块手帕是二爷的。飞泉,是柳小姐的字。那块手帕是她送给二爷的,也许是二爷不小心掉在了什么地方。"

徐吴说道:"你怎么知道这是柳小姐的手帕?"小青极力笑了一声,回道:"我等三小姐回来的时候,特意问了一声。原来她也有一块,当时二爷和柳小姐的婚礼是她一手操办的,为了感谢三小姐的操劳,她也就绣了块手帕送她了,只是我不知道罢了。"

徐吴却道:"我这里有一封三小姐的信。"小青心里一惊,那天晚上,她把全部信件都翻了出来,仔细检查了两遍,见没有遗漏的,才拿到院子烧。因为实在害怕被家里人捡了去,亲眼见着它们全部烧着了才放心回屋。

思及此,小青觉得那只是徐吴在试探自己,佯装不知:"什么信?"徐吴说道:"三小姐写给柳小姐的。"说着他从袖口处掏出信来。小青见那信封便知那是三小姐的了,因为三小姐平时最爱写信,信封也是自己调了颜色染的,别人轻易做不出来。她心里一急,伸出手去要抢的样子,到了一半又把手收了回来,又问道:"信里写了什么?"

徐吴却问道:"三小姐为什么要抓荣福?"小青说道:"她没有抓他。"徐吴又说道:"我想你应该知道当晚新房里发生了什么,只是不肯说。"小青冷声道:"我在大堂里招待宾客,哪里知道婚房里发生的事儿?从大堂到二爷的院子可隔着些距离呢。"

小青这时便确定徐吴在查新娘的案子，知道多说无益，转身便走了。她这样遮遮掩掩的态度，实在让徐吴觉得可疑。正想着这事，一歪身却撞到了人，他正要道歉，对方却先说话了："您小心着点。"说完便走了。徐吴看着这人的背影，发现是张管事，只是他怎么丢下这句话就走了呢？

徐吴在台上表演时，时常想起管事的那句话，又看台底下不见三小姐和二爷，心想堂会已经连唱了三天，来听戏的都是些宾客，他们没有到梨园来也是正常的。下戏之后，徐吴在房里极快地将这几日发生在周家的事写在信上，打算寄给陈青，他们已经达成了默契，以消息换消息。

孔章进屋里来时，见徐吴在写信，便知道那是写给陈青的，正巧他出去时去了一趟驿站，也收到陈青寄给徐吴的信，便将信递了过去。徐吴将信拿在手上，却奇道："我还没有寄信过去，她怎么另写了一封给我？"拆开后，却是一张照片和一张发黄了的报纸剪影。

照片上的女子虽拍得很模糊，但是身着灰布衣裙，素面朝天，是二爷形容的那位同三小姐走得极近的陌生女子，翻过背面，却见"周琮"两个小楷。再看那张报纸剪影，只一个悚人的大标题和几行小字，却是以周琮为主角的故事片段，看着像是一个在报纸上连载的故事。

孔章拿过来瞧了一眼，念着那几个大字："痴女寻夫遇盗贼，才子拔刀……"后面的字却是被剪掉了，再往下看那几行小字，写的是新婚时丈夫独自在京工作，周琮因思念丈夫在坐轮船往京的过程中遇到强盗之事。

孔章见徐吴很疑惑的样子，说道："稍晚些，我还要带你去见一个人。"徐吴问道："见谁？"孔章说道："我打听到黎第小姐的一位故友在镇上居住，约了晚上八点钟在酒楼见面。"徐吴问道："她怎么肯见我们？"孔章说道："她也正在打听黎第小姐的消息。"

信也写完了，徐吴正好也要到驿站去寄信，便道："我们现在出门，先到驿站寄信，再到酒楼去，时间也差不多了。"说完两人便一同出门了，孔章在路上则又讲起了黎第的故友，不过只知道她叫黄念慈，是黎第在闺阁时的密友。

他们以为黄念慈作为黎第的密友，也该是一位很有风情的女子，然而当她坐在面前时，他们见到的却是一个远离繁华，和黎第完全不同的女子。有着饱经风霜的面容，穿着缝补过衣衫的她，见了徐吴和孔章，有些不安，手捏着衣角，问道："她已经有好一年没有给我寄信了，你们知道她的消息吗？"

徐吴点点头，说道："我们来也是为了找出黎第小姐。"听到这个名字，黄念慈不解地望向孔章。徐吴这时才意识到她并不知道身在远江的黎第小姐，只知道南江镇上的周琮，才又拿出报纸，指着周琮的名字问道："这报上的故事是真的吗？"

黄念慈看了看徐吴，没想到十几年前发生的事，如今还有人提起。当年，这则连载在报纸上的故事，许多读者只当香艳奇事来娱乐，但是作为一名已婚的女子，周琮的处境却是十分艰难的，不仅要受到外界的谴责，还要被家里人当作不检点的女子来看待。

周琮的这个婚事被家里定下后，她本来是极力反对的，可嫁过去之后，却被周世彦的才情所征服。没有多久，周世彦因为留洋背景便被安排到京里当一个闲职,因此留下了周琮在南江镇。而周琮则同姑婆多有不和,常常因为三言两语便吵起来,对丈夫思念过甚的周琮负气北上,却没有同任何人说,周家人以为她失踪了。

她为了安全,打算坐轮船一路北上,没想到却在船上遇到了一桩强盗谋财案,她被当作强盗的一员被巡警员抓进了监牢里。她的夫家不愿意把她解救出来,还是她的弟弟四处求人,最后她才被放了出来。不过,她的弟弟却要她答应进入艺习所,明着说是送去学技艺,其实那是一个监禁行为不检的女子的地方。

这件事传到了镇上,一时风言风语四起,不久便有人以这件事为底本,将周琮的事迹编成了香艳奇事,在报纸上连载,大受欢迎。而编造这故事的人,是周琮在轮船上认识的一名报社记者。他因为追求不得,又见大家对这桩强盗案极关注,便将其连载在了报纸上,其中多有为了迎合读者的猎奇口味而恣意编造的桥段。

周世彦在京里也听闻了这一事,坚决要同周琮解除婚约,而她也在生完周三小姐之后搬离了南江镇。说到这里,黄念慈深深叹了口气,说道:"她怀着孩子时便常常找我哭诉,说自己过得实在苦闷,明明没有做错什么,别人却总是用责怪的目光来看她。而她又是个心高气傲的人,哪里忍受得住呢?就是一般女子也是不能忍受的。"

周琮离开南江镇后,每半年都会寄一封信给黄念慈,却没有过多的话,也从来不寄照片,只是一句"万事安好,勿念",每年如是。几个月前,黄念慈却忽然在镇上见到了周琮,无论她打扮得多低调,黄念慈仍一眼认出,只是为什么她回来却不来找自己呢？

黄念慈想了想，还是决定说道："几个月前，她回到了这里，不过却没有来找我，也是从那时候起，她不再写信给我。"徐吴问道："你在哪里看见她了？"她回道："我见她同两位年轻女子站在一处说话，一位我很认得，是她的女儿三小姐；另一位我便不认得了。"

徐吴问道："另一位是不是小青？"黄念慈知道周琮虽没有过问起周家的事情，但是心里牵挂着自己的女儿，因此常将周家的事写信告诉她，小青哪里会不认得呢？黄念慈便回道："不是小青。"

徐吴想，还有一名女子，怎么没有听周润青讲起？便问道："你在哪里瞧见她们？"她回道："离周家不远的一条巷子。"徐吴猜道："迎薰巷？"黄念慈说道："我还以为你们对这里不熟呢。"

孔章追问道："那名女子是什么模样？"黄念慈当时便留心观察了那位小姐，回道："学生模样，同三小姐一样也是绞了短发的。"徐吴这时想起了周润青说的柳小姐，她们三人为什么会出现在迎薰巷里？

黄念慈望了窗外一眼，见自己的丈夫已经等在楼下了，便留下了一个地址，说道："这是我住的地方，若是有她的消息，千万要告诉我。"又道了声谢才走。徐吴却叫住了她，说道："你放心，她没有失踪，只是出洋了。"

她回过头来，满是感激地笑了笑，又道了声谢，然后才下楼去。

第二十五回
三见定情陋巷撞俪人，婢女落水善主质罪人

这雨已经连着下了一个月，怎么还不停呢？三小姐站在院子里望着飘落的雨，心里有些闷闷不乐的，算了算日子，母亲也有半年没有来信了，她打算到驿站去看看，因为母亲从来是不寄到周家里来的，所以她生怕错过了。

她刚迈开脚步，后面便有人追了上来，说太太找她过去凑局，她只得往太太的屋子去。到了太太的院子，却仍是闷闷的。三姨太太是个八面玲珑的人，跟家里的人关系都好，见她黑着张脸，便扶着她的肩膀坐下，笑道："谁惹你不高兴了？你从一进来这脸就拉得老长，你这是怕打牌输了没钱还账吗？这不是还有大太太和我嘛。"

她知道三姨太是逗着自己玩，依旧不肯说话，只是摆着张脸，倒是大太太问了句："这倒是奇怪了，怎么不见小青？她成天就只跟着你，这样的热闹她听了是要跑在前头的，难道是她惹你不高兴，你不让她跟着？"

三小姐吃了一瓣三姨太递过来的橘子，顺势靠在椅背上。

讲起小青，语气有些不耐烦："这几天见了她心烦，她怪唠叨的，总跟在我后边不让做这事不让做那事，不知道的还以为她是周三小姐呢。"原来是这件事，大太太笑了一声，说道："你这是耍什么脾气呢。当年，你去北方读书，她求着我，让她跟你去。你因为怕被人笑话，不肯让她跟去。你去了两年，她牵挂了两年，比我这个做母亲的还上心。现在，你终于回来了，难怪她会唠叨。"

三姨太见大太太这样讲，是偏袒着小青了，也跟着说道："那两年，太太总想着她年龄大了，要把她嫁出去。倒是小青，怎么说就是不肯听，就守着你。"大太太想起她小时候的事情，严声说道："她打小就跟了你，如今脾气也怪像你的。当时管事带了她来，我嫌她太小，又一直哭的，本不想留她在家里。赶巧儿，她见了你又不哭了，你也爱跟她玩儿，我便把她留下了。"

听了这样的话，三小姐的心也渐渐软了，又想到以前的趣事，也就笑开了。见她终于笑了，大家这才把牌局摆起来。今天三小姐的手气很好，在牌桌上赢了不少钱，小青要是在一旁，又要大惊小怪了。三小姐想，这里叫叫嚷嚷的，更热闹些。到这时，她就完全不气了。

管事见里边一团热闹，躲在门帘处偷偷观望，他的心情很矛盾，因为他要报的是一个坏消息。三姨太是个眼尖的人，见他畏缩地站在那儿，便朝他喊道："管事，有什么事儿？"管事看到三姨太发话了，只得走进来，硬着头皮说道："小青，小青，溺水了。"

三小姐还没反应过来，倒是三姨太心中一跳，猛地站起来，

梨园秘闻录（上）

尖着嗓子，问道："谁？"管事又说了一遍："小青。"三小姐这才反应过来，推开桌子，有些急了："救起来没有？"管事见三小姐这样，更不敢懈怠，喏喏道："被人救了起来，只是好像没气儿了。"

三小姐不相信的样子，冲着管事喊道："人在哪儿？带我过去。"大太太皱着眉头，阻止道："那样的场面，你去做什么？"三姨太也跟着劝说："你就不要去了，不吉利，还是我代你去吧。"两位太太这样发话，管事有些为难，不知道要不要带她过去。

倒是三小姐不管不顾起来，抬脚就往外边冲，拉着人便问："小青呢？"他们还不知道小青溺水，见她这样，都被吓着了。管事在后边跟了过来，只好领她去了小青落水的地儿。

而这边，徐离也要告诉徐吴这一件坏消息。她把梨园都找了一遭，却都没有找到徐吴的身影，正思量着是不是要去别处院子找找，却隐隐听见有人在唱戏，糯糯酥酥的，听着怪凄清的，似是在诉说情意。

这戏班里，只要一开嗓子，没有她猜不着的人，而这声音听着却不像是戏班里的。她循着声儿找去，走到了梅姨的屋子前，心想，难道梅姨屋里藏着什么人不成？她一调皮，打算吓唬屋里的人。一把推开了房门，喊了声："梅姨，屋里藏着什么人？"

她一边喊一边大步往里走。梅姨正站在窗边，几缕光线照着，透着一种神秘的美，浓密的长发披在肩上，细瘦的腰肢，款款绕着跑圆场，打云手，虽没有扮上全部行头，却也是勾了脸的，油彩把她衬得更加柔美，口中哼着唱词，不时流目飞来。

徐离虽知道梅姨长得美,却没有见过她这样的打扮,这是花旦的扮相和身段,而梅姨平时工老生,上台都是大髯口,她不由得赞道:"梅姨,你这样是艳压群芳了。"又喊道:"怎么唱起花旦来了,平时没见过你这样的,难怪我方才听到声儿,认不出了。"

梅姨笑了笑,却是蹙着眉头,说道:"这几年来你是听惯了我唱老生,花旦与老生的声口不一样,你自然是认不出。"徐离观察出梅姨的神情似乎有些阴郁,正想着是什么人招惹她了,转眼却见她要找的人正像尊菩萨似的坐着。

她觉察出了气氛的不对,悄悄把脚往后提,笑道:"原来是阿爹在教梅姨唱戏,对不住,打扰了。"徐吴却把她叫住了,说道:"我正要找你,走,到院子说去。"徐离望了梅姨一眼,露出求救的表情。

梅姨却转身坐在了妆台前,懒懒地抬起手,把妆慢慢卸下。暗色的妆台上刻着枝枝缠绕的梅花,铜镜映出的昏昏的光,横在她低敛的眉眼上,看着她抿着的红唇,徐离不由得想到一句诗来,"此处是妆台,不可有悲哀"。

她看了徐吴一眼,却见他的目光也是定在梅姨身上的,只片刻,他又转过来看自己,无声地走了出去。而她走到门口才想起自己有正事要说,便拉着徐吴到一旁,说道:"阿爹,小青溺水了。"

徐吴心下一惊,问道:"那人救起来没有?"徐离说起方才见到的事情:"我过去的时候已经围了许多人。但是不知道为什么,二爷也在那边。他好像也落水了。"徐吴疑惑:"他怎么在那儿?你带我看看去。我昨天才见着小青,见她的样子不像是

梨园秘闻录(上)　263

要寻死的。怎么好端端的会落水？"

徐离也道："昨晚上回梨园的路上，我见到小青和二爷推推搡搡，吵得极凶的样子，似乎在讲三小姐。"正说着，两人便走到了小青落水的湖边，只见小青躺在地上，面孔苍白，嘴角紧紧抿着，整张脸布满了水珠，而三小姐正蹲在小青身边，有人正在给小青做急救。

周润青立在一旁，全身都湿透了，他和小青都跌进了水里，只是他被先救了起来。他心里愧疚极了，扶着三小姐的肩膀，叹道："三妹妹。"似乎有无尽的话想说，却也只道出了这一句，便转身回去了。

这时，小青积在胸腔里的水被压了出来，人渐渐缓过来了。风吹得有些凉，三小姐见她醒了很高兴，喊管事将人送回屋子去。三小姐眼尾扫到一块淡黄色的东西，她把视线转向了湖里，那是自己的手帕。

她走到湖边将手帕捞起来，将水拧干净了，轻轻展开来，只见帕子的一角绣着"飞泉"二字，是她让小青把帕子找出来的，她还以为小青不肯找，出门的时候还闹了一会儿脾气呢。徐吴在一边看着三小姐一时哭一时笑，又往周润青的院子去了。

空气中满是腥气，三小姐微微嗅着，想要寻找香的气息，站在狭长的廊道里，四面围过来的是滴答滴答的水声和青石板散发出的湿漉漉的泥味儿，她极力呼吸，一口气呼出来了，却接不上喘的气儿。

她来找二哥。院子的花儿已经开了，飘着淡淡的香。花种子是飞泉央求她去买来的。飞泉说，周二哥长年留洋在外，过着漂荡的日子。在这处院子里种上四时不同的花，便能时时有花可以欣赏。那么香气飘散的地方，便能给二哥家的安慰，也会时时想起了她来。

自从飞泉走了，她便再没有走到这里来。她走进他的寝室，屋子里紊乱的喘气声起伏。她冷笑了一声，拖着步子靠近。石雕的屏风透着股冷气，她越过它，见到了自己的二哥。他整个人伏在矮桌上，瘫坐在地上。

她坐到他的旁边，问道："你为什么能狠心杀了飞泉？"他听到脚步声时，已经猜到是她来了，微转过头，却不回答她的话，又继续回想同柳冰的往事。

酒楼一别后，周润青再也没见过柳冰。他问过张同她的近况，他却语焉不详，闹得他更是不安心。只因她说了想请教他西洋文方面的知识，他当时便想，她之后会来拜访自己。却没想到，已经过去了几个礼拜了，也没见着她。他在想，她是不是忘了？

这几日，没了课，他便在已然堂附近徘徊。他考察过了，这里处在学堂和寝房的中间，她下了课是要经过的，只是不知道今天能不能巧遇上。学生陆陆续续从他身旁经过，他远远便瞧见了她。他心下一喜，假意看着石碑，口中念着刻在碑上的校训。

思量着她应是走到了身边，他便转过身去。见了她，笑道："巧了，竟在这儿遇见你。"柳冰双手捧着书，正与人说着话，冷不丁的旁边冒出一句话来，心里吓了一遭，见是周先生，便笑道："正下了课。先生怎么在这里？"

周润青道："我也下了课。"她见他有些呆的样子，便笑了。她笑意爽朗，他不觉开口问道："上次，你说要学西洋文？"她一时没有反应过来,便回想他们见面的情形,仍是一头雾水。柳冰望着他看,变得有些不好意思。她想肯定是自己又说了些客套的话,没承想他却记在心上了,又不好直说,只道:"哎呀,我想起来了。对不住,我给忘了,倒是烦先生记住了。"周润青笑了笑,解释道:"我正想开一门新的课程,就是不知道柳小姐甘不甘做我的小白鼠。"她正好也是好学的,便答应了。于是两人又约定了每周碰面的时间。

周润青见机提出邀请她吃饭的想法,柳冰爽快地答应了。他特意选了上次遇见她的酒楼吃饭,趁着菜还未上,他便问道:"听说你是南方人,我也是南方人。不知道,你是南方哪里人呢?"她巧笑道:"我是南江镇人。"

他一听,便留了个心思。南江镇并不很大,姓柳的大户人家只有一家,他与那柳家从小便订下了婚约。只是他并不喜欢旧式人家的女孩,总嫌不够洋气。这次来天津教书,他便存了拒婚的意思,若她便是柳小姐,那么……

柳冰见他听了自己是南江镇人便陷入了沉默,以为他不认识,便笑道:"那只是一个小镇,并不有名,先生不知道也并不奇怪。"周润青想,还是不要说自己是南江镇的周家人吧,便只点点头,又问道:"令尊是?"她虽有些奇怪他问起自己的父亲,却也直道:"家父柳直,赋闲在家。"见她说了名字,周润青却惊讶,竟不是那户柳家。南江镇极小,能够北上读书的又有几户人家?

她似是忽然想到什么,问他道:"周先生,可有婚配?"这边,周润青存着追求她的意思,不知道自己该回答什么好。若她真是柳家小姐,那么便是她的未婚妻。若她真不是,那么自己更不该透露自己有未婚妻的信息给她了。于是他掂量着道："我从小便有一门婚事，这娃娃亲，我觉得不能作数的。到这儿来教书，便是不想要这传统的婚姻关系。"

这样的想法正是对了她的心思，她也是反对的，便道："我们都有相同的遭遇。我到这儿读书，也是逃避旧式婚姻的意思。"

当晚，周润青便想写封信给柳小姐，却踌躇着不知该如何落笔。若贸然写出爱恋的话来，势必被当成登徒子，这样的局面是他不想看到的。又想起今天邀请她来听自己的课，是为着自己教学理念能够成功的意思，那么就写些感谢的话，这样她若是受到鼓励，之后他若再写信便有理由了。

周润青想着，心里有些甜蜜，便笑了出来。一旁的张同被约了出来，见他总是痴笑，便取笑道："周兄，不知道的以为你是喜事将近了呢。"周润青神情昂扬，回道："正是有喜事，离你每日吃酒馆的日子也不远了。"张同虽不明白，也想着应该是与柳冰有了进展，便问道："又要我做些什么？"

周润青笑了笑，拿出一封信来，信封上写着"柳小姐敬启"的字样。见此，张同了然，拿了信放进怀里，笑道："只管交给我办。"

自此，除了固定的约定上课时间，张同便担起了信使的职责。书信往来间，周润青便探清了柳冰平日的兴致爱好。而柳冰对于西洋学是很感兴趣的，因着周润青对西方的政治和历史与时下的格局有许多见解，便对他越发亲近起来。

周润青随口说起他的一个外国同学在城里开了一间店铺，专卖一些稀奇的西洋玩意儿，也卖西方的地图册子、杂志报纸这样的东西。柳冰被勾起了兴趣，便约了去逛一逛。到了约定的时间，她在城墙下等了许久，他仍未到。她在墙脚下踱着步，吹着口哨。而他因为误了时间，气喘吁吁地跑来，远远便瞧见了她。周润青心想，她分明只是穿了件绛青色短袄，搭着条黑色长裙，但在深红色围墙的衬托下，却是那样张扬。还没有走近，他便已嗅着了阵阵扑鼻香。

见他来了，她佯装生气地瞪了他一眼。他急了起来，托着眼镜直解释。周润青的这副模样把她逗得笑了起来，她本来便不生气的。她低头笑了笑，转身便往前走，回过头来，见他愣在原地，便拉了他的手朝西洋店铺走去。

周润青也是偶然听朋友讲起，铺子开在了康子胡同。他认为不过是一条胡同，总是能找到的，便在柳冰面前打包票，带了她来。但康子胡同纵横交错，因为不曾来过，他与柳冰在胡同里迷路了，惹得柳冰直笑话他。

正走着，柳冰脚步慢慢停了下来，前方两个人的身影吸引了她的注意。她不觉拉着周润青往旁边的一间铺子里躲，请他帮忙挑一把木扇出来。他垂首仔细甄选。前边是一男一女，女子是一身旧式打扮，男子是上次与柳冰一同出现在酒楼的人。

男子神情有些烦躁，质问着那名女子，但似乎没有结果，他甩手便走了，只留下女子望着他的背影。周润青挑了许久，觉得绘着墨菊的一把正适合柳冰。他兴奋地抬起头，却见她在望着别处，也跟着望了过去，心想，这可不是周三儿？便喊了出来："三儿，你怎么在这儿？"

女子看了过来，笑道："二哥，我可好找。你怎么到这儿来了？"周润青说道："我现在可是在天津女师学堂教书。"女子很是兴奋,攀上他的手臂,笑道:"可让我逮着你了,我可是这个学堂的学生。"他佯装失意,皱眉说道:"我可不是为了躲着你、躲着家里嘛。偏偏让你给碰上了。"

一转眼,周三儿便见到一旁的柳冰。她的眼睛在两人身上来回打量,又因为听说了一些学校的传言,便道:"原来,学堂里传着的痴情先生便是你了。我还跟着骂了你几句呢,怪丢人的。在学堂里,你可不要说你是我二哥。"说着,她便走向柳冰,搭着她的肩膀笑道。

倒是周润青有些奇怪,问道:"你们认识?"柳冰回道:"我们都是同乡人,是在同乡会上认识的。"周三儿想起正事,说道:"二哥,你逃出来这么久了,什么时候回家看看太太?她正生你的气呢,好歹你也去跟她老人家赔个不是啊。"柳冰一听,有些乐了,奇道:"怎么说是逃出来了?"

周三儿回道:"他从小便定了娃娃亲,现下不肯回家是要拒婚的意思。"柳冰想到一事,有些疑惑,说道:"你是她二哥,那么你也是南江人?"周润青赶紧解释道:"上次只是有些惊讶,便忘了说了。"周三儿想起来她找的人,不知道柳冰方才看见了没有,便向她说道:"你猜我方才遇着谁了?"

柳冰连忙阻止道:"这事儿,我们过后再谈吧。你看我们出来找西洋店,没想到在这儿迷路了。"周三儿被转移了注意力,问周润青:"可是亨利开的店?"周润青怪道:"你来过?"周三儿笑着点点头,回道:"自然来过。上次你带亨利来家里,我便与他成了朋友。他开的店我自然是要光顾的。"柳冰笑道:"那你来带路吧。"

周润青想着柳冰的笑颜,渐渐却看见三妹妹在自己的眼前,

梨园秘闻录(上)

神志又开始恍惚起来了，分不清真实与虚假。三小姐望向他的目光是可怜的，婚礼的当天她是第一个闯进屋子的。那时，他睁着眼睛瞪她，有些可怖。他求着她，抓着她的衣袖子，喊了她一声："三妹妹。"那声音发着抖。她握住他的手，安慰道："听我的，我有法子帮你。"

第二十六回
喜事既成却心怀悲情，赤胆忠心反替己思量

　　柳家女儿和周家公子要举行婚礼，这在南江镇是一件极热闹的事情。大家都在谈论着嫁妆和聘礼的多与少，有人说以柳家的财势，又单一个女儿的，那嫁妆的排场不知要怎么盛大了。

　　柳冰正坐在酒楼里看戏，听别人在谈论他们的事，眉头微皱，就连李仙儿唱的戏词都没有听进去。李仙儿是唱花旦的，嗓子有烟气，是她很喜欢的角儿，是以极为捧他。平时这情况，她是要认真听的，这样才能在他下了戏后将感受说与他听。他们的关系十分友好，也很公开，并不是时下流行的那种萎靡而不正当的关系。

　　他的这出《洛神》，是根据三国时魏国大诗人曹植的《洛神赋》改编的，是讲诗人在洛水河边遇着水神的故事。感情很是真挚，意境极美，她很喜欢。前几日，正好李仙儿愁着不知做什么新戏好，她便把这个故事告诉了他，他很感兴趣，日夜研究，没想到这么快便把戏排出来了。

　　这戏一出来，在戏迷中极受追捧，只要有演出消息传出来，

梨园秘闻录（上）

票便被一抢而光。舞台上的角儿娉娉婷婷，姿态绝美，引得大家都叫起好来。楼上忽然传来一声吼，引起了她的注意，她把目光转向楼上的座儿，心里一惊，这不是几日未见的润青吗？他说有事处理不能去找她，怎么竟坐这儿看戏了？

他安安静静地，手指不时敲着桌面，不像旁的人那般叫好叫得很起劲，只是闭着眼睛听。柳冰微微一笑，心想，外人看他似乎很认真的样子，但肯定已经魂飞天外了。她愁着不知该不该上去，她正想找他呢。但想到他之前说的托词，有些犹豫。心想，罢了，等会儿走一趟周家吧。

看到他，她又想起了荣福来。前不久，她跟润青说要回天津一趟，过几日便回，其实是跟荣福去了封田县。她决定嫁给润青，对于荣福是很不公平的，她想补偿他，便答应了他的请求，随他到了封田县。

过了一会儿，她禁不住又往上偷望时，他已经不见了。她心里有些失望，他也发现自己了吗？他躲着她已经有些时日了。自从她从封田县回来，便只见了他一面，还是他过来柳家拜访家长的时候，她站在院子里偷眼瞧的呢。

她的心里现在又气又急，戏也没心思看了，想着直接去了周家堵润青。正巧在周家碰见了周三儿。她说："二哥还没有回来。"柳冰绞着手里的丝帕，一把塞给了周三儿："这条丝帕，本来是想绣了给你二哥的，看来是没有这个必要了，送给你吧。"

周三儿哪里肯，连忙塞回她手上："我可不敢要，你亲自拿给我二哥吧。"她见周三儿不肯，气冲冲地往前走："他总避着我。哼，我今儿便在他院子里等着，若真不想见到我，今晚可别回来了。"

见此，周三儿心里打算通知她二哥一声。柳冰像是看出了她的心思："你可别去通风报信。若是我知道了，你这朋友我就不认了。"说着，又伤心起来了，"若是不喜欢我，当初又何必来招惹我。如今我快要嫁到你们家来了，倒开始给我摆脸色了。"

周三儿笑了笑，扶着柳冰的肩膀往润青的院子去，笑道："你种下的花开了一些，看看去吧。"柳冰在前边被她推着走。她又说了好些话，柳冰这才慢慢笑开颜。"你又不是不知道我母亲不喜欢我二哥，婚礼的事儿是我二哥自个儿操持。今天想着买你喜欢的钻石戒指、珍珠项链，明儿罗列嘉宾名单，哪样不需要时间？要不是这些琐事占了他的时间，哪里舍得不见你这美娇娘呢。"

柳冰脸一红，扬起丝帕拂到她的面上："你这是笑话我，以为我没听出来吗？"说着两人便笑了出来。润青一脚踏进门里，便听到了笑声，脚步稍微向后移，定了定神，才继续往前跨。

周三儿远远便瞧见了他，赶紧说了声便躲开来了。柳冰赶紧往前迎："你可回来了，最近可忙着呢。"润青点点头，连声说道："忙着忙着。"不知道说点什么，柳冰想问出心里的话儿，却又问不出口。

两人一时相对无话。月光照在润青脸的一侧；另一侧，柳冰看得并不清楚。"你是不是不想见我了？一声不吭，以前你可不是这样子的。"她刚刚见好的心情，又被搅得乱了。见她起身要走，润青问道："在天津的日子，你过得可好？怎么不写信给我呢？"

梨园秘闻录（上）

她被问得一愣,停住了脚步,猛然才想起他说的是她去封田县的那几日,不知该怎么回答他的话。她不想再说谎话敷衍他了,当下没有说话,直走出了周家。至于润青和荣福,她到底爱谁,她自己也没有答案,只是知道自己最后选择了嫁给润青。那么其他的,其实并不重要了。

周三儿透过门缝见屋子里只点了盏小灯,昏暗中小青正躺在床上,猜她大概是睡下了,又想她今天落水的事绝不是意外,心中顿时愁肠百结。小青打小便跟了自己,她哪里会不晓得她的心事呢?

她知道即使亲自去逼问小青,她也不会说出落水的实情,不过当她到湖畔时,见到同样也落水的二哥后,便猜出了这件事的前因后果。小青钟情二哥已久,她很了解自己的二哥,在家族的庇护之下,在父亲强势的手腕之下,他只是一个懦弱的君子,更何况还有大太太在,他怎么敢要小青做自己的太太呢?

在这个家里,她常常很难见到父亲一面,因为他忙于官场,见一面便只是考问功课,他对她的诸多要求,她只能达成。二哥还有三姨太在,所以当初大太太因为柳家曾经悔婚,而不肯他娶柳冰时,还是三姨太在大太太跟前说了好多话,这才勉强成就了这门婚事。

在准备二哥的婚礼时,大太太便已经帮她说定了一门亲事,自己的婚事终究还是要由大太太做主,即使千万分的不喜欢,也没有人会站出来为自己说两句。那时她便想若是自己的母亲没有离开周家,自己是否能依偎在她身上撒娇,母亲是否能为自己多做些主。

她近来常想起自己的母亲，她有一张她的照片，那是姑姑偷偷藏给自己的。她喜欢拿着那张照片，在镜子前对照着观察自己的鼻子、眼睛和眉毛，暗想自己哪里像她多一些。不过，大太太却总说自己长得很像父亲，想来大概这也是大太太肯收下自己的原因吧。

　　她却不喜欢这张脸，也不喜欢当周三儿，她更想到乡下放羊，但是又想到女子独自在社会上是极不容易的，便打消了这个念头，这时才感觉出三小姐这个身份的好处来。那天，她在泰丰酒楼便见到了同自己的母亲长得有几分像的女子，她坐在一处僻静的角落里听着台上唱书。

　　周三儿也选了一处坐下，台上的女子浓妆艳抹，声调缠绵悱恻，正唱《花笺记》一书。台上的女子周三儿是认得的，常来捧她的场，今天听起来却不似她平常的水平。第二天，她仍旧去听唱书，又见那个同母亲有几分像的女子坐在那个位置上。

　　周三儿不由得多望了她几眼，那女子却忽然起身过来问她："你认不认得我？"周三儿说："认得，你很像我母亲。"周三儿并不意外两人的相认，也不如想象中那样高兴。女子带着周三儿到二楼窗前的位置，指着窗外那座山峰说，翻过那座山便是她生活的地方，那个地方叫远江。

　　女子说常常想起周三儿，这是来见最后一面。周三儿还在为两人的见面暗暗高兴，现在却听她说只是来见自己最后一面，成全她的思念之情，那时便想自己的母亲实在自私，还不如大太太好，从不给她温情的希望。

　　那时起，周三儿便猜她到南江镇来是另有其事，果然不久她就开口了。她拿出一份密封的纸袋搁在桌上，说道："我不

梨园秘闻录（上）　　275

想告诉你我在远江的事,你也不要再问,我只是过来瞧一瞧你,看你过得好,我也就安心了。这一面或许是我们的最后一面,我有一样东西冒险交与你保管,这是我的性命,我也只相信你了。"

临走前她又告诫道:"你只管把它藏起来,不要被人发现,也不能告诉别人这件事情,为了你的性命,你也千万不能打开来看。"而周三儿也没有想过打开,她对母亲的过去也没有过问的欲望。

春天的蝉鸣声有些吵,也开始闷起来了,幸好有大树撑起绿影,一时的惬意浮上心头。周三儿到迎薰巷来找荣福是告诉他,她见到自己的母亲了,可一抬眼却撞见了站在巷口的柳冰。周三儿有些心虚,抬脚便想往后退。

她再看时,却又看到一个女子的身影,正是她的母亲。周三儿见两人在交谈,柳冰迟疑着拿出一封信件递到对方手里去。周三儿虽然很惊讶两人的相识,却也才意识到母亲到这儿来的真正目的,一时觉得索然无味,感到没有诉说的意义。

周三儿想要知道当自己撞见她们时是什么神情,便走了过去,然而她们两人见了自己却都很沉默,都没有要解释的意思,像是一场旧友重逢的场面,只是说了一句再会便离开了,她们身上都掩藏着一个秘密。

柳冰死后,她常常坐在那个靠窗位置,望着那座山想自己的母亲。她从远江而来,到底是来做什么呢?周三儿早已经察觉到了徐吴的存在,在自己到达酒楼前,他便已经在对面的草棚里观察自己。

这件事还是她那位台上唱书的朋友告诉自己的,她说有位男子常在自己离开后跑到那个位置上坐下,却也不点菜,站着看几眼也跟着离开酒楼。她猜他大概是为了母亲的秘密而来,因为再没有人给她寄来匿名信了。她知道是谁寄来的,却从不拆开来看,看了又能如何呢?

当她终于见到徐吴时,便问他远江怎么样,他回答说那儿很好。可她不相信他的话,若是很好的话,母亲怎么会失踪呢?每一次见徐吴,她都想问认不认识她母亲,为什么她不再写信了呢?

周三儿没有告诉过小青自己同母亲见面的事,也没有说过她和柳冰掩藏起来的秘密。不过,她倒一直想问小青,新婚当夜为什么偷偷进新房里去?她在缝隙中见到小青辗转反侧,身子朝着她这边翻了过来,却忽然将门关住,她还没准备好怎么面对小青。

倒是小青听到动静,朝外面喊了一声,周三儿没有回应。从被抬进屋里休息后,没多久小青便醒了,她心里乱极了,怎么闭眼都睡不下去。她又喊了一声,接着披了件衣衫准备点灯,到外面瞧瞧。

周三儿见她起来了,赶忙推门进来,扶着她重新躺下,说道:"我过来看看你怎么样了,还难受吗?"小青见到是她,一时也不说别的,只是答一声:"不碍事"。周三儿觉得屋里怪暗的,看不清人,站起来想要点灯,小青倾身阻止她,说道:"就这样吧,不要点灯了,太亮怪不舒服的。"说着又咳了两声,紧了紧身上的衣服。

周三儿帮她把被子盖上,说道:"你多休息些日子,不用急着到我那儿去。"说完又拍了拍她的手要走。小青拦住她,问道:"你不是过来质问我的吗?怎么这会儿又不说了呢?"知道她这是在说气话,周三儿又重新坐在床边。

两人又不说话了,好一会儿,周三儿正想着要不要将与母亲相见的事情告诉她,因为徐吴正在查母亲的事,而这事又多少同新婚夜的命案相关。小青总是担心自己被牵扯进去,要是不说,被她知道了,不知又要怎么被念叨了。

但是,小青也从来不告诉自己她偷偷进新房这一件事情。该从哪一件事说起呢?正想着,小青啜泣的声音在黑暗中回荡开来,周三儿忙问道:"你这是怎么了?"说出来后又觉得自己这是在明知故问,小青又该生气了。

果然,小青听到她这话,以为是在故意嘲讽她,哭道:"你不用对我不耐烦,我早就不想活了,只是你们偏要把我救起来。我为了他付出,他明明看在眼里却不领情,我倒要看看我死了,他是不是该安心了?"

周三儿心里微凉,问道:"你为他做了什么?"又沉吟了一会儿,才怯怯问起:"二哥婚礼当天晚上,我见你偷偷进了新房,你做什么去了?"听到周三儿这一问,小青猛然撩开被子起身,冷笑道:"我还能做什么?我还能做什么呢?你该去问问二爷做了什么。"

见小青这副凄惨哀嚎的样子,周三儿也体谅她心里的苦楚,并且她才被救上来,情绪起伏这样大,也不是什么该被责怪的事,便拉扯好被子,安慰了几句,想着过两天再来吧。小青看她又要离开了,在背后笑道:"我把柳冰交给你的那封信件给了润青,那里边的内容你也看过了吧。"说完后小青便觉得一口憋了许久的气吐了出来,解气极了。

周三儿忽然意识到什么,恨恨地看了她一眼,愤愤离开。原来小青的心里只有自己,她过去替周三儿的考量和遮掩也是为了自己。

第二十七回
憎福祸相依全凭天定，念因果相生皆有情由

大太太的寿宴已经办完了，在徐吴准备离开的时候，周润青却亲自邀请他们再住一阵，说是想同徐吴请教一些戏剧方面的事。但是每次见面，他却总是说起同柳小姐相识相知的过往，不过他的记忆总是混乱的，常常是一段话重复说几次，说完便哭。

徐吴几次去拜访三小姐也是无功而返，正踌躇间，孔章却忽然说要带他去见荣福。徐吴问道："他难道还没有离开吗？"孔章寻找荣福这一事还没有跟徐吴交代过，回道："我那位厨子朋友特意告诉我，荣福还没有离开。得知这件事之后，我已经寻了许多天，刚刚才得知他已经到镇上了。"

徐吴这才想起白天总不见孔章在周家，问道："在哪里？"孔章回道："他在迎薰巷租了间屋子，好像已经住了有一阵子了。"迎薰巷只隔着周家一条街，这也是徐吴当初到了南江镇后选择租住在那儿的原因。

孔章说完便将他带到了荣福的住处。眼前的这处院子外墙

已经剥落得差不多，破旧得很，再往里走才会发现院里住了好几户人家。此时，院井里有几个孩子正在追逐打闹，几位抽水烟的大爷坐在门槛边上说话，见了他们也并不奇怪，这里常进出一些陌生人，指不定又是哪户人家的旧识。

孔章用眼神示意徐吴注视站在另一边正在劈柴的男子，干净的白布衣衫，黝黑的肤色、圆圆的脑袋，却又长得很精神，笑起来应该是极憨厚的，只是看他的神情，大概是许久未笑过了。孔章昨天已经来探过了，知道那男子就是荣福。

荣福一抬眼见到门口站着两位人物，心里便觉得是来找自己的，又见他们走了过来，便将他们请进了屋子里。他到镇上来已经有好几天了，为了知道真相，重新去拜访故主柳家却被赶出来，周三小姐也不肯见他。

他从柳冰结婚前便一直待在后山上，直到那天下山才得知周家出了命案，细细打听之后才知道柳冰原来在新婚当天便已经死了，然而三小姐却从来没有告诉他。柳冰结婚的前天，周三小姐到封田县找自己，说周二爷知道了柳冰同自己还有来往这事，准备要害他，为此要求他一直待在后山上，直到周二爷不再疑心为止。

知道柳冰已经死了，他愤而下山，却发现柳家人不想再提起这件事情，也没有人肯告诉自己新婚当天到底发生了什么，这时才发觉自己对此事的无能为力。大家都相信她是自杀，而他却知道柳冰的秘密。

当他听徐吴说起新婚当天的情形时，很气愤地说道："三小姐在说谎，她同柳冰在女师学堂读书时便时常有书信交往，哪里是她说的那样生疏？我也是因为知道她同柳冰的交情才信了她的话，躲进后山里。"

徐吴问道："你方才说三小姐一直知道你回到了镇上？"荣福回道："我登门拜访，却总是被人拦截下来，不让我见她。"徐吴和孔章互相对望了一眼，才又问道："住在山上时，也是三小姐给你提供食物？"

荣福回道："她每隔三四天便来看我，我每次都问起柳冰，她却从来没有提起柳冰已经死了这事，反而说起柳冰和周二爷的新婚生活如何和谐。那时我也因此心灰意冷，有了从此住在山上的念头。"

这时他又说起了自己怀疑的原因："我可以同你们保证，她不可能自杀。而且她同我说过一件事，周润青曾经有过退婚的念头。这件事情让她知道了，一气之下，便同一个专门帮助女子的组织秘密签订了一份协议。"讲到这里时，徐吴大概猜出了黎第同柳冰见面的原因了，而他说的那个秘密组织也正是黎第所在的那个组织了。

孔章追问道："你知不知道协议的内容？那份秘密协议现在在哪里？"荣福回道："她说那是一份保密协议，不能告知外人。我猜大概还在三小姐手上，她将协议交给了三小姐。"荣福猜测也是因为这份秘密协议才害得她丧命的。

徐吴拿出黎第的照片，问道："这人，你认识吗？"荣福这时也拿出了一张照片，那是柳冰交给他的，照片里也是黎第。这人荣福听柳冰讲起过，她因为懊悔而无处诉说，又担忧着自己的处境，心里有事便只能同荣福诉说了。

那时她因为周润青态度的改变而焦急，心里时常郁闷，便赌气回到天津小住。她本以为周润青会追到天津去，没想到他既不来找她,也不写信来问候,气愤而走到桥上想了结自己。一旁路过的女子见她有轻生的念头,走过来劝她。柳冰这才醒悟过来,想到自己在学堂里接受的教育,出路何其多,自己又常常带动大家主张女子的权利,怎么可以为了男子而轻视自己的生命呢?又有人在旁相劝,她的心情也就渐渐平复下来,同女子交谈了起来。

那人笑着将她带到一间会馆,柳冰进去后见到许多同她一般大的女子,每一位都是漂亮而独立的,便问道:"你们也主张女子权利吗?"那人笑了一声,不置可否,又带她去见了一人。这中间的事,柳冰便又支支吾吾不肯说了,只说是为了荣福好,不能再害了他,不过却将黎第的照片放在了荣福这里。

柳冰的经历同窦姨娘是一样的,在桥上劝住柳冰的女子也是林司吗?徐吴问道:"那桥上的女子是什么模样?"这人柳冰没有说过,也没有照片,荣福并不知道,他又仔细看了徐吴拿出来的照片,见到黎第背后的泰丰酒楼一角,惊道:"她来过南江?"他这时才想通那几天总是见柳冰一副心如死灰的神情,原来她已经追到镇上来了。

孔章说道:"我们听说她、柳小姐和三小姐都在这巷子里出现过,她们来找过你吗?"荣福先是摇摇头,慢慢地却又想起了一件事来。柳冰结婚前,三小姐说她的母亲在迎薰巷留了处不大的小院子,常年空着,让他过去帮忙打理。

他当时已经被柳家赶了出来,居无定所,也就答应了下来。那里很清净,也只有三小姐和柳冰会过去找他,但三小姐只找过自己一次。那一次,她有些意兴阑珊,进了门抱怨巷子里的蝉鸣有些吵,只坐了一会儿便说要回去了。荣福看出她几次有话想说，却又吞了回去。

荣福没有打算说出他同三小姐的事，可是又听孔章说道："她是三小姐的母亲。"荣福知道他说的母亲不是指大太太，三小姐曾经向他说过大太太给她说了一门亲事，心里实在苦恼得很，因此恨起了抛下自己的母亲。难道她来找自己，是想同他说这件事吗？

当问起三小姐时，荣福一概是不说的。徐吴见他后来沉默的样子，便提出告辞。临走前，荣福想起见柳冰最后一面时她绝望的样子，才又道："我只想知道她是怎么死的，他们都在遮掩真相，这对她并不公平。她签了那份协议之后，常常感到后悔，她说她想要毁约，但是却失败了，我想那份协议大概是同周润青有关吧。"

见他们要走了，荣福想起最后见到三小姐时，她问他："当初在天津，你明明说了带我走，却没有来，为什么？"而他看着她，并不想再骗她了："她要结婚了，我放不下她，她答应跟我走的，最后还是反悔了，或许是受不了跟我的清苦日子吧。"

三小姐望了他一会儿，说道："你根本不明白我多么想离开这个家，又怎么可能会回头呢？"又问他，"柳冰已经死了，你会带我走吗？"他依然摇了摇头。

徐吴知道荣福并不肯说出全部实情，却仍想再见一见三小姐，况且自从小青落水之后他便没有前去探望过，便带着徐离上门拜访。他们进了院子，一位穿着浅绿色衣裳的女孩儿过来搭话，看起来只有十三四岁的模样，过来便说道："我们三小姐还没回来呢。"

徐离问道："这么早，三小姐去哪儿了？"她笑了笑，回道：

"她昨晚上被三姨太太叫去，打了一晚上的牌，在那儿睡下了。"

徐吴见三小姐不在，便问起了小青，女孩儿说道："自从落水之后，她好像得了癔症的病，说话常常三不着四，大太太拿主意补贴些钱，让她哥哥接回去养了。只是我看之后她的日子怕是很难过了，她的哥哥嫂嫂可不是什么好人，精打细算得很，她又是何必呢。"话里之间，像是早已知晓了小青的全部，既有惋惜也有讽刺。

徐吴心里也有些惋惜，又想三小姐既然不在，那就晚点时间再过来。一旁的徐离瞧出了他的打算，却不想无功而返，连忙拉住那女孩求道："这位姐姐，我们找三小姐有事呢。我想她一会儿该回来了，你就让我们进书房等她一会儿吧，要是再没有等到，我们就回去。"徐离拉着人家的手直哀求，女孩儿见不得人求她，也知道徐班主是三小姐和二爷的贵客，也就应允了。徐离见女孩走了，便同徐吴走进了书房。一进去，她便被吸引了。迎面是一张极大的书台，书台上有一排架子，上边摆着许多国外的杂志。

徐吴在其中发现了两本一样的杂志，翻到第一页的时候，赫然是"柳飞泉"三个字，而另一本则写着三小姐的名字。两人都写了一手清秀的小楷，只是三小姐的笔锋要比柳小姐的凌厉些，他笑了笑便又放了回去。

三小姐昨晚大概是在练字吧，桌面上还搁着支未清洗的笔和干了的砚台。徐吴打开半卷着的字帖，看了一会儿，觉得这笔锋不像三小姐的字，倒像是柳冰的字，又拿过那两本杂志上的字来对比，果然是不一样的，三小姐为什么要模仿柳冰的字？

梨园秘闻录（上）

不过,他是来找黎第和柳冰交给三小姐的两件东西的。只是她会把东西藏在哪儿呢?他又想起小青提起过箱子,那么三小姐大概喜欢将东西藏进箱子里吧。他想到这里,便让徐离翻一翻这里边的箱子。

而此时,外边已经有声音传来,是那个女孩儿,她与三小姐一边说着一边往这边过来了。这时,徐离看见书架后边藏着的一个红漆大书匣子,若是不注意,是不会瞧见的,一打开,便看见了一叠叠的书籍,徐吴示意她坐回沙发上。

刚一进门,三小姐便觉着屋子似乎有些乱,又想到自己昨晚上练到一半的字帖还摆在桌面上,骂了兰儿一声:"你看我这儿乱得,小青不在,倒没有人会收拾了。"说着便走到桌子前,将东西收进了一旁的瓷缸里。

兰儿在一旁听得耳根子都红了,徐离有些心虚,便道:"不乱的,不乱的。"三小姐又转过身来将她打发出去:"客人来了也不上茶,快去快去。"给小青贴补些钱让她哥哥接回去休养,这件事是三姨太到大太太跟前建议的,虽然说是休养,但是以三姨太的手腕是不可能让她重新回到周家了。三姨太让三小姐过去,一来是为了安抚她,二来是为周润青的病发愁,找她诉苦来了。

徐吴问道:"听说小青生病被接回家休养去了。"三小姐敷衍道:"不碍事,她只是着凉了。"他见她不想提起这事,又问了二爷的病,三小姐也是说道:"也快好了。"徐吴见三小姐心情不佳,便带着徐离先离开了。

到了他们住的屋子,徐离才从袖口抽出几封信来,方才徐吴拉她的时候,徐离便看到了柳冰的字迹,于是她趁着三小姐不注意，从书匣里抽了出来。徐昊拿过来一瞧，心里一喜，正是他要找的那两件东西，不过还多出了三封信。

那三封信上署名飞泉，是柳小姐写给三小姐的信。

第一封信。

　　三儿，再有半个月，便是我与润青的婚礼了。但近日来，我与他的关系却日渐疏远，就连我亲自上你们家里去，他也是躲着我的。前几日，你说他被朋友约了出去，我并不怪你，我知道那是他要你说的。前天，张管事说他到你们家的庄子去了，可我明明是跟着他后脚进的周家。

　　自打我从天津回来，润青便很少来找我。若不是昨天在你们家拦截了他，我要见他是很难的。说到这儿，我便想起一件事来。我与荣福的关系你是很清楚的，在与润青交往之后，我便想与他断得干干净净。只是，他偶尔还是来找我。你我的情分是很深的，所以我想与你说实话。我并没有去天津，而是随荣福去了一趟封田县。他说他无法忘记我，无论如何，我总是欠着他一份情，便答应了他提出的这个请求，只希望他日后能忘了我。

　　我猜润青是知晓了这件事，他误会了。我实在烦恼极了，这几日寝食难安，十分烦躁，便想约你一起听戏去，明天中午泰丰酒楼见。若是可以，希望你将润青一并带出来，我们好好谈一谈。望安好，飞泉笔。

第二封信。

　　三儿，已收到你的来信。只是这样阴阴的天气，弄得人实在闷极了，今天才给你回信。上次，你没有赴约，润青也并未出现，是因着什么缘由呢？还是说他还在恼我？现在想来，我当时对荣福的决定是十分鲁莽的。但是，我的整颗心都是在润青身上的。请你相信我，我并非朝秦暮楚的女子。

你在来信上说，帮我想到了个解决的法子，不知是什么样的法子？我是极愿意配合你的，只是希望能与润青和好。我想你多与我写信，我知道你帮着润青忙婚礼的事，但若连你也没有来信，我从哪里知道润青的情况呢？希望下一封信，你能将你二哥的近况告诉我。望安好，飞泉笔。

第三封信。

你实在是我最知心的朋友了，十分谢谢你。自从我与你采取了行动，润青便真的开始回心转意，你的法子实在管用。今天，我与你二哥上泰丰酒楼看戏去了，看到街上有摊子卖搪瓷小人，我猜你是喜欢的，便让润青给你带回去，不知你收到了没有？

只是，我开始担心起润青了。他以为那天在封田县看到的情形是他臆想出来的，便一直对我怀着愧疚。看戏的时候，他忽然问我，我们前天是不是去了书馆？但那天我明明约了你去了西街口，便说没有。他以为那又是他臆想出来的，之后便闷闷不乐。他还告诉我，他经常梦魇，夜里睡不好觉。

你给他买的药，他吃了病情却越来越重。不过，他本来便没病，如今总是喝药，也是要闹出病来的。他这样，我实在是担心。我想他的药是否可以停了？到了新婚夜，我决定告诉他实情，我不想我们的婚姻存在于一个欺瞒的阴谋里。他为人这样好，是能够原谅我的。即便他不肯理解，那时我也已是她的妻子了。望安好，飞泉笔。

孔章看完信之后，疑问道："周润青的病是三小姐故意为之?"徐吴没有说话,又发现信封里还藏着张纸。这纸皱得很,微微泛黄,大概放得有段时间了,展开来看时,徐吴发现字迹有些生涩,却仍看得出是三小姐的字。

母亲,你走了许久了。当初,我求你留下,或者把我也带走。可是,你还是一个人出国去了。你说过等花开了便来接我,可是花开花落已经轮了几番,我还是等不到你。姑姑给我看了你的新照片,说你在国外过得很是惬意,还有一个外国的男朋友。

今日,父亲叫了人来照相。听说要照相,我很高兴,在衣橱里翻了许久,都没有钟意的。我许久没有新衣服了,一件件绣的都是旧式花样。这些是她不要了给我的。你也听说了吧,父亲新娶了一个太太。他们倒是感情和得很,对待我的态度是志同道合的。等我终于找着一件像样的穿,到那儿却是迟了一点时间,他又生气了,揪着我的头发打。我一紧张起来,舌头便像搅在一起似的,他本来便厌恶我的毛病,那时我怎么讨饶他都听不进去。

我实在受不了,自从他被处了个闲职,脾气日益焦躁,在家中总是发脾气。我与他的脾气不对付,已成为了他最佳的出气筒。你是我的母亲,你把我生下来,我求你把我带走吧。我知道你是有能力的,我吃得也不多,开销并不很大。再过几年,我可以出去挣钱,以后还会养着你。今年的花又要开了,这次,你会来接我吗?

看来这封信没有被寄出去,或许只是三小姐写出来的心事,原来她因为母亲的离开心里存着他人看不出的苦。徐吴将这些信都重新放置好,又仔细拆开那两份密封好的纸袋。他本以为

梨园秘闻录(上)　289

会见到黎第和柳冰的秘密协议，打开来首先见到的却是一张契约，立契人唐魏，中证人周琮，也就是黎第。看到这两人的名字时，徐吴心里一跳，心想他们为什么要立契约。再细看内容时，他才明白傅先生的死是两人密谋已久的计划，唐魏这是立下了一张死亡契约，原来两人并非在交往，而是一种契约关系。

徐离也要看时却被他拦住了。这张契约上的内容不能让梅姨知道。孔章这时也接过去看，知道这绝非小事，便找借口将徐离打发出去了。而另一张也是契约，立契人是周琮，而中证人下面则盖了个章，因为刻的是古字，徐吴辨认了一会儿，才道："公道先生？"

孔章问道："这一张也是死亡契约？"徐吴回道："不，是要黎第小姐为所做所见之事绝对保密，不然就要付出代价。"孔章追问道："什么代价？"徐吴说道："没有写明，应该是两人心知肚明的代价。"

孔章又问道："这里并没有柳小姐的那份，难道她没有立下契约？"徐吴很确定荣福说的话是真的，只是柳小姐立下的那份契约可能被人拿走了，若不是在小青手上，便是在周二爷手上了，小青已经被家里接了回去，那只能先到二爷那儿看看了。

只是这位"公道先生"是谁？

第二十八回
噩梦袭来亲人两相疑，婚事一场芳迹难再觅

当周三儿终于站在天津女师学堂前时，才真正得到了自由，心情十分舒畅。周三儿跟父亲提议想到北方读书，他说没有供她读书的闲钱，因为大太太膝下只有她，才肯费许多工夫说服她父亲。

周三儿很热衷于社交，她刚到学堂便参加了学堂举办的一场新文章比赛，比赛的学生要用白话文做出一篇文章来演讲。一会儿，便轮到她上台了。这个稿子她准备了许久，又拜读了《青年杂志》上刊载的许多文章，对于自己做出来的文章她是很胸有成竹的。只是要她在台上当众朗读出来，这对她来说实在是一个难题，她的心里紧张极了。

旁边有一位女同学看出了她的紧张，笑道："你莫要紧张，朗读的时候就当他们是一堵墙，只顾自己便好了。"周三儿苦笑着点点头，见她也正背着文章，便问道："你以什么为题？"这时，女同学倒不好意思了，说道："实在是写得无法拿出手，只能硬着头皮上台了。"

周三儿只当她谦虚,拿过来一看才知道她说得不假,实在是平庸的文笔。对方拿了她的稿子去看,看完直赞道:"先生们肯定很喜欢你的文章,实在是奇思。你这样的人才应该是很吸引注意的,怎么我不曾见过你?"周三儿回道:"我才到学堂不久。"

她问道:"你叫什么?"周三儿回道:"我名舒,姓周。在家排行老三,你叫我周三儿吧。你呢?"她回道:"我姓柳,单名一个冰字。但是大家都喊我的字,飞泉。"

正说着,便有人过来喊周三儿上台。她深深吸了口气,一步步往台上走去。当站在台上的时候,下面一群人抬头直盯着她瞧。她强自镇定,却仍读得断断续续,她知道,自己读不下去了。嘘声四起,她的手脚渐渐变凉,眼前浮现的是她父亲严肃而鄙夷的神情。

口吃的毛病一直是父亲厌恶她的借口,他不能忍受她这个毛病,逼着她读一本本拗口的古文章。她很会看他的神色,若遇到他心情好时,那么这一日,她便没有什么事,就是读得不好,他也睁只眼闭只眼,只是取笑几句。但是许多时候,他拿着长而厚的戒尺,读不好便打。

周三儿觉得那是一种当众的凌辱,他将她放进尘埃里。那时,她总不敢与人对视,只低着头走路。如今,她独自到天津来了,还是不敢与人对视。见周三儿浑浑噩噩的模样,有人上来把她扶了下去,一边说着安慰的话。

比赛之后,柳冰因为文章写得极好,被邀请主持了许多活动,成了学堂里的大红人。周三儿对她说:"你上台读的是我的文章。"柳冰拉着她的手,眼睛看着她解释道:"我当时看你的精神是极差的，又觉得你的文章写得好，想着上台去帮你读了。当时本想跟大家解释那是你的文章，可先生说规矩是要读本人的文章，我没法子了，只得说那是我的文章。"柳冰看她的眼神，让她想起了她二哥，那是她极为厌恶的眼神。

周三儿又想起了一些往事，她倚在桌边，傍晚幽幽暗暗的光线穿过窗格子照在她身上。二爷靠近她，拉住她的手，求道："三妹妹，你不要告诉父亲，你知道他的脾气，我会被他打死的。"他拉着她的手摇摆，她的心也跟着动摇了。小时候，她总把自己关在房间里，他也爱拉着她的手，喊她："三妹妹，外面的天气这样好，我带你去玩儿。"

她轻轻拍拍他的手，扶着他的肩膀坐下，安慰道："我绝不说出去。"他拉着她在一旁坐下，伤心道："我每晚都做噩梦，梦见冰儿来找我，难道我就不苦吗？若是连你也不体谅我，我可怎么办？我实在闷得慌，这件事只能跟你倾诉。你说这件事很快便会过去的。那时候，你说好了要帮我。你可不能说话不算话了。我的病总不见好，还严重了起来，我的日子也不多了吧。"

她起来倒了杯茶，递给他，安慰道："你只是得了癔症。过一阵让父亲给你钱出国治病。你就不要担心了，这不是正吃着药吗？"他没有接过茶杯，心里总是空落落的，终日魂不守舍，似乎想起什么来，对她说道："我见那个徐吴似乎在查这件事情。我担心极了，约见了他几次，总觉得他看出了点什么来。三妹妹，你说怎么办才好？我真是怕极了，所以想找你商量。我一时把他拖在家里，不知道该怎么解决。"

周三儿把茶杯重重搁在桌上，心里堵着一口气。他依然是

梨园秘闻录（上） 293

这样，懦弱至极。她想起旧事，冷声道："为什么偏偏你这样性子的，是我二哥哥？在这个家中，你是唯一待我好的。我母亲与父亲离婚后，父亲恨极了我，稍不顺心便揪着我打。我那时怕极了他，为了躲他的视线，总把自己关在屋子里。你总给我拿许多玩具，我信任你这个兄长，我心里的苦，你是全知晓的。那时，我偷偷告诉你，我要去找我母亲，想要逃出这个家。你答应帮我，我信任你。我收拾好了东西，在西街口等你，你却不来。"

见她提及这桩旧事，他有些紧张，解释道："那时，我刚踏出门便被父亲叫住了，他见我的样子实在鬼祟，便叱问我。我心里虚，又实在怕极了，这才不小心说出口的。但是之后，我赶忙叫人出去找你去了。"她问道："那时候多晚了，你知道吗？若不是你，我会被人掳走吗？"

他幽幽说道："你被唐家人掳了去，并不怪我，你怎么还不明白呢？三儿。"她心里恨极了："你总以为是因为父亲招惹了唐家，我才会被寻上仇的。可是他们问我是不是周家三小姐时，我以为是你叫人来接我，才应了他们。"二爷低着头，没有接话。她想他依然是这样可气。三小姐故不作声，想看他的反应。屋子忽然冷了下来，他现如今是求着她的，不得不表态："我去把你赎回来了。"

她又笑了声，说道："我在那被幽闭了七天，父亲才做了让步，接受唐家人的条件。"他望着她："我也很愧疚。三妹妹，你莫要生气了，我以后会对你好。"她逼近他，厉声说道："你不曾问过我遭受了什么，只是愧疚。你一点都不想知道我遭受了什么，总是祈求被原谅。"

她回想起父亲的书房。那时,她瘫坐在地上,一块高而大的匾额悬在她的头顶,四周是一排排黑色的木柜子,里边的书散发出一股霉味。被赎回来后,二哥带着她到书房。她写给母亲的信被父亲截住了,如今又做了出逃的举动。父亲气坏了,拿着蘸水的藤条抽她。而她的二哥站在门外看着,用委屈而可怜的眼神望着她。他总是以为一个眼神,许多恨便能一笔勾销,如今他对自己爱的人也是这样懦弱,她不由得问他:"你真的爱她吗?"

他心里一颤,沉着嗓子说道:"我爱她啊。"她摇了摇头,说道:"我听见了你和三姨太在商量退婚,若不是你怕极了父亲的脾气,她最后也不用嫁给你,也就不会死了。"他抓住她,想要解释。

她又说:"你觉得她同荣福去了封田县已经是不贞的女子,你对她是恨极了,不确定她是爱你还是爱他。你一直在想,反复地想。你的心里早就有仇恨在滋生,所以新婚的当天只不过是实施了你的想法。"

他忽然跑到书架上抽出一张契约,甩到她面前,抑制不住地悲愤:"你自己看一看,这两人你可都认得?她想要害我,她想要害我。我没有错,没错。只是我也错看了你。"周三儿将它捡起来,却看到了柳冰和自己母亲的名字,心里一跳,她从来不知道柳冰竟然会签下这样的契约,而中证人竟然是自己的母亲。

当周润青第一次在酒楼见到周琮时便认出了她,虽然他从未见过,但是三妹妹总会拿着那张照片问自己她们长得像不像。他暗自欣喜,她总算是见到自己的母亲了。但是当小青将这张契约拿给他看时,他既震惊又愤怒,认为自己未婚的妻子同三妹妹想要他的命。

她虽然恨极了他,却没想过要他的命,她知道他误会了,解释道:"我不知道她签下这样的契约,没想过她会害你。"周润青怒道:"我在酒楼见到你和她在一起,你也要害我,为什么?"

周三儿知道,"她"是指她的母亲周琮,说道:"我没有打开看过,我是不知情的,你信我吗?"周润青只是问她:"你不会告诉父亲吧?"周三儿知道他说出这桩事是想达成暂时的和解,回道:"我不会,不会变得像你这样。"说完便已心灰意冷。

徐吴和孔章本是为了柳冰的契约来找周润青,却不巧听到了两人的对话,才知契约真在他手里。见三小姐出来了,他们也就顺势敲门,登门拜访周润青。

大太太知道徐班主还留在梨园里,便要他再唱一台戏,因为有贵客到,要是演得好了,人人都有赏钱,是以大家都打起了十二分精神来做这场戏。趁着戏还没开场,徐离到后台来找她阿爹。跑场的都站在台侧候着,见她过来,都笑着打招呼。但她心里正藏着事,一副忧心忡忡的样子。

一个举着旗子的人问:"阿离,你是怕今儿领不着赏钱吗?"另一人在旁边也取笑她:"有班主在,她还怕没有钱使吗?我看是藏着个情郎在这儿,要离开了,正舍不得呢。"他们说着,就笑成了一团。徐离瞪了他们一眼,骂道:"我这儿有事呢,你们俩可给我等着吧,我叫孔叔来收拾你们。"大家平常都是玩笑惯了的,也都不当真,继续在一旁玩闹。

徐离穿过台侧,到了徐吴的化妆间,梅姨正给他画脸。见她来了，梅姨也就把笔搁下了。梅姨笑问道："你怎么跑来了？"徐离在一旁坐下，倒了杯水喝，说道："我有一桩大事要给阿爹说呢。"徐昊和梅姨相视一笑，装作一副愿闻其详的样子。徐离问道："大太太弄这么大阵仗请的贵客是谁，你们知道吗？"

见他们一副不知道的样子，她才说出答案来："这个贵客是来周家提亲的。"徐昊问道："提谁的亲？"徐离回道："自然是三小姐。"梅姨见她很得意的样子，又问了："你知道是哪一家人提的亲吗？"徐离笑了笑，说道："您这是想考我呢，我都打听来了，是东边的唐家。"徐昊心想，怎么忽然就冒出个提亲的唐家呢？

正说着，徐昊要上台了，徐离依旧站在台侧准备拉幕布，台下的情形也是一览无余。今天大太太穿着一件玫瑰紫色的袄子，暗红色的眉勒，满绿的翡翠珠子挂在脖子上，三小姐则穿着一件石青色真丝夹袄，下面是件宝蓝色盘锦花棉裙。她常常见三小姐的穿着很西式，怎么今天倒一副旧式的打扮了？

这次周家老爷也出席了，他穿着长衫，发白的头发藏在褐色瓜帽里，不说话时神情十分严肃，而坐在他旁边的大概是唐家老爷了。徐离见他们两人笑着寒暄，又相互敬酒，想来应该交情甚好。

周润青倒是往常的装扮，只是面容很憔悴，周老爷见了很不满，问道："润青这是怎么了，身体还不见好？"大太太也跟着问道："润青脸色确实越来越不好了。"三姨太也很担心，说道："我见也是这样，这药吃得怎么就是不见效？要不再换换大夫吧。"

他有些慌张，回道："父亲，我这只是小病，就快好了的，不用换大夫,不用换大夫。"三姨太见他这样,也就不坚持了,转而小声对大太太说道:"太太可是要有喜事了,我看三儿这桩婚事是成了。"大太太敲着手听戏,微微点头。

周润青抬头向三小姐的方向望去,欲言又止。三小姐没有看他,只在一旁绞着手里的丝帕。三姨太笑道:"这次三儿出嫁,大太太可要多出点嫁妆了。"大太太说道:"要是嫁到唐家去,嫁妆是少不了她的。"

三小姐拿过仆人端来的茶壶,给大太太倒了杯茶递过去,笑道:"母亲,如今我要是嫁了出去,以后可怎么服侍您?"三姨太在一旁跟着笑道:"三儿从小便是有孝心的,姑娘大了总是要嫁,以后多回来看看就是了。"

大太太说道:"你嫁到唐家就是最大的孝心了。"想了想,又告诫道:"在自己家中怎么样都可以,但是嫁到了唐家,可要守着些规矩了。不许再穿那些时髦的服装,也不许你再做什么出格的事来。他们家的人,眼睛可明亮着呢。"

戏散了之后,三小姐没有到大厅去吃饭,而是回到了书房。天已经黑了下来,却没有人进来点灯,她一回来便坐进了沙发里,想起自己的婚事,慢慢地沉思了起来。不一会儿,她想起自己藏起来的书匣子来,赶忙叫来了兰儿。

兰儿慵懒地打着哈欠便进来了,回道:"三小姐回来了。"她在黑暗中瞪了兰儿一眼,只是似有若无答了一声。兰儿有些生疏地拿起灯台,挑了挑灯芯,然后才抽出一盒火柴,擦亮了火。火光照着她的侧影,真是像极了小青,看着兰儿,她想起小青临走前的那番话。

小青知道三姨太要把她赶出去,三小姐却没有求情,跑来找她哭诉:"这么些年来,我夹在你与大太太之间实在难受极了,大太太只当我是个耳报神,你也总是防着我,左右不是人的,就是到了这样的处境你也不帮着我。"说着她便哭了。

三小姐实在是烦极了她苦兮兮的样子,外人看着她性情好又爱笑,就连城府极深的张管事都夸她好,她心下却觉得好笑。

小青这些话大概也说给大太太听了,大太太直言道:"你这样哭,兰儿还以为我欺负你了。"

小青顿时止住了哭,哽咽着道:"你这是在说什么?"她说道:"我早烦了你的一些小心思了,你从小便看着我被父亲打,打心眼里也是看低我的。只是你在这宅子里演得好,处处与人为乐,你本以为你能飞上枝头变凤凰,却没想到半路杀出个她来。"

这时小青倒不哽咽了:"柳冰已死,我们说过不提了的。现在你又提起来做什么?你以为你就是清白的吗?"又说,"我也是一时糊涂,做出这样的事来。二爷实在可恨极了,就因为我是没有身份地位的,他喜欢上了她,要与她结婚,便能把曾经对我说过的誓言当作空话吗?他轻轻松松地转身便走,而我还要帮着张罗他们的婚礼,给他们贴上一张张喜字。"

三小姐冷笑一声,打断她的话:"他一向这样,有什么稀奇呢?我也劝过你,你偏不听。好了,他抛弃你了,你整日就只会哭。"小青无话可说,只怪自己一头栽了进去。兰儿在这时喊道:"三小姐,三姨太太找您打牌去,说大太太在偏厅组了个牌局。问您去是不去?"她朝外边应了一声,拿着挂在架子上的大衣就走了出去。

正想着,有人影在她眼前晃过,吓了好大一跳,却是兰儿

梨园秘闻录(上) 299

拿着件外衣进来,说道:"二爷找您过去说说话呢。"她也正想找他去呢,披上外衣便往周润青的院子走去。

当她走进屋子的时候,他正伏在桌子上,就着昏暗的灯光在写稿。眼镜不时掉下来,他拿手去托,又全神贯注地在那儿写,连她走进去都不知道,他就是这样认真,所以父亲极喜欢他,她是很嫉妒的。她喊了他一声:"二哥。"

他听见声音才抬起头来,见到三儿,勉强一笑。他是为了这桩婚事找她过来说说话的,因为是他向父亲提议让她嫁给唐家人的。她站在那儿,没有再进一步的意思,只是问他:"你害怕了,你害怕他们知道你杀了人。我是站在你这边的,也已经向你做过保证了,我不会说出去,你还是不相信我。"

他停下笔,也慢慢站了起来,走向她:"你到了年纪,该嫁人了。那个荣福,你们不合适的。"她问道:"那么我就该嫁给唐家人吗?怎么你偏偏选了唐家?"她曾经将自己出逃的计划告诉他,如今他又把这件事告诉了父亲。

他拉着她的衣角,解释道:"父亲的处境很不好,如今正是改朝换代的时候。父亲只得了个闲职,而唐家正在势头上,并且很受重用,以前的事情就让它过去。"她气极了,那是曾经绑架她的敌人,而今自己的二哥竟然说得这样风轻云淡。

因为他的想法,三小姐气急反笑:"他们家因为同父亲不和,把我绑了关了许久,今天却能对着我笑。以往,我只是觉得你懦弱,而现在你与他们一样,变得冷酷起来了。"她慢慢逼近他:"你看看你现在,真是病得不轻,你早就同他们一样了。你杀害了你喜欢的飞泉,还害了小青,你在纵容你内心作恶的种子,你永远都好不起来了。"

说话间,她抽出一把锋利的短刀向周润青的脖子挥过去,下了狠心要伤害他。他还没反应过来时,脖子上已经是一条血痕了,当即夺过她手上的刀。在外边观察了许久的徐吴和孔章见屋子里有争执的声音,破门而入。

　　唐家人迎亲的那天,徐离还在南江镇上,只见红衣裳的迎亲队伍排了极长,从巷头直望到巷尾。至于周润青,徐吴没有再提起过,只听孔章提到一句,说是周老爷送他到国外继续修学去了,还有人说是治病去了。

本篇

楔子
山雨欲来风满楼

一层乌云蒙在半空,风摇树晃,"沙沙"声不断,惊鸟群飞。杨家宅建在半山之上,这里虽偏僻,找上门来的人却很多,所以门房的设置是必不可少的,若是无关紧要的人上门,就会被堵在门外。

管理门房的是老刘,大蒜鼻,红通通的一张脸,穿着白汗衫。只负责接电话,对方一开口,便能知其身份,只拣了重要的人转接进宅子,很受杨买办的喜欢。他一步三晃,迈着步子进门,口中还哼着小曲儿:"谁道这,金瓦银瓦堆作城。"他将一大串钥匙扔在桌上后,推开窗户,风直往面上拂,红色玻璃映出的光照在他的脸上,又从怀中掏出一块白布巾,擦了擦额头上的汗,踱到电话边,拿起话筒,默默念着一串号码,手中转动几下,接通了电话。

虽然是他挂了电话过去,却不吱声,也不报名姓,只凝神听着对方说话,不时点头,说了几句,便挂断了。他看了身后一眼,见没有人,才慢慢坐回位子上,拿起今日的报纸,翻看起来。不久又看了电话一眼,起身走到电话旁,拿着白布巾擦了擦话筒。

才刚放下,电话又"丁零零"响了起来,声音大得很,吓得他心里一颤。接起电话时心里不免有气,还未开口,便听到那边急着说了一通。他一听这声儿,调门高,说话时又提着嗓子,便知道是来催账的蔡用生了。

近几日,来催账的人不少,可是杨先生不在家,家里又闹得厉害,哪里有人会去管这些小账呢?这样的电话,他自然不会转接到宅子里去,敷衍几句便挂了。

他看了眼墙上的挂钟,摇摇头,心想这才六点钟呢,报童已经将报纸送到这里来了。这时间还早,太太还没有起来,稍晚些再将报纸送进去吧。这样想着,自己先看起了报纸,才翻了两页,便瞧见一则命案新闻。他赶紧拿到眼前细读,方才松了口气,原来只是海盗头子被杀害在赌城中,这也不是什么稀奇事。

忽然,"丁零零"一阵响,又有人打电话来了。他接了起来,一听这声儿,便知是李总巡,客气道:"李总巡,我们先生可是有消息了?"杨先生被绑架了,大太太到巡警厅报案,李总巡便是负责这案子的。

他正等着信儿,可那边迟迟没有说话,便再问道:"我们先生可有消息了?"才听那边回道:"昨夜,在你们长门巷的一处院子中发现了杨买办,让杨太太速到巡警厅一趟吧。"他一听这消息,心里吓了一跳,一时紧张起来,不小心将李总巡的电话挂了。

他一拍脑袋,又赶紧挂电话到秦管事那里去,许久都没有

梨园秘闻录(上)

人来听,心里一急,便将电话挂了,快步跑进宅子里找人,可是四处问下来,都说没有见着秦管事。

他又连忙往杨太太的房里去,迎面撞见了夏秋。她手上捧着水盆,刚从太太房里出来,见了老刘,摆起了脸,很不高兴,责怪道:"你慌慌张张的做什么?还跑到大太太这边来,什么事?"老刘怕夏秋,因为她整日板着脸,见了人都要训斥几句。老刘没有答话,疾声问道:"太太起来没有?"夏秋瞪着眼睛,挡在身前,说道:"一早起来了。"他连忙往里走,解释道:"李总巡方才挂了电话来,我有事要告诉太太。"夏秋见他这样急,问道:"怎么,先生找到了?"老刘哭丧着脸,摇了摇头。

见此,她也不敢拦人了,侧开身子,道:"你去吧,她在侧厅呢。"老刘留心探问道:"还有谁在?"夏秋朝天翻白眼,冷声道:"该在的都在,你赶紧去吧。"说完一转身,倒水去了。

老刘也顾不上她了,朝前跑了几步,远远便瞧见侧厅里坐着许多人,不觉放慢了脚步,只将头往里一探,见杨太太坐在首位上,各房里的人则分坐在下边,神情或哀或急,气氛很凝重,似乎不是说话的好时机。

只听有人埋怨道:"只怪他年纪大了,做糊涂事,不过是外出一两个月,你们怕什么呢?怎么还闹到巡警厅去了?若是李总巡知道我们报了假案,还不知道会怎么样。"杨太太怒气冲冲,重重拍了桌子几下,有些痛心,骂道:"你为了这些家产,不管你父亲的命,还说这些让人寒心的话。都说虎毒不食子,你倒是反了过来,偏偏是子要食父。"

又有人安慰道:"大嫂嫂,你不要心急,我联系了一些社会上的朋友,让他们帮着找大哥了,会找着的。只是,你也答应过不报到巡警厅去的，怎么还悄悄去找了李总巡？"话里话外，也是有些埋怨。

这时，下边连声应和，对太太悄声报警之事，多有不满，跟着说道："大哥只是采办东西去了，路途遥远，又不好走，就是去一两个月也算不上什么的。倒是巡警厅的人查起我们家来，他做的糊涂事可不就被查出来了吗？"

老刘见秦管事站在门口，便向他招了招手，示意他过来。却被杨太太看见了，问道："什么事？"老刘低着头往里走，喏喏道："太太，李总巡方才来电话了，说我们先生找着了。"

杨太太面上一喜，问道："人在哪里？"老刘刚要回答，却是年轻男子先开腔了，庆幸道："我说什么了，能找着他的。"老刘低着头，盯着地上的石砖，有好一会儿都不敢接话，还是秦管事在一旁催促，他才不得不道："在长门巷的院子，说是杨先生没了，要您到巡警厅一趟。"

杨太太一愣，许久没有说话。

第一回
吉庆有余新春贴花红，凶兆有迹旧院闹人命

将近傍晚，天还没有完全黑下去。徐吴将写着"呈祥"二字的灯笼挑在竹竿上，手一伸，再轻轻一扣，灯笼稳稳挂在了门梁上。而站在一旁的阿离，则将写着"五谷丰登""吉庆有余"的红纸贴在门上。

阿离贪玩，一下便爬上了木梯，那是从仓库里搬出来用来贴春联的。梯子虽不是很高，却能一览巷子里的风光，一眼望去，一式的黛瓦粉墙，天边的积云，层层卷浮，压得越来越低，快抵到了屋檐上。不过，大概是新春的缘故，即使云压得再低，天再冷，也是很喜庆的。

她的嘴边噙着笑，慢慢收回目光，对面的院子，有半高的墙和盛大的榕树，她不由得好奇地踮着脚，探头细瞧。一个月前，这院子搬来了两个炉匠，一老一少，似乎是师徒，每天挑着两个木箱子出去，起早贪黑，走街串巷谋活儿。

平时很难见到他们，晚上却常常听到拉风箱打铁的声儿，吵得很。不过，这两天倒没听到了，大门也关得紧紧的。这样

的除夕夜，既不挂灯笼，也不贴春联，大概是搬到别处去了吧。她这样一想，又有一些气馁，难道是被隔壁的老人家赶走了吗？

忽然，隔壁院子传出了摔碗碟和叫骂之声。不一会儿，便见陈妈妈推开门，捂着脸跑出了巷子。阿离看着远去的身影，叹道："这位王老爷又在闹什么脾气？陈妈妈跑了，谁还会伺候他呢？"

这位老人家，脾性古怪得很，要邻里喊他王老爷，孤家寡人住在这里，只雇了陈妈妈一个伺候。陈妈妈脾气却实在是好，包办了所有的活儿，缝补浆洗，一日三餐，还兼着打扫门庭，实在不容易。

正想着，梅姨走到门下，手上拿着一个暖手炉，招手让她下来，笑道："快下来吧，小心冻着了，快暖暖手。"她见梅姨催，应了一声，作势下去，眼睛却扫到了对面的院子，仔细一瞧，脸色完全变了，颤声指道："那里倒着一个人。"

徐吴一听，神色骤变，也爬上木梯去，不过天已经完全黑下来了，一时看得并不真切，对梅姨说道："你同阿离到巡警厅报案去。"说完，他急忙进了屋子，喊上孔章，一同到炉匠的家里探情况。

他敲了许久，全没有回应，心里知道情况不妙，随即退后几步，找了一处地方，翻墙进去，直奔后院，一眼便瞧见树下倒着的黑影。他拿着手电筒一照，一眼便认出了老炉匠。只见老炉匠身上套着一件褐色夹袄，胸口有一大块干涸的血迹，胸前是枪伤。原本黝黑的脸已经腊黄，双手紧握，垂在两旁。

徐吴又用电筒照了照四周，发现这是一处中西结合的小花

梨园秘闻录（上）

园，主人还在当中设置了亭子。石桌上摆着几样小点心，两只酒杯，一件红泥小火炉，炉子上还剩半壶酒。地上散落着细碎的煤炭块，用手一捻，随即化开，粘在了手指上。前天大概晚上八点钟的时候，下过一场小雨。

徐吴问道："你知道这一间院子的主人是谁吗？"孔章答道："听说是洋行的买办，我原先也不知道，还是从阿离那儿听来的。"徐吴奇怪道："她怎么会知道？"孔章回道："她也是听王老爷说的，王老爷原来也是在洋行做买办，后来王邵洲先生顶替了他的位置。"

说起王邵洲，徐吴倒是见过的。一身洋西装，手上还拿着一根文明棍，大概是来看望王老爷的，神色郁郁。见了徐吴便点头招呼，还拿出了自己的名片，似乎很好礼。两句客套话说完，便说有事，雇了车匆匆走了。

正想着，徐吴在老炉匠脚下发现了一张半湿的纸张，字迹已经有些模糊，却可以看出是一张汇票，依稀辨认道："盛昌票号，凭票会到，公道先生成色银五百两整，言定在远江，本号见票无利交还，不误此据。"

念到"公道先生"四字时，徐吴和孔章皆变了脸色。这时，一束光照了过来，巡警员已经进了院子。孔章一时情急，想将汇票藏进袖口，却被眼疾手快的徐吴阻止了，放回了原处。孔章疑问道："为什么？"徐吴道："若是我们拿走了汇票，可就妨碍了办案。汇票上的字，我全记下了，回去便誊抄出来。"

话刚说完，那人已经到了跟前，表明自己的身份，道："我是巡警厅的总巡，姓李。"他一边说着一边蹲下，观察四周的情形，并做了笔录。之后，又抽出了一双白手套戴上，在周边的草地上翻找，将证物分别装进文件袋中，包括那张汇票，行事十分利落。

搜集完后，李总巡问道："住在这院子的，还有一位，你们认识他吗？"徐吴回道："见过几回，看着是一个高大憨厚的年轻汉子，常常五更天便出门谋活儿，深夜后才回来，行迹不明。"

李总巡沉吟片刻，又问道："有位洋行的买办被匪徒劫持了，这事你们可有听说？"徐吴不清楚他为什么会有这一问，摇头道："不曾听说。"李总巡道："七天前，巡警厅接到杨家太太的报案，她的先生，隆泰商行的杨买办，在西街口被三个匪徒劫持，时间是下午一点钟。"

接手这桩绑票案后，李总巡立即到杨家去查问情况，杨家人却很不欢迎他的样子，只有杨太太肯出面和他交谈。匪徒绑架了杨买办之后，索要天价，只给七天时间筹钱，若有外人知道，立即撕票。杨大太太怕七天期限一到，筹不到款项，匪徒要杀人，于是报到巡警厅上去，打算一边筹钱，一边秘密查出藏人的地点。

李总巡立即从杨买办身边的人查起，又到杨家各处旧业转悠，打听得知这间院子住着两个炉匠，便开始怀疑起来。他实在是诧异，只是靠着锔补铁锅的手艺，哪里租得起这院子呢？且先不说这地段好与不好，就是每年打理小花园的费用，也是高得很。

他问过杨太太，她说起这事也很含糊，只说似乎听杨买办说过什么炉匠。李总巡便以查户籍为由，到这里来查过两人的户牌，见他们和杨买办签下的租约后，才消除了些疑虑。

不过，他仍有些不放心，于是又跟踪了两日。这两人每日皆到街上镅补铁锅，一人拉风箱，一人叮当打铁，很是配合。随着期限的日渐逼近，他只得往其他线索去查，却毫无头绪。今天下午一点钟，正是约定交款换人的时间，匪徒却没有出现，杨买办也没有消息。

方才，他在巡警厅里坐着，忽然想起了这两人，一路直奔，才刚到巷口，便被两位年轻女子拦住，说前面一间院子里有命案发生。他心里一惊，没想到死的却是老炉匠，那么小炉匠到哪里去了？于是他转过身，小心地沿着墙边走，往屋子里去。用手电筒往里照时，隐约见是西式摆设，便知道杨买办在这屋子是装了电灯的。打开电灯后，屋里一下亮了起来。西式的格局，楼下隔了几间用处不同的隔间，中间设有半高的阁楼，隐隐散发出一股味道。

他对这味道最熟悉了，循着味道找去，发现是从阁楼散出来的。他小心翼翼地走到楼上，发现阁楼的木门被锁住了，又找来炉匠的箱子，用锤子砸开了木门，往里一探，却被眼前的景象怔住了。

男子歪倒在椅子上，四肢被绑，额头上有一道口子，脸上布满了血迹，脚边有一把铁斧。他曾经见过杨买办的照片，所以一眼便认出，眼前这人是杨买办，人已经死了，看腐化的样子，大概有一个月的时间了。

楼下忽然一阵骚动，他走到楼梯口，见是巡警厅的人，便朝下喊人来处理。下楼后，他见眼前的两人，面对这样的命案，竟然很从容应对，当下有些佩服，说道："徐先生、孔先生，烦请到巡警厅为我们做一下笔录。两位不用担心，这只是例行的规矩，若是还有小炉匠的线索，还请告知。"

徐昊想起了梅姨和阿离，问道："那两位报案的小姐在哪里呢？"李总巡道："这里实在污秽，我让梅小姐同那孩子回家去了。"他一边说话，一边将两人往外引。

半空中轰然一声惊响，随后"吱吱"声在黑夜漫开，空中一朵烟花亮开来，忽而又灭了，紧接着又炸开了两朵、三朵。几个半大的孩子提着纸灯笼，嬉笑而过，直往街上跑去。他们这样开心，是因为有热闹可看。

徐昊心想，阿离也是爱看热闹的，自从知道除夕夜会放烟花，也说要去看。每逢年节，他总是被请去唱年会，忙碌得很，没有时间照看她。她虽是个半大的孩子，却很机灵的，又很会说话，常常哄得戏班里的人同她玩耍。

孔章见他愣着未走，只盯着烟花瞧，猜出他的心思，也可惜道："今晚上，她也只能在院子里看了，也不知道，明天晚上还有烟花看没有？"李总巡答道："初二也有，我们这里，可以连放三日的烟花。"

这一路上皆是嬉笑怒骂的人，两旁则摆着供人消遣的各式玩意。反倒是巡警厅门前有些冷清，大门上只倒贴了两张红福。推门进去，大厅中只坐了一个人，旁边烧着一个炉子，猩红的焰火一跳一跳。那人正将一张信纸放在炉子上，火光迅速吞没了纸张，变成了灰。

李总巡喊道："老三，怎么只有你一人？"那人忽然听见声响，吓了一跳，一惊之下拿手去抓水壶，想放回炉子上，失神中烫到了，极力忍住那焦灼的痛意，笑问道："总算是有人回来了，我一个人很冷清，那边是什么情形？"

李总巡发现了，瞪着眼睛，责怪道："粗手粗脚，正经事干不了一桩。"老三讪笑，讨好道："外边冻得很，您快到炉子上暖暖手。"李总巡坐下，脱掉手套，闷声道："有两人丧命，其中一人是杨买办。"

老三惊道："怪不得没有杨买办的消息，原来是已经被人杀害了。只是对杨家那边怎么交代？我看他们难对付得很，必定会到巡警厅里来闹。"李总巡冷哼，道："杨买办死了至少个把月了，我还要追究他们报了假案呢。"

老三不解："怎么会报假案？"李总巡冷声道："这还得查一查，不过只怕他们不肯说。那笔款项，他们哪里会筹不出来？真有心救人，名下的股票、房产，哪一样不是可以抵出去的？"老三摇摇头，叹息一声："年关将近，发生的全是谋财害命之事。"

李总巡奇怪道："怎么，又有案子报上来了吗？"老三回道："也不是有案子报上来，只是在报纸上看到一则消息罢了。"李总巡问道："什么消息，谋财害命之事，你不是早看惯了吗？怎么今天竟发起了牢骚，倒苦水来了？"

炉子上的水烧开了，沸出的水浇在炭火上，冒出几缕雾气。老三赶忙起身倒了些茶叶过来，一把将水倒进茶壶里，才回说："黄旗帮的海盗头领被人谋害了。"李总巡笑道："这人狡猾得很，我们通缉了多少年了，还没捉住人呢，倒被人给谋害了。不过，这也算是为民除害了，他死了也好，你叹息什么？"

老三哼道："我并非叹息他的命，只是想他做了许多谋财害命之事，最后落得这样的下场，想到因果报应这一句，觉得并不假。"李总巡在他身旁坐下，问道："他这事，又是什么时候发生的？"

老三回道："似乎是一个月前。"李总巡奇怪，说道："这么大一桩事，巡警厅里头应该早传出来了，我怎么没听说？"老三答道："他的尸首几天前才被发现，上报的是隔壁镇的巡警厅，今日才见报呢。"

李总巡又问道："报上怎么说？"老三将报纸递给他，道："也没几句话，您自己看。倒是您，不要只顾着问我话，自己的职责却给忘了。"说完指了指坐在一旁的徐吴和孔章。李总巡这才丢下报纸，抱歉道："我想着刚进来，大家都冻得不行了，先坐着暖暖身子，再来问话。"

说完便引着两人到桌边，开始做起了笔录。

第二回
斥声不断幽巷藏双影，欲遮又掩戏楼唱单簧

"火烛小心，冬天日燥，河干水浅，前门撑撑，后门关关。"

三更已过，即使方才再热闹，人声也渐渐消了下去。徐吴回来之后，沉默着回了自己的屋子，在椅子上呆了半晌，想起那张汇票，他一下走到桌子边，拿起搁着的笔，一笔一画记了下来。

忽然一阵风刮了来，将半掩的窗户刮开，炉子上的火忽隐忽现，他走过去将窗户关上，却见到不远处，有两抹黑影。此时见到不明的黑影，心里不免疑心，定睛一看，才发现其中一人是孔章。

而另一人，身形虽不高却十分壮，似乎有事相求，说了几句话，见孔章不应，才转身走了。他将窗户关上，心中却很疑惑，这人是谁，怎么没听说过？他们做这一行的，虽然也讲究辈分，只是那人拱拳时恭敬的姿态，却实在不像是这一行当里的。

正想着，孔章推门进来了，说道："我见你屋里还亮着，过

来瞧一瞧，怎么还不睡？"进来时，只胡乱看了徐吴一眼，便往他身后的窗户看，张了张嘴，似乎要说什么，欲言又止。见炉子上的火要灭了，孔章随手捡了块煤炭放进去，又拿起桌面上的纸看，笑道："原来你是为了这事，闹得睡不着。"

"我见到这盛昌票号的汇票时，心里就有了打算，只是事情发生得急，不便多说。这家票号的本家是在平北城，生意做得极大，东南西北方皆有分号，长州只是其中一个分点。"

说到这里，孔章又看了徐吴一眼，才继续道："我们家与管理票号的大掌柜有些交情，我还见过他几次。我记得长州分号的掌柜是涂鸿宇。"

票号一概用乡不用亲，只招保荐过去的人，一概是先由小伙计当起，边做边上拨算课。孔章便去过一回，那是一间不大的屋子，光线也不好，四五个伙计围坐一桌，三四张桌子一起，极快地拨算盘珠子，声音极清脆利落，涂鸿宇也在其中。

徐吴听孔章说起这分号掌柜时，似乎很相熟的样子，问道："你认得他？"孔章回道："说起来，他同我家是世交，还是由我父亲保荐给莫大掌柜当伙计的。我离家的这些年，不曾与他打交道，他现在怎么也是一个分号的掌柜了，也不知道还肯不肯见我。不过，总要试一试，明日我便下个帖子到他家去。"

徐吴想起一事，说道："我见报上说票号的形势不好，为了止损，盛昌票号已经将西北的分号撤走了。长州的口岸有许多洋行生意，已经相继办起了好几间外国银行，这样下去，长州票号的生意也不好做了。"

孔章笑道："我很相信他的能力，我父亲常说他遇事随机应变，又肯下苦功夫，日后一定是有大作为的。他现在又当上了长州的掌柜,我父亲是没有看错人的,只是有时候,英雄难免也会受时势左右。"

在票号之前,商人的现银一向是由镖师护送,不过路上常常遇到抢钱的匪贼。而今将货款折成汇票,好处自然是有许多的。徐吴又想到一个问题,问道:"若我是画师,只要给我一些时日,我必然能够临摹出一张以假乱真的汇票。这样一来,票号每年可得亏损不少吧?"

孔章答道:"我原来也是有这样的疑问,不过票号不曾在这方面有过亏损。倒不是没有人作假,而是票号有许多防伪的法子和管理人的规矩,所以即使有人作假,各分号的掌柜和伙计也可以分辨出来。"

徐吴问道:"这如何分辨?"孔章回道:"分号的伙计都是由平北总号派去的,自小培养,都很识得掌柜的字,掌柜也时常在自己的字上做变化。后来生意渐渐大了起来,票号又有了专用的密押本,这密押本便是伙计和掌柜间的暗号,外人轻易不得知道。伙计只有见了这暗号,才会兑换现银。"

徐吴不信,说道:"若是伙计贪财,将这秘密卖出去,不就正好可以赚上一笔吗?"孔章笑道:"这保荐制度,便是为了有担保人,掌柜在挑伙计培养时,也早有一套识人的功夫,常常会考验他们,见品性不好的,早打发回去了,能留下来的则是不贪财的。不过,他们也自有防人的办法,无论是伙计还是暗号,皆是隔一段时日便换了的。"

这时候,徐吴已经十分信服了,不过他又注意起一件事来,说道:"可是今晚没有发现什么密押本。"孔章猜道:"大概是在小炉匠手上吧。"徐吴却觉得他的推测不对,道:"那他怎么不拿走汇票呢？"孔章又猜道："这张汇票上写着'公道先生'，难道炉匠师徒里，有一人是'公道先生'？"

徐吴不觉摇摇头，当他第一眼见到这张汇票时，却不认为"公道先生"会是炉匠师徒。他们是从乡下来到长州谋活儿的，这一点毋庸置疑。黝黑粗糙的肤色，手臂因为常常用到力气，比平常的汉子要粗得多。即使是这样冷的天，也只穿了双草鞋。他们指甲扁平，有黑色的污垢，手掌上又有极厚的茧子，划开的口子，已经结痂，这足以说明他们确实是做惯苦力活儿的。

小炉匠常挑着担子走在前面，眼神飘忽不定，时而望左，时而望右，同老炉匠说话时，也压低声音，看上去对人常有防备之心，疑心极重。老炉匠则是卖苦力气的，双目怒睁，不是个好脾气的人。这样的两人，不会是那位"公道先生"。能同黎第小姐这样的女子打交道的，必定是个心细且谨慎之人。

孔章问道："这些推测都不对，那这位'公道先生'和炉匠师徒还能有什么交集呢？"徐吴反问道："你看李总巡那人，怎么样？"孔章笑道："他做事利落而有条理，是个做事的人。"徐吴点头道："听他话里的意思，这位杨买办生前与炉匠师徒很是相熟，还将这处院子给了他们住，所以杨太太对这两人也没有疑心。只是，杨买办和他们怎么会相识呢？"

正说着，外边忽然传来了很大的动静，是隔壁的王老爷在叱骂："我可早就说了，那两个不是什么正经人，现在出了这样的命案，可不是教会了徒弟，害死了师傅，都不是什么好种。"

这样深的夜，许多户人家是已经睡下了的。徐吴走到窗边，看见车灯照在墙上，慢慢移出了巷子，汽车开走了。王老爷的叫骂声却还在："你以为我不知道你在外面做什么？不过是靠了

梨园秘闻录（上） 319

我，才有这样享受的日子，要是没有我，你早该到街上乞讨去了，哪里会有这样的风光？现在倒忘了我的好了。"

余下的话就听不清了，只是又一阵摔东西的声儿。细细一听，还有女人抽抽噎噎的哭声。"我总算把人叫来，又被你骂走了，还成天受你的气。要不是我那丈夫病得重些，需要挣这救命的钱，就是给我再多钱，我也做不来的。"

听见陈妈妈的哭声，徐吴想出去帮说，却被孔章拦住，道："你这样出去，是在助长他的气势，他见没有观客，自然一会儿就没声了。"果然，隔壁的叫骂声渐渐平息了下来，只有陈妈妈在墙脚发了几句牢骚。

当四周又静下来的时候，徐吴却不觉紧了紧身上的袄子，看着对面的那间院子，问道："王老爷说他和杨买办是旧识，杨买办和王邵洲先生在一条巷子里置业，也不知道两人是不是在同一间洋行做事？"

孔章没有想到这一层，道："这事我倒不知道了，明天一早，我再去打听了来。"说着，打了声呵欠，又见月亮慢慢偏下去了，说道："回去歇着吧，明日再说。"说完，两人便各自回房去了。

第二日，正是大年初一，街上到处都贴得喜庆，只是店铺开得比较少，稀稀落落的，可见都过节去了，只有大茶楼这样的地方还供人消遣。

一早，孔章托人到涂掌柜的家中下拜帖，原以为需得过几天才会有答复，没承想，只不过一个钟的时间，涂掌柜便派人到院子送了回帖，还有一封信。回信上写了许多话，多次提到了提携之情，知道他到了长州，似乎很高兴，相约在大茶楼见面,还说要亲自来拜访。

阿离起来,听说要同孔叔的旧识吃早茶,又回屋换了身热热闹闹的衣服。孔章见了便取笑她,阿离不好意思起来,追着要打人,梅姨笑道:"大过节的,要说吉祥话,博个好彩头。等会儿,你见了涂掌柜,要给人家拜年问好才行。"

出门时,孔章望了对面的院子一眼,门前忽然多了许多人。有些人他认得,是住在这巷子的左邻右舍。院子已经上了封条,只见他们站在那儿观望,不时交头接耳,议论起来。最显眼的,是两位穿着西式白衬衣的年轻人,抬着一架大相机,在门口拍了几张照片,还采访起围观的人。

路上,阿离问起了涂掌柜,因为她听说这人是孔叔家乡来的,她以前没有听他说起过家事,不免有些好奇,多问了几句。而孔章也有十几年未曾见他了,只知道他做了票号掌柜,其他一概不知,只答说:"见了便知,见了便知。"

到了大茶楼门口,只见三层楼高的骑楼,中西混合,雕梁画栋,就是玻璃窗也是五彩斑斓的,还布置了许多红绸子。门口的伙计见了几人,先是作揖问好,说了几句吉祥话,便将人往里边请,问道:"先生,预定了没有?"

孔章问道:"涂掌柜在这儿预定了间厢房,不知他来了没有?"伙计一听说是涂掌柜,便认得了,恭敬道:"早些时候,涂掌柜已经差人过来了,交代一定要一间位置好的。只是他人还没有到,我先把您引进去坐下,稍等会儿。"

说着便把他们引上了二楼,进了包厢,伙计连忙将大衣接过去,挂在衣钩上,还将茶点摆了上来,端茶倒水,好不殷勤。楼下传来了响动,大鼓敲了几下,弦琴声也是断断续续,听到这声儿,孔章笑道:"文武场面都摆起来了,只这几声便知道,这两位师傅是很有功底的,看来今天是有出好戏看了。"

伙计立即接话,笑道:"您耳朵真灵,我们请的这家戏班极有名气,是谭老板的三庆社,想来您几位也听说过。大年初一能请了他们来,没有哪间茶楼能比得上我们有脸的了。"说着又将几扇关着的窗户打开,一眼望过去,正对着楼下的大戏台,确实是看戏的好位置。

廊柱上描红画绿,青红相接,两串大红灯笼挂上,很显热闹喜庆。台顶上悬着两块匾额,一块写了"三庆社"名号,另一块则写的是"德威显赫"四字。台上左右两边,各有一扇小门,写着"出将""入相",是供伶人进场和退场的。中间则摆了一套桌椅,铺着绣福字红绸布。

伙计见他们都往台下瞧,知道他们是喜欢看戏的,便介绍起来:"向来许多名角,不是唱功好,便是做功好,这两样只能取其一。然而谭老板则是好嗓子好身手皆有。我见报上说他,身轻如燕,腰细犹蜂,跳踯则如猱升木,迅疾则如隼腾空,弓鞋装去,何殊巾帼,凌波鬌须,梳来熟识,男儿本相,舞动双枪,雪花乱滚,娇柔百态,风韵环生。"

阿离听了伙计最后一段话,觉得很耳熟,记得是在哪里看过,只是一时想不起来,看了看孔叔,刚想说话,却被他截了先。孔章对伙计说道:"你倒是看了不少戏,说起来很有些见解。"

伙计以为是取笑他呢,臊红了脸,不好意思道:"先生,实不相瞒,这是我苦背下来的,就是为着能同客人逗趣,多说些话。"说完便不好意思再待下去了,道:"先生,我下去给您几位拿戏单上来,今天武戏文戏皆有,只管看得尽兴。"

阿离见他走了,才想起来,方才伙计说的那段话,是从剧报上看来的,不过那段话并不是写来称赞谭老板的,而是夸孔叔的台上功夫。孔叔方才截了她的话,是怕她当面揭穿了伙计。

这时,又有人进来了。孔章抬头,见了来人,立即起身相迎,是许多年未见的涂掌柜。孔章一眼认出了他来,因为他的打扮是十几年如一日的。头戴一顶丝绸瓜皮帽,脚底下是双黑绸布鞋,赤色对襟大褂,手中拿着把折扇。很有些年少时的影子,只是多了抹须子,神态沉稳许多,这样儒雅的样子,挡了眼中露出的戾气。

孔章把他让上了主位,介绍在座的各位后,便寒暄了起来。涂掌柜将折扇一收,拱手问道:"听说孔兄一直待在北方,不知道为什么会到长州来?难道是来拜访梁慧生师傅?"孔章曾经拜在武师梁氏门下,而梁慧生正是这一门的大师兄,现如今久居长州,很有些名气。

徐昊听到梁慧生的名字,猜出是昨晚上出现在门口的人。他见孔章听了这话,有些难言,便接过话头,解围道:"我们这次到长州原是为了演出,不过昨晚上遇到了一些麻烦。"

孔章也接着道:"见谅,见谅。旧友相见却是有事相求。"涂掌柜倒是不在意,摆了摆手中的扇子道:"不碍事,我原来也是得了你父亲的保荐,才进了票号。"保荐这一桩事,是要对极其信任的人才会做,因为保荐之人还需要担一些责任,所以涂掌柜一直记在心上。

孔章将昨晚发现的命案娓娓道出,话还未说完,却被涂掌柜打断:"你可认清了?那人真是杨买办?"孔章肯定道:"这是经巡警厅的李总巡确认过的，没有错。"涂掌柜不由得撩了下须子，神色莫测道："怪不得我上他家里拜访，杨太太总以他出远门搪塞过去。"

孔章问道："你认得他？"涂掌柜点头道："算是场上的朋友，以前他们这些洋行的买办常在我们票号里汇款，只是后来洋人的银行办起来了，他们都同银行打交道了，票号因此多有亏损。"

这事，徐吴昨日已说起过了，又问道："自从通商口岸开放以来，许多洋行在沿岸开办起来了，做买办的人也越来越多了，不知道这里面怎么运作？"

涂掌柜笑道："以杨买办为例，洋人开办洋行，他在洋行里任职，那么他既要将洋货卖出去，又要为洋行采办货物。若是有人想搭洋行的轮船运货，也必须同他联系，办理货运、报关的手续，将费用交给他。再由他们按月份缴给洋行，而他则是按比例抽取油水。"

孔章疑惑，问道："若是他将款项偷偷吃下了，洋行岂不是要闹亏损？"涂掌柜用手里的扇子点了点桌子，笑着摇头道："那不能的，洋人精明得很，哪里会吃这闷亏？每位买办进洋行前，得缴押柜金，用于亏损时的补偿。款子的大小，则是看买办的财力，押得越多，买办进口袋的票子就越多。"

孔章又问道："现今有多少间洋行？"涂掌柜回道："大大小小得有十几间。"这时，徐吴拿出了王邵洲的名片，递到涂掌柜桌前，问道："众合洋行的王邵洲，不知道你认不认得，这人也是洋行买办。"

涂掌柜没有将名片拿起，而是用折扇点了点，说道："认得。"又忽然笑了起来:"难怪我看帖子上的地址,眼熟得很,原来你们住在他隔壁。王邵洲的买办,是接了王老爷的衣钵,虽没有将生意扩得多大,却也是把持得稳稳当当的。倒是王老爷年龄大了,做了许多糊涂事。"

孔章问道:"杨买办也是接了家里的衣钵?"涂掌柜摇头道:"他倒不是家承,他能有今天这样的日子,还是靠了王邵洲呢。"孔章不解,追问道:"这话怎么说?"涂掌柜笑道:"他年轻时是在账房里做事的,苦练了两年英文,很能同洋人打交道,并且是很流利的。王邵洲因此很赏识他,常将他带在身边,有提拔他的意思。"

说到这里,伙计进来上菜了。涂掌柜这时也就止住了话,等伙计报完菜名出去了,才又道:"王邵洲也没有看错人,只几年的时间,他便开始独当一面了。自己缴了一笔押柜金,也当起了买办。近些年来,他向洋行缴的押柜金越来越大,很得洋行的信任,已经压住了王邵洲的势头了。"

孔章问道:"这押柜金是什么说法?"涂掌柜答道:"杨买办现如今是最大的买办,抵押了好几处地皮和一些公司股票,共估价约有三十万两。这样,既是给洋行提供了流动资金,也换取了洋行的信任,因此合作得很好。"孔章探问道:"杨买办和王买办大概合作得很好,就是住的院子也只隔着几步路。"

涂掌柜摇摇头,似乎有笑话的意思:"你不懂生意场上的事。他们早有了嫌隙,常给对方使绊子,只是在一些不得已的场合上,面和心不和罢了。是是非非许多年,也早说不清楚的了。不过,杨买办同王老爷的关系倒还好些,王老爷住的院子是他置办的,若他不是被绑架杀害的,我还以为……"

楼下传来"咚咚"的鼓响,这几声一下敲醒了涂掌柜,他假装伸长脖子往外瞧,高兴道:"先不说他们,咱们看戏吧。我特意定了这个位子,正是为了方便看好戏呢。"

孔章望了徐吴一眼,见他没有作声,只是摇摇头,也就没有问下去了。他也跟着将目光转到了台下。没想到,只不过说一会儿话的工夫,台下已是人头攒动,伙计拿着茶壶在人群中穿梭,添茶倒水。

徐吴则心不在焉地看完了上半场,趁着歇戏的空档,将汇票递过去,问道:"我在命案现场见到了这张汇票,于是将它临了下来,想问一问,这位'公道先生',你认不认得?"涂掌柜见他是要打听票号的客人,作为掌柜,不该将客人的信息泄露出去,当下有些为难。

徐吴又道:"票号的规矩,我也是知道的,不敢让涂掌柜为难。我猜这应该只是拟名,并不是真名。"涂掌柜说道:"她并没有什么真名,只是每一年的年尾到票号来汇款,上个月便是她汇款的时间。"

徐吴问道:"他汇到哪里去?"涂掌柜笑着摇摇头,没有答话。徐吴又问道:"我猜,他大概汇到了久安、远江和南江这几个地方。"涂掌柜倾身向前,没有否认,只是说:"这个我不能说。"

孔章见此,在一旁问道:"那么,长相大概可以说一说吧?"涂掌柜笑道:"这倒可以,我敢肯定,你们一定以为'公道先生'是男子,不过我要告诉你们,她是一名女子。我看她虽是女子,那气魄可是许多男子都不及的。"

徐吴虽有些惊讶,不过细想以后,又觉得很有缘由,问道:

"她到票号汇款时，是什么样的打扮呢？"涂掌柜虽一年只见她一次，不过因为她实在是同平常女子有很大的分别，所以记得很清楚，于是答道："现在的女子以矜持、柔弱为美，而她却是行事干脆，举手投足间透着果断的气势。"

徐吴问道："她是哪里人？说话又是什么口音呢？"涂掌柜答道："这倒没有留意过，那女子并不多说话，只是照着规程办事，办完事便走。答话的时候，也是一口官话。官话她说得也正，听不出是哪里人。"

涂掌柜见他还要问下去，用折扇挡了挡，示意他往台上看去，又跟着楼下的人叫了一声好，好像正在兴头上，全然顾不上桌上的人了。

第三回
丽影三重为己各奔忙，满面春风幸自皆收款

　　台上热热闹闹唱完两场戏，一个上午便过去了。涂掌柜是早上过来的，走出茶楼时，已经过了晌午了，票号在这样的年节是最忙的，所以也就自忙去了。不过临走前，他又问起了梁慧生。

　　阿离见人走了，也问道："梁慧生是谁？难道也是孔叔的旧识吗？"孔章笑道："是我同门的师兄，也是旧识。"阿离笑道："他也是武生吗？台上的功夫是不是跟孔叔一样厉害？"

　　梅姨与孔章是同门师兄妹，并没有听过这人，疑惑地看了他一眼。孔章笑着向梅姨解释道："我打小学过一点拳脚上的功夫，正是有这一点底子，师傅才将我收了进去。这都是往事，不再提了。"

　　这时候，阿离见街上摆了许多小玩意，不觉快走了几步，又被一阵锣鼓响吸引了去，循着声音望去，原来一名老汉正在敲锣吸引人呢。只见他一面用力敲两下，一面说着江湖套话，不过还是那些讨生活不易一类的话。她笑了笑，只觉得无趣，

正要转头，却又被老汉身旁的姑娘吸引住了目光，那姑娘的年纪，看起来同她差不多，一身浅绿色的长衫，看着很秀雅的样子。姑娘摆弄着手里的小鼓，拿着鼓棒，先是敲了几下，之后姑娘清了清嗓子，问了句好，声音甜润，听着让人很受用。这一会儿，已经有好几人围了上去。阿离跟在后边，也围上去，站定了听她唱。

只听得姑娘唱道："抬泪眼仰天看月阑，天上人间总一般。那嫦娥孤单寂寞谁怜念？罗幕重重围住了广寒。莫不是步摇动钗头凤凰？莫不是裙拖得环佩铃铛？这声音似在东墙来自西厢，分明是动人一曲《凤求凰》。"

当姑娘唱起来的时候，声声哀婉却又很透亮，梅姨不由得也站在那儿听。姑娘唱罢，老汉拿起铜锣走了过来，有些人听完转身就走，只有两三位肯拿出几个铜圆丢进去。阿离也想掏钱出来，却发现身上没有带，红着脸回身看了眼梅姨，梅姨笑着掏出几个铜圆放进去。

老汉朝她们笑了一下，转身时，不由得掂了掂这几个铜圆，声音稀稀落落，并不响亮，不由暗自叹气。梅姨忽然叫住老汉，又拿出了一张钞票，递到老汉手里。

老汉见了钞票，顿时喜上眉梢，向梅姨连问了几声好。梅姨问道："她的嗓子好，怎么不送到科班去学？或者到茶馆里头去唱。总好过在街头这样混。可不要赚了些小钱，却害了姑娘一辈子。"

如今梅姨说什么，老汉都是欢喜的，也跟着笑道："她是我亲闺女，怎么会害她？只是我们穷得紧，才没有办法到茶馆去唱。"梅姨见他眼里只有钱，话也只是随口答应的。可想而知，

梨园秘闻录（上） 329

他明日后日，依然会带着姑娘到这儿来唱的。

那姑娘唱完后，只低着头，并不理会周边的事。梅姨多看了她几眼，心里有些不忍，说道："得了，你明天带上你姑娘来找我，给你们一个差事，比上这里强。"老汉细细记下了地址，又将姑娘带过来谢梅姨。

那姑娘见了梅姨，似乎有些怯怯的，不敢向前，被老汉推了一把，才问了声好。梅姨说了两句，又夸她嗓子好，她这才笑了一下，不过还是有些不好意思，然而当她瞥见梅姨身旁的阿离时，却不由得愣了一下。

老汉手里有了钱，心思全不在这了，心里只想着买点小酒小菜吃，晚点再到赌馆里赌上一把，想到这里时，便开始动手收拾东西。

阿离走了几步，才问道："梅姨，你想帮他们谋什么差事？"梅姨问道："你见了那姑娘，觉得怎么样？"阿离笑道："我见她站在那儿唱的时候，心里有些可怜她。我们同样都是肉长的，我还有你们疼呢，而她……"

梅姨笑道："鬼机灵，净说好话了。"又捏了捏她的手，接着道："她唱的时候，嗓子很透亮，但是又很紧张，见了我也是羞羞怯怯的，便知她还没有学坏，要是好好教一教，是可以成才的，而且我见她……"

话未说完，阿离也高兴道："我也见那姐姐唱得好，只是不知道她唱的是什么？"梅姨笑道："她这是将书上的内容唱出来了，她今天唱的是《西厢记》里的一段。"阿离不懂，问道："什么是《西厢记》？"

梅姨笑道："哎哟，我倒忘了，你没有读过这书。左右不过是才子佳人的故事,你还是不懂的好。"阿离又问了:"为什么不懂才好呢?不是要懂了才好吗?"梅姨被她逗笑了:"我是说不过你的,找你阿爹去。"

人渐散去,阿离这才想起她阿爹,转头见他正站在不远处跟孔叔说话呢。今早,她到阿爹的屋子收拾时,桌面上摆着几张纸,密密麻麻写了同一个人的名字"公道先生",纸上还有好几处墨渍,遇了水在纸上晕开,乱得很。

她一看便知道,他昨晚一定在琢磨此人,且毫无头绪。这像极了他写戏本时的样子,他想不出来时,也不将笔搁下,而是拿在手上,苦思冥想,等想出一处好的地方来时,纸上往往沾上墨渍了。

这时,梅姨便取笑几句,再帮他把纸重新铺上。梅姨对阿爹的心思,就是她也看出来了,怎么偏他自己看不透呢?他虽不曾说,但是她明白,这位"公道先生"一定是同阿娘有关的,在南江镇时,她便知道了。

这时,徐昊也看过来了,见人群已经散开,走过来说道:"我们要到巡警厅一趟,今日天色正好,街上什么玩意儿都有,你们再逛一逛,累了便先回家去,不必管我们。"说完,又单独嘱咐梅姨,道:"虽然是年节,但现在终究不是太平时候,不要晚回了,小心一些行骗和劫道的人。"梅姨说道:"知道的,知道的,你们去吧。"

徐昊点点头,便同孔章往巡警厅去了,因为离得不远,两人便没有雇车,只是走了一路,然而两人因各自有心事,一路沉默。头晚天色暗,今天再看时,才知道这是中西结合的大楼,有三层楼高,门面挂了"长州巡警厅"的牌子,很好辨认。

两人到了门口，却被门房拦住了，说是要登记。只见他微抬眼看了看两人，冷声问道："你们从哪里来？到巡警厅做什么？"又仔细问了住址，做的是什么工作，就这样缠了好一会儿，似乎没有让人进去的意思。

徐昊见此，拿出李总巡的名片递过去。门房推了推脸上的眼镜，微微露出笑，让他们进去了。孔章悄声道："架子摆得这样高，若是来报案，只怕首先被门房给吓住了，还提什么案呢？"

走进大堂，眼前一片敞亮，大堂里布置了许多长条椅，是供人坐着等的。不过这时候，好几条长椅上都倒着人，身上穿着警服，随手将帽子盖在脸上，就这样睡过去了。徐昊仔细一看，有两位还是昨晚见过的。

他刚抬脚往里跨，前面忽然传来了一阵抽泣声，迎面走来了两人。一位富贵男子搀着位老太太，一边走，一边低声安慰着。老太太穿得很素净，头发都拢到后面，梳了个矮髻，也没有佩戴头面。从小门出来后，她便一直紧捏着男子的手，双眼红肿，哀哀戚戚，撑不住要倒了的样子，说话时，已经有些失声了。

李总巡跟在后边出来，老太太斜眼看了看长椅上东倒西歪的人，语气透着不满，疾声说道："要是肯卖点力气，凶手怎么会抓不着。"大概是说得太急了，又接连咳嗽了几声，匆匆往门外走。

昨晚，巡警厅的人在院子里守了一夜，对现场进行了仔细的搜证。李总巡一早便挂了电话，让杨太太来认人，之后又将她请到了办公间，问道："杨先生是否同谁结过仇？"杨太太哭道:"生意场上的事,要是说害他的,我哪里懂得?不是说逃走了一个小炉匠吗?什么时候能将人抓住?"

李总巡回道:"已经下了通缉令,只怕还要等等。"杨太太气道:"等到什么时候?若不是你们这样办事,他怎么会被绑匪害死?"见杨太太不分黑白,李总巡也质问道:"杨先生已经死了月余,而你却报案说他七天前被绑架,为什么?"

杨太太听了这话,安静了下来,说道:"他确实很早就失踪了,我向许多人打听,全没有他的消息,只是想借助于巡警厅的力量找人,才用了这样的法子报案,我以为你们很快便能找着人。"

一场话谈下来,杨太太拒绝仵作解剖的建议,只说七天后一定要发丧。李总巡无可奈何,送杨太太出去,见着徐吴和孔章时,当下很高兴,他正有话要问他们。

昨夜,李总巡琢磨着这件案子,决定从盛昌票号的汇票入手,先查一查其中的关系。今早便挂了个电话过去,伙计却说掌柜不在。说起这事时,还怨道:"办案时,我是最怕同这些有钱势的商人打交道了,仗着自己身上几个钱,问起话便是一概不知,很不知所谓的样子,所以我们若是没有十分的把握,绝不会上门去的。"

孔章笑了笑,不免要替涂掌柜说一句话的,便道:"他不是一般钻进钱眼里的商人,我敢这样说,他早上确实没有到铺子去。"李总巡问道:"这事你怎么知道?"孔章掏出涂掌柜的请帖。

徐吴问道:"众合洋行的王邵洲,不知道你听过没有?"这一位人物,李总巡早已注意到了的。当杨太太报案后,他便打听到两人有过节。不过王邵洲在洋行做买办，被派出洋已有些时间，前些日子才回来。

杨买办被绑架一事，他也曾怀疑过王邵洲，不过现在已经把这个想法推翻了，因为在王邵洲回国前，杨买办便已经死了，而且也没有证据指出王邵洲有害人行动。现今很有嫌疑的小炉匠却不知所踪，不过，查他们户牌的当日，他已经将两人的户牌悄悄记下。

小炉匠名叫洪照，而老炉匠的户牌则写着洪博全。他们的户籍地是北方的一座小县，名为上清县。当时，他听着这地名有些耳熟，便将县志翻了出来。一查才记起，原来在前年，那地方曾经是乱军的驻地，抓了不少壮丁，又连续几年年成不好渐渐闹起了饥荒，许多人逃到南边来讨生活。

经过侦查后，他发现老炉匠被害的当时，一共有三组脚印，经过刑侦员的对比，已然排除了杨买办。其中一组脚印十分凌乱，是从院子里匆忙跑出去的。而另一组则是在院子里徘徊，还进了屋子，之后再从大门出去。说到这里，李总巡忽而又想到了那张汇票，心里仍是很有疑问，又想着，涂掌柜这时候应该在票号处理事务了吧。想到这里，当即挂了个电话过去，那边的伙计却说掌柜还未到。

徐吴见李总巡低着头，没有结果，便道："今天，我们见了涂掌柜，想起昨晚见到的那张汇票，也问起了这位'公道先生'。涂掌柜不肯说，左右磨不过我们的追问，也透露了一些出来。"

李总巡倾身问道："涂掌柜怎么说？"徐吴将事情的原本又说了一遍，道："我记得汇票上落款的日期，恰好也是上个月。

这是一笔不小的款子，想来她是将货款现银兑换成了汇票。杨买办又是做商行的，他们之间，会不会有什么交易呢？"

徐吴正说出了李总巡的想法，李总巡不由得对他另眼相看。正谈到兴头上，外头有人喊了一声，李总巡当即问道："什么事？"外边回道："厅长挂了电话来，让您汇报昨晚的命案。"李总巡对着徐吴苦笑了一声，说道："不便招待了。"

徐吴见此，也提出了告辞。一踏出巡警厅，他的目光便被一抹身影吸引住，只见那女子冷着脸，目不斜视，走在人群里。即使容颜并不十分美丽，却有一种健康的美，行走间却又很有干净利落的气势，这在女子中，是很难以见到的。

徐吴一下子便注意起了她，当即跟了上去。孔章拦住，取笑道："你跟着那女子做什么？我今晚回去便告诉梅姨。"怕徐吴说他，随即又加了一句："还有阿离。"徐吴笑问道："你觉得她像谁？"

孔章想出了许多女子的名字，却又说不出像哪一位，愣道："像谁？"停了好一会儿，才又恍然道："你是说她？"说完后也严肃了起来，悄悄随在那名女子身后，好在人来人往，掩住了两人的可疑行为。

女子忽然停住了步子，似乎看到了什么，微转过身，迟疑了一会儿，往回走了几步，走到了报刊亭边，掏出钱买了一份报纸，极快地翻了几页，才对着细看起来，呆站了一会儿，似乎正出神。她将报纸重新放在报刊亭上，正打算走，却又回头看了几眼，想了想才将报纸收回手袋里。

见她离开亭子，徐吴也跟着买了一样的报纸，并不急着看，而是折进衣服里，跟了上去。女子方才的神情虽没有变化，但是徐吴却察觉出了她心里的浮动,不知她看到了什么,这样极力掩饰自己呢?徐吴越觉得眼前的女子不简单,心里猜着她的去处。

这时,迎面来了一位车夫,在那女子身旁停下,压低了车身,问道:"小姐,坐车不坐车?"那女子看了他一眼,摇了摇头,答了一句:"不坐了。"很心不在焉的样子。那车夫又拉起车身,跑到徐吴跟前,笑道:"两位先生,坐车不坐?"

女子见车夫往身后去了,也转头看了他们一眼。徐吴见女子的视线移了过来,虽不想上车,这时也不得不点头了。身后却传来了阿离的声音:"孔叔,你们事情办完了吗?"徐吴见她们来了,便将她们送上车,报了地址,笑道:"劳烦。"

阿离还不想走,正想说话,却被梅姨暗暗扯了扯袖子,也就不作声了。

梅姨瞧见徐吴已经有好一会儿了,见他们似乎跟着一名女子,也就没有上前去,眼睛却又一直盯着徐吴的背影瞧,脚下也跟着移。阿离的眼睛则只盯着琳琅满目的玩意儿,没有注意梅姨。只是东西还没在她手上捂热,却又被梅姨拉着往下一个摊子去,她还以为是梅姨要买什么玩意儿,渐渐地才瞧出不对劲,也跟着梅姨的目光望去,见到孔叔和阿爹正和一位车夫谈话,便跑上前招呼,没料想却不明不白被送回家。

待车夫跑开,女子的身影也早已经不见了。徐吴心想,难道那女子发现他们跟了她一路?眼前正是一条岔路口,有两条道,该往哪里走呢?他望着前面熙攘的人涌动,心里已经有了主意,往旁边卖竹灯笼的摊子去,问道:"劳驾,从这里到盛昌票号去,要往哪里走?"

那老妇人坐在矮凳上，正挑着细长的竹条，在手里翻几下，一个灯笼的外形便出来了。她虽是埋头做活，目光却很机灵，瞟见有人过来了，放下手里的活儿，笑脸相迎，正要说话，却被徐吴抢了先。一见是打听地址来的，心里便有些不高兴，意兴阑珊，指着左边的道口，说道："这条路，直往下走，待到了第二个路口时，再往那边拐进去，走几步便见到了。那招牌晃眼得很，不怕你们找不着。"

徐吴见她一边说着，一边比画手势，说话含糊不清，顿时觉得眼花缭乱，不过也已知道当下要往哪条道走，道了谢，对孔章说道："若真是她，那么，我想她大概是往盛昌票号去了。"孔章问道："她去找涂掌柜吗？"

徐吴说道："看看去吧，若她真是到票号去了，便说明我们没有猜错人。"半道上，他们又遇见一个岔道口，又问了人。待他们走到票号时，已经耽搁了一些时候。

票号门口蹲坐着两座石狮子，一雌一雄，尖嘴獠牙，双目怒睁，很有威严的样子。当前是两扇高而窄的墨黑木漆大门，门梁上悬着块黑色匾额，门内出来了几个人，谈笑间将手里的汇票藏进袖口里。

这时，一辆人力车停在了门前，下来了一位穿着黑长衫的男子，手中提着一包现银，脸上带笑，吹了几声哨子。他迎面撞见了几位朋友，都是很相熟的，问道："看来你们的款子也是结了的。"

那几位也是满面春风，十分得意，其中一人笑道："昨晚上，王邵洲挂了电话，要我到他家里去结款。天还没亮呢，我便上他家里去了，只怕又出了什么岔子。拿了现银，赶紧上这

梨园秘闻录（上）

里来兑票,我准备拿着这笔款子再去采买些货来。"

那位下车的先生也回道:"我同你想的一样。他这样大的名声,说他拖我们这几笔款子将近一年,别人还不信呢。当初,他同我们采买的那些布料、瓷器和食料,款子还没有结呢,却什么也不说出洋去了,这让我们上哪里找人去呢?现下,他可算是回来了。"语气间,很庆幸这笔款子已经拿在了手里。摆了摆手,匆匆道:"不多说了,我先去把这些兑了,回头再聚。"一边说着,一边往里走。

徐吴见他们说起王邵洲,便站着听了几句。那几人散了之后,门里又出来了一个伙计,提着半高的木桶,小心地跨过高门槛,将水桶放在狮子旁,一把扯过肩上的长条麻布,先是擦了擦狮子的眼睛,再蘸水擦了一遍。

徐吴正想上前问话,却见那女子从门内出来,她正低头,仔细看着脚下的门槛。眼见他们要迎面撞上了,他连忙往前面走了几步,错开了身,只听得身后传来伙计问好的声儿,才微微转过身探看,她已经进了对面的食馆。

他又折回去,问伙计:"涂掌柜到了没有?"平常,有人想问涂掌柜的行踪,都是"来了没有",而这一声"到了没有",倒像是同涂掌柜有约,只是还不曾见人。这里的伙计都是很聪明的,心里正在掂量着这句话。

徐吴见他眼珠转转悠悠,便知是不相信了,便拿出涂掌柜的请帖来。伙计一眼便认出了字迹,不过还是拿近了,仔细辨认一番,才回道:"掌柜的今天还没有来过。"徐吴又问道:"那位出去的小姐,你认得不认得?"

伙计回道:"不认得。"徐吴又问道:"她以前可是来过?"

伙计回道:"不清楚。"孔章多问了一句:"我以前没见过你,你可是刚从总号调过来的?"伙计笑而不语,徐昊也就没有问下去了。

孔章低声问道:"进去吗?"徐昊看了眼对面的食馆,说道:"进去吃点东西。"说完便率先进了食馆,只瞧一眼,馆内的情况便尽收眼底:布置极为简陋,一个长柜台收钱,只五张方桌,皆坐了人。

徐昊正在门口徘徊,坐在堂内的妇人已经笑脸迎了上来,问道:"两位先生,吃点什么?"徐昊笑道:"我看这里已经没有位子了,还是找别处吃去。"妇人摆手道:"只等一会儿,位子马上腾出来的。"

这样一说,徐昊也不好再说走了,就这样站着。妇人左右看了一下,走到女子跟前,附耳商量了几句,只见那女子点了一下头,妇人当即走过来,笑道:"我替你们寻了个位子,店小,两位先生将就一下。"便将他们安排在女子面前坐下。

徐昊对女子道了谢,女子也不扭捏,点了点头,神态自若,吃完后便打开手袋找钱。手袋半开,徐昊首先注意到的便是那份报纸,半翻开,映入眼帘的是一则眼镜广告,还有一个小本,一枚石头印章,只见隐约刻着一个"秦"字。

"嗒"的一声,手包扣上了,女子将钱放在桌面上,起身出了食馆,妇人连忙上前来将钱收起,又上了两碗清汤面。

第四回
一江秋水倒映别样红，几张薄纸照对万千金

孔章见徐吴没有动作，心里焦急，问道："她走了，我们不跟上去吗？"徐吴道："我知道她住哪儿了。"孔章笑问道："你怎么知道？"徐吴答道："她手袋里塞了一张旅馆的宣传单子，像是从报纸上剪下来的。"

孔章笑道："你看清了没有？长州的旅馆可不少的。"徐吴说道："就是地址我也记下了。"孔章看他，道："是哪里？你说来我听一听，我曾经可在这里待过的。"徐吴说道："西关街201号秋水旅馆。"

孔章点头，笑道："原来是那里，听说那旅馆落在水上，深秋时伴着落叶，很成一道风景，是以定名为'秋水'，许多人慕名而去。若是能住进去，可不是一般人，看她的样貌，说是哪家的姨太太，或是交际场上的女子，也不为过。"

方才，徐吴很注意她，在她不经意抬手时，袖子微往上移，只见她手腕间戴着条翡翠镯子，衬得皮肤十分白，同她的黑面孔有很大分别，想来是常风吹日晒的，并且她的手袋中还有一

枚印章，难道是经商的女子？

徐昊又想起方才在报刊亭拿来的报纸，虽然跟那女子拿的是同一份，不过这里边还有八张十几个版面。幸好他又特别注意了那女子的手袋，知道她翻开的那个版面，是有一则眼镜广告的，他只翻找两下便看到了那则广告。

首先见到的是一则洋行股票动荡的消息，几个大字"银价跌了千两"浮在正中，很惹人眼，再细看则写有"买卖股票之旺，几于举国若狂，不及两年，弊端立显，股票万千直如废纸"。

徐昊立即将报纸摆在孔章面前，指着说道："你瞧，不过几天，从钱庄和票号流出的投资款项全没了，成了呆账，有两家大招牌的钱庄也倒闭了。只一夜，钱款全成了废纸，真是凶险得很。"

孔章却也想到了一事，问道："难道盛昌票号撤回了西北的分号，也是因为这事？"徐昊说道："这事我倒没有深想，不过洋行的买办也多会购入股票，也不知他们的境况如何。"

孔章眼尖，在这则股票新闻的底下，瞧见了一个很熟悉的名字，不由得招了招手，说道："你瞧，你瞧。"这是海盗头领黄旭被杀害的消息，也正是昨晚，李总巡谈起的案子。报上三言两语，只点明被杀之人的身份以及时间地点。

徐昊不由得关注起来了，问道："这人你认得吗？"孔章答道："他很有些名气，常听人说起他，这人称霸一方，也是海盗联盟的头领，制造绑架案无数。最轰动的还属一年前的绑架案了，他绑了洋行的一位洋商。将人绑了之后，便写了一封信寄到洋商的夫人手里，那位夫人也同杨太太一样，秘密告到洋军

梨园秘闻录（上）

耳朵里，洋军在海上全力堵截这支海盗队伍。最后洋军还是闹了笑话，没有抓到海盗，反而是他如期收到了绑票款，还将洋商秘密送了回去。"

洋军船坚炮利，徐吴知道厉害，问道："这海盗是怎么做到将人秘密送回去的呢？"孔章回道："他与周边的其他海盗联盟起来，势力大得很，就是船上的武器也强过洋军的，所以常常逮捕不到他们。"

徐吴说道："既然他是头领，他死了，他的联盟或许也是要解散了的。"孔章也说道："这还得看下一任头领能不能服众了，若是不能，他们闹哄哄抢一阵，还是要散的。"徐吴问道："你瞧着，是谁杀了他呢？"

孔章回道："这并不好说，或许是里面的人，或许是外面的人，想要杀他的人，可不少呢。"徐吴一时无话，却是在想，那女子到底是看了哪一则新闻呢？她今天会到票号去，或许是有商人的身份，或是在股票上亏了许多钱。

忽然，前面"叮叮当当"，传来一阵响声儿，吸引了徐吴的注意。抬眼却见到一座城墙，没想到一边说着话，却走到城关来了，再走几步便能出城了。石砌的城墙，沿着两边蜿蜒开去，正中是一座城门，声音便是从里边传来的。

徐吴抬眼便看见一位穿布衣的男子，套着辆马车过来了。他头上戴着顶棉布帽子，留了两撇须子，人是黑不溜秋的，笑起来只见得一口白牙，见徐吴直盯着他瞧，便知生意来了，憨笑着问道："两位先生，坐车不坐？"

徐吴问道："从这儿到长溪镇，路程有多远？"长溪镇便是海盗被谋害的地方了。那车夫滴溜着眼珠子，心里盘算，赶车过去也要两三个钟头了,而现在已近傍晚。如今城门关得早,这样一出去便回不来,在外边住旅馆又顶不划算的,便商量道:"先生,这很有些路呢,要是去了,今晚便回不了城了。您看,明天再去成不成?"

徐吴以为是赶不上,便打消了念头,又问道:"你这是从哪里回来?"车夫笑道:"不巧,也是刚从长溪镇回来。"徐吴问道:"长溪镇发生了一桩海盗案,你听说没有?"车夫摇头回道:"没有听说什么海盗案子,倒是听说岸上有些海盗在流窜,抢劫害人,不安全得很,现在城门关得早,也是这原因了。"

徐吴说道:"那么劳驾,送我们回家去吧。"听了这话,那人立即下车搀扶,待两人坐定,鞭子一挥,那马一下就跑了起来,车上颠得很,不过一会儿便到家了。徐吴掏出钱,嘱咐道:"你认好门牌,明日一早,还到这里来接我们。"

那人笑着接了,应道:"一定过来。"说完便套了马车要走。徐吴又喊住,道:"还没问过你的姓名呢。"那人将鞭子甩了一半,又抽回来,憨笑道:"先生,我姓马,别人都叫我老马。"

阿离在屋子里听到了马蹄声,立即起身,掀开布帘,迎了出来,问道:"阿爹、孔叔,你们可算回来了,我有话要问你们呢。"孔章转过身,见她撅着嘴,便知道她的心思了,说道:"你是不是要问,方才在街上,怎么话也不说,便把你们送回来。那你还是问你爹去吧,说不定你就要有一个娘了。"

阿离一个跨步,摇着孔章的手,笑道:"这一件事,我不信,一定又是你编话来骗我的。你们一定又是偷偷抓犯人去了,梅姨都跟我说了。"梅姨虽没有迎出去,却也站在帘子底下听,怔愣间,徐吴也掀开帘子,两人打了照面。

梅姨没有说话，微低下头，拂了拂袖子，掀起一边的帘子出去，等背过身了，才说道："正好，你们也回来了，我到厨房下几碗面。"说完进了对面的厨房，而孔章则跟着徐吴进了主屋。

阿离却还站着，正踌躇着是给梅姨搭把手，还是进屋子问他们话。转身却瞥见门口有人探头张望，是一位矮瘦的老人家，手里拿个灯笼，还有一片竹筒，头上戴了顶斗笠。这样冷的天，他只穿了件薄单衣，一阵风刮过来，冷得缩肩站在门边上。他手边还牵着一个孩子，只五六岁光景，身上的棉布短袄有些旧了，耷拉着脸，似乎很不愿意来，一直往墙边靠去。

老人家见阿离迎了出来，便咧开嘴，先是问了声好，才道出来意："小姐，月底了，我来讨点火烛钱。"阿离不懂火烛钱是什么，笑道："老人家，你是不是走错地方了，我们没买什么火烛。"

老人家一边敲了一下竹筒，一边小声喊道："火烛小心，冬天日燥，河干水浅，前门撑撑，后门关关。"这声儿一起，阿离很熟识了，笑道："原来，每天晚上打更的就是你了。可是我们在这儿住了有些日子了，怎么没见过你上门来？"

老人勉强笑了笑，答道："不敢上这儿来。"说话时，耳边还注意着动静，孩子似乎也紧张得很，捏紧了他的衣袖，直往外扯。这时，只听得隔壁传来"嗒嗒嗒"的声音，随后便是门栓拉开的碰撞声。

听见这声，老人吓得冷汗连连，情急之下，他带着孩子跨进门里，反手将门一拢，心脏还是直跳个不停，孩子也一副要哭出来了的样子。阿离正想问话，只听隔壁的门开了，王老爷在巷子里踱了几步,大声啐道:"不过是来讨钱的东西,还敢再来,我要了你的命。偏偏还挑了这样的日子,真是晦气,瞎了眼的老讨债鬼。"又用手里的棍子重重敲了几下,似乎是怒极了。

不用再问,阿离心下也明白了老人家的苦衷,侧耳听了几句,心想这会儿他们是走不了了,便将两人迎进屋子里。徐吴正在沏茶,见一老一小进来,有些不解,阿离解释道:"这是来讨火烛钱的老人家,王老爷正在外面骂着人,我把他们藏进来了。"又自顾笑了笑,"瞧我,钱还没有给人家呢。"又进去拿钱,出来时手上还多了糖食。

老人家牵着孩子,只站在门边,有些窘迫,坐也不是,站也不是,就是拿了钱,也出去不得。徐吴见他们很不自在的样子,亲自去请了来坐,说道:"这里不讲究,老人家还是坐下吧。"见他身边还跟着一个孩子,不由得问道:"你们是哪里人?"

老人哂笑道:"生在这里,养在这里。"徐吴又道:"老人家年近古稀了,怎么还做打更的活儿,天黑打眼。"老人家大叹一声,回道:"说来笑话了,也是不得已,为了一口饭,也为了养活他呀。"

他说着将孩子搂紧到身边,又道:"原本还有些家底,只是孩子爹脚踏实地的活儿不肯干,眼红别人做买卖挣了钱,也说要做一桩大生意,却整日胡吃海喝。又听说拿出一笔钱,放在什么庄子里,能生出许多钱来,便把屋子卖了,一定要把钱放进去,怎么也劝不住。可是哪里有这么好的挣钱路子砸头上呢?他欠了许多债,投海死了,只留下这孩子。"说着便有些哽咽了。

阿离不爱见这样的场面，将糖糕递到孩子跟前，转而说道："孩子看着很机灵，就是有些认生。"老人家摇头笑道："在家调皮得很。"又笑谈了几句。徐昊却想老人家是夜里打更的，常常在夜里走，探问道："这几天夜里，老人家也打更吗？"

老人家回道："不巧，歇了几天。"徐昊便没有问下去了，又想起隔壁的长溪镇的事，又问道："长溪镇汇乐街23号，老人家听过没有？"这是报上注明的，发现海盗被害的地址。

老人家是长州人，哪里会不认得那地儿呢。那里可是一片繁华之地，夜夜笙歌，白天黑夜都是照样热闹的。沿海而起的西式城堡、中式宫阁，又被戏称作是蓬莱仙岛，是一座人间仙境，美轮美奂得很。

老人家笑道："那条街有洋人开办的各式赌场，什么样的赌法都有。听说既有中国的摇摊、大牌九、小牌九、抓摊，也有洋人的轮盘赌、波洛克、二十一门大小，也还有许多没有听说过的。"他说着自己亲闻之事，还有些意犹未尽。

徐昊却陷入沉思，想着那海盗死的地方是繁华的赌场，人来人往，却在一个月后才被发现。这时，孩子坐不住了，一直扯着往外走，老人家听着外边没有叫骂声了，便想走，提出告辞。

徐昊出门相送，门一开，却见隔壁陈妈妈也正要出去，手里拿着一个小袋子。她见了老人家，笑道："我正要找你去哩，我同王先生说过火烛月钱的事了，他晓得的了，让我按月给你送去。"

老人家眼睛笑成一条缝："王先生出洋回来啦，风光得很。

我听说股票跌得厉害,希望能保佑王先生了。"陈妈妈并不关心什么股票跌不跌的,只问道:"上个月,我找你去了,你又搬哪里去了?"老人家有意回避道:"也不远,下次再请你到家里来坐坐。"接过钱,便走了。

见人走远了,陈妈妈才说道:"他有许久不敢到这儿讨钱了,逼到这份上来,大抵是过得很不容易。"又悄悄叹了口气。

到了次日,老马果然一早便过来等着了,却没有敲门。徐吴开了门,才见他在一边蹲着。老马见了徐吴,笑道:"我来早了,也不知你们起来没有。"话说到这里,徐吴便喊了孔章出来,直往长溪镇去了。

老马套了车,将人扶上去,问道:"两位先生要到镇上的哪条街去?"听说他们要到汇乐街去,倒是引出他许多话来了:"昨天,我便猜你们要到那儿去。要我说的话,小赌是怡情,赌大了可是要命的。我亲眼见了不知多少人,输光了钱,往海里跳下去。我这样辛苦挣一辈子,也远不及人家一刻钟的进账。"

徐吴说道:"看来你对那里熟悉得很。"老马笑道:"做的便是拉客的生意。原来长州也有好几间赌馆。这一赌字,底下藏的是男盗女娼,家破人亡。巡警厅常去封馆,他们又逃到这条街上来,重新开设赌馆。因为是洋人开办的,并不受巡警厅管辖。那里的把戏多得很,就是被骗了,也只得哑巴吃黄连,有苦说不出啊。"

谈了一路,老马将他们在一处地方放下,说道:"这里就是了,再过去就是只有洋人才能进的赌场了。"又问道:"两位先生,今天可还回去?我愿意在这里等着。"徐吴点头道:"今天还回去,你逛逛去吧,下午过后再来。"老马摘下帽子,憨笑道:"不碍事,您进去吧。"

下了车,眼前是一片无尽的海,沿海而起的一座大园子,门口是一座木漆牌坊,烫金的"阿房宫"三字很招眼,下面站了两个高大的男子,四周围着红墙,外头停靠了许多汽车。

他们往前再走了一些路,才找到入园子的门,只有踏进这个门,才能一窥里边的景色。一眼望去,一条弯弯曲曲的小溪直引到后山去,几座小廊桥连通起了两边,在树影的遮掩下,亭台楼阁隐现,是名副其实的桃花岛了。

这里热闹得很,徐吴抬步,跟着跨进一间屋子里,门口挂着"牌九"的木牌子,表示这里是专玩"牌九"的,徐吴看了笑道:"看来这不同的赌法,便是不同的屋子了。"一进去,首先闻到的是一阵香粉味,几位擦香抹粉的女子,身材曼妙,单手端着盘子,在其间穿梭,却没人敢不规矩。

中间虽只摆了两个赌台,却围了不少人,叫嚷声四起,有人大骂几声,有人则欢叫着,拿了钱往下一处去。两人只看了一眼,也跟着出来了,站在廊道上,望着四周来往的人。

孔章进来后,心里便一直藏着疑惑,问道:"这并不是什么偏僻的地方,那位海盗头领是死于何处,才没有被发现?"他原以为只是一间赌馆,没想到却是一处大园子,一时不知道该如何下手了。徐吴笑道:"我们先逛一逛,我想他到这里来,也是为了赌钱来的,只是不知道那天到底发生了什么。"

正说着,徐吴的目光被前面的人吸引住了。这里正对着不远处的茶楼,二楼的窗户半开,里边的情形尽收眼底。里头摆着两桌宴席,菜色琳琅,各有不同,不过一桌供着香,而另一桌虽围着人,却没有人动筷子。

虽然里边有许多人，不过坐着的却只有三人，一人坐在主位，另外两位分坐在下位，其余人则是围着。只见一人拍桌而起，面红耳赤，指着对面的人，口出狂言，局面剑拔弩张。坐在主位上的人面色难看，几欲离席。

孔章也注意到了，笑道："看样子，是有人不卖这中间人的面子。"这是一种说和的规矩，下位的两人互相有得罪的地方，又谈不拢，碍于利益，便请了有名望的人来调和。不过看样子，拍桌而起的人不肯说和，坐在主位上的人将酒倒在地上，起身摔杯而去。

徐吴也道："他这一摔，想来是因为失了面子，脸上无光的缘故。"只见那人出来后，面色十分难看，身后跟着的几人也低着头，匆匆出了园子。而在茶楼里的人也跟着散开来，率先走出来的便是摔杯子的男子。

他穿着对襟黑大褂，嘴角下有颗痣，一双眼睛只盯着前方，背着手，大摇大摆走进了隔壁的赌馆里去。徐吴见此，也跟在了他身后过去，抬眼一瞧，是"花会"二字，不知这是什么玩法，便走了进去，一探究竟。

这里同方才"牌九"的屋子不一样，布置得古色古香，迎面便是一堵墙，墙面上吊着竹牌子，每个牌子上皆刻了字，全是人名，既有古人的名，也有许多戏本里出来的人物，都是平常惯知的人物。

徐吴看着墙上的木牌，觉得熟悉，似乎在哪里看到过这样的牌子，按下心头的怀疑，说道："你看，这些人名皆是《红楼梦》里的人物，这是金陵十二钗，这是副册十二钗，一共有二十四人呢。那边则是《水浒》里的一百单八将了，也不知他们这是怎样的玩法？"

孔章也道："这我也不知道了。你看这边，孔子、墨子、荀子、老子，真是什么人物都一齐摆上来了，也不知是什么名堂。"说着便掀帘子，进了一个小门，眼前又有并排着的两扇门，皆有黑布帘挡着，看不清里边是什么情形。不过，上面却也挂着牌子，一扇写着"通灵宝鉴"，一扇则写着"蓬莱仙境"。

正不知往哪里去时，只见一名女子掀了帘子，从"通灵宝鉴"里出来了。她低着头，走道上没有光，只点了一盏小灯，样貌看不清楚。她似乎也不想让人看清面貌，手里还拿着一顶帽子，遮住脸，一面往外走，一面戴上帽子。

徐吴却见她十分眼熟，目光直盯着她的背影，孔章碰了他一下，说道："有人从这门里出来，我们先到这里边瞧瞧去。"说着便将他推了进去，屋子里别有洞天。

第五回
通灵宝鉴花会聚金钗,蓬莱仙境美人问木牌

他们一踏进去,首先听到的便是弦琴之音,这里也不像方才的赌馆那样,闹哄哄,除了琴声,听不见人说话。前面摆着一个雕花长屏,只留了一个口子,专供人进出,屏前站着两个伙计。

徐吴刚要跨步,却被屏风前的伙计拦住了,说道:"先生,买了筹码才能进去。"孔章问了筹码大小,听了伙计报出的价码,有些咂舌,看了徐吴一眼,摇了摇头。

另一名伙计倒是明白他们来看热闹的,也有办法招待,笑道:"两位要瞧热闹也行,不过,要出点票钱。"说着指了指一旁立着的牌子,写着"每人银圆两圆"。等他们掏了钱,伙计才将绳子一拉,放两人上去。

木梯子踩上去,全是木板的"吱吱"声,探头一看,这二楼并没有房间,只是一条打通的回廊,回廊上还摆设了几套桌椅,茶点一应俱全。已经坐在位子上的人,直往楼下瞧,底下的情形一清二楚。

一楼的四周搭起了台子，台上分布着二十四个箱子，除了放置在中间的是个金箱子，其余都是黑箱子。中间坐着赌客，一人设一席，每一席皆有一名美丽的旗衣女子陪赌。徐吴看了一圈，找到了方才进来的男子，他此时也坐在其中。

这时，琴声停止了，后台涌上了许多女子。头面、衣服皆是旧式的，打扮各异，也正好是二十四名。徐吴见了这些女子，又想到外面墙上挂着的木牌子，也瞧出点名堂来了，说道："看来这是要演一出红楼了。"

孔章问道："这不是赌馆吗？怎么又做起戏来了？"徐吴笑道："我是说玩笑话，你看一会儿便明白了。"孔章再看时，也看出了一点名堂来了，说道："我看她们那双眼睛，很有神，想来也是我们这一行的。"

她们这样的打扮，正是戏台上的人物，孔章认出了林黛玉和薛宝钗。因为徐吴的一出青衣戏《二尤》，他也认出了尤二姐和尤三姐。不过有一位最夺人目光，打扮得像是神仙妃子，头戴金丝珠簪，穿银鼠褂、撒花洋绉裙，佩戴铃铛，珠光宝气，他却认不出，便指着问道："她是哪一位人物？"

徐吴循着望去，笑道："那是王熙凤，性子虽然泼辣，持家却很有手段，气概不输给男子。嘴甜心苦，两面三刀；上头一脸笑，脚下使绊子；明是一盆火，暗是一把刀，说的就是她了。"

她们在台上慢慢踱了一圈，琴弦开始拨动，四周的大红幕布缓缓降了下去，将中间的赌客围了起来，罩在台上，隔住了赌客的目光。徐吴往赌客中望去，只见每张桌子上皆放了二十四块木牌。

那个在茶楼见到的男子抽出一块牌子,递给对面而坐的女子,又将所出筹码摆在桌面上,对着女子,笑说了几句话。女子一手撑着桌面,将头抵在手上,只斜瞥了对方一眼,并不说话,看着是一位冷美人了。奇怪的是,男子也没说什么。

琴声一停,下注时间到了,幕布又被拉起。女子已经全锁在了箱子中,赌客的目光都盯在金箱子上。徐吴说道:"现在,只看到底是哪一位藏在金箱子中了,若是猜中了,便可以赢得赌资,若是猜不着,便是输了。"

这时,台上又出现了一个伙计,向大家亮了一下钥匙,又说了几句玩笑话,拖延了许多时间,才将那把大金锁打开。门一开,一名女子笑意盈盈,走了出来,正是方才他们谈论的凤辣子王熙凤。接着,其他箱子里的女子也一齐推门出来,又在场上慢步踱了一圈,一局"花会"便已结束。

坐在场下的男子,挥一挥手,将赌筹推到女子面前。等幕布罩下来,又将赌筹加倍,摆到中间去,随意抽出一张牌子递过去。琴声停下,从金箱子出来的依旧是凤辣子,台下的赌客,嘘声四起。

第三局,锁在金箱子里的又是凤辣子。男子坐下后,便没有赢过,这时脸色开始难看起来。十二局过后,无论赌客手里是否还有赌筹,皆需得散场。

孔章见此,也准备下楼去了,余光却见有人靠近那男子,且手上有动作。他仔细一瞧,见到半隐在衣服底下的洋枪,拿枪的人随着人群越走越急,眼见就要到男子身边,情急之下,孔章大喝了一声,大家皆被这一声吼吓住了。

男子也转头往后看,看了身后的歹徒一眼,见那手势也明白了。那歹徒见此情形，也随着人群，大步走出了场子。男子因此躲过一劫，再往声音的方向瞧去时，已不见什么人。

徐吴将孔章推下楼去，小声说道："我看这里，还有人敢行凶，只怕是司空见惯的。"孔章也道："难道那海盗头领也是这样被害的？"徐吴摇头，说道："我想着，可能是被人引到一处僻静地方杀害的。"孔章可惜道："若是能到巡警厅去看看他的案子，也不用这样猜测了。"

徐吴说道："不知道李总巡是否知道一些。"他们两人说着，又回到了桥上，正踌躇着往哪里去，只见一抹熟悉的身影从隔壁馆子出来，从他们身边匆匆而过，往溪流的上方走去，那是通往后山的地方。

孔章问道："她怎么在这儿？要跟过去看看吗？"只一眼，徐吴便认出了她。昨日，她看的果然是海盗被害的消息，她来这里，也是为了查这案子吗？只是，她和这桩案子有什么关系？

一个伙计过来，手上拿着一个漂亮木盒，打开道："先生，要不要买洋烟，这可是洋货，很多老爷都专到我这里来买，外边可没有。"说着又指着边上的一间屋子，说道："店里还有许多洋货，两位过去瞧瞧？"说话时，他的手还拉着徐吴往那边让，很有胡搅蛮缠的架势。

徐吴知道这是小商贩惯常用的手法，直搅和得你掏钱才肯罢休，便胡乱拿了一盒子洋烟。因为没有散钱，又要等伙计兑散，很耽误时间。徐吴看了孔章一眼，便快步往女子消失的方向跟去。

伙计还在低头找钱，掏出几张钱慢慢数，孔章心里急得很，随手拿了盒子里的几枚铜圆，说道："这几枚铜钱，我拿上了，你不要再数了。"伙计见他很情急的样子，连忙拿了几张钞票递过去："先生，我做小生意可也是有讲究的，不多拿你一分。"说时，又将孔章手里的铜钱拿了回来。

孔章也不多说了，拿了几张钞票便放进钱袋里，转身也跟了上去。他方才虽被伙计缠住，不过一直看着徐吴往这边方向来，追到拐角处时，却不见了徐吴的踪影，心下有些懊恼。

他正站在山脚下，望着眼前悬着的楼阁，有些惊叹，沿着小道往山上去，很快便找到了大门。门前依旧站着两位高大的伙计，见又有客人来了，面色一喜，将人往里迎，孔章便问，方才是否有一男一女进去了，两位伙计连声答是。

孔章也跟了进去，他先是被带到一处柜台前，买了筹码，才被引进大堂里。他一边往里走，一边想着，这里边金碧辉煌，同先前那两间赌馆，是不一样的布置，地上铺着金色的地砖，就是墙上也挂着些洋画，一切布置皆是洋式的。

他在弯弯曲曲的小道上又走了好一会儿，才真正走进了大堂里。这是一个洋式的大赌场，全是洋人的赌法，无数的赌台在大堂上铺开，每座赌台上都围着华衣男女。孔章环视了一周，却找不到徐吴。忽然，有人从身后拍了他一下，转过头去，发现正是徐吴。

徐吴将他带到一个赌盘前，轻声说道："她在前面的赌台。"孔章顺着看过去，果然见到了，她的帽子已经摘下，方才披着的一件黑袄子也不见了，现下看着，倒像是换了一个人似的。

头上绾了一个圆髻，插着珠钗，脖子上则围了一串珍珠链子，手上仍是那件绿镯子，身上很显眼的一件大红洋缎短袄。

梨园秘闻录（上） 355

似乎还特意擦了胭脂,一双丹凤眼,两弯柳叶眉,丹唇不启,似笑未笑,很富贵的样子。

她侧坐在赌台边上,手里拿着筹码,望着远处,似乎在想着下注的事。庄家一句话点醒,将她的魂收了回来,视线重新定在赌台上,下了注后,却又开始魂飞天外了,心思并不在赌上。

徐吴点醒孔章,说道:"你瞧她是在看谁?"他又循着她的目光望去,原来她是把目光放在前面的男子身上,定睛一看,那人不是王邵洲王买办吗?他也上这儿赌钱来了?只一眼,他便看出了点门道来,轻声说道:"你瞧他底下的动作,正同对面的那位在合作呢。"

王邵洲每一局下的筹码都不小,手气也很好,连赢了几局,有些得意,眉毛自扬。倾身向前摸了张牌,露出一丝笑来,似乎又摸了手好牌。

徐吴见孔章直盯着王邵洲瞧,面前的庄家已经看了他两次了,恐怕要引起别人的怀疑,便提醒道:"你赶紧下注吧。"说完,两人稀里糊涂跟着下了注,只随便押了一个,还不知道赌局的规矩呢,可是一局揭开,他们竟误打误撞,也赢了。

他们拿了钱,便往下一处挪,眼睛却还是不时盯着女子。见她也站了起来,望了四周一眼,走到王邵洲身边坐下。而王邵洲则一门心思在赌局上,并不像其他赌客,既是为了来赌钱,更是为了猎艳。

女子没有跟谁搭话,就这样下了两局。等庄家发牌的时候,她才从手袋中掏出了一个精致的玻璃盒子,拿了根洋烟,两指夹着,又四处找起了火,却没有找到,才将手伸到王邵洲眼前,道:"劳驾,请王先生借个火。"

王邵洲这时才注意起身旁的人,见了她,先是挑起眉,有些惊讶,不过只一会儿,又恢复了平常样子,笑着拿出洋火来。女子的身子微微一动,凑了过去,将烟点上,深吸了一口,又轻轻吐了出来,烟全散在了王邵洲脸上。

王邵洲这时也掏出烟来,点上后才问道:"天香小姐,怎么你也来这里玩几局?"女子看了他一眼,笑道:"我是特意来找王先生的。有一件事,我还想问一问。"王邵洲回道:"什么事只管问。"说着又望了对面那人一眼,那人随即起身离开了。女子眼中透着深意,轻问道:"当真要在这里问出来吗?"王邵洲当即起身,往外走去,女子后脚跟了上去。

徐吴和孔章对望了一眼,也谨慎地跟着,只见他们往门口的方向去,出了门后,又往后山方向去了,那儿是一块荒地。后山杂草丛生,树木又多,现在已近傍晚,并不很亮,两人就这样隐进了山林中。这当中秘密设了一处亭子,这是熟客才知晓的,一般人并不往这边来。

王邵洲先在石椅上坐定,才慢声道:"天香小姐,我知道你要来问他的事。不知道昨天的报纸,你看了没有。"秦天香在他对面坐下,吸了口烟,说道:"看了。"王邵洲说道:"我也是见了报纸才知道的,实在是可惜,他来信说要见我一面,同我谈一桩生意,不过我一直没有等到他。"

秦天香冷声道:"这件事,我早知道了,是我秘密向巡警厅报的案,不然在这个洋赌场里,巡警厅的人怎么能发现?"王邵洲听了,心里一惊,久久说不出话来,过了许久,才笑了一声,道:"好手段,我想没有哪位女子比得上你,就连男子也不及你

梨园秘闻录(上) 357

有魄力。白五爷说你聪明，我并不信，现在是很佩服了。"

这样的油腔滑调，她以往听多了，并不爱听，只觉得眼前这人滑头得很，直接说出了来意，说道："巡警厅的人一直在通缉他，他轻易不敢上岸来。但是在一个月前，他说要跟你做一笔交易，想将一批货运出洋去。据我所知，那些货还在你的秘密仓库里放着。"

王邵洲这时才正襟危坐起来，道："天香小姐，我们的规矩可不是这样的，空口无凭便说货在我这里。我只认货票，有货票便有货，这才是规矩。"秦天香道："正是因为违禁，过不了关，才走你的路子，想蒙混着运出洋去。他死了，那些货在哪里呢？"

那晚，她早已经搜过了黄头领的身，没有见到什么货票，不过却发现了一块可疑的木牌。她打开随身的手袋，找出了木牌子，上面用黑墨写着"黄旭"二字，名字之上，又用红墨将名字划去。她问道："你认不认得这块牌子？"

王邵洲拿起来端详了一会儿，摇头道："不认得，这是打哪里找来的？"秦天香的眼睛一直盯着他，道："我报案前，在他身上搜的。"王邵洲回道："这样看来，是有人专门雇了杀手想害他了。"

他说这话时，秦天香抖落手里的烟灰，问道："王先生，你可有什么线索？若是能找出真凶，只当欠了你一份人情，以后还你便是了。"王邵洲哪里敢接过这个人情，面无表情地笑了一声，道："我只是这样猜测，他到底是怎么死的，我想还需要巡警厅的人查过才知。"说着，又提醒她来，"你还是先仔细防着白五爷吧，你是他虎口下的一口肉，我见他势在必得的样子。"

秦天香冷笑了声，哼道："他？我还瞧不上，狗仗人势的东西，就凭他那几条小船，也要看他吞不吞得下。"转而一想，他怎么忽然说起白老五来了，一时警觉起来，探问道："你站在白老五那边？"

王邵洲笑了笑，说起话来模棱两可："我只作岸上观，什么也不知道。只是两虎相争，必有一伤，黄头领不就栽了跟头，轮到了白五爷独大。"秦天香冷声道："你怎么就知道，我不是虎呢？"

这话倒是让王邵洲刮目，不过他还是说道："我还是要劝你一句，你跟在黄头领身边不过五年，虽然帮忙管着，不过没有实权，可不比白五爷，船上的人都等着白五爷开张。"秦天香并不分辩，扔了手里的洋烟，最后问道："那些货，王先生知不知道在哪里？若是让我掌了权，都说女子是最会记仇，那时王先生可得损失不少了。"话说到这里，两人已无可再说的了。

徐吴和孔章正埋伏在暗处，见秦天香站起身，理了理衣服，要走出来的样子，连忙悄悄隐进了树林中，直见两人走出后山，才敢说话。徐吴先问道："他们口中的白老五是谁？"

孔章对这人很有点印象，又听王邵洲称他白五爷，心想必定是那人了，便道："他原来也是一个破落小渔村的渔民，那里的人都管他叫白老五，他手上有几条小渔船，那些没有钱造船的便向他租借。他平时靠着租卖船只也能过活，不过那地方实在是穷得很，许多人就是天天去捕鱼，也吃不上饭。他见此机会，便撺掇了几十户村民，一起投了海盗去。从此这几十户人便归了他管，又很有能力，很受器重。如今连王邵洲都称呼他白五爷，可见一般。"

梨园秘闻录（上）

徐吴又问道："那这位天香小姐又是谁？"孔章回道："我记得海盗头领并没有娶妻，不过身边倒是跟着一位年轻的女子，大概是她了，她也是海盗头领的帮手，和白五爷不分伯仲。我还听说她原来是水上歌伎，被掳了去，当了压寨夫人。"

徐吴说道："怪不得初见她时，便觉得她不似一般女子。"天色越来越晚了，只怕是老马在外面早已经等急了，两人一边轻声交谈，一边走出林子。孔章说道："看样子，海盗头领是上岸来跟王邵洲交易的。"

徐吴想了想，说道："秦天香跟着到岸上来，似乎是为了王先生手上的货，我看她到这里来找王先生，大概是为了探他的口风吧。"孔章想起方才她手中的木牌，问道："你看见她手上那块木牌没有，形制是不是很像赌馆的花牌？"

徐吴早已注意到了，昨日他便瞧见了她手袋里的花牌。下午在"花会"赌馆的墙上，见了那许多的牌子，又觉得眼熟得很。方才，再见她拿出来时，才想起这事来。她从"花会"中出来，难道也是为了那块花牌吗？

孔章忽然想到一件事，问道："你说，为什么那间赌馆每逢十二局之后，便得换下场上的人？这似乎不像是赌场会设置的规矩。"话才说完，两人对视一眼，便快步往"花会"赌馆跑去。

天已经暗了下来，每间赌馆都相继挑起了灯笼，挂在门梁上。"花会"赌馆却迟迟没有人出来点灯笼，两人到了赌馆门口，又进了里屋，发现守在场外的人已经换了，四名黑衣男子拦住他们。

徐吴笑道："我们不到赌场上去，只是花几个钱，到阁楼上看热闹。"那四人冷眼看着他,答道:"没有这规矩,你等下一场再来吧。"便不肯再说话了,也不肯放人进去。里边隐隐传来了琴声,似乎又开始了新的赌局。

孔章走出来后,觉得这样的情形实在蹊跷,是什么赌局弄得这样神秘呢?孔章曾经听过一则传言,也不知道是真是假,说道:"我常听人说一些赌局中,也常有高价赌命的。"徐吴不解,问道:"怎么说?"

孔章解释道:"说起来也是买凶杀人的手段,他的规则同洋人拍卖物品时的规则一样,价高者得。十二局定输赢,每位赌客将要杀之人写在花牌上,每一局叠加筹码,并不公开,十二局之后,筹码最多的人便可赢了。"徐吴怀疑道:"这样,在场之人不也知道了杀人凶手?"

孔章回道:"他们自然有保密的手段,方才我见那十二个比人还高的大箱子时,还觉得奇怪,现下是想明白了,我猜那箱子底下皆设了密道,入口又各不同,赌客只待在箱子里,并不露面。"

他们走出来时,老马站在大门口,四处张望,急得直跺脚,又不敢往里找去。见他们出来了,眼睛一亮,气喘吁吁地跑上来,说道:"两位先生,天已经晚了,这个时间要是再不走,今晚便回不了城了。"说着将人扶上车,急忙驱车往回赶。

第六回
缴假钞总巡直闯赌窟，招祸引小女悄进金屋

梅姨端坐在大堂中，招待街上唱曲的父女。女子面容干净，低着头，只用手绞着帕子，不大肯说话，梅姨问什么便回答什么，多的再不肯说。他爹见了，心里着急，怕梅姨嫌弃起来，不肯相帮，对梅姨笑道："梅小姐，她嘴巴笨，不会说话，让她唱几句吧，她唱得是很好的。"

梅姨还没说话，他又转过头去，面色一整，变得严肃起来，叮嘱道："若是唱得好了，有你的好处。"他这样说，是在进院子的时候，见到了戏班里的一些家什。心想难不成是哪个大戏班的管事，看上了自己的闺女，要捧她登台做角了，心里高兴得很，说起话时便很有底气了。

这会儿，哪是说唱便能唱的，梅姨摆手笑道："今天就不要唱了，那天我在街上听了许久，是唱得好。"老人家腰上拴着一个小酒壶，听了这一句便觉得自己的猜测是很对的了，随手拿起酒壶喝了一口，才道："小姐说肯帮我们都谋一份差事，不知道是什么好差事呢？"

梅姨在这里有一位旧相识，正是戏班里的管事，虽不知道他那里还要人不要，不过自己说上一句，大抵是肯答应的，便道："长州有一个戏班，做戏做得极好，常常是白天黑夜都有演出的。我将你介绍到那里值夜去，你愿意不愿意呢？"

老人家听了前半句时，一直笑着点头，可是当知道要他去值夜时，心里是不大肯的，面上却不敢表现出来，只是恭敬地笑，想着讨一门更便宜的活儿做，只答道："这好，只是我这样的老人家去，只怕做不好，又遭嫌弃。"

梅姨当下了然，只笑着喝了茶。老人家也跟着喝了口酒，又道："她打小学唱，很下苦功夫。如今见她唱得好，我也是欣慰。不知道她……"话还没说完，梅姨便接道："我想着让她拜到一位师傅门下学唱戏，不知道她愿不愿意。"

说起学唱戏，老人家心里便不高兴了，心想她这样一学，可不知又要多少年，指望她挣钱得到什么时候呢？腆着脸又探道："她自小便学唱，就是上台去唱，也不输一些角儿的。"

梅姨笑道："唱戏和唱曲又不同了，她要登台却是不能够的，还得重新学。要是你信我，苦学三年，她便可以大红了。"听了这话，老人家开始动摇起来，不过那位姑娘却小声道："阿爹，我不愿意去。"

一听自己的姑娘不愿意，老人家顿时火冒三丈，抓紧酒壶，骂道："你什么心思当我不知道吗？他不过是一个打破铜烂铁的穷鬼，跟着他，能有什么好果子吃？我把你养活这么大，是为了以后可以依靠你。你倒是个没心没肝的，竟想背着我私奔。要不是他跑了，这会还不见你在这儿呢，就是想学唱戏，也没有那么好的命。他不过是朝三暮四的种，见你好哄骗。"

姑娘撇嘴没有哭，低着眉眼，倒是眼眶红了，却不分辩，只是任老人家骂几句。老人家说着便觉得心头堵得很，又动上了手，抓着酒壶就想捶她，不过只敢捶她的手臂，因为这样子外人轻易看不出，若是鼻青脸肿的，客人怎么肯来听呢？就是巡警见了，也要问上几句，麻烦得很。

梅姨上前一挡，将姑娘护住，说道："老人家好好说话吧，我见她是有孝心的。"转而又问道："姑娘，你叫什么名字？你看我还没问呢。"姑娘憋着回了两字："顾湘。"老人家似乎正气着，又插声道："你真以为自己是娇贵的小姐，想自己个儿决定自己的婚事。有一位老爷看上了你，想讨你去做姨太太，我还不愿意呢。"

顾湘躲在梅姨身后，还是忍不住回嘴了，道："您不过是嫌那个老爷没有钱，若是有钱，您早把我，早把我……"她咬着一口银牙，到底说不出那话来。梅姨让她坐在自己身边，轻声劝道："我虽不知道这当中发生了什么，若他是负心人，你这就是逃出了他的魔爪，为他伤心并不值当。要是你们情投意合，有缘了自然可以再见的。不过你总得为自己做长久的打算啊，总不能一直在街头卖唱，这下场左右不过是两个，你都晓得的。"

这话正中了顾湘的心头，听了梅姨这一番话，痛哭出声来。她当即说愿意听梅姨的话，到戏班里学唱戏去，心里对梅姨也亲近了几分。老人家这时想的是自家姑娘大红后，便有大把钞票进口袋里了，也眉开眼笑起来，单手下垂，低下身子，对梅姨作揖。

梅姨道："挑一个好日子，我带她去拜师，不过她的脾性很怪，不一定肯收。"老人家对自己的姑娘还是很有几分把握的，又谈说了一会儿，也就告辞出来了，他盘算着天还早，依旧让顾湘到街上唱去，多挣几分。

他出来时，见了刚下马车的徐吴和孔章，作揖问好："两位大爷好。"便径自去了。

孔章在外边全听见了，走进堂屋去，对梅姨说道："这老人家以后未必领你的情。"方才老人家自演了一出戏，她心里头明白，笑道："我晓得的，只是见他姑娘年纪小，他又是只顾眼前的懒汉，难保有一天贪便宜，将他姑娘卖了。"

这时，徐吴也跟进来了，却没有多说什么，只道："我们要到巡警厅一趟，今晚不留下吃饭了，你同阿离自去吃了吧。"说完，便同孔章出了门。一路上，孔章仍然念着这事，道："你也该劝劝梅姨，我怕她日后要伤心。"徐吴只道："她心里有数。"

因为熟门熟路，两人很快便到了巡警厅门口，门房这次认出了他们，没有多阻拦。他们一路走进了李总巡的位子上，只见他正埋头写东西，不时翻翻身边的档案，又在纸上添了几笔，眉头深皱，似乎很烦恼的样子。

徐吴出声，问了声好，打断了他的思绪，他这时才抬起头来，见了来人，心里有些惊讶，心想他们怎么又到警厅来了？手上也跟着将东西收进屉子里，站起身来相迎，问道："这么晚了，两位到这儿来有什么事？"

徐吴见他提防的动作，心想自己多番来查探消息，也难怪他要疑心了，等会儿可得把话说清楚才行了，解释道："我们约见涂掌柜，便是为了盛昌汇票之事，碍于情面，他只肯告知汇票主人的样貌，说来也巧，昨日从巡警厅出去便遇上了这么一位女子，便跟了她一路，发现她买了一份报纸，看了一则消息。"

　　李总巡多次挂电话到盛昌票号，终于等到了涂掌柜来接，多是搪塞之言，而当问起杨买办的事，对方更不肯多说，为这事很是苦恼，当下听说徐吴遇到了那女子，便追问道："她看了什么？"

　　徐吴将准备好的报纸拿了出来，说道："她看了海盗被害的消息。"李总巡皱眉，问道："这同她有什么关系？"徐吴说道："我们顺着线索，到了洋人赌馆去探情况，没想到也遇见了她。"徐吴这时又将"花会"赌馆里的赌局以及王邵洲同秦天香的秘密对话，都详述了一遍。

　　李总巡心中却有些犹豫，说道："只是论样貌，并不能确定这位秦天香便是汇票主人。"徐吴又道："若是能知道案子的详情，或许能解谜。"李总巡却道："可这桩案子并不归我管。"转而又疑道："你们怎么？"

　　徐吴知道他的疑问，连忙道："不敢相瞒，我们也想找出汇票的主人。"李总巡又有话要问，这时却见郝巡警走了过来，连声叨道："杨家人今日也来闹，也不知来闹什么，当家人这样被杀害，却不想抓出凶手，以慰亡人，而是想方设法，要将人接回去早些安葬。"

　　今日一早，郝巡警便被杨家人拦住，闹着要将杨买办抬回去，却被他打发回去了。送走杨家人后，他又去审了金三，得知了一个大消息。这个金三原来是郊外一处赌窟的主人，黑赌窟虽然比不上洋赌馆，却也是设置得十分精致，暗中有许多不法交易。

查封黑赌窟的案子正是由李总巡带领的，而他则是从旁协助。当李总巡得知金三在做秘密交易时，立即让埋伏在四周的人冲进去，守在赌窟门口的是一名不知面貌的男子，头戴尖顶斗笠，手拿着长烟杆，正悠哉地抽着。

　　他以为男子见了他们，必定要大喊惊醒场里的人，或是阻拦一番，却不想他见了李总巡后，却不说话，只是对着轻点了头，闪身隐进了黑夜里。他们一群人进去，无人阻拦，不过里头的赌客却是目露凶光，瞪大双眼，似乎很不怕。

　　李总巡一路追到一间狭窄而隐秘的屋子，驾轻就熟，好似来过一般。破门而入时，金三正同几名老妇签卖身契约，她们是专门做人口买卖的，将骗来的女子卖给金三。一时人赃俱获，金三无可辩驳，几名老妇人则仍在喊冤，李总巡当即将他们羁押在了监牢里。

　　清点赌窟时，又发现了好些官银号百元假钞，审问起来时，金三却说不知情，狡辩说做赌场生意，难免会有人携带假钞来赌钱。今日再审时，金三却问起了杨买办，又说杨买办常到他那儿赌钱，每次皆是几捆百元大钞，兑成筹码，那些官银号百元假钞皆是杨买办带进赌场里的。

　　郝巡警审完金三后，便直接过来找李总巡，告知此事。李总巡听完后，却冷笑着道："金三这人精明得很，那样多的假钞从他眼底下过，他怎么会不知道？分明是两人合作，将这些百元假钞输给了赌客，流通到外面去，以此来将自己撇清。却不想被我们查封了赌场，人赃俱获。第一次审问时装作不知，如今见杨买办死了，又全部推到了杨买办头上去。"

　　郝巡警也跟着道："我也是这样想的，所以来同你商量一

梨园秘闻录（上）　367

下，你说杨买办会不会是因为这桩假钞案而被杀害的呢？"李总巡沉声道："若他是因此事而死，那他手上的假钞必定不只是赌窟的这些了。他的假钞哪里来的呢？自己雇人印制，还是有上家？"

同他办案多年，郝巡警很明白他，猜道："你要按着这条线索查下去？那些假钞我也看了，十分逼真，只是右下角的云卷纹有些分别，只有洋人机器才可以印制得出来。"李总巡坐了下来，想道："洋人？杨买办做的正是洋人生意，或许是他雇洋人印制的。"

徐吴这时也说道："杨买办是被炉匠师徒杀害的，会不会有人买通了炉匠师徒，雇凶杀人呢？这位雇主则很可能是杨买办的同伙，或是上家。"李总巡赞许地看了徐吴一眼，道："你的推测并非没有可能，要是抓住了小炉匠来审问，或许能解决眼前的疑惑。只是他躲得实在是隐蔽，几天了，巡警厅都没能找到他的一丝踪迹，可见这人是做惯了这事的，早有准备。"

李总巡又想起昨日见到杨太太时的情形，说道："我想杨家人早已经知道杨买办印制假钞之事，才不想让这桩案子接着查下去，只是他作为大买办，生意正如日中天，为什么要做这样的事呢？"

徐吴说道："我听说他抵押了好几处地皮和公司股票给洋行，估价约有三十万两，而今股票跌得正厉害，他手上肯定是闹了亏空，才会做这样的事来。"李总巡觉得十分有理，迟疑道："要查过洋行的账目才可知，洋行那边一定不肯配合。"徐吴回道："要知道他是不是闹了亏空，总还有别的法子，并不一定要查洋行的账目。"

李总巡心里已经有了打算，转而研究起眼前的徐吴来了，心想怎么他的消息比自己还多？徐吴也看出了李总巡探究的目光，却不闪躲，只是一笑，趁此机会解释起了自己和汇票主人的渊源，还有失踪已久的妻子。李总巡知其缘由后，也就放心了，心想有人协助自己办案也是一桩好事，况且他们还有几分本事呢。

徐吴走出巡警厅后，在拐角处遇到了顾湘。她正低着头，步伐匆匆，行迹很可疑的样子。若是她大大方方地走在街上，尚且不引人注意，只是她那鬼祟的样子，像是藏着什么事，不肯让人知晓。而且这天也不早了，一个姑娘在街上走，也是危险得很。

于是徐吴跟着在后边，若是出事了还可及时出手相救，却不想跟到了一家旅馆里。那家旅馆布置典雅，住宿的花费大抵是不低的。她怎么上这里来了？她家里只靠着她卖唱的钱过日子，只能紧巴巴填肚子，哪里又住得上旅馆呢？更不用说顾老爹爱贪便宜，又爱吃酒的脾性了。莫非这姑娘自甘堕落，做起了那等事来？

孔章跟了一路，也很气愤，觉得她实在枉费了梅姨的一番苦心，正想上前去质问，却被徐吴拦住了："等一等，你瞧她手上拿的是什么？"只见她走到柜台前去，从腰间掏出一个大红绣花小布包来，仔细翻开四角，却是几张百元大钞。孔章疑道："她哪里来的钱？她老子身上大概都凑不出几块钱，怎么她竟然这样大手笔？"

顾湘将一张钞票递给了伙计，等着伙计找回散钱给她，不知说了什么玩笑话，便往后院去了。徐吴见此，也后脚跟进了

梨园秘闻录（上）　369

旅馆里，又想起顾老爹同梅姨在交谈时，说起这位姑娘同打铁的穷鬼走得极近，近日无故失踪，心中很是怀疑。

再一细想，她临出院子的时候，还瞧了对面的院子几眼。想到这里，徐吴脚下的步伐不由得加快，也要跟进后院去，却被旅馆里的伙计拦住了。伙计在柜台上连喊了几声："两位先生，两位先生，见谅，生人不得进入。"

说时还怕他们跑进去，赶紧从柜台里出来拦，态度倒还客气，将人请出来后，说道："两位先生若是要拜访人，烦请登记，等登记好了，我再挂电话进去，将人请出来。"孔章不想这里竟有这样多的规矩，心里有些不耐烦了，直接问道："那位进去的小姐在这里住宿？"

伙计客气一笑，却不答话，只问道："两位先生也要住宿？不过我们这儿需要预定，暂时没有空房了。"徐吴一笑，说道："我们从巡警厅出来，听闻长州近来发生了一桩仿制官银号百元钞票的案子，有许多假钞已经在社会上流通了。方才进来的那位姑娘，我很认识，她同她爹平时在街上唱曲，一天下来不赚几个钱。我见她手中有几张百元钞票，哪里不会怀疑她呢？"

伙计看了徐吴一眼，笑道："先生，我检验过了，并不假。"他当初能进来做工，正是靠着这双能辨钱的眼睛，因此很相信自己的判断。徐吴劝道："那些百元假钞是用洋人机器印制出来的，巡警厅的人都难辨其真伪，你还是再瞧一瞧吧。"

听这么说，伙计心里咯噔一下，也开始紧张起来了。他只是一个伙计，若是收了假钞，可是要扣月钱的，一个月也才那么点月钱，那要扣多久呢？他可付不起，于是将信将疑，走进柜台，将那张百元钞票拿了出来，为难道："这样说，我要怎么分辨这是真是假呢？"

徐吴说道："你另拿一张百元钞票比对一下，正面'百'字周边的云卷纹是不是有些分别。"伙计听了立即从另一个柜子中另拿了一张出来比对，再抬头看他们时，脸色有些变了，心里怀疑他们是翻白党，行骗来了，赶紧将钱放进柜子，锁了起来，眼睛则看向门口守着的人。那人背着他，头一摇一晃的，已然半在梦乡中了。

徐吴见他行为变得古怪起来，问道："你怎么不说话了？"伙计只得笑道："先生，这张钞票是真的，并不假，不知你为什么说它是假的？你们还是快走吧，街上可是有不少巡警员巡查呢。"徐吴却奇怪，这张钞票竟然是真的？他猜错了吗？

这时，孔章凑过来，轻声对徐吴说道："我看他分明把我们当作翻白党了。"徐吴想起了李总巡的名片，便将它拿出来，递到伙计跟前，解释道："前几日，长州发生了一桩命案，我们是来查案子的。"

伙计拿到眼前仔细瞧了瞧。徐吴趁他还没开口问下去，又问了："方才那位小姐可是来找一名年轻男子？"伙计回道："她是独自来的，在这里订了间客房，两三日来一次。不过，她倒是同另一间客房的穆先生走得近些。"

徐吴心想，穆先生？可小炉匠并不姓穆。便又追问道："这位穆先生多大年纪？长什么模样？"伙计回道："大概是四十岁，并不年轻，常常是一身长袍马褂，长须，看着像是读书人呢。"

孔章问道："你怎么知道他们走得近？或许只是相交的朋友。"伙计听了，嗤道："虽说现在天天讲男女平等，我却觉得这一条很不对，男女怎么能平等？就因这一平等条约，女子常

梨园秘闻录（上）

出来冒风头,或是夜不归家的。我去收拾客房时,在走廊上见着他们很亲密的样子,还进了顾小姐的客房。顾小姐当面撞见了我,可是臊得很,又很慌慌张张的,可不是做了亏心事吗?"

这时,孔章已在心中定了顾湘一大罪状,打算回去便告知梅姨。伙计则仍在一旁说道:"这附近有一所学堂,穆先生看着像是教书的先生,我听说现在有许多人借着教书的名义,专门骗得年轻女子团团转的。我想顾小姐大概是受骗了。"

徐吴问道:"穆先生和顾小姐是什么时候搬来的?"伙计说道:"这还得查一查。"说着便拿出一本登记住客的册子,翻了几下后,回道:"找到了,穆先生一个月前便定了客房,顾小姐是近几日才来的。"

这同小炉匠失踪的时间对不上,徐吴想着,对孔章说道:"这一事,先不对梅姨说。"说完便走出了旅馆,不过却有些心不在焉了。

第七回
密托掌柜电联杨家宅，杨太太不满冷言冷语

乌云遮月，夜黑得深沉。大堂已经暗了下去，只在院子里点了盏灯，两人回来时，梅姨和阿离已经歇息了。徐吴回到屋子后，则是想了一夜，到了次日，又叫来了孔章，问道："涂掌柜同杨买办的交情，怎么样？"

孔章回道："我想大概是生意场上的朋友。"徐吴又道："我想请涂掌柜出面，请杨太太到大茶楼见一面，你说可行不可行？"孔章说道："若我们下个拜帖，说有关于杨买办的事要告知，杨太太也肯见我们吧。"

徐吴却摇头，他也想过直接上杨家宅子，探一探杨家人的口风，不过他又想到了另外一层，便道："若是要听杨太太的真话，不能上门去拜访，只能单独约她出来见一面。"

孔章不解，问道："这又是为什么？"徐吴解释道："李总巡曾说过，杨家人反对报案，对他也不配合，只有杨太太坚持要报案。"说着便将手里的小块香料添进小铜炉里，不一会儿香气便散了出来，闻着十分醒神："上次，我们在警厅见到了杨太

太,我见她似乎对搀着她的小杨先生很生气的样子,却极力忍着,实在可疑。"

孔章明白了,道:"原来你是顾虑小杨先生在场,杨太太不会说真话。"徐吴点了点头,说道:"这桩绑架案是杨太太编出来的,她为什么要说杨买办被绑架呢?我想是杨家人早已发现了他的失踪同假钞有关,所以不敢声张,害怕巡警厅查出来,家里人受连累。"

为钱害人这样的事,所见所闻的并不在少数,只是每逢遇见了,孔章仍是不由得叹息一声:"小杨先生以为他能瞒住这事,全然不顾他父亲的生死,难道亲人的命比钱还重要吗?"徐吴说道:"他也未必不知,只是在拖些时间,他手上还有动作呢。"

孔章猜道:"他想将洋行的公款转移出来?"徐吴说道:"巡警厅已经开始搜集杨买办涉嫌印制假钞的证据,我想那款数应该不少的,官银号钞票才刚实行不久,这事查出来了,判下去可是重罪,杨家人都有包庇的嫌疑。"

梅姨掀开帘子,走进来便闻到一阵香气,笑道:"这香闻着很好,是什么香?"徐吴答道:"这是南方产的莞香。"梅姨侧身闻了闻,奇道:"这香我只听过,还没闻过呢,闻着确实舒神,淡而不腻人,这是哪里来的?"

徐吴回道:"这香是林司送的,放着好些年了。"梅姨不觉拿出手帕往脸上遮,擦了擦鼻尖上的胭脂粉,笑着转身道:"快出来吃早饭吧。顾老爹一大早的,便拿了些糕饼,还有白粥来,话也没有说,又走了。你们快来,凉了可是要糟蹋了。"

孔章连忙应了一声:"就来,就来,你们先吃吧。"说完便看向徐吴,还想往下说,徐吴却道:"我们先去吃吧,吃完便去找涂掌柜。"吃过饭后,他们便往票号去了,到了门口,依旧是见到一个伙计,提着桶水,手拿着抹布,在擦拭门口的两尊石狮子。那伙计见了来人,先是问了声好,高喊了一句:"尊客两位。"先前他们来时,只站在门口,还没有进里面去呢。

两人一跨过高门槛,过了一座福禄寿石屏风,便见院子当中摆了一座两人般高的铜制貔貅,金光灿灿。进了柜房,眼前三四个窗口排开,有人拿着汇票正在兑现银,而伙计则是拿出秤子,仔细比对着汇票上的额度称着银子。

孔章一进去便抓住一名跑堂的伙计,问道:"涂掌柜在吗?我们找涂掌柜。"伙计问道:"两位先生尊姓?"孔章说道:"你跟掌柜说我姓孔。"伙计将信将疑,跑进去传话。不一会儿又出来,将两人请到后院去。

涂掌柜在书房里看画,桌上摆着几卷半开的画轴,手上也正拿着一幅画轴。他一边卷一边看,见了惊奇之处,便拿出一副洋镜,凑近去瞧,一边瞧着一边赞叹,似乎很满意的样子。见两人进来了,口中说着:"两位请先坐。"眼睛却仍盯着手中的画看。

徐吴坐下后,望了四周一眼,只见墙上挂了许多幅字画,如是真迹,这可得费不少金钱。好一会儿,涂掌柜才不得不放下画轴,走过来说道:"见谅,有人送了一幅宋画,看了就舍不得撒手。"

相互寒暄后,涂掌柜明白他们是有事相求,也不问了,只等着他们开口。徐吴开口道:"昨晚在巡警厅,我们听闻杨买办涉嫌印制假钞,这一事你知道吗?"涂掌柜坐下,道:"巡警厅已经查出来了？小杨先生前些日子还亲自找了我，说是要同我兑现银，我婉言回绝了。虽说生意是要做的，可招祸事的买卖我可不做。"

徐吴听他这话，是早已知晓了杨买办的事，不过是事不关己，高高挂起罢了。小杨先生打的主意他也是晓得的了，便道："我们在巡警厅见过杨太太，想请她出来见一面。"涂掌柜心里明白是要他出面请人。

他迟疑了一会儿，还是挂了个电话到杨家宅子。那边接通了，传来一个很苍老的声音："杨先生不在。"涂掌柜笑道："劳驾，我找杨太太。"那边又慢声问道："尊姓？"

涂掌柜笑道："秦管事，你还听不出我的声儿来吗？"那边的秦管事反应过来，连声道歉："您是涂掌柜，不好意思。"平时接电话的是门房的老刘，电话接过去，嗓子一亮，他准知道谁是谁，依着这耳朵功夫，就专做了接电话的活儿。

涂掌柜以前是常常挂电话到杨家宅去的，这时也奇了，问道："老刘到哪里去了，怎么用你老来接电话呢？"秦管事回道："说出来也不怕您笑话，他早跑了，就是工钱也没拿。我想是听了外面的风言风语，眼见我们杨家楼塌了，自寻出路去了。"涂掌柜没有接这话茬，又问道："太太在吗？我想请她来一趟。"

秦管事答道："不巧，她前脚才刚出去，也没说到哪里去。这样吧，等太太回来，我再给您回电话？"涂掌柜答声好，瞥见徐吴手里的动作，忙又问道："小杨先生在吗？"那边回道："我听他嘴里常念叨着您呢，只是约您不到，我这就把电话接进去。"

涂掌柜哪里会去招惹小杨先生，只答说有事要忙，急忙挂了电话。转而看向徐吴："你瞧,杨太太不在家。"孔章问道："这阵子杨家琐事多,会不会是应付之词?"涂掌柜笑道："秦管事跟我说杨太太出去了,那就真是出去了。要是老刘来接电话,说不准还会搪塞我,秦管事的为人我很相信。"

孔章又问道："杨太太为什么出门去?难道是又到巡警厅闹去了?"徐吴摇头道："杨太太要是到巡警厅去,小杨先生必定会跟着一起去,可他却还在家中,并未出门,那杨太太未必是到巡警厅去。"

涂掌柜这时也好奇了："你们找杨太太做什么?我看她只管家事,杨买办在生意场上的事未必知道得清楚。"正说着话,有伙计进来说杨太太来了。三人心里都有些惊讶,不过心思却各不相同。

涂掌柜明白杨太太一定是为了兑现银之事来相求,若不是碍着孔章的面子,他今日便推脱着不见了。只是他们才让他挂电话去找杨太太,总不能当面推脱不见,这事怎么办才能两全呢?

伙计见掌柜迟迟没有发话,又抬头看了涂掌柜一眼,涂掌柜才说道："你什么也不要说,将杨太太引进这里来。"见伙计出去了,他才转身对两人道："我不便同她见面,杨太太由你们招呼吧。"说着便往旁边的小门去,进了里屋,却是仔细注意着外面的动静。

杨太太来见涂掌柜这一事,是小杨先生在家里闹了许久,她才不得不腆着老脸来的。心里本想着涂掌柜哪里肯见她,不想伙计进去之后,便将她请了进来,心里正自高兴,心想他到底是看在了相交多年的情分上。

进了书房，杨太太见徐吴和孔章坐着，以为他们也是来找涂掌柜，便笑着点点头，不过心里却觉得两人很面熟，似乎在哪里见过。她左右看了看，也不见涂掌柜出来，便问伙计："涂掌柜什么时候过来？"

伙计不敢说话，看了徐吴一眼就下去了。徐吴看了眼杨太太，只见她身上套了件黑色的描金如意褂子，一条黑素长裙，简单的垂髻，却插满了翡翠珠钗，就这样直直立着，一眼瞧去很有派头，同上次在巡警厅门口见时全然不同，似乎特意打扮一番才来的。

徐吴起身介绍道："杨太太，我们在巡警厅见过面了，还记得吗？"杨太太狐疑地看了看他，摇摇头，反问道："我们见过吗？"徐吴也不解释了，转而说道："杨买办的尸首是我们发现的。"

杨太太听了这话，重新注意起了眼前的人，有些慌乱，心想自己眼下是他们砧板上的肉了，也明白涂掌柜是不会出现的了。她慢慢坐了下来，神情却并没有了方才的和蔼，目光坚毅，一双冷眼射向两人。

徐吴也在对面坐下，一句话便使杨太太心惊胆战："杨买办是不是暗中印制假钞？"杨太太面上却不敢表现出来，只是冷笑着回道："真是不知深浅，这话也敢胡乱说出来。"徐吴又道："昨晚，长州赌窟的金三被审问时说，被缴的一批官银号假钞是杨买办的。"

杨太太心里绷着的弦断了，却仍强自镇定："他空口无凭，知道人死了，便将罪责往我们先生身上推。"徐吴说道："我听闻李总巡昨晚便已经立案，要查假钞之事了。"杨太太暗自捏紧手中的帕子，心乱如麻，也不敢再往下待了，只想着速速回宅子，找人商量。

她刚要起身离开，却被徐吴的话留住了："太太，印制假钞同使用假钞是两项罪名，若杨买办只是用了假钞，而不是印制假钞，罪刑可是会轻些。我来打听小炉匠与杨买办的事，也是为了查小炉匠的踪迹，替杨买办辩白。"

杨太太先是沉声不语，接着又叹了口气，才想通了，道："我记得他与门房老刘说起过小炉匠，当时他们在书房谈话，而我只是进去拿一本书，并没有在意。"徐吴又问道："他谈起小炉匠时，可有做什么，或是说了一些不同于平常的话？"

杨太太回想那天的事，觉得没有异常，答道："那天看不出什么来，不过离家前的日子，他常常睡不好，总是半夜起来，一坐便是天亮。我想那总归是生意场上的事，也没有多问，他从不让我过问。"

杨太太说这话时，神情上极力装作自然，端起一旁的茶水，喝了一口。徐吴知道她心底仍旧藏私，继续说道："大年三十的晚上，杨先生却被发现已被害于阁楼有月余，周身被绑，一把利斧曾砍向他的后脑，地上满是干涸的血迹。难道你就不想知道，他们为什么要杀害杨买办吗？"

杨太太怎么会不想知道呢？只是她还得守住家产，若是就这样白白葬送了，她实在不甘心。但听了徐吴的话，她又不由得想起他临死前该是如何挣扎，心里很不忍，面上仍是极力保持镇定，只是说话时有些颤抖了："他，他……"话也说不完整了，这时她咳了一声，才道："找出凶手是巡警厅的职责。"

徐吴不得不重声道："他们为什么要杀害杨先生？或许杨

先生在假钞事件中也只是受害者？只是知道了什么秘密，所以才被杀害了。老炉匠死了，小炉匠仍在潜逃，巡警厅没有线索，怎么会那么快抓住他呢？"

杨太太心中已经有些动摇了，想了一会儿，才说道："几个月前，我便开始听他说起炉匠，他同我说起他们，是因为他打算将长门巷的院子给他们住，而钥匙在我这儿。我原先不肯，想那只是两个乡下人，怕日后惹麻烦。他说那是一位朋友介绍给他的，很信得过，又让我不要再问了，我也就没有再问下去。"这一事是杨买办生前最为秘密的，嘱咐过杨太太千万不能说出，只是事情已到这样的地步，她也不得不说出来了。

徐吴追问道："哪一位朋友，你知道名字吗？"至于人名，她若是知道，在杨买办失踪期间，早已经上门质问去了。她也早早便想报案了，只是杨家的大小辈皆不肯信她的话，一味让她不要声张出去。她哪里不明白他们的心思，她也是没有法子，她又能做什么呢？

徐吴见杨太太不再像方才那样放冷箭了，决定继续追问下去，因为一旦她走了出去，缓过神来，恐怕是再不肯开口了，便道："杨先生说起这位朋友时，是什么态度？或者有没有多说些什么话？"

杨太太回道："炉匠这事他到底还肯说一两句，他的这位朋友，他反倒不肯说一句的，秘密得很。"徐吴问道："那么，杨先生是什么时候开始失踪的呢？失踪前说了什么，或是做了什么吗？"

杨太太正了正身子，才慢慢道："大概是一个月前，他说要离开好些天，往北去走一批货回来。我问他走什么货，怎么不让家里的小辈去？他没有说什么。不过送他出门的那天，他却忽然告诉我，要我好好持家。"

后来，她见他一直没有消息，便让秦管事到洋行去问。洋行那边却说北边没有要走的货，即使要走货，也会登记在册。这时，她才缓过神来，他哪里自己出门走货过，平常都是让家里的小辈跟洋行伙计去的。

杨太太心中很是后悔，哽声说道："这几日，我常常在想他离家那日的事。忽然想起来，临上马车前，他又匆匆跑回书房翻出一个盒子来，特意带了上路。"徐昊问道："那盒子什么模样？"杨太太回道："只有手掌大的机关小木匣子，他常用来放一些重要的单据，我猜大概是货单和汇票。"

徐昊想再问，可杨太太当下也有些警觉了，话已经越说越多，怕自己说了不该说的话，便决计不再说下去。转而问道："涂掌柜不在？怎么这么久了还不出来见我？既然把我请进来了，却又把我晾在了这里，什么道理？树倒猢狲散，也就这样了。"说时，还特意瞥了一眼那扇半遮掩的小门，嗤笑一声。

这话说得涂掌柜面上一热，马上立住身子，不敢往门边趴着了。这时候出去，不正扫了自己的面子吗？可若是不出去，虽卖了孔兄的面子，却得罪了杨太太。正两难间，杨太太已经起身拍了拍衣服，似乎要走了，涂掌柜只听得杨太太朗声道："涂掌柜不在，我还是回家去吧。"

这时，徐昊也道："我们也等不到涂掌柜，自去了吧。"涂掌柜听了这话，心里很高兴，徐昊这样一说，在杨太太面前挽留住了自己的面子。徐昊说完，便跟着杨太太一起出了书房，临到上车时，杨太太恳请道："若是抓住了小炉匠，希望先生送

梨园秘闻录（上） 381

信到家里。"

徐吴回道："一定亲自送信去。"

马车的差役上前来搀着杨太太。见车走远了，徐吴才说道："我们要找一找杨先生手上的小木匣子了。"孔章问道："可是没有听李总巡说起，现场有这样的小木匣子，会不会被小炉匠带走？"

徐吴却摇头道："那天晚上，阁楼的门是被锁住的，进去时有好几处血迹，地上只有一把斧子，后脑上粗而宽的口子，是斧子砸出来的。但是他胸前还有几道伤口，不像是斧子划出来的，而像是用刀剑这样的利器或刺或划，制造出来的伤口。"

孔章也道："当时，我见了那几道伤口，也是这样想。不过很奇怪，房间里并没有刀剑这样的利器，只有一把斧子。"徐吴点头道："所以那座阁楼，可能是杨先生被最后害死的地方，在这之前他还在其他地方被打伤过。"

孔章觉得这样的行为实在是可恨至极，咬牙道："为什么要这样做呢？若是要杀他，直接一刀不就好了吗？为什么要折磨至死呢？"徐吴说道："他们一定是为了逼问出某样东西，而这样东西可能还在那处院子里。"

孔章猜道："你说的这样东西，是杨买办的小木匣子？"徐吴说道："他们杀害杨先生一个月了，却仍旧在他的院子里住着，为什么呢？"孔章想了想，不确定道："没有找到要找的东西？"

徐吴点头，说道："我们现在到巡警厅一趟，将这事告诉李总巡，看一看仵作的报告，再下定论吧。"

第八回
暗寻木匣重回小阁楼，陈妈妈焦等话里有话

  两人雇了人力车便往巡警厅的方向去，街上依旧是过节的样子，叫喊声四起，不是卖艺的，便是卖手艺的，热闹得很。这时，孔章望见不远处站着的两人，推了推徐吴，神秘道："你看那边。"

  徐吴顺着他的指向望去，原来是顾湘和顾老爹，他们正在街角立着，不过今日好似没有开张，老人家手里拿着酒壶，在顾湘身边竭力说话，而顾湘则是一副病恹恹的模样，低着头并不说话，一下甩开顾老爹的手，跑开去了。

  人力车跑得极快，很快他们的身影已远远落在了身后。孔章哼了一声，道："我总觉得她日后一定会辜负梅姨。"又拐了两条街，才终于看到巡警厅的牌子，门口还停了一辆马车，车夫百无聊赖，正蹲在墙边与人交谈。

  那是杨太太的马车，她怎么也来了？徐吴正想着，转眼间，杨太太已经从巡警厅出来，走到了马车边，由车夫搀扶着上了车。车夫将人扶上车后，仔细放下布帘子，扬手一鞭，那匹精

瘦的黑马在原地踏了几步，一下蹿了出去。

看着马车扬尘而去，徐昊慢慢收回目光，却意外瞥见秦天香也在观察杨太太。她端坐在一处茶棚里，端起杯子，轻抿了一口，才收回目光，继续跟对面的男子说话。而那男子徐昊也认得，是昨日在"花会"馆中遇刺的男子。他穿着一套单薄的黑布衫裤，这样冷的天，脚底下只穿了双草鞋。

徐昊眼见着要到门口，特意让车夫跑慢些，暗暗观察茶棚里的秦天香。她看着虽像是在与人交谈，目光却不时移向巡警厅。徐昊心中对秦天香很怀疑，怎么她也关注起了杨太太？第一次见她时，她便是在巡警厅附近徘徊。

正想着，秦天香又有了动作，只见她拿着手提包起身，往巡警厅去了，不过被门房的拦住，说了几句话，又在册子上做了登记才被放了进去。见她进去后，徐昊才在门口停下，直走向门房，要登记的册子看。

门房知道他跟李总巡是有交情的，没有多说，便将册子奉上，册子上写了许多人名，最后一行则写了"秦香"，徐昊问道："这一位秦香小姐是做什么的？"徐昊知道每逢进来生人，必定是会被盘问的。门房笑道："她说家里是经商的，自己在外读书。"徐昊又问道："你可有问她来做什么？"

门房这时憨笑一声，搔头道："我忘了问了。"徐昊进了大堂，见长椅上坐了许多人，皆是来办事的，而秦天香也坐在后边的长椅上，小提包挂在手上，手中捏着一份报纸在看。

徐昊四处望了望，见到迎面而来的郝巡警，像是遇到了什么好事，眉开眼笑的，对徐昊说道："你们知道方才谁来过了吗？是杨太太，她竟然肯来了，还签字同意验尸。我看今晚上便能出一份报告了，这对调查案子是很有帮助的。"

徐吴笑了笑，问道："李总巡到哪里去了？"郝巡警答道："他办案去了，听人说有小炉匠的踪迹出现，他认人去了。"徐吴追问道："在哪里出现？"郝巡警回道："说是长溪那边的洋人赌馆里。李总巡听了，一早便赶过去了。"徐吴又问道："去多久了？"郝巡警回道："大概有一早上了，我想下午便能回来。"

既然这样，那么关于黑木匣子的事，还是等李总巡回来，再当面谈好了。徐吴这样打算着，又想起了一事来，问道："杨买办的那处院子，有人在没有？"郝巡警回道："没有，巡警厅里人手不够，都撤回来了，只是封锁住罢了。"

徐吴说道："我想到那阁楼上再看一看，或许可以发现些新情况。"郝巡警本来有些迟疑，但是想起了李总巡的交代，便将院子的钥匙拿给了徐吴。

拿着钥匙，徐吴匆匆往杨买办的院子去。到了门口，撕开封条，打开大门，径直往阁楼去。推开阁楼的门时，这里已经没有了之前那股血腥的味道。日光铺在地上，斑驳血迹立显，不过几天，已经有几许灰尘覆盖上了，血迹因此也不再那么刺目，地上的标记多少掩盖了当初发生于此的狰狞。

厚厚的尘土在日光中飞扬，四面是置物的架子，架子上琳琅满目，既有许多书册，也有些洋玩意儿，大概是不用了，全堆放到阁楼里来了。发现杨买办那天晚上，匆忙中徐吴只看到中间的书桌和绑着杨买办的椅子。这一次，看着地上标记过的血迹，他忽然想到了什么，拉着孔章重新回到门口，说道："你仔细观察一下地上的血迹，发现了什么？"孔章跟着他的指示，认真辨认了一番，闪过许多想法，却又被自己否定了，疑惑地望向徐吴。

徐吴道:"这是杨先生死前被拖动出来的血迹,你想一想,为什么会有拖动的痕迹呢?"孔章摇头,反问道:"怎么能确定这是死前拖动出来的痕迹,而不是死后呢?"徐吴指着其中一处血痕,解释道:"这是门口到架子的一条血迹,明显是被拖出来的。但是到了架子边上,却有几个皮鞋印,只有杨先生脚上穿的是皮鞋。可见当时他还能站着。"

徐吴又道:"你再看另外三条血迹,每个架子前都有皮鞋印。你看出什么来没有?"见孔章还是一知半解的样子,徐吴解释道:"他们这是在逼问杨买办,找一样东西。"孔章明白了,道:"黑木匣子?"

徐吴点头道:"我想杨买办特意回去拿了那个小木匣子出来,一定是同这次出门目的有关。"说着,他又指着地上散放的书册,道:"架子上的书册皆被翻落在地上,书桌的抽屉半开,东西杂乱,明显是被翻动的痕迹。可见他们以为这些单据被藏在了书中。"

徐吴一边说着,一边走向左边没有血迹的架子前,在一堆小玩意中,找出了一个黑木匣子,道:"他们逼问杨买办,可却不知道他将单据放在了木匣子里。"这是一个巴掌大的四方盒子,没有可以打开的口子,像是个小玩意。徐吴拿在手中摆弄了一会儿,不得要领,又递到了孔章跟前,问道:"这件黑木匣子,你知道来历吗?"

孔章拿到手中后,上下翻看,发现每一面各有三条可以压下去的钮。心里虽然惊讶,面上却是不动声色,答道:"这是个机关匣子,别看只有巴掌大小,里边的小部件不下于一百个,只有知道这六个按钮的排列规则，才能打开。要是按错了，里边的单据便全毁了。"孔章想了想，建议道："这个机关匣子，暂时不要上报给李总巡吧。"

徐吴奇怪道："为什么不报上去？"孔章说道："从命案发现到今日，巡警厅这么多人手，得到的消息却比我们还少。我猜他们也未必知道这个机关匣子的开法，要是到了他们手中，只怕是想强行打开，弄巧成拙。"徐吴越发觉得奇怪，说道："平常不见你这样做事。"孔章解释道："我是想我们自己去查，只怕查得比他们还快些，查完了再报到巡警厅去，你看可行不可行？"

徐吴被劝服了，点头答应，不过又道："这也不能怪办案子的人，我看李总巡是真正在办案子的，只是坐办公厅的人，总有许多不得已。只这一年，巡警厅的班子已经换了几拨，各厅总长的位子还没有焐热呢，就已经换了人。我今日见报上说，西北两个地区也不安稳，正闹得厉害，派遣去镇压的都督也是换了又换，棘手得很。像李总巡这样肯为民办案的，已不多见了。"

徐吴说着便从院子出来，将封条重新贴好，才刚踏出脚步，却瞥见了王邵洲。他正慢慢走来，挂着文明棍，帽子拿在手上，闲庭信步的样子。徐吴笑着向他招呼。

王邵洲也跟着笑道："徐先生、孔先生，你们怎么站在这里？这里可发生过命案，不吉利得很。"说着便将目光定在锁上，见门上的封条似乎被动过，又上下打量着面前的两人。徐吴笑道："我们也正要回家去，你来看望王老爷吗？"王邵洲摆了摆手，苦笑道："陈妈妈挂了个电话到宅子去，很十万火急的样子，我也就赶来了。"

徐昊见他方才慢悠悠的样子，并不像他口中所说的十万火急。笑问道："听陈妈妈说，王先生刚留洋回来？"王邵洲咳了一声，笑道："只去了大半年，并不是留洋的学生，只是为了生意，不得不背井离乡。我们第一次见面的时候，我才刚下轮船不久呢。不过，没想到一回来，便听说杨买办死了，实在是可惜。"

他们一边说着，一边往自家院子走去，到了拐角处，首先见到的便是陈妈妈，她正站在门口，四处张望，急得跺脚，手中拿着块布条，不时擦着手心冒出的汗，远远地见了王邵洲回来，才松了口气，勉强笑了一下，说道："王先生回来了，他在里面等得急了，砸东西呢。"

王邵洲倒是很镇定，慢声问道："这一次，又是为了什么事，挂电话叫我过来？"陈妈妈回道："他口中一直在叨着什么彩瓷，想问你运出去没有？我也不知道他在说什么。"王邵洲听后，不动声色，转身道："抱歉，本该邀请你们到家中招待，只是他的脾气古怪，不便招待了。"

徐昊当即答道："不碍事，应该是我请王先生到家中坐一坐才是。"王邵洲也道："一定一定。"说着，王邵洲便走进了院子，转身时又颇无奈地说道："也不知他心里惦记什么，哪里有什么彩瓷？"陈妈妈也应道："我也不知道他打哪里听来的话，这几日常常胡言乱语，还要你筹什么款子，你说可笑不可笑。"

王邵洲长叹了一口气，很痛惜的样子，道："我看他的神志越来越坏了，我说送到医院去治，他偏说自己没有病。可是陈妈妈，你看看，你看看，这可怎么办才好呀？"说完又长长地叹了口气，停了一会儿，又称赞起了陈妈妈："实在是麻烦你照顾得这样仔细，你受的委屈我是知道的。"

陈妈妈听了这话，心里既是安慰，却又辛酸。眼泪含着，若不是念着王先生的好，她也不一定在这宅子里熬得住。

冬天的日子总是短的，只不过一会儿，天又黑了下来，各户人家门前的灯笼都重新挂起。阿离到门口，想取灯笼下来点灯。碰见陈妈妈在点灯，一阵风吹过，火苗摇摇晃晃，将熄未熄。为了防风，陈妈妈很小心翼翼地用手拢着灯芯，将笼子重新盖上。因为天有些黑，再加上老眼昏花，很看不清钩子，陈妈妈站着捣鼓了半天。

阿离笑着过去搭手，道："陈妈妈，我帮你挂上去吧，以后要是看不清了，往我家里喊一声，我保准出来。"陈妈妈是做惯了事的，哪里会想起请人帮忙，笑道："真是好乖囡，不敢劳烦你们。"

阿离笑道："这有什么呢？"陈妈妈擦着手，脖子往他们院子一伸，只见孔章坐在石亭中，手中把玩着一个小玩意，很入神的样子。她凑近阿离耳边，小声说道："我听说孔先生是做戏的，脚上功夫了得。我家那位最喜欢看打戏了，不知道孔先生近日有没有演出？"说着时，还有些不好意思。

这话里的意思却是要几张免费票，阿离也晓得她极不容易，当即回道："我们戏班今年开箱还得等到十五呢，那时会有好些票到我们手里，我给您送去。"陈妈妈喜上眉梢，连声道谢。家里的那位知道有戏可看了，可不知有多高兴呢。

梅姨掀开帘子出来，只见到阿离一人的身影，不想她站在门口吹冷风，喊道："你快进来吧，外边冷。"阿离也不好耽搁了陈妈妈,应了一声,也就进去了。掩门后,见孔叔坐在那里,已经有好一会儿了,神情也不同以往。她见此,有意拿话逗他:"孔叔,这个小玩意是什么?您这是在睹物思人吗?"

孔章被这忽然出现的声音吓得一愣,反应过来后,拍了她一下,说道:"说什么话呢,小心我告诉你爹去,把你送进女子学堂读书。"阿离在一旁坐了下来,撇着嘴角,哼道:"怎么您同梅姨说同样的话,真是没意思,我要是被送去了学堂里,你们可得一年半载才能见我一面了。"

孔章说道:"梅姨这样替你考量,也是没有错的,谁让你……"他一时嘴快,后面的话是不当说的。阿离却很明白,笑道:"这有什么,不过是没有娘,我没有见过她,自然不会想她。你和阿爹说起她又总是半遮半掩的,实在是大可不必。"她话虽这样说,心里也并不好受。

徐昊站在他们背后,将话听了进去。阿离一听到脚步声,便知道是她阿爹来了,不敢看他,只低声道:"我找梅姨去,你们聊着吧。"徐昊心中悄叹,许多事,她是看在眼里的,心底很明白,只是不说。

孔章见了他,劝道:"有一些事,你是不是不该瞒着她?她也大了。"徐昊不答,反而问他,道:"这个匣子是不是同那位梁先生有关?"孔章笑道:"还是瞒不过你,这件木匣子的制作是梁家祖传的手艺。不过,梁家可不是工匠,这门手艺的流传,只是谋生存所需。他们是世传的练武家,练的是拳脚上的功夫,可谓'拳重百斤,脚重千斤',很了不得。我父亲曾经走镖到长州时遇险,得了梁家的帮助,所以相识。"

徐昊见孔章王顾左右而言其他,猜道:"你不想去梁家?"

这说中了孔章的心思,他不敢上门去。正说着,梅姨出来了,手里拿了壶果酒,还端着个瓷盘,上边摆着些红粿糕点,笑道:"你们有好酒可以喝了。"她一边招呼阿离出来,一边点起炉子,将果酒小火煨着,又将布帘子放下,遮挡寒风。

孔章见此,笑问道:"今晚上怎么这么好兴致,肯拿出你酿的好酒来?"梅姨酿的酒是一绝,他喝了她的酒,便不想喝别家的了。这果酒进口时,只是觉得清甜,余味却十分甘醇,后劲也大,平时轻易是喝不上的。

梅姨笑道:"这些糕点是有人送来的,是好意,我想着给你们干吃吧,未必喜欢,如果有酒就着,你们还吃得下。这天又湿又冷的,你们吃了酒,也好发发汗,湿气郁积,也使人受累。"

这话里有话,分明是指向徐吴,孔章看了他一眼,转而问道:"谁送来的?"阿离在孔章身边坐下,答道:"还是那位顾老爹,他今日已经来了两回,每一回过来,必定是送东西来。梅姨说他们也没挣几个钱,不收了。那老人家推了许久,一定要梅姨收下。"

孔章知道他这样的盛情,一定是有事相求的,问道:"他今日过来,又是为了什么?"梅姨说道:"还是为了顾小姐进戏班的事,他想要她快些进戏班。可是班子的人都到外地演出去了,得年后才回来,哪里这么快便能拜师进班子呢?"

孔章皱眉问道:"顾小姐也到家里来了?"梅姨笑道:"只她爹来,我想她也不知道呢,正是想着这一层,我才没有答应他。这拜师诚不诚,只能看顾小姐,不愿意的事情就不该逼着。"

这时,有人"咚咚咚"敲门,力气大得很,急促而又着急。

徐吴有戒心,见梅姨要去开门,当即拦下,自己去开了。门一开,来人却是李总巡,只见他行色匆匆,面上有些疲惫,进门便说道:"听说你们到巡警厅找我去了,有什么消息没有?"

第九回
李总巡追凶探阿房宫，孔师兄解谜访喜门巷

约莫早上五点钟，天还黑着，李总巡早已起来，在庭中呼呼喝喝，练起了拳脚。值夜的郝巡警来拍门，报告潜逃的小炉匠的最新踪迹，他听闻后，立即套了件袄子出门了。

路上，郝巡警报告详情："方才，有人挂来电话，说长溪镇汇乐街有小炉匠的踪迹。"李总巡问道："他怎么确认那人便是逃跑了的小炉匠，会不会看错？"郝巡警回道："他说特意对比了通缉照片，没有错。"

李总巡问道："提供消息的人在哪里？"郝巡警回道："这一位提供消息的，是赌馆里的一名伙计，身长六尺，穿黑布衫裤，经营着一间洋货的小铺子，挂牌是德记洋货行，您进了赌馆便能看到招牌。"

李总巡听后，点了点头。从这里到长溪镇有些远，抓捕小炉匠这事却是耽误不得的，稍晚些，怕人会跑了。思量片刻，才决意道："厅里的汽车，你去开来，我在城门等你。"这是一辆公派的汽车，专门用来办案，或是抓捕难办的疑犯的。

梨园秘闻录（上）

郝巡警一听，暗叫了声苦，低声道："昨夜被老三借去了，他说只借一晚，约定中午便送回来。"他原想这车放了许久没有用，老三在一旁又是软硬兼施，苦苦哀求，他才松口，想着借一晚出去，总没有什么。

李总巡这时心中只想着抓住小炉匠，怒声问道："他借去办什么案子？我怎么没有听说？"郝巡警这时不敢回话了，老三在巡警厅里的差事，是家族里的长辈给他谋来的闲差，平日做事也是推三阻四，只想拿一份月薪的。

这事李总巡是明白的，也知道老三借了汽车，必然是开出城去了，心中虽气急，当下却是要想出法子，尽快往长溪镇去。这时，耳后却传来了一阵马蹄声，李总巡回转过身去，见是一辆马车，车夫是一位年轻男子。

李总巡见他面上似乎有些慌，极力装作镇定的样子，虽然很可疑，不过这时候也顾不得了，问道："我要到长溪镇办案去，事态紧急，可否载一程？车钱是不会赖你的。"车夫听说要往长溪镇去，松了口气，立刻调转方向，快马加鞭，将人送到赌街去。

李总巡下车后，目睹了赌馆的盛景。这时日头欲升未升，却是一派歌舞升平的景象，灯光荧荧，车水马龙，川流不息，人不断地涌进涌出，可见稍微阔一点的人，都争相来这里销金，日夜醉生梦死。

他一抬眼，便见着一块金灿灿的"阿房宫"大匾，正悬于头顶，嗤笑一声，大跨步往里走去。进了一扇圆拱门，首先见到一座廊桥，桥上满是盛装的女子，若不是他早知道此地是个大赌窟，还以为是在办游园会呢。

他目及四周,晃眼的"德记洋货行"布帘,随风而动,打眼得很。走到铺子前,果然见着一位黑衫裤的伙计,吆喝不停,售卖手里的东西。他上前问道:"是你挂电话到巡警厅去?"

伙计听了,憨笑道:"我按着报纸上的通缉状打电话去,果然有人来了。"李总巡心急,直接问道:"他在哪里?"伙计又笑了一下,反问道:"先生,那我的报线钱?"伙计见有赏金才肯冒险挂电话报案,关心的自然也是这点钱。

李总巡说道:"若是属实,可到长州巡警厅领取,不会赖了你的。他往哪里去了?"伙计这下放心了,回道:"他到店里来买了包洋烟,还有一瓶女子用的香油,我看他一脸凶相,想起了日前见到的一张通缉令。等他走后,我偷偷留意了他的去向,方才又拿出那张报纸来看过了,是不会错的。"

一脸凶相?这却让李总巡很怀疑了。当初,他到杨买办的院子查探时,出来开门的便是小炉匠,他记得那人生得一副呆相,低眉臊眼,很懦弱的样子。心中虽然疑惑,不过这线索可不能放过,于是又问道:"你见他往哪里去了?"

伙计回道:"我见往'花会'馆去了。只是有些时候了,也不知道他还在不在。"李总巡听得云里雾里,伙计走出来,指着前方,解释道:"这每间小馆的门上皆有门牌,您往这一边直走,便能见到了。"

李总巡听完后,匆匆要追上去,想起小炉匠曾经见过自己,未免除可疑,从店中挑了一顶西洋帽,遮了大半张脸,又拿了一根文明棍。伙计看了,称赞道:"先生,这两样顶适合你,这不就变成一位翩翩绅士了嘛,上身正好着呢。"

李总巡也不多说了,放下钱便往"花会"馆去。他进了馆里，也无暇看墙上的花牌，先是进了"通灵宝鉴"，进门却被两位大汉拦住买筹码。长屏风将赌场内的情形围住，里边的情形看不清楚，为了找小炉匠，他不得不掏钱买了筹码。待他进去时，琴弦之声缥缥缈缈，十二名女子环绕其中，婀娜多姿，娉娉婷婷。

他选了一张台子坐下后，一名高挑的女子也从暗处走了出来，在他对面轻轻坐下，同他讲起了赌局的规矩。李总巡此时却是一心二用，一面打量四周，寻找小炉匠的身影，一面应付着眼前的女子。

不一会儿，新的赌局开始，李总巡随意挑了一张花牌递过去，又数好了赌筹下注，才探问道："劳驾，请问你有没有见过一位男子。"又说出了小炉匠的相貌。女子轻笑了一声，清脆悦耳，道："我没有见过你说的人，你怎么会找人找到这里来？"

这时，台上正在开局，谜底揭晓，李总巡第一把便赢了，可算是开门红，不过他的脸上却无喜色，又说道："我见他往这里来了。"女子又笑了，道："我只记住我面前的客人，其他全不晓得。"

场内的赌客并不多，只有十来位，一眼望去并没有小炉匠的身影。难道他往别处去了？想到这里，李总巡心中已经有些按捺不住了，眼睛直往外瞟。胡乱赌了几局，算下来也没有输赢，正想离场，却被女子拦住，说道："这里是十二局定胜负，进来了便只有十二局后才能离开，这是规矩。"

因此，李总巡只得坐下，在馆里耽搁了许久。出来时，日头已渐渐升起，此时街上的景象看得更是清楚，只一水之隔，便是如水流般涌动的熙攘人群，这哪里能找到小炉匠的身影呢？简直如大海捞针一般了。

李总巡十分焦急，却又明白，此时需得耐下心来，一间一间查探。他抬脚便进了隔壁的馆子，逛了一圈下来，也没有见着人，拦住当值的伙计询问，无果，只得退出来，又往下一间探去。如此寻了五六间，皆没有任何消息，李总巡心中已开始烦躁，怕小炉匠已离开赌街。怪自己来得匆忙，也没有交代郝巡警调几个帮手过来，只怕他那呆子，也想不到这一层去。

李总巡心绪烦乱，将文明棍夹在臂间，往衣兜里掏出了包洋烟，擦了火点上，吞云吐雾起来。这时，来了一名扫街的老人家，斜瞥了他一眼，道："你们的烟壳子扔得随意，只是辛苦了我这样的。"说着又躬身，拿笤帚乱扫了地下一番。

李总巡没有乱扔烟壳子的习惯，可这时候烟拿在手上，也是百口莫辩，只得又往前移几步，避开老人家。还没吸两口，老人家又跟上来，睁眼瞧着他手里的洋烟，他只得捻熄了，扔进老人家的桶里。

他又想着这位一定是满街走的，不知会不会见过小炉匠呢？于是将人拦住，道出小炉匠的相貌。那位老人家平常只管低头扫街，哪里有时间抬头看人，听说要向自己打听人，话还未听完，便说不认得，不认得。

李总巡心里不免有些泄气，依旧一间间馆子寻下去，不觉寻到了后山脚下，见到了一间富丽堂皇的洋式赌馆。眼前的洋楼十分宏伟，门前站着几个穿着洋服的伙计，见有客人，便极力将人请进去。

李总巡上前站定，问道："我有一位朋友，也来了，你们可有见到？"伙计问道："不知道先生的朋友贵姓？"李总巡将文明

梨园秘闻录（上）　397

棍拄在地上,点了几下,笑道:"也不是什么贵客,说名字你们一定不晓得,我说出相貌来,保准你们就记起来了。"

伙计一听相貌,是很记得的,笑道:"您说的是洪先生?方才还是我引进去的,才坐下不久呢。我这就带您到他的位子上去。"李总巡笑道:"他果然是常客,就是名字你们也知道了。"

伙计回道:"洪先生常来捧场的。"李总巡又道:"你很认得他?"伙计笑道:"很认得,他常给我们赏钱。"李总巡疑问道:"他来这里,只有赌钱吗?"伙计取笑地看了他一眼,道:"若不是为了赌钱,还能来做什么呢?"

李总巡也就不再问了,只问了小炉匠的位置,也不用伙计带,自己便进去了。进了赌场,闹哄哄的,李总巡找了一个不起眼,却能观察全场的位子坐下,不过两眼,便找到了小炉匠。此时的他正坐在赌桌上,面上是极冷酷的,一面下注,一面四处张望,似乎是在找人。一局刚完,他掏出怀表看了一眼,便起身疾步往外走。

李总巡见他忽然往外走,也紧跟其后,没想到又跟回了花会馆中。可他似乎知道有人跟随,在撩开帘子前,往回扫了一眼,那眼神如鹰一般,又如利刃,无形中似要将人划开一道口子。

李总巡一时怔在原地,察觉到此人不简单,他也并不是什么炉匠。只是他到底是谁?来这里做什么?刹那间,许多念头闪过,他急忙跟上,可还没撩开帘子,便被守着的几名大汉阻拦住,道:"赌客已满,请待下一轮赌局再进入。"

这里是洋赌街,只受洋人管辖,即使李总巡说出身份,也是无用的,他只得在外等着。没想到却等了许久,到赌局结束时，掀帘出来的只有两三人。他再进去寻人时，并没有小炉匠的身影，只能遗憾而归。当他回到警厅，听说徐吴来找过自己，又立即赶到徐吴处，心中仍是愤愤不平。

徐吴听到小炉匠凭空消失，更笃定了秘密通道是确有其事的。便将他们在赌街中遇见秦天香和王邵洲之事说出，又将今日见到杨太太一事原本告知。不过见孔章将木匣子掩在袖中，便知他另有主意，暂不提及匣子之事。

李总巡眼见案子有所进展，当下高兴不已，心想果然没有看错人，才想到一日下来还不曾吃喝。眼前又有酒有菜，这时闻着味道，才觉得肚子空空，也就自顾自坐下，吃喝起来。

李总巡吃了两口菜，口中咀嚼，脑中也跟着转动起来，猜道："他在赌馆中寻人，难道是找王邵洲？"接着又拿起酒来吃了一口，忽然拍桌道："难道他也要将王邵洲掳去，实施绑架吗？不行，我要让人悄悄跟紧王邵洲，等他接近的时候，便将他抓捕起来。"思及此，李总巡心里十分满意，觉得这实在是个好计划。只胡乱吃了几口，也不等他们说话，便要回巡警厅布置任务了。

不过临走前，他还是问道："这酒好喝，是哪一家的酒？"孔章笑道："这是我们梅姨酿的酒，外边可喝不着。"

徐吴见人走了，问孔章道："你有什么打算？"孔章知道势必要到梁家走一趟，决心道："你稍等我一会儿，我进屋里拿样东西。"说完便进了屋子，出来时也不见手上拿了什么。

他们刚抬脚要出门，梅姨掀帘子追了出来，说道："你们要到哪里去？可要早些回来，我听说昨晚上，城门口有人闹事呢，实在是危险。孔师兄你虽有些底子，但是也挨不过亡命之徒，

梨园秘闻录（上）

别人到底也是人多势众啊。"

这件事,他们倒还没有听说,奇怪道:"你哪里听来的?又是为了什么事情闹起来?"梅姨回道:"那一位打更的老人家晌午来了一次,特意来告诉的。他说临海的一帮海盗在岸边搅闹了起来,有好几个逃到了城门下,想充良民进城来,被拦住盘问,跟守城的警员斗了起来。"

徐吴追问道:"那几个海盗逃进城里来了?"梅姨回道:"正是这样才担心你们,听说警员被打伤了几个,那些海盗还没有被抓住呢。也不知道他们是不是要等天黑了作案,你们可要小心些,这天也不早的了。"

徐吴嘱咐道:"我们去去便回,你要仔细门窗。"梅姨笑道:"家里你倒不用担心,我也是跟着练过几下拳脚的,库房里也有真刀真枪,若是他们来了,我自有法子应付。"孔章取笑道:"你不过是同我站过几天的木桩,也敢说你有能耐,师傅听了,又要罚你。"

他们曾经一同拜师学艺,孔章工武生,梅姨工老生,他们的师傅常常告诫,"做我们这一行的,有许多诱惑,或是钱财,或是权势,或是色相。你们学成之后,各有去路,不过要记得'谨言慎行,做艺要精'八字"。这已成了两人行事的规矩。梅姨笑瞪了他一眼,走出来将门锁上。

今晚没有月亮,巷子里只有昏暗的光,地上映出几道红光。孔章有些沉默,徐吴问道:"我们这是要往哪里去?"孔章回道:"到喜门巷梁家宅拜访。"喜门巷虽是七八条长巷,居住的却只有梁姓族人,约三四百户,每一户男子皆是自小习武。

出了巷口,便有车停下,车夫问道:"两位先生,要到哪里去？"孔章率先上了车，说道："到喜门巷去。"那车夫一蹲一起间，已经跑了起来，听说是到那里去，笑道："两位是去拜师学艺？梁师傅可是轻易不收外姓徒，我想是怕自家的绝学被传出去罢了。"

孔章道："不是拜师，只是拜访。"车夫是靠脚力吃饭，只有跑得勤快些，才会多一口饭吃，一天下来，在这城里跑上跑下，也是转悠两三圈的。他平时最爱跟人搭话，所以听来的东西也不少，听说他要去拜访，又道："我听说梁师傅不见生人，先生敢去拜访，一定是熟人了。"

孔章笑了笑，并不搭话。而徐吴的双眼则是定在街上，想起梅姨说的那些逃进城里的海盗，他们难道是为了海盗头领被害之事而来？然而那命案发生在长溪镇，应当是往那边去才对。

恍惚之间，他瞥见了秦天香的身影，也不知她要往哪里去，穿得十分隆重，独自走在路上，而她身后分明有两名鬼祟男子跟着。徐吴示意孔章看过去，又嘱咐车夫跑慢些。这时，秦天香已经走进了黑巷之中。徐吴怕歹人趁此下手，便让车夫停下，跟在后边探情况。螳螂捕蝉，黄雀在后。

孔章已暗暗提了口气，做好了动手的准备，果然等秦天香拐进巷中，那两名男子也迈开步子跟了去。然而他们还没进去，却被孔章喝住："你们做什么如此鬼祟？"两人转头，当即冲上来要打孔章，只不过挡了几下，便有巡街的警员，持着棍子上来。那两人当即跑了。

秦天香听见声响，这时才有所察觉，出来时见他们扭打起来，却不作声，站在一旁看，直至那两人跑了才上前同孔章道谢，又见面前的两人眼熟得很，一时不知在哪里见过，说道：

梨园秘闻录（上）

"多谢两位先生搭手。"

徐昊回道:"不过是正好撞见了。"孔章也道:"我们在盛昌票号对面的小面馆见过。那时人正多,我们坐的还是同一张桌子呢。"这样说时,秦天香记起来了,笑道:"原来是你们。原该请两位吃饭以表谢意,不过我这会儿还有急事。"说时从随身的手包里掏出了一张纸,又拿出了一支画眉毛的笔来,问起两人的地址,道:"明日我再去拜访。"

孔章回道:"不是什么大事,不用记挂。"徐昊却将住址报出,仔细端详着秦天香的反应,只见她眉毛微挑,面上却依旧是笑的,说道:"那么我明日一定到家里拜访,就先告辞了。"说完便雇了辆车走了。

第十回
天香无事不登三宝殿，临秋识音有意收高徒

两人到了巷口，眼前一片白光，亮得刺眼，吼声阵阵。喜门巷前有一片空庭，庭中排列着几十名十来岁的孩童，出一拳，踢一脚，皆呼喝有声，振聋发聩。而带头的是一位三十来岁的男子，名为梁慧生，身形并不高大，双唇紧抿，手收背后，巡视动作。

这样的阵仗，徐吴不曾见过，又见带头的男子，隐约曾到家里来过，问道："那一位带头的是谁？"孔章回道："梁慧生，我师兄。彼时师傅收我做了徒弟，正是他教我习的武。"徐吴问道："你拜在他父亲门下做徒弟，怎么是他来教？"

孔章道："那是规矩，在收我之前，师傅便外称不再教习徒弟，他的规矩不能破。"他知道梁慧生一时半会儿是抽不开空的，便在树底的亭子里坐下，同徐吴解释道："坐着等一会儿吧，等人散了，他自会来找我们。"

这时，只听庭中一声大喝，孩童皆放下动作，四处散开，将中间空了出来，又搬出了刀枪棍棒，摆在当中。有人拿了一

根丈长的木棍站到中间去,那木棍比他要高出许多,他一蹲身便舞了起来,先是连步向前,摆动长棍,做出攻击的姿势。梁慧生立在一旁,抱拳观看,点了点头,那人才敢下去。

散场之后,梁慧生便往这边走来,对孔章道:"你还是来了。"孔章掏出了一封信,信封已经泛黄,看得出已经放了些年月了,说道:"这封信,您帮我交给师傅吧,我不敢见他。"

梁慧生接过去一看,笑道:"这信你还收着?"却没再多说,只将信收进衣袋里,又看了一眼同来的徐吴,猜道:"你到这里来,是为了别的事吧?"孔章笑了笑,拿出那件机关匣子,递到梁慧生面前。

梁慧生识出他的来意,说道:"若要打开这件匣子,你可得先说明是从哪里来的,我不做不明不白之事。"这件匣子确实是梁家的手艺,为了避免招惹麻烦,一般将梁家的字号刻在匣子内,一般人轻易认不出。而上门来造匣子的,皆是有名有姓且相熟的朋友,梁家只在做过登记之后,才会答应制作。

孔章见他有拒绝的意思,问道:"师兄,你可听说近日洋行买办被害的案子?"梁慧生说道:"你是说杨买办吧。"孔章说道:"正是他,日前他在自家院子里被戕害,还是我们发现了才报到巡警厅去的。下午,我们到案发现场寻找线索时,发现了这个机关匣子,大概是破案的关键,希望您可以帮帮忙。"

梁慧生只略微沉吟了一会儿,便答应了。他同杨买办有一点旧交情,不过相交的十年间,他只上门来过几次,每次皆是为了购置机关匣子。梁慧生初闻噩耗,十分震惊,不过很快便释然了,像杨买办他们这样,常常同钱打交道的人,发生这样的事,十之八九。

孔章见此，拱拳道谢，又问道："打开这个匣子，需要多久？"梁慧生说道："这里边零件的设置，十分繁琐，要重新拆开，需要一天时间，明日晌午你们便可过来。"听了这话，孔章便知这件事可算是办成了，松了口气。

梁慧生问孔章道："你不进去见见他吗？"孔章有些迟疑，心里十分纠结，几次说服自己，最后还是道："我不敢去。"踌躇了一会儿，才问一句："师傅还是那样吗？"梁慧生答道："他依旧那样。有人上门来试身手，抑或是拜师，他皆是坐中堂，只壁上观。那些人觉得无趣，自然就不再上门了，省了许多麻烦。"

孔章笑了笑，佩服道："师傅高招。"临走前，梁慧生见孔章依旧不敢见他父亲，特意道："明日你不要过来了，我让人送到你家里去。"

孔章离开喜门巷后，一路上沉默不语。徐吴见他不说，也不多问。而梅姨坐在堂屋里等他们，见他们回来了才放心回屋歇下。到了次日，两人在家中等梁慧生的消息，却等来了郝巡警。

郝巡警一进门便直呼不好，说王邵洲失踪了。昨晚，他得到李总巡的命令，要他开始盯紧王邵洲。他得到命令后，立即找出了王邵洲的档案，将其名下几座宅院的地址、洋行的信息、往来之人，皆一一作了记录。

今日一早便开始了跟踪，大约是六点钟，便已经蹲守在了王邵洲的宅子前，他打听得知，王邵洲平日七点钟便到洋行去，可是直到八点钟，还不见影子。他不得不跟门房套近乎，探听过后才知，王邵洲昨日没有回家。他又往王邵洲名下的各个宅院去寻，皆没有消息，众合洋行也没有。他立即跑回巡警厅，跟李总巡报告此事。

李总巡听后，脸色大变，想起昨日小炉匠寻人时狠厉的神色，心里一颤，疾声说道："我们还是晚了一步，要是昨晚开始跟踪，也许他就不会失踪了。"踱来踱去，首先想到的还是徐吴，嘱咐道："你去找徐先生，将这一事告知，问问他有什么法子没有，让他快到巡警厅来一趟。"

郝巡警一刻不敢耽搁，立即赶来。秦天香登门拜访，碰巧也听见了这则消息，心中很受震动，转身欲走，不过她眼珠子一转，似乎又想到了什么，依旧装作没事的样子，站在门外，首先敲了敲门。见他们的目光都转向自己了，才笑道："我这是亲自上门道谢来了。"

梅姨听见外面有女子的声音，以为是顾湘来了，掀帘子出来迎，却见到了一位十分美丽的女子，不曾见过的，不过仔细看了几眼后，也认出了她来。

徐吴见了她，起身相迎，将人请进来。她也很不客气，大大方方走了进来，整了整裙角，在亭子里坐下了。她惯常地往四周巡视了一圈，正巧撞上了梅姨的目光，以为是这家的女主人，便笑着点点头，算是打了招呼。

秦天香见郝巡警急得如热锅上的蚂蚁，问道："我站在门外时，听你们说起了王先生，怎么他也闹起了失踪？"郝巡警问道："您与王买办是旧识？"秦天香回道："算是旧识，前几日还见过呢，不想今日却失踪了。"

郝巡警追问道："那您可知他有没有得罪的人？"秦天香睨笑道："他最大的仇人，可不是死了不久吗？"说着目光又转向门外,看了一眼杨买办的院子,意有所指。她打开随身带着的手袋,拿出一个铜匣子,捻起根洋烟,擦了火,吞云吐雾起来。

徐吴想起,昨日傍晚还在巷子里遇见王邵洲,便问郝巡警,道:"你到他家里去,可有问一问,他昨日什么时候出的门?"郝巡警跟着李总巡办案许多年了,常常需要外出调查人,这必然是会问的,回道:"他昨日早上七点钟上洋行去,下午大约四点钟便回到了家里。不过,六点钟又出了一趟门,之后便没有回家了,可是我到洋行去问,那边却说他没有到洋行去。"

徐吴说道:"他的去向还得问一问陈妈妈,她或许能透露几句,王老爷又是个不好相处的,很不好办呢。"

阿离在院子里浇花,听说他阿爹要找陈妈妈,笑道:"要找陈妈妈有什么难的呢?我这几日常常碰见她,还帮了她好几次呢,知道她每日必要出门三次。不是被王老爷使唤着出去了,便是站在墙角偷偷哭。我看这时间也差不多了,你们再等一等,她就出来了。到时候你们把她叫来问问话,这就好了。"

秦天香这时才注意起她来,见她只十五六岁的模样,见人不怯,口齿伶俐,话说完又安安静静浇花去了,心里喜欢得紧。徐吴见秦天香坐着不走,便明白她也想知道王邵洲的下落。

不一会儿,众人果然听见隔壁打开门栓的声音,接着便是"吱呀吱呀",两扇木门打开了。阿离听见声响,放下水勺,提起裙子往门外跑了几步,招手轻声道:"陈妈妈,您要买东西去?劳驾您到我家里来坐一坐,我阿爹有话想问一问您。"

陈妈妈急着上街,怕买迟了又要无辜受气,哪里敢上别人家去坐一坐,便摆一摆手,拒绝道:"阿离小姐,我可不敢。"说着又指了指挎在腰间的篮子。这时徐吴也出来了,介绍了身边的郝巡警,道:"陈妈妈,这一位是巡警厅的郝巡警,他正到我家里来办案,有事想问一问您,劳驾您进来坐一坐。只是问几句话便可走的,不耽误您的事。"

陈妈妈平时最安分守己,从没有见过什么巡警,一听是来办案的,当即紧张起来,半惊半疑中,踏入了院子。待她坐下后,郝巡警端问道:"昨日,大约晚上六七点钟,王邵洲王先生是否到家里来过?"

陈妈妈见是问王先生的,心里也就放心一半了,先是急忙点头,然后才连声答道:"是,是,是。"说话时,手里还捏紧了篮子,心里颇为紧张。郝巡警确认过后,又继续问下去:"王先生是几时离开的?"

陈妈妈回道:"哎哟,王先生每次来,哪里待得久?两人总是说不过几句便吵起来。王先生还没坐下呢,又被气跑了。王先生人很好,实在是不容易。"郝巡警又问道:"你可知道,他离开后往哪里去了?"陈妈妈奇怪道:"你们找王先生,怎么不到他家里找去?他一惯是在家里的,我可以把地址给你们。"

郝巡警说道:"王先生失踪了。"陈妈妈一听,大叫一声,不久前她才听说杨买办被绑架杀害的事,不想这事竟也发生在王先生身上,着急道:"这可怎么办?这可怎么办?你们可得把王先生找回来呀。这事我要告诉老爷去。"

她说着便急着要走,却被郝巡警按下,道:"这事先不要说,免得老人家害怕。我再问你,你说他们昨日吵了起来,是为了什么事吵起来的?"徐吴这时想起了昨日王邵洲说的什么彩瓷。陈妈妈拧眉想道:"他们的事情,我也听不大明白。先生回来前,老爷便一直催,说什么一批彩瓷,又说什么要运出去。

我听得模模糊糊。先生也不知道他在说什么，我想他神志确实是不大好的，只是总不肯上医院去。"

一听到此，原本神情淡然的秦天香，猛地坐直了身子，将口中的烟夹在手中，倾身问道："除了彩瓷，你还听见什么了？他们还说了什么？"陈妈妈想了一会儿，道："我还听说什么茶叶，我想是王先生做买办，替洋人采办了一批货物，要运出洋去。"

秦天香又问道："那他们可有说这些货物的去处？"陈妈妈道："我哪里晓得啦？这些是王先生生意场上的事情，哪里会告诉我？"陈妈妈知道的已经说了，得知这噩耗，也无心上街了，只急着要走。

陈妈妈走后，秦天香将手中的烟熄了，心中有了要办的事，这时也坐不住了，起身告辞。不过临走前，叮嘱道："徐先生，我同王先生有些旧交情，若是有了他的消息，一定告知我。"说着，便拿出平日描眉的笔，又拿出自己的丝帕，将自己的电话给了徐吴。

秦天香走后，徐吴坐在亭中，冥思苦想，顿时又想起了那间布置典雅的旅馆，顾湘身上那几张百元大钞，实在很可疑。他对郝巡警说道："你跟我来，我大概知道小炉匠逃走后的去处了。"郝巡警高兴道："李总巡说您是很有办法的，果然没有说错。"

路上，徐吴便简单说了当晚的情形，郝巡警听闻后，也是志得意满，以为只要到旅馆里查问查问，再搜一搜，保准能找出小炉匠。只是当他到了旅馆，见了"天一庄"三字时，便知道是难办的了。环顾四周，门前果然停着两辆黑色汽车，十分气派，看那牌号是很好辨认的，可不就是那位伍先生吗？一时间又踌躇起来，不知该不该进，临到门口，已经有些退怯了。

徐吴见他站在门外，不肯进去，问道："怎么了？"郝巡警用眼神示意他们看向那辆汽车，轻声道："那一位可不好办。"原来这间名为"天一庄"的旅馆，他们之前办案时也来搜查过，很不好对付。

当时，李总巡正在跟一桩火车站谋杀案，一名男子在火车站秘密谋害女子于车站，之后便逃匿无踪。在李总巡的层层追查之下，得知男子住进了天一庄旅馆，便立即带人将旅馆围住，搜查客房。

然而他们却被旅馆的经理拦住，经理先说旅馆客人一概登记在册，并且核实过了身份，那名杀人者不可能住进去。又要李总巡拿出搜查令来看，可就是见了搜查令，也依旧不肯让人搜查。

僵持之下，巡警厅厅长的电话也来了，李总巡也只能罢手。不过当日，那杀人者确实住在旅馆中，听见了那么大的动静之后，早已闻风跑了。李总巡为这一事担了些责任，而旅馆则依旧开门迎客，无甚责任。

徐吴听了，笑了笑，说道："那么我们就先不惊动那位经理了，我记得柜台的伙计很好说话。"说着率先进去，只见柜台前站着两位客人，手提着皮箱，正在等候登记。徐吴排在后面，等着前面的客人登记完。

伙计一抬头，便认出徐吴，心想这人又要来查什么案子吗？跟着说道："先生又来了。"徐吴点点头，说道："我们是来办那桩假钞案子的，问几句话便走。"伙计看了看后边，见没有客人了，便将手边的账簿合上，轻点了点头，心里头有三分不情愿。

由于时间紧，徐吴直接问道："上次，你说的那位穆先生，大概在一个月前便订了客房，那么，他确实是在这里住了一个月吗？"伙计回道："他在这儿住的日子并不长，大概是十来日。"

徐吴又问道："他平日里做什么？"伙计回道："我常常不见他出房门，每一餐皆是差人送到房里去的，轻易见不到他。"徐吴想了想，接着问道："他昨日是不是一早便出门去了？"

伙计回道："他很早便出门去了，大概是早上五六点钟的样子，早得很。我猜是出了城才起得这样早。"徐吴追问道："人回来没有？"伙计摇摇头，道："你这样问起来，我倒是没有注意，也不知他回来没有。不过，你们可以问一问门口守着的那位。"

他说着便对门外喊了一声，等那大汉转过头后，才招了招手，让他过来。等他过来后，伙计问道："穆先生你还认得吗？"见他点点头，伙计又道："昨天下午你见他回来没有？"大汉答道："回来了，我还同他问了好，只是他不搭理我。"

伙计取笑道："我看你是见他以往给你赏钱多，昨日没讨到，便说他不搭理你了。"大汉也道："我见他是有急事的，掏钱袋出来的时间，怕是要耽误了他的工夫。"徐吴急忙问道："他几时回来旅馆？"

大汉回想着昨日的情形，说道："那时天已经黑下去了，大概有六七点钟了吧。"徐吴又问了："他回来之后，可有再出去？"大汉摇摇头，道："我没见他出门去。"徐吴有些狐疑，小

梨园秘闻录（上） 411

炉匠昨晚没有出去，难道王邵洲的失踪同他无关？

这时，郝巡警插话了："他现在还在不在房里？早上有没有差人送早点进去？"伙计看了眼挂在墙壁上的时钟，已然过了九点钟了，平时穆先生七八点钟便要摇铃，让人送早点进去的。

徐吴已然猜到，这位穆先生只怕是不在房中了，但还是要确认一番才行，便嘱咐孔章，说道："你到后院去一趟，看他还在不在房里。"他看着孔章的身影隐在拐角处，又想起了昨日，顾湘跟顾老爹在街上闹得很不愉快，探问道："那位唱书的顾湘小姐，还常来吗？"

伙计回道："那晚你们走后，我便格外注意起顾小姐了。您说得没有错，她果然是街上唱曲的。两天前，她抱着一把琵琶来，初时我还很奇怪呢，竟然三更半夜唱曲，客人很有怨言，都投诉到我这边来了。"

徐吴奇怪道："她怎么挑在半夜唱曲，你可知道她唱了什么曲子？"伙计搔了搔头，不好意思道："我过得粗糙，平常是没有时间听曲的，也分辨不出来。可我听来听去，似乎是同一支曲子。"徐吴又问道："昨夜，顾小姐来了没有？"伙计摆摆手，道："没有，没有。"

一位穿着白长衫的妇人正要出去，见柜台边上的几人，似乎是在谈论那晚唱曲的事，也走了过来，疑问道："你们也在打听那晚唱曲的小姐？"徐吴转身点头称是，看眼前的妇人，四十来岁了，描眉画眼，眉目间清朗有神，似乎也是做戏的。

妇人问道："那你打听出来没有？那曲子真是醉人，琵琶声落下，配着她那把好嗓子，当真是大珠小珠落玉盘了。"徐吴答道："我认得她，她平常在大街上靠着唱曲谋生，要是想找，是找得着的。"

妇人笑了,道:"我听着也不像是有人教过的,有些调子弹得生,不过那嗓子实在好,是个有灵性的孩子。你若是认得她,可以让她拜了我,我倒可以好好教她,保管她大红。"说着便拿出自己的名片来,递给了徐吴。

名片上只有两个字"临秋"。单这名字,徐吴是认得的,临秋在南方是极有名气的,专唱南方小调,也称南音。顾湘唱的也正是南方调,怪不得她讲起顾湘时,很赞赏的样子。

孔章见了名片上的字,高兴道:"您是临秋先生?若是您收了她,实在是她的福气了。"徐吴想了想,问道:"顾小姐那晚唱的是什么曲?"临秋笑道:"一曲凤求凰,整晚只唱了这么一支,怪可惜的。"

临秋说完又看了一眼墙上的时间,还赶着去赴一位朋友的约,再不走怕是赶不及赴会了,便道:"徐先生,若是你见了她,可以将此事告诉她,让她考虑考虑。我是个爱才的人,绝不会耽误了她的。"说完匆匆走了。

孔章从后院出来,对徐吴摇了摇头,说道:"他没有在房中。"徐吴知道这消息之后,也不久留了,带着两人往巡警厅去。

第十一回
告冤枉不冤颠倒黑白，拿赎票不赎反复无常

徐昊到巡警厅时，在门口撞见了做登记的梅姨，她身旁站的是顾老爹，见此，心中猜出顾老爹是为了顾湘之事来的。而梅姨做完登记，见了徐昊，将信纸递过去，高兴道："我正要找你，这是方才送到家里来的信。"

梅姨知道徐昊一早便起来是为了等喜门巷的回信，见信送到了，便雇了车往巡警厅送信，没想到却在巷口遇到了顾老爹。顾老爹满脸气急败坏，说顾湘被歹人掳走，一会儿说要梅姨帮着寻人，一会儿说要到巡警厅报案。正巧，梅姨也要到巡警厅来，想着顾湘失踪了，也要帮着寻人才是，也就将顾老爹带来了。

顾老爹见了穿警服的郝巡警，扬着手中的酒壶，喊道："我要报案。我家姑娘年纪轻轻，被歹人拐跑了。你们要把她救回来啊！"一边说着一边哭了起来，弄得郝巡警手足无措，报案也是要到巡警厅里做登记的。

徐昊在一旁提醒道："这一位便是顾小姐她爹了，她现在失

踪了，你让顾老爹进去，好好问一问。"郝巡警当即将顾老爹请了进去，待坐下后，才问道："你最后见你家姑娘是什么时候？她怎么会被人掳走呢？"

顾老爹回道："我亲眼见她睡下，才去歇息的。可是今早上起来，却没有见着她了，一定是被那个穷鬼打铁匠掳走了。那人长得凶神恶煞，曾在我们当街卖艺时，来砸过场子，调戏我家姑娘。我忍气吞声，他倒是得寸进尺，趁我没有注意将人掳走。"

郝巡警见他一直摇着手中的酒壶，隐隐传来一阵酒酸味，皱着眉头问道："昨晚你喝了多少酒？"顾老爹讨好地笑道："没有喝多少，只三两。"郝巡警瞥了他一眼，心中冷笑，真以为自己能蒙骗人呢，他昨晚定是喝了三斤不止。

郝巡警埋头做好笔录，又看了徐吴一眼，问道："徐先生，你可有什么要问的吗？"徐吴点点头，问道："顾老爹，我昨天见你同顾小姐在街上，似乎吵起来了，是为了什么事？"

顾老爹心中吓了一跳，喏喏道："左右不过是因为她不肯唱了，我气不过，当街说了她几句。她现在主意大了，不肯听我的，这才吵起来的。并不是什么大事。"这话说出来，梅姨却是不信的，顾老爹当面责骂过顾小姐几回，可是没有见她回过嘴。

徐吴也不信，又问道："你若是不肯实话实说，顾小姐可是很难找回来的。我再问你，她可有说同你告别的话，或是说要去哪里这样的话？"家里的生活费是靠着顾湘挣来的，一听人找不回来，顾老爹的泼皮相有些收敛住了。

顾老爹仔细想了想，说道："她一定是出城去了，你们让人去搜一搜，一定能找着的。"梅姨听了这话，好笑道："顾老爹，

梨园秘闻录（上） 415

这还要知道他们往哪个方向去了,才好找去。否则四面八方都找下去,哪里找得着?"

孔章见老人家不肯说实话,直接道:"我们调查过了,顾小姐不是被掳走的。我听天一庄旅馆那里的伙计说,她几乎每夜都到那里去,还在里边定了客房,这事你知道不知道?"

顾老爹听说她偷偷去住了旅馆,心中气急,这一笔账算下来,更是心疼,要是天天住旅馆那得花去了多少钱?她有这个闲钱,怎么不把那几个钱给他老子,真是白养了这么多年。于是骂道:"她倒是算计起我来了,每晚给几个钱,打发我出去吃酒,自己享清福去了。"嘴上骂着,心里却是疑惑她的钞票哪里来的?难道是哪一位阔人看上了她,两人悄悄搭上了不成?

就这般,顾老爹诉了好些苦,郝巡警一边听着,一边做好笔录。他看出了顾老爹所说的半真半假,说一句藏一句的,当不得真,将人送走后,便问徐吴:"小炉匠为什么要掳走顾小姐?"

徐吴说道:"她不是被掳走的,而是跟着小炉匠走了。"郝巡警也这么想过,却不敢断定,毕竟事关人家的名誉,并且也没有证据,问道:"这怎么说?"徐吴说道:"顾小姐深夜唱曲,是唱给小炉匠听的,她早已知道他会有下一步动作。"

郝巡警平常并不爱听曲,也不知道徐吴怎么看出,那是唱给小炉匠的。徐吴解释道:"《凤求凰》是求偶之曲,顾小姐是在向小炉匠表明心意呢。"郝巡警却是嗤笑道:"我都不懂这曲《凤求凰》,更别说是那小炉匠了。"

"有一美人兮,见之不忘。一日不见兮,思之如狂。凤飞翱翔兮,四海求凰。无奈佳人兮,不在东墙。将琴代语兮,聊写衷肠。何时见许兮，慰我彷徨。愿言配德兮，携手相将。不得于飞兮，使我沦亡。"徐吴低头不语，想起了往事，这支《凤求凰》他也弹过，月明光稀，草木映于中庭，她立于庭中，不知何意。他兴致一起，用古琴弹了曲调，虽没有将词意唱出来，不过她却是明白的。

孔章见徐吴只笑不语，走过去推了推他，问道："梅姨交给你的那封信，是什么？"徐吴缓过神来，连忙将信拿出来，只见信封上一个潦草的"梁"字，孔章见那字迹当即认出是梁慧生写的，便道："看来那个机关匣子解开了。"

郝巡警没有听明白，问道："什么机关匣子？"两人没有回答，拿出信封里的东西，却只是一张字条，写的是一个地址：西风街二百五十六号。徐吴问郝巡警："你认得这地方吗？"郝巡警拿过去，一瞧，回道："认得的，西风街是一块杂居之地，住在那里的人来自天南海北。那一片很不好管理，常有人来报案，可是警厅里管不过来，积了不少案子。怎么，你要到那里去？"

徐吴说道："这块地方同杨买办的命案相关，我们得去瞧一瞧它的真面目。"郝巡警有些迟疑，劝道："徐先生，杨买办的案子得放一放了。王邵洲现在被小炉匠绑架了，时间紧得很。我们得先找出小炉匠的行踪才行，不然他可要成为下一个杨买办了。"

郝巡警曾经到西风街办理过案子，那里的人难缠得很，极力劝道："字条上只有'西风街二百五十六号'这一个线索。但那里住的可不止一户人家，密密麻麻住着十几户呢，这要怎么查？"

徐吴还是很犹豫，道："这一条线索不能断，或许还关乎着王先生的性命。这样吧，你先让人悄悄去查探西风街二百五十六号的情形，我们继续找王先生的下落。"郝巡警答应了，见李总巡不在巡警厅里，拉住了人问："李总巡到哪里去了，怎么不在？"

那人见了郝巡警，才想起了李总巡的叮嘱，回道："方才有人到巡警厅来报绑架案，李总巡听后便跟着出去了。想来是到家里调查去了。"郝巡警问道："谁家报了绑架案？是王邵洲家里？"那人点头道："没有错，是这名字。今天早上，总巡似乎在等徐先生，总问我徐先生到了没有，我看是没有等到人，找他去了吧。"

郝巡警心想坏事了，陈妈妈将王邵洲失踪一事告诉了王老爷，问道："来报案的是不是一名四五十岁的妇人，梳着低髻，穿着灰布衣裳。"那人点头称是，又道："我看那妇人着急得很，听说是赎票信寄到家里了。"

赎票？郝巡警急忙回去找徐吴，将这一事说出。徐吴和孔章立即起身。回到王老爷的家宅中，只见大门洞开，院子里也没有人，不过却是传来阵阵吼叫声。阿离听见门外的动静，也出来了，见了徐吴，说道："阿爹，你们可算回来了。你们走了之后，陈妈妈在门口捡到了一封信，打开一看却是一张赎票。王老爷知道了，正在里边闹呢。"

郝巡警问道："他闹什么？这时更该平静下来，想一想救王先生的法子才是。"阿离说道："你们看看去吧，陈妈妈又该受气了，快进去劝一劝。"徐吴点点头，叮嘱道："你回家里去。"

徐吴一进门，见李总巡正站在墙角抽烟，很烦闷的样子，上前问道："怎么样？"李总巡摇摇头，叹道："这位老人家真是招架不住。我说一句话，他便有十句无关紧要的话说，讲不到一块去。我看他，似乎一点不担心王邵洲被绑架的事。"

徐昊一边走进屋子里，一边问道："赎票在哪里？"李总巡将赎票拿出来给他看，说道："我原以为是小炉匠将王邵洲掳去的，只是看这张赎票，绑匪并不是他。"

赎票写得很雅致，当头是红色的"启事用笺"四字，下面则写着："王邵洲，长州人氏，在此做客。今求借五万元钞票，如不担负，有意抗缴，必定猛烈对待。先此声明，莫怪无情，体谅为要。致此，平安。"左下边则是写明堂号，以证身份。

孔章见了那堂号，也很诧异，道："看这堂号，是海盗所为了，只是他们的头领黄旭才刚殒命，这时候又绑架起了王邵洲，是为了什么？"随即想起了昨晚遇见秦天香的情形，说道："昨晚，梅姨说有海盗逃进了城里，我以为是冲着秦小姐而来，现在看起来，似乎是为王先生了。"

徐昊问道："王老爷见了这张赎票，可有说什么？"李总巡叹道："陈妈妈告诉我，王老爷生病了，在家中常常说胡话。我问王邵洲，他说起杨买办；我说赎金之事，他倒问我那批瓷器运出去没有。似乎很不把王邵洲被绑架这事放在心上。"

李总巡想到几年前，也是一位商人被绑架了，海盗寄了赎票到家里去，那家人东拼西凑，好不容易凑齐了赎金，不过是因为晚了一些时间，商人便被杀害了，海盗做事极其狠绝。想到此，心中烦躁，狠狠吸了一口烟，未呼出来，反被呛了一口，伏身连咳了数声，好一会儿才顺过气来，说道："明日下午三点钟，若是没有及时筹齐赎金，放在他们指定地点，只怕王邵洲要遭受杨买办一样的命运了。"

这也正是徐吴所担忧的,只是他觉得奇怪,为何王老爷总是提到瓷器运出去没有?昨日,王邵洲进家门时,他也反复提到这批货。那么这些货到底是哪里来的?要运到哪里去呢?

正想着,徐吴问李总巡道:"王老爷在哪里?你在前头带路,一会儿我来问他话。"这是李总巡求之不得的事,既然徐吴先提出来,他也就却之不恭了,便将徐吴往里引。不过他还是先提醒道:"等会儿过那条道时,你且先忍着点。"

徐吴不明就里,眼见李总巡带着自己往侧门走去,心想怎么不走大门呢?只见那两扇小木板门半掩,不过只能容一人通过的宽距。门内乌黑一片,伸手不见五指。徐吴手扶着门板,小心翼翼跨过高门槛,却摸到了剥落的油漆。这木板门都这样旧了,王邵洲这样大的一位洋买办,怎么不将这里修缮一番呢?

一踏进门内,徐吴还未看清前面的路,便先闻到了一股极浓的中药味,久久弥漫。李总巡这时也说话了:"你瞧这里有两扇窗户,怎么不将窗户打开通通气呢?这窗户一关上,什么也瞧不清,你看着脚下,我方才也不知被什么东西给绊到了。"

两人好似摸黑过河,总算是走到了大厅上,不过王老爷这时已经不在大厅里了。李总巡猜道:"他一定是回屋里去了,陈妈妈也不在这里,你等会儿,我叫她去。"说着,李总巡便往左边的小门走,那是往后院去的门。他站在那儿喊了几句陈妈妈。

大厅上有两排架子,各摆一边,左边是家主的藏书,而右边则是些稀奇玩意。徐吴走过藏书的架子一瞧,锁在玻璃柜中的皆是经史子集一类的书籍,看那完好的装帧,大概是不拿出来看的。倒是外面散放了几本，有翻过多次的痕迹。

徐吴拿起来一看，却全是注音类书籍，而旁边则有一副西洋眼镜。这时候，陈妈妈已经应声出来了，见了徐吴也不惊讶了，只是走过来，悄声说道："他不肯见人了，让你们走吧。"

陈妈妈到巡警厅报了绑架案，这时又说王老爷不肯配合了，李总巡耐着性子问道："王先生命在旦夕，他也不管了吗？"陈妈妈十分为难，她也不知为什么王老爷的态度忽然冷了下来，明明他让自己去报案时，也是着急得很的。

陈妈妈绞着手里的帕子，来回踱步，道："我还是再去劝一劝吧，这毕竟是关乎先生的性命呀。"说完又跑了进去。当她出来时，已经搀扶着王老爷在大厅坐下了。只是王老爷微眯着眼，干瘪的双手搭在拄杖上，看着徐吴，说道："你们是救不出他了，不要白费了自己的力气。"

徐吴撩起袍子，在一旁坐下，探问道："老先生是不是凑不齐赎金，所以索性放弃了？"王老先生哼了一声，道："我们家大业大，那点赎金还是交得出的，只是我不要你们巡警厅的人插手了，我自己会交赎金将人救出来的。"

李总巡不解他为何这样固执，劝道："王老先生，那些海盗，可不是交了赎金便好的，若是没有巡警厅的人暗中跟着，保不定王先生要被撕票，您可要想清楚了，不要一意孤行。"王老爷听了这话，高声道："要是被那海贼知道，你们巡警厅的人偷偷跟着，那他更不要命了。"

徐吴见李总巡还要劝说，当即拦住他，转而问道："老先生，我不明白，李总巡问您王先生的事，您却问那批瓷器运出去没有。您为何要说这样的话呢？"

王老爷看了陈妈妈一眼,道:"我也不知道方才对李总巡说了什么。只是我近年来常常犯糊涂,说胡话,年纪大了,不得不服老。你们闻闻这满屋子的药味。"说时摇摇头,十分戚戚的样子。

徐吴见天井中的日光照在结了青苔的石阶上,起身往花栏走去,背着身子,说道:"大冷天的,这几盆花倒开得很好。"王老爷用拄杖敲了敲石砖,哼了一声,没有答话。徐吴转身,对着王老爷说道:"这几盆花栽培得很好。"

王老爷回道:"仔细养着呢,当然是开得好了。"徐吴低头一笑,没有再问,向他告辞。李总巡有些奇怪,跟在他后边,喊道:"还没有问出线索,你要往哪里去?"然而徐吴心中却已经有了答案。他方才忽然想起,那日在后山中,秦天香同王邵洲讲起当家的白五爷,看那赎票的堂号,绑架王邵洲的也就只有白五爷了。

只是王邵洲同他有秘密交易,这样看来两人是很有交情的,那为何他还要绑走王邵洲呢?秦天香想要的那批货,难道是王老先生常挂在嘴边的那批瓷器?徐吴转而又想起今日秦天香听了陈妈妈的话后,那可疑的神态。秦天香那样匆匆离开,到底是做什么去了呢?

西关街二百零一号的秋水旅馆,秦天香就住在那儿。这样想着,徐吴便喊了坐在门口等着的孔章,道:"我们到秋水旅馆一趟,秦小姐或许有救王先生的法子。"孔章不知这桩案子为何又牵扯上了秦天香,看了一眼追在身后的李总巡,怪道:"王老先生说了什么?"

徐吴一边疾步往外走,一边回道:"他什么也不肯说,我猜他知道了关于王先生的一些事情，所以态度才转变得如此之快。"当他踏入大厅时，发现其家具摆设，同平常人家的很不一样，十分奇怪。大厅中竟然有三面镜子，一面大玻璃洋镜悬挂于大堂正中，左右两侧各有两扇屏风镜。这样看来，只要坐在中间的位置，即使是有人背对着王老先生，他也能瞧清楚那人的所有动作。

为何他要做这样的摆设呢？当他看见书架上放着的那几本注音书籍，更是觉得奇怪，若不是潜心做研究的，这样枯燥的书是不大会有人看的。而锁在柜中的书籍整洁完好，没有翻过的痕迹，说明王老先生并不是爱看书之人，那他为何格外爱翻看那几本书呢？

陈妈妈将他搀着坐下后，他虽不翻书，却是伸手，戴起了那副西洋眼镜后，才同自己说话，眼睛直盯着自己。就连同李总巡说话时，他也是紧盯着人家瞧，看的却不是眼睛，而是嘴巴。

徐吴隐约察觉到了什么，所以才会在说着话时，往庭下走去，躲开了镜子，王老先生瞧不见自己说话，也就听不到自己说什么了，所以才会用哼声来掩饰自己耳朵听不清的事实。

若是不仔细关注的话，还以为他的坏脾气又起来了，不好伺候。只怕就是陈妈妈也不知道他的耳朵已经听不见了吧他大概是没有对人说起过，每日的高声说话，不过是一种害怕被人瞧出不对劲的虚张声势而已。他对李总巡说的也并不是什么胡话，所有的事情，心里都明白着。

第十二回
施障眼法眼底偷汇票，设瞒天计翻墙救人质

徐吴匆匆走至巷口，招了招手。有一位车夫首先见到，很机灵地抬起车子，往这边跑来，嬉笑道："两位先生，要到哪里去？我保准很快送你们到那地儿去。在这城里，我说自己跑得第二快，就没有人敢把自己往上排。"

另外几位蹲在墙脚的车夫听了，心里不服，啐道："你尽往自己脸上贴金，可别坏了自己的招牌。"徐吴问道："从这里到西关街要多久？"那车夫笑道："先生要到秋水旅馆去？那地儿我熟得很，知道怎么走近路，我的脚程大概只要半个钟头。"

说着，他眼珠子一转，建议道："我瞧两位是很着急的，我若是拉着两位转大半个城，到底要慢些，我想他在后头跟着我走，这样快些。"说时指了指刚才驳了他话的车夫。徐吴点头答应。车夫立即压低车子，将人请上去，一溜烟跑了起来。

很快，两人便出了城，来到郊区之中，熙攘的城市往后移，眼前呈现的是一片极大的湖，沿岸的树木在严冬中，伸展着干枯的枝丫。平静的湖面上，一座红瓦楼阁立水而起，与水面两

相倒映,倒看不清哪面是真,哪面是假了。连接着秋水旅馆的是一条露天的长廊,长廊上有一位佳人,正款步往湖心的旅馆走去。

徐吴一眼便认出秦天香,她像是刚从外边回到旅馆,那么她从他家里出来后,又去做了什么?徐吴带着疑问,率先下了车,跟在秦天香的后头。走至门口时,徐吴便被守着的两位差役拦下:"生人不得进入。"

孔章连忙走上来,和善地笑了笑,指着前面说道:"我们是秦小姐的朋友。"秦天香听见身后有动静,转过身去时,见到徐吴和孔章,很是惊讶,他们怎么知道自己的住址?由于这关系着自己的安全,她从未敢跟人透露。

其中一位差役看了一眼秦天香,问道:"秦香小姐,这是您的朋友?"秦天香心里虽布满疑云,可面上还是很镇定,同两位差役点点头,笑道:"这两位是我的朋友,让他们进来吧。"她这样说,是因为这大堂中来来往往有不少人,而且她还想会一会他们,看看他们到底知道了什么。

她原本想将两人带到大堂坐下,可是她猜这两人,大概已经知道了自己的身份,只怕对话被人听了去,认出自己是正在被通缉的海盗之一,那可不好办了。于是将两人请进了自己的客房中。

关了门,她不动声色,将挂在臂上的手袋,拿在了手上。先请两人在沙发上坐下后,才慢慢在他们的对面坐下,手袋放在身前,笑道:"徐先生怎么找上门来了,我不是已经登门拜谢过了吗?"

孔章的眼睛一直紧盯着秦天香,见她这样娴熟的动作,心中对她也刮目相看了。她的手袋里只怕是藏着一把洋枪呢。孔章这时也开始警戒起来,趁着秦天香跟徐吴说话的间隙,扫视了屋内一圈。

这间客房并不大,一扇屏风将内室隔开,墙上挂的是几幅洋画,墙边则布置了几件青花瓷瓶,侧边摆着一张大书桌,桌面上整齐摆着一摞书,没有翻开的痕迹,大概只是旅馆的布置。

当孔章的目光移到另一处时,却见到了汇票密本,他曾经在盛昌票号的库房里见过。孔章又极快地往回扫了一眼,心里开始活动起来,若眼前这个汇票密本上署名是'公道先生',那么眼前的秦天香便是徐吴苦苦寻找的人吗?他记得在巡警厅的报告中,现场多出了一副可疑的脚印,至今还未找出对应的人。

徐吴、秦天香两人仍在说客套话,相互试探。而孔章则是百爪挠心,绞尽脑汁想着该如何趁她不注意时,拿走桌上的汇票密本。只是秦天香似乎对他们很有戒心,虽同徐吴说话,目光却不时转向孔章这里来。

正思量间,孔章瞧见墙边的几件摆设,一时有了主意,假意撞了撞徐吴的肩膀,低声说道:"你瞧那件双耳大瓷瓶,是不是在杨买办的院子里见过?"他压低声音,好似在同徐吴说什么秘密话,然而却又正好能让秦小姐听得清楚。

徐吴转头看去,那件双耳瓷瓶分明没有见过,只是孔章为什么忽然说出这样的话来,一定是有理由的,便顺着他的话意,说道:"瞧着确实像,不过杨买办的瓷瓶怎么会出现在这里呢?大概只是仿品罢了。"

孔章接着道:"可我听杨太太说,那瓷瓶原本是一对的,在杨买办失踪时,却莫名失踪了一只,现下家里只剩下一只摆着。

你说这奇怪不奇怪？你走去瞧一瞧，不费什么工夫。"

徐吴好像被说动了，看了对面的秦小姐一眼，走到墙边，将那件瓷瓶拿起来掂量，又翻过来看底下的圈足，足足看了好一会儿。秦天香虽一直未说话，却是仔细听着两人的对话，注意着徐吴的动作。

她起身，走到徐吴身后，说道："这样的玩意，每间客房都是有的，没什么稀奇，不过是同一批烧制的仿古瓶，哪里比得上杨家的东西？"徐吴也笑着应道："这是新泥，只是相似的仿品罢了，不是什么值钱玩意。"孔章也笑道："我不懂瓷器，只是看着像而已。"

这在秦天香听来，却是话里有话，平白无故的，他们怎么说起瓷瓶来了？她笑了笑，转而重新回到位子上坐下，问道："徐先生，你们找我做什么？"

徐吴也坐了下来，答道："王先生失踪了，秦小姐知道了什么，可否透露些消息，让巡警厅的人把他救回来。"秦天香回道："我也是到您家里拜访，才知道他失踪的事情，哪里晓得什么消息？"

孔章明说道："方才，有人寄赎票到王先生家里去了，那堂号秦小姐是认得的。"这两句话下来，秦天香便明白他们已经知道了自己的身份，昨晚的相救也并非偶然，还有不久前在小面馆的见面，原来他们已经暗中观察了自己许久。

她这时坐直了身子，捏紧了手袋，笑道："你们已经知道我是谁了，还有谁知道我在长州，巡警厅的人知道不知道？"徐吴答道："巡警厅的人不知道。"秦天香怀疑地看了徐吴一眼，心想自己的计划还未来得及实施，眼下是不可能离开长州的。

可他们早已知道自己的身份,却没有报给巡警厅,这又是为什么?

"那么,你们是怎么知道的?"这话问出来后,她又觉得大可不必问,可又想知道他们是从哪里知道自己的事。这样想着,不由得想要打开手袋掏烟盒,却又忽然停住,转而绞起挂着的流苏。

徐吴笑而不答,反而问道:"他是不是被白五爷掳去了?"秦天香停下动作,说道:"现下是白老五当家,他想要做什么,哪里会告诉我?"徐吴肯定道:"你一定知道藏人的地方,昨天晚上,跟在你身后的那两人并不是来袭击你的,而是来找你的。"

见徐吴猜着了,秦天香也没有要遮掩的意思,反而劝道:"你们不是巡警厅的人,为什么要替他们卖命呢?你们还是不要再查这件事的好,落不着什么好处。最后打不着狐狸,反倒惹得一身骚。"

秦天香不明白,这两人为什么要掺和进这桩案子来呢?若说是他们发现了命案现场,只要配合巡警厅,做好记录便好,怎么会帮着办理起了案子?自从黄头领失踪后,她孤身上岸寻人,最后也只是在赌城的暗室中找到他冰冷的尸体。白老五趁此机会,取代了她在堂号中的职务。每每想到自己同白老五斗争了这些年,眼见着就要被他取而代之,心里实在不甘。

秦天香见这两人相貌堂堂,大概不是那些畏畏缩缩、鸡鸣狗盗之辈。若是信他们一回,谈一场交易,扳倒白老五也未尝不可。想着便轻轻笑了一声,说道:"我可以回答你们一个问题。只是关于我的事,你们一个字也不能透露出去。只许你们秘密去查，办完了便告诉我，到时我自然会告诉你们，我要做什么。"

孔章却不同意，道："你这样实在可以称作霸王条款了，我们怎么知道这样的交易，是值得还是不值得？"秦天香回道："时间不等人。白老五做事狠绝，时间一到，没有赎金，王邵洲便没了。那笔钱，现在的王家可凑不齐。"

她看了一眼壁上的挂钟，继续道："你们只有五个钟头了，就是将长州搜一遍，也不是一天能搜完的，要是王邵洲不在长州，你们往哪里找去？"孔章还在犹疑，徐昊却没有多想，便点头答应了。

他答应得这样轻易，让秦天香有些惊讶，她还以为他一定会讨价还价一番，难道他已经猜出她想要什么，才会答应得这么毫不犹豫？"既然你答应了，那可得信守承诺，你们找着王邵洲后，不能交给巡警厅的人，要先告诉我。"

徐昊说道："这没有问题，王先生找到后，一定告诉秦小姐。"秦天香又看了他一眼，才缓缓站起来，到书桌上拿了张纸笺，提笔写了几个字后，折叠整齐，递到徐昊手上。这张杏色的薄纸，有股奇异的香，不知是她特意喷上去的，还是旅馆本来便备着给顾客用的。

徐昊翻开纸张，只见"东丰路十二号三张油铺"这几个字，写得十分豪气，同一般女子写的娟秀小楷很不同。徐昊又问道："三张油铺有多少人守着？"秦天香笑道："我只回答你一个问题，其他一概不会说，你们还是尽快去吧，地方可不近。"

临走前，秦天香又道："若是你们悄悄告诉巡警厅的人，让他们去办了，就是我没有找你们算账，白老五也不会让王邵洲有命走出那里。"话音刚落,"丁零零"几声响,有人挂电话来了。

秦天香看了一眼书桌,却没有起身去接电话,而是看着两人,有逐客的意思。他们也就识相地离开了,走出旅馆时,天色已经又暗了几分,寒风瑟瑟,沿岸的枯枝此时在荒凉的暮色下,蔓生出去。

而孔章看着身后的秋水旅馆,红墙绿瓦,很有一番意味,只是今天的心境并不适合欣赏这样的美景。他犹是不信秦天香的话,觉得那不过是她的手段,借他们之手,去得到她自己想要的东西罢了,便问徐吴:"没有李总巡的帮助,我们怎么能救出王邵洲来?"

徐吴回道:"我们先到那儿瞧瞧去,随机应变。秦小姐既然要我们同她做交易,便是知道只我们两人,也可以救出王先生。"这里没有半点人烟,是一处郊区,久久才有一两辆汽车在旅馆前停驻,并且是旅馆的经理替顾客在车行预订的车。

正苦恼间,只见一辆黑色汽车从桥上驶来,门口的差役见车停下,赶紧上前去拉开车门。一把扇子搭在车门上,徐吴正觉熟悉,等车上的人完全出来后,才发现坐在车内的是涂掌柜,便上前寒暄。

涂掌柜见他们出现在秋水旅馆,很是惊讶,难道他们查上次的汇票密本之事,查到这里来了?然而他到这儿来是有急事,无心寒暄,只说了两句,便赔罪道:"我到这儿来是公事,还有人在等着我,耽误不得,我要先走一步了。"

孔章此时也无心叙旧,只是见他坐汽车来的,正解决了他的烦恼,求道:"我们也正有一件急事要办,你瞧这里荒山野路的，没有旅馆经理的预订，哪里有车来接我们？所以我想，能不能将你的汽车借一借，送我们一程。"

这桩事，涂掌柜没有什么为难的，立即应允，转身嘱咐差役道："我一会儿便出来，劳烦经理帮我预订一辆车来。"孔章自然十分感激，自己不过是承了上一辈的情，才能得到他这两次的相助，下一次要将人情还了才好。

涂掌柜嘱咐完便进去了，然而徐吴却没有说话，看着他消失的背影，沉思了一会儿，问门口的差役道："涂掌柜常到这儿来？"那人回道："常来的。"徐吴又问道："他是来找秦小姐的吗？"

那人这时又不肯说了，只摇头道："这些我们不晓得。"然而孔章早已坐上了车，见徐吴还在旁边磨蹭，催促道："咱们快些走吧，不然可要赶不上救命了。"徐吴这时便不再追问下去，上了车。

日光渐渐晦暗下来，汽车驶到了东丰路，还未到三张油铺，徐吴便让车停下，率先下了车。他原以为白老五藏人的地方是极偏僻，并且毫无人烟的，没想到眼前的景象却是极其热闹。

两边皆是商铺和摊子，灯火点点，三两人围坐一起，挤眉弄眼，抚掌大笑。在一处烧烤摊上，一把肉串平铺在架子上，滋出来的火花，变成浓烟，往上飘散，孜然的香味渐渐在四处弥漫开。

徐吴循着肉味，抬头便见着"三张油铺"的招牌，这间铺子也没什么奇怪的，只是一间平常做买卖的铺子，黑色的油缸横排在见方的油铺里，一位妇人正在柜台前沽油，一勺又一勺，装进一个小油罐里。

孔章抬脚便想往里走，却被徐吴拦下，道："若那位也是那堂号里的，见我们进去，会怀疑的。你且先在这摊前等着，我进去瞧一瞧情况。"说完便走进油铺子。一进店中，便知道这是一间许多年的老店了，发黑的木板沾着层层油渍，腻人的油味迎面而来。

柜台前的妇人见有客人进来，擦了擦围在身前的麻布，扬眉笑问："先生，要量油吗？"又见他手里没有带油罐，笑道："先生是被家里的太太差来的吧，怎么忘了带油罐来？"

徐吴虽同妇人说着话，却眼观六路，耳听八方。这间铺子虽小，却有两层高，有一条窄窄的梯子是往楼上去的，因为是木板隔层，隔音极其差，楼上若是有一点走动的声音，是听得很清楚的。经过观察，徐吴发现楼上没有半点儿声音，这间铺子也没有后院，怎么秦天香说王邵洲被藏在这块地方呢？

妇人见徐吴没有回话，又自顾自说道："我们这儿有新的油罐，只是油罐的钱要另外算。"徐吴点点头，说道："那么就给我来一斤油吧，油罐的钱可以另外算。"妇人从柜架上拎了一个新的黑釉油罐下来，笑问："先生要哪一样？"

徐吴胡乱在油缸上瞥了一眼，墙角边上分列着好几样不同的油，便挑了第一眼见到的菜籽油。妇人转身到油缸前量油时，他则信步走到楼梯间，看看有没有通往后面的门，却没有任何发现。

这里似乎真的只是一间油铺子，他估量着王邵洲失踪的时间以及从长州到这儿的路程，又问道："昨日晚上，大概八点钟到十点钟间，有没有听见什么异常的动静？"妇人咧嘴一笑，示意他看向外边，取笑道："您瞧门口那烤肉摊子，味道一散，晚些时候就围满了人,到处都是动静了。"徐吴提着油罐子重新出来,却已经不见了孔章。

方才,孔章看着那间铺子只有见方大小,不大有藏人的可能,而且那屋子的格局极容易闹出大动静,也不是藏人的好去处,趁着徐吴进店打探的空隙,跑去将油铺子的外围逛了一圈。

当他走到后头的时候,发现油铺子后面连着一幢独栋的小院,瞧着寂静得很,也没有人。低矮的绿色琉璃瓦参差排列,泛着厚厚的一层青苔,屋檐极低,只有一道窄门,容人进出,看上去黑通通一片。一阵凉风吹来,阴阴的。

正巧有一位男子迎面而来,吹着哨子,得意地走着。孔章拦住他,询问这间小院的情况。那人奇道:"你也是看中了这一处,想要租下?"这人在此地居住了两三年了,也曾经看中眼前的这栋空着的小院,四处打听屋主,可是一直没有打听着。

还未等孔章回话,他又接着道:"你就不用念着这院子了,找不着主人的。"不过,昨晚上,他搬完码头上的货,同弟兄到前面的烧烤摊吃肉时,见到门口站着三位,其中一位挂着文明棍,西装皮鞋,身边还跟着两个人,一看便是一位阔人。他用钥匙开了锁,进屋子去,很可能是屋主了。

孔章听着那位阔人,很像王邵洲。不过他不应该是被人绑到这儿来的吗,怎么听着却不像呢?于是又问道:"那一位阔人可有不情愿进去的意思?"男子笑道:"到了自家门前,哪里还会不情愿进去的?我看倒是他,催促着身后的人快些进去呢。"说完便走了。

孔章心里正觉得奇怪,转身便见到了徐吴,只见他正站在身后,看着墙上的门牌,也不知他站在那儿多久了,说道:"不

梨园秘闻录(上) 433

知王老先生凑齐了赎金没有,还有两个钟头,交赎金的时间就快要到了。不过若真只有两人看守着王邵洲,我倒是可以应付,将人救出来。"

徐吴在来三张油铺前,已经隐隐猜到王邵洲的失踪,并非简单的绑架案子。王老先生忽然转变的态度,秦天香的气定神闲,还有昨夜进屋子的三人,他更是笃定了。这很可能是王邵洲故意而为,并没有人绑架他,而是假装自己被绑架了。

可是王邵洲为什么要这样做呢?徐吴沉思了一会儿,仍是想不清,道:"我们先进去瞧一瞧,看看这位王先生到底在打什么主意。"院门的铁栅栏上了一把大铜锁,光明正大进去是不能了。

孔章说道:"我方才看过了,另外一边有一堵矮墙,由那里翻进去,不会有人看见。"说完便带着徐吴往后头走,翻墙进了院子,里面静悄悄一片。他们蹑手蹑脚靠近主屋,同样没有听到什么动静。

他们又沿着屋角往后走,在拐角处停下,一股烟味窜到他们鼻尖下,接着便听到"咕噜噜"几声,想来是有人正在抽水烟。这时,又隐隐传来一阵对话,说的不是官话,而是沿海的地方话,徐吴仔细听也没听明白一句。

孔章在长州是待过一阵的,他们的话虽不能听得十分懂,可只言片语间,也能猜出大概的意思。这两个人原来是被王邵洲从白老五那儿雇来的,可是两人知道了赎票的金额后,却动了心思,想将他真正绑架了,拿走高额赎金,然后往山里逃。

他们原来是黄头领手底下干活的,对白老五当家多少有些不服气,想拿了钱一走了之。可是他们又因为白老五狠绝的作风,迟迟下不了决心,于是将王邵洲绑在屋子里。此时不知道要怎么处理,正躲在后头,背着商量。

孔章听了一会儿,来龙去脉摸清楚了,摆手示意徐吴往回走,等走到了主屋门口,才道:"那两个人将王邵洲绑在屋子里呢。我看这院子也只有他们俩了,趁着他们还在后头抽烟,赶紧将人救了。你快点进去,我在这儿守着。"

徐吴点点头,为了防止开门声太响,惊动了后边的人,只轻轻开了条门缝。他往里一探头,见墙角有一麻袋,上下蠕动,似在挣扎。走上前去,随手拿起地上散放的铁片,将袋子划开,里头的人果真是王邵洲。

王邵洲口中塞着一块臭破布,双手双脚皆被绑着,此时眼睛已经急红了,见了徐吴,眼前亮了几分。他原想制造一场假绑架,没承想最后却真被绑架了,正自懊悔没有考虑周全。如今见有人来救命,也知道不能声张,解了绑之后,没有多说,急忙先往外逃命。

王邵洲见了墙便想翻,然而墙下没有垫脚的东西,这时也顾不得许多,歪歪扭扭爬上去,才总算是翻了过去。孔章自恃腿脚利落,先让徐吴翻过,自己留在最后。

后头抽烟的两人悠悠走了出来,见此情形,便知道王邵洲已经跑了,迈开腿也要翻墙追。

第十三回
剿伪钞厂漏网鱼一条,搜内外室得花牌两块

已经过了晌午,时间是很紧迫的,郝巡警也不敢再耽搁下去,换了身平常的衣衫,便往西风街打探去了。西风街并不是一条街巷,而是一座面积极小的岛屿,以前也称翠拾洲,为了便于管理,才划为一条街。

搭着小篷舟很快便能到岛上去,那里居住着上百户人家,都是来自五湖四海的人,李总巡见那里乱得很,曾让他到岛上记录户籍,因此他对地形很是熟稔。这时间,搭船的客人少,岸边停着许多船只,船上皆坐着缠蓝布头巾的老妇人,她们坐在岸边,搭讪着说话,手上还做着针线活儿。

其中一位抬头见有人来了,赶紧放下手中的活儿,笑问道:"您要到岛上去?"见郝巡警应声答是,妇人立即从船上搭了一块长木板,将人接到船上,抄起船棹驶开去,极其利落。

上了岸后,那老妇人收了钱,又问道:"您还回来吗?若是时间短,我愿意在这里等一等你。"郝巡警问道:"你怎么知道我还要回来?"老妇人上下打量了他一眼,笑道:"我没有在岛上见过你。你绝不是住在这儿的,你身上的衣服这样干净,大概是来办事的吧?"

郝巡警也不知自己要查探到几时,不好耽误她的生意,便回绝了。不过,只走出两步,他又想到这岸上没有停着多少船,自己不过是先来探情况的,还等着回巡警厅汇报呢,于是又返身将人叫住,叮嘱在此等候。

走了几步,郝巡警瞧见一群人围在一起,大声玩闹。再一细看,他们不过都只十来岁,见着他这个生人到岛上来,目光全投到他身上来了,眼睛里透着世故的讨好,歪嘴咧笑。郝巡警见了他们,也只当没有看见,心里只是想着,二百五十六号是哪个方向?

可这时,那些人偏偏见他很瘦弱,又还有几个钱的样子,一齐围了上来,常到岛上的人都知道,不过是给几个钱便散了的。可郝巡警心眼实,不肯就这样上了这群穷孩子的当,硬是目不斜视,撑着口气往前走。

他们愈贴愈近,呲着牙,逼迫在他眼前。他隐隐瞥见一缕目光,鹰眼一般,射出的冷光,透着一股子不屑,渐渐从他身旁越过。他们见他这样硬气,也就不纠缠了,慢慢自玩耍去了。当他摸了摸身前的袋子,皮夹子却已经不见了。

他一时惊慌起来,想到那孩子的眼神,便知道怎么回事了,转身便想追过去,可已经不见了那人的身影。而站在身后的一群孩子,像是看着什么天大的笑话一般,大声嘲笑道:"你追不上他。"

此时,郝巡警心中十分愤愤,眼前是密麻而错杂的巷子,他顾不上许多,追了进去。可不过拐了两个弯,他已不知自己

梨园秘闻录(上) 437

身在何处了。四周是形制一式的茅草屋子,有几位年长的老人蹲在屋前,他们双手缩在长袖中,横放在胸前,好奇地看着他。

他想那皮夹子怕是追不回来了,还是先将正事办了要紧,下次再来寻人,便向那几位年长老人家问起出路,可他们却是听不懂官话的,问了几句也没有问出个所以然来。他胡乱走着,还是一位年轻的担货郎心好,知道他要到二百五十六号去,愿意引路。

一路弯弯曲曲,越往前走,人迹越少,一片荒凉的稻田逐渐映在眼前,引路的货郎指着前面的屋子道:"往那里走,就能看见门牌了。"郝巡警道了谢,辞了货郎,转眼却在地上瞧见了自己的皮夹子。他赶紧上前,捡了起来,里边的钞票已经被拿走了,而拿走它的人正在前边晃晃悠悠走着,很是得意。

他大喝一声,追了上去,那孩子听见声音,头也不敢回,撒开腿只往前跑。他追到一处屋子前,人又不见了,他望了望四周,这岛上盖的多是茅草屋子,只这一排盖的是砖瓦房,虽只是一处破旧的两进庭院,在这里却是顶好的。

他抬眼一看门牌,门扉紧闭,正是"西风街二百五十六号",难道那小子跑进去了?转念一想,若是借着抓贼的名义闯进去,既不会引起怀疑,又能探探里边的情形,是不错的法子。

他重重拍了几下门,喊着"抓偷钱贼"之类的话,等门开了之后,极快地往里瞥了一眼,装作撒泼的样子,要往里抓人。却被一位高大的男子拦下了,男子嘴角边有一颗很显眼的黑痣,一身单薄的黑衫裤,脚踩着双草鞋,却极有气势,冷声道:"你找谁?"

郝巡警将空空如也的皮夹子掏出来,又将上岸后被偷钱夹,追贼追到这里的事,极气愤地说了一遍,道:"我见他进了这里来,只要你们把钱交还,我一概不追究。"挡在门前的男子,紧皱着眉头,语气很不耐,喝声道:"什么贼不贼的?没有看见,快走开。"

说完,那男子将门一关,不再理他了。郝巡警转身便又原路返回岸边,决定速速回巡警厅,将这一事告知李总巡,挑几十人将这里围住。方才只是一眼,他便见到庭井中堆积着的各色油墨,打开门的刹那,一股药水味袭来,他们在制造伪钞无疑了。

他一路跑到岸边,那位老妇人依旧在等着,心里一着急,便觉得这水路走得格外漫长。听着木船棹敲击水面的声音,郝巡警开始琢磨起来,这假钞势必要运出去的,他们会不会为了运货方便,走水路?

于是便探问道:"船家,你们平常运货不运货?"老妇人回道:"我这船小,运不了什么货,不过专有运货的船。若要运货,等到了岸上,我可以帮你问一问。"郝巡警又问道:"这运货的船有多少家?"

老妇人笑道:"只一家,这里的人又不是做生意的,哪里有什么货可以运呢?"郝巡警点点头,若是只一家的话,查问起来是很方便了。又想起了杨买办同小炉匠,不知道他们曾经到这岛上来过没有?便形容起杨买办的样貌,那老妇人只答没有见过。

他又问了小炉匠,那老妇人当即点头,笑道:"你说的这人,我似乎见过,只是不知道是不是你要找的。"郝巡警一喜,他果然是来过的,追问道:"他什么时候来过?"老妇人答道:

"你上船的时候,他才刚走不久呢,身边还带着一位美娇娘呢。"

美娇娘?难道是失踪的顾湘?他又问道:"他身边的女子生得什么模样,穿什么衣裳?"老妇人回道:"她生得细皮嫩肉的,安安静静的,是位秀雅的小姐。至于她穿的衣裳,我依稀记得是绿色的长裙。"

不过一会儿,已经撑到了岸上。老妇人撑着桨,目光巡视下来,没有找着运货的船家,笑道:"他大概是被人叫了去,你看你要在这儿等会儿呢,还是稍晚些时候再来?"郝巡警见此,也只得先往巡警厅赶,心想这一事暂往后压,等人抓起来再问不迟。

而此时,李总巡正坐在巡警厅里,读着徐吴托人送来的信,信上说他已经找到了王邵洲,一定想法子将人解救出来。李总巡合上信纸时,郝巡警正跑进来,气喘吁吁,报说在西风街二百五十六号发现了伪钞制造厂。

李总巡一听,也顾不得王邵洲的事了,问明情形,猜测那里大概有十余人后,立即挑选了三十名巡警出来。这一次,去岛上的人不少,坐不得小篷舟,他们一行人便绕了远路,从翠拾桥上过。

到了二百五十六号,一行人将前门和后门都围住。郝巡警走在前头,上前敲门,等门一开,趁着里边的人还没反应过来,一行人围上去,极快地从前至后,一层层地堵住。这时,屋子里的人听见动静,或躲藏或逃匿,四处乱窜,场面顿时乱作一团。

忽然,从屋里冲出一人,抄着铁棍打伤了几名巡警,气势极其凶狠,一时阻挡不住。眼见他已经冲到门前了,还是李总巡反应迅速，拿起天井中的一个花盆，直砸到他头上，趁着他不防之际，夺了他手中铁棍，痛打几下，将人降住，绑了手脚，扔在一旁。

这时，嫌犯陆续被押了出来，推着往天井角上蹲下。他们的双手皆被反捆于身后，低头丧气的，或是害怕，或是悔不当初。郝巡警上前清点人数，隐隐感觉到有一束冷光往他身上射，抬眼便见到了偷他皮夹子的男孩。

郝巡警没有搭理，也不上前理论，转回目光，又继续清点人数，这里有十一人，这涉案人数可不少啊。只是郝巡警心里又隐约觉得有些奇怪，总觉得少了一人，他皱眉凝神，兀自寻思着。然而李总巡却在等着他报人数，上前问道："这里有多少人？"

郝巡警回神答道："十一人。"李总巡点头，这时才走进大堂中，说道："让人将这屋里都搜一搜，看看有没有什么可疑的往来书信。"李总巡一脚踏进大堂，一股浓烈的药水味扑鼻而来，一台石印机摆在当中，散落的石版十来片，铜石钞票印版有三套十副之多，皆是官银号伪钞印版，面额不一。

墙角叠放着还未印制完成的假钞两三百张，各色油墨七八种，还有几坛开封的药水，那味道正是从墙角飘出。李总巡在屋里踱来踱去，面色沉重，虽然是破获了一桩大案子，可此时他心中也在掂量，这样大的一间伪钞制作工坊，流到社会上的假钞定是不少了，只怕是除了杨买办，还有更难办的人牵涉其中。

郝巡警从后庭走进来，手中拿着册子，是方才做好的现场记录，他后面跟了四人，抬着两大个箱子，里边装着已经印制好的假钞，边走他边说道："总巡，这两箱子假钞是从后面的屋子抄出来的，总额超过一百万元，数目极其大。"

李总巡心里已经有了底，也并不是很惊讶了，问道："还搜出什么证据来没有？"郝巡警这才将搜到的牌子拿出来，而李总巡看到这两块木牌子时，耳边顿时响起幽扬的琴声，台上慢步的十二位窈窕少女，女子拿着花牌在他眼前晃。

这两块木牌子的形制同"花会馆"中的花牌极其相似。这两块木牌子并不是普通的货色，一朵精雕细刻的陀罗花，工艺很精湛，牌上各写着一个人名，分别是杨忱、洪博全，奇怪的是，他们的名字双双被画了红线。

这两块花牌是什么意思，为什么会出现在这里呢？杨忱是杨买办，洪博全是老炉匠，他们皆是死于杨买办的庭院中，这其中会有什么联系吗？

那日，李总巡追踪小炉匠到洋人赌馆之后，又见他进了花会馆，守在门口的差役不让进去，可是也不见他出来。

一旁的郝巡警拿着一张烧了一半的信纸，接着报说："在同一间屋子，还找出了这张信纸，您瞧瞧。"这是郝巡警在床后发现的，进了屋子后，他隐隐闻到一股烧焦的味道，循着味道在床的缝隙间见到一堆灰烬，看样子是烧了有一段时间了。

郝巡警摸着还有些温热的灰烬，想到他们这一次是突然围击，怎么好像对方事先知道了，有意将证据烧毁。郝巡警猛地想起那神情冷峻的黑衣男子，方才清点人数的时候，没有见着，他已经逃走了！

李总巡听了这消息后，信也没看，立即让人在岛上挨家挨户查人，嘱咐道："回到巡警厅后，务必首先问出他们的指使者,还有那名黑衣男子的身份。我看他很值得怀疑,我想是你借皮夹子探风这事,让他看出了不寻常,看来是个很警觉之人了。"

郝巡警点点头,将此事记下,又提出疑问:"总巡,你瞧那信上的字,眼熟不眼熟?"李总巡拿过细瞧,依稀辨认出是杨买办的字迹,沉声道:"将这张纸拿回去,同杨买办的字迹作比较。"

而此信,虽说烧毁了,只言片语凑起来,大概能看出是在磋商如何将假钞印制得更惟妙惟肖,还有购买的面额及总数。若此字迹做过辨认后,真是杨买办的,那么便可证明金三指认得没有错,这事可要追查下去了。

这时候,有人递了份名单上来,这是简单审问后,庭井中十一人的户籍信息,这真假还得经过核对。不过名单上的户籍地倒是引起了李总巡的兴趣,上清县、下清县、三清县,这几个县地域相近,全是相隔着的。这些都是北方的小县,他记得小炉匠洪照、老炉匠洪博全,皆是上清县人,看来这群人也是北来逃荒之人了。

郝巡警看到那几个户籍地,也想起了小炉匠,这才想起在船家那儿听来的消息,说道:"在我到岛上之前,小炉匠同顾湘小姐也来过这里,他们一定是到这里来了。"李总巡并不晓得什么顾湘小姐,对此人很疑惑。郝巡警答道:"这位顾湘小姐,昨夜同小炉匠私奔了,她老爹今天来报过案。"

李总巡说道:"看这样子,小炉匠同这假钞案也多有牵扯,并非是绑架杨买办那样简单了。我瞧这两块木牌也同他很有关系,不过他今天到岛上来做什么?不是应该趁着我们还没发现他，逃亡到外地去吗？"

人已经全数被抓获在天井，就是现场赃物也全被搬了出去，巡警也做好了笔录。李总巡见办理得差不多了，又叮嘱郝巡警道："回去之后，假钞案和小炉匠谋杀案，这两桩案子要并起来一起办。还有，问出这些人同小炉匠的关系以及小炉匠在这里的身份。审问好了，第一时间来报我。"

郝巡警又想起一事来，说道："总巡，我方才上岛时，是坐了小篷舟来的，这里水路极好走又近，夜间运货更是隐蔽。我想他们将这些伪钞运给杨买办时，会不会悄悄走了水路？"李总巡想到杨买办的宅院是在东南方向，水路纵横，可以直通，便道："你留下，问一问这里的货船，是否曾经替这些人偷运过伪钞。"说着便指着蹲在天井的那一群人。

办完这一桩事情后，天已经渐渐暗了下来，李总巡急忙拿出怀表看了下时间，已经愈来愈迫近交赎金的时间了，虽说徐吴要他不必担心王邵洲的安全，可是不知道人救出来没有。他回到巡警厅后，还未进去，便问门房道："徐先生来过没有？"

见门房摇摇头，他心里更是急得好似蚂蚁在爬，若是徐吴将救人的地址一并告诉他，他也不用这样干着急了。坐下后，李总巡又挂了电话到徐吴家里，是梅姨来接的，他叮嘱道："梅小姐，若是徐先生回来，烦请他到巡警厅来一趟。"

将电话挂断之后，李总巡转而想，若是徐吴救了王邵洲后，没有往家里去，那可怎么办？想着又让人到街上去拦截。不过，李总巡又想起小炉匠来了，他带着一位美丽的年轻女子，一定很招眼，若是从他今日下岛之后的踪迹去查，或许能查出他的下落。

这样想着，李总巡摆了摆手，招人进来，叮嘱道："你到西风街渡河口，让郝巡警顺道追踪小炉匠的下落。"那人应声要出去时，又被他叫住了："我还是不放心，还是亲自去追踪吧。"说着起身拿了帽子，便往外走去。